Wolfgang Burger
Eiskaltes Schweigen

PIPER

Zu diesem Buch

Verkatert und fröstelnd steht Kriminalrat Alexander Gerlach in einer Hochhauswohnung in Heddesheim. Dort ist Anita Bovary erstochen aufgefunden worden, eine unauffällige Frau mittleren Alters. Die Befragungen der Anwohner ergeben wenig: Man glaubt, sich zur vermeintlichen Tatzeit an ein lautes Wortgefecht erinnern zu können. Und auch ein Mann wurde gesehen, der das Haus verließ. Gerlach, Chef der Heidelberger Kripo, ist ratlos. Das Leben der Toten scheint weitgehend ereignislos verlaufen zu sein, sie hatte weder Freunde noch Bekanntschaften. Nur dass sie einige Monate zuvor ihre Arbeit als Sachbearbeiterin bei einer Bank unerwartet gekündigt hat, liefert einen Ansatzpunkt. Dann wird eine zweite Leiche entdeckt: Auch dieser Mann lebte einsam und zurückgezogen. Bald ist klar, dass sein Mörder auch Anita Bovary ermordet haben muss. Doch welchen Zusammenhang gibt es zwischen den Opfern? Ein schwieriger Fall für Alexander Gerlach, den diesmal eine ganz besonders gefährliche Überraschung erwartet …

Wolfgang Burger, geboren 1952 im Südschwarzwald, ist promovierter Ingenieur und als Leiter einer Forschungsabteilung am Karlsruher Institut für Technologie KIT tätig. Er ist verheiratet, hat drei erwachsene Töchter und lebt in Karlsruhe. Seit 1995 schreibt er Kriminalromane und hin und wieder auch Kurzgeschichten. Die Fangemeinde seiner Alexander-Gerlach-Krimis wächst unaufhaltsam.
Weiteres zum Autor unter: www.wolfgang-burger.com

Wolfgang Burger

EISKALTES SCHWEIGEN

Ein Fall für Alexander Gerlach

Piper München Zürich

Mehr über unsere Autoren und Bücher:
www.piper.de

Von Wolfgang Burger liegen bei Piper vor:
Heidelberger Requiem
Heidelberger Lügen
Heidelberger Wut
Schwarzes Fieber
Echo einer Nacht
Eiskaltes Schweigen
Der fünfte Mörder

Originalausgabe
1. Auflage Juli 2010
4. Auflage Juni 2011

Umschlagkonzept: semper smile, München
Umschlagabbildung: Egon Bömsch, mauritius images/imagebroker
Satz: Kösel, Krugzell
Gesetzt aus der Sabon
Papier: Munken Print von Arctic Paper Munkedals AB, Schweden
Druck und Bindung: CPI – Clausen & Bosse, Leck
Printed in Germany ISBN 978-3-492-25473-1

Für Thea

1

»Die Leiche heißt A Punkt Bovary«, verkündete der junge uniformierte Kollege mit vor Aufregung roten Ohren. »Wie es aussieht, ist sie erstochen worden.«

Vermutlich war das, was hinter der angelehnten Wohnungstür lag, der erste Mordfall in seiner Polizisten-Laufbahn. Die Uniform des pickligen Mannes war zu weit, als müsste er erst noch hineinwachsen, und die Mütze saß auf seinem Kopf, als wäre es nicht seine. Er gehörte zur Besatzung eines der beiden Streifenwagen, die ich eben mit sinnlos zuckenden Blaulichtern vor dem Hauseingang gesehen hatte. Den Namen der Toten hatte er von einem handbeschriebenen Schildchen unter dem abgegriffenen Klingelknopf abgelesen.

Wir – vier etwas übernächtigt dreinschauende Schutzpolizisten, eine fröstelnde ältere Dame in Rosa und ich selbst – standen im neonbeleuchteten Flur des vierzehnten Stocks eines Hochhauses am Rand von Heddesheim. Es war Sonntagmorgen, der achtzehnte Januar, meine Uhr zeigte sieben Minuten nach fünf, und mir war gar nicht gut.

An der Tür, hinter der die aus meiner Perspektive zum Glück nicht sichtbare Tote lag, hielt mit ernster Miene ein stämmiger Kollege Wache. Er hatte sich seine Mütze unter den Arm geklemmt.

»Es ist alles veranlasst«, verkündete er selbstbewusst. »Ihre Kollegen sind schon unterwegs, Herr Kriminaloberrat.«

»Wer war drin?«, fragte ich und unterdrückte ein Gähnen.

»Ich.« Der Dicke hob das Kinn noch ein wenig höher. »Sie ist wirklich mausetot, Herr Kriminaloberrat. Nichts mehr zu machen.«

Alle zuckten zusammen, als ein scheppernder Gong ertönte. Einer der beiden Aufzüge stoppte, und die Tür glitt mit eierndem Quietschen auf. Drei Kollegen und zwei Kolleginnen vom Kriminaldauerdienst gesellten sich zu uns. Einzig eine kleine, energisch um sich blickende Aschblonde, an deren Namen ich mich nicht erinnern konnte, schien schon – oder immer noch – halbwegs wach zu sein.

»Irgendeine Sau hat den Aufzug vollgekotzt!«, beschwerte sich der Anführer der Gruppe. Ihn kannte ich gut: Rolf Runkel, trotz seines fortgeschrittenen Alters immer noch Oberkommissar und leider nicht der intelligenteste meiner Untergebenen. Vielleicht war es doch nicht so dumm gewesen, vorhin den Taxifahrer zu bitten, die Fahrtrichtung zu ändern und mich zum Tatort statt nach Hause zu fahren. Auch ich hatte den falschen Lift erwischt, und mein Magen rebellierte immer noch bei dem Gedanken an die stinkende, grüngelbe Pfütze am Boden.

Der junge Schupo mit den roten Ohren nahm wieder Haltung an und wiederholte seinen Bericht. Bei aller Aufregung machte er seine Sache nicht einmal schlecht. Unauffällig sah ich mich nach einer Sitzgelegenheit um. Meine Augen brannten, mein Kopf dröhnte, mein Magen wollte sich nicht beruhigen. Aber meine Suche nach einem Stuhl war vergeblich, so lehnte ich mich möglichst unauffällig an die Wand.

Die tote Frau liege im Flur des Einzimmerappartements nur zwei Schritte hinter der angelehnten Tür, hörte ich ein zweites Mal, und ich meinte, ihr schweres Parfüm zu riechen.

»Sie ist bestimmt erstochen worden«, beendete er seinen Rapport. »Da drin ist unglaublich viel Blut.«

»Was ist mit der Tatwaffe?«, fragte ich und rieb mir die Augen.

»Hab ich nicht gesehen«, erwiderte der mit dem Bauch sofort. »Aber ich bin da drin natürlich auch nicht groß hin und her gelaufen.«

Ich nickte. Die beiden hatten es richtig gemacht. Nur einer darf bei Verdacht auf eine nicht natürliche Todesursache den potenziellen Tatort betreten, und seine einzige Aufgabe ist festzustellen, ob es noch etwas zu retten gibt. Im Fall eines offensichtlichen Gewaltverbrechens hieß es: Nichts anfassen, darauf achten, wohin man seine Füße setzt, und so schnell wie möglich wieder hinaus. Anschließend hat der Betreffende den Eingang zu bewachen und niemanden hineinzulassen, der am Tatort nichts verloren hat. Das bekommt jeder Polizist im Lauf seiner Ausbildung eingebläut.

»Haben Sie das schon gesehen?« Ich wies auf deutlich sichtbare Blutspuren am Boden, die sich erst wenige Meter vor den Aufzugtüren verloren. »Waren Sie das?«

»Was denken Sie denn!« Der Türbewacher schüttelte entrüstet den Kopf. »Sieht ganz so aus, als wäre der Mörder in das Blut getreten.«

An manchen der Abdrücke war deutlich ein grobes Profil zu erkennen. Größe dreiundvierzig, schätzte ich, maximal fünfundvierzig. Unsere allererste Spur im Mordfall A Punkt Bovary. Ich kniff die Augen zu und riss sie wieder auf. Aber das Bild, das sich mir bot, blieb verschwommen.

Wieder ertönte der Gong. Aus der Tür des zweiten Fahrstuhls trat eine junge Frau, grüßte mit irritiertem Blick stumm in die Runde und ging dann mit vorsichtigen und leicht schwankenden Schritten den Flur bis zum Ende hinunter, wo sie eine Wohnungstür aufschloss und, ohne noch einmal zurückzusehen, verschwand. Sie trug einen leichten, für die Kälte eindeutig zu kurzen Mantel, unter dem lange Beine in hauchdünnen, glitzernden Strümpfen hervorragten. Die Füße steckten in ganz und gar nicht zu ihrem restlichen Outfit passenden gefütterten Stiefeln, in der Hand hielt sie zwei ebenfalls glitzernde Schuhe mit schwindelerregend hohen Absätzen. Nach ihrer Aufmachung zu schließen, kam sie von einer alkoholreichen Party. Oder von der Arbeit? Draußen herrschte eine arktische Kälte, es lagen über zwanzig Zentimeter Neuschnee, und auch ich hatte noch keine Sekunde geschlafen in dieser nun schon fast vergangenen Nacht.

»Wer hat sie gefunden?«, fragte ich.

Die etwas zerbrechlich wirkende, vielleicht fünfzigjährige Nachbarin in rosa changierendem Seidenmorgenmantel und Plüschpantoffeln hob so zaghaft die Hand, als wäre sie damit die erste Verdächtige in diesem Drama. Sie bewohnte die Wohnung genau gegenüber dem Tatort. Auch dort stand die Tür ein wenig offen. Insgesamt gingen zwölf Türen von dem langen Flur ab, zählte ich. Das für die frühe Stunde erstaunlich akkurat frisierte Haar der Zeugin war schon fast vollständig ergraut, doch ihr Gesicht sah trotz des fahlen Neonlichts erstaunlich jung aus.

Was wollte ich hier? Im Bett sollte ich liegen und schlafen, endlich schlafen. Warum hatte ich vorhin meine Neugier wieder einmal nicht bändigen können, als die Meldung per Handy kam? Aber nun stand ich hier, und als Chef der Heidelberger Kriminalpolizei konnte ich mich nicht einfach wieder verkrümeln. Meine Glieder waren bleischwer, und zudem war ich ziemlich betrunken. Nein, es war nicht nur die Neugier gewesen, die mich hergetrieben hatte. Es war auch die Sorge, ob hier alles seinen richtigen Gang ging, wenn drei Viertel meiner Leute mehr oder weniger betrunken unter irgendwelchen Tischen lagen oder immer noch weitertranken.

Im Grunde hatte ich hier nichts verloren. Als Chef hat man keine Bereitschaftsdienste mehr. Als Chef hat man an Wochenenden frei. Was zu tun war, würden die diensthabenden Kollegen erledigen, und einem so übersichtlichen Fall dürfte hoffentlich selbst Rolf Runkel gewachsen sein.

Eine griechische Hochzeitsfeier gilt erst dann als gelungen, wenn sich keiner mehr aufrecht halten kann, hatte ich in den vergangenen Stunden gelernt. Soweit es mich betraf, hatte die Veranstaltung ihr Ziel fast erreicht. In meinen Ohren dröhnte noch immer die Musik, in meinem Kopf tanzte dieser verteufelt süffige Athos mit diversen Ouzos Sirtaki, und in meinem Magen rumorte zentnerschwer alles, was die griechische Küche an gut Gewürztem und scharf Gebratenem zu bieten hat.

Endlich kam mir eine Idee. Ich wandte mich an die rosafarbene Dame: »Können wir uns irgendwo setzen? Ich würde Ihnen gerne ein paar Fragen stellen.«

»Natürlich.« Zaghaft wies sie auf die Tür zu ihrer Wohnung. »Wenn Sie mögen, könnte ich auch einen Kaffee …«

Ich verkniff mir ein Lächeln. Meine Idee hatte funktioniert.

Ich gab Runkel die Anweisung, schon einmal mit der Befragung der anderen Nachbarn zu beginnen und ansonsten auf die Spurensicherung zu warten, und folgte der Frau in ihre etwas muffig riechende Wohnung. Meine Gastgeberin hielt sich für die frühe Stunde sehr aufrecht.

Stumm bot sie mir einen Platz auf dem Sofa an, das wirkte, als wäre es für Kinder gemacht. Das Wohnzimmer war klein, die ganze Wohnung war klein, wie die Bewohnerin auch. Ich setzte mich vorsichtig, sie verschwand mit einer gemurmelten Entschuldigung in der Küche. Nach Sekunden sprang ich wieder auf, öffnete eines der beiden Fenster und nahm ein paar tiefe Atemzüge von der eiskalten Luft, die hereinströmte. Das tat gut.

Ich hörte die Frau in der Küche hantieren. Bald begann es, nach Kaffee zu duften.

Der Kaffee, den sie wenige Minuten später hereinbrachte, war genauso stark, wie er am Ende einer durchzechten Nacht zu sein hat.

»Wie haben Sie die Tat entdeckt?«, fragte ich nach dem ersten Schluck. »Sind Sie morgens immer so früh auf dem Flur?«

»Aber nein.« Ernst schlug sie die grauen Augen nieder und errötete zart. »Ich musste zur Toilette. Da habe ich vor der Tür Geräusche gehört. Leise, eilige Schritte. In den vergangenen Monaten ist im Haus einige Male eingebrochen worden, und deshalb habe ich dann – wirklich ganz entgegen meinen Gewohnheiten – durch den Spion geblickt.«

»Haben Sie jemanden gesehen?«

»Nein. Es war Licht im Flur, aber gesehen habe ich niemanden. Ich meine, ich hätte dann noch den Aufzug gehört, aber da bin ich mir nicht sicher. Dann ist mir aufgefallen, dass Frau Bovarys Tür einen Spalt offen stand. Erst dachte ich, was geht es mich an, und habe mich wieder hingelegt. Aber dann konnte ich nicht wieder einschlafen. Schließlich bin ich aufgestanden und habe nachgesehen. Und da …« Sie schluckte zweimal, schüttelte fassungslos den Kopf. »Im Flur war es jetzt dunkel, Frau Bovarys Tür stand immer noch offen, und innen war Licht. So habe ich meinen ganzen Mut zusammengenommen, bin hinaus, habe durch den Türspalt gesehen, und nun ja … da lag sie dann.«

»Wann war das?«

»Als ich die Polizei angerufen habe, war es halb fünf. Das erste Mal, als ich zur Toilette war, dürfte es etwa eine Stunde früher gewesen sein. Aber da habe ich nicht auf die Uhr gesehen.«

»Was wissen Sie über Ihre Nachbarin?«, fragte ich nach einem weiteren Schluck Kaffee, an dem ich mir die Zunge verbrannte. »Der Name Bovary klingt französisch.«

»Sie war aber keine Französin. Das A steht für Anita, und nach ihrem Akzent zu schließen, stammte sie aus Berlin. Ihre Vorfahren waren vielleicht Hugenotten. Die hat der Alte Fritz ja seinerzeit eingeladen, nach Preußen umzusiedeln. In ihrer alten Heimat Frankreich wurden die Hugenotten wegen ihres Glaubens ständig unterdrückt und drangsaliert.«

Sprach ich mit einer Geschichtslehrerin? Die wenigen Bücher, die ordentlich gestapelt auf dem kleinen Couchtisch lagen, ließen keinen Schluss auf ihre Interessen zu. Es waren ausschließlich Romane: Döblin, Brecht, Grass, Muschg.

»Haben Sie sie gut gekannt?«

Sie sah in ihre Tasse, die sie die ganze Zeit in der Hand hielt, ohne einmal daran zu nippen.

»Nein«, erwiderte sie ein wenig verlegen. »Ich weiß so gut wie nichts über sie. Sie hat ja auch noch nicht lange hier gewohnt.«

»Gibt es Angehörige, die man benachrichtigen muss?«

Sie hob die schmalen Schultern und raffte mit der rechten Hand den Morgenmantel am Hals zusammen, als wäre ihr kalt. Das Fenster hatte ich längst wieder geschlossen.

»Ich weiß es nicht. Wir haben uns nur hin und wieder im Flur getroffen und sind zwei- oder dreimal zusammen im Lift gefahren. Gesprochen haben wir, was man so spricht, wenn man sich kaum kennt. Das Wetter, der viele Regen über Weihnachten. Sie war auch nicht übermäßig mitteilsam. Freundlich war sie, ja, aber Frau Bovary hat keinen großen Wert auf nachbarschaftliche Kontakte gelegt.«

Ich suchte und fand ein Blatt Papier in der Innentasche meines Jacketts sowie einen Kugelschreiber, der sogar funktionierte.

»Seit wann genau hat sie nebenan gewohnt?«

»Im Oktober ist sie eingezogen, daran erinnere ich mich noch genau. Es war an dem Tag so furchtbar heiß.«

»Wo hat sie vorher gewohnt?«

Erneutes Schulterzucken. Plötzlich entschlossen, leerte sie ihre Tasse und stellte sie mit einer zielsicheren Bewegung ab.

»Was ich merkwürdig fand: Sie hat kaum etwas mitgebracht, als sie hier auftauchte. Einen Koffer, eine oder zwei Taschen, ein bisschen Kram, hat mir Frau von Freithal erzählt.«

»Frau von Freithal ist eine weitere Nachbarin, nehme ich an?«

Sie nickte. »Die Wohnung gegenüber ist möbliert, müssen Sie wissen. Aber in ihrem Alter, Frau Bovary dürfte um die vierzig sein, da hat man doch eigene Möbel, nicht wahr? Einen Hausstand und nicht nur einen Koffer. Vielleicht hat sie sich getrennt, haben wir gedacht. Frau von Freithal meinte, sie habe sich vielleicht Hals über Kopf von einem Mann getrennt. Und wer weiß, vielleicht hat er ja ...«

Sie verschluckte den Rest des Satzes und sah mich erschrocken an.

»Sie wollten sagen, er hat sie aufgespürt und umgebracht?«

Es wäre nicht der erste Fall, bei dem ein verlassener Ehemann seine Frau lieber tot als in den Armen und im Bett eines anderen sieht.

»Die Wohnung ist also möbliert«, nahm ich den Faden wieder auf. Inzwischen war der Kaffee auf Trinktemperatur abgekühlt. Meine Gastgeberin nickte und schenkte ungefragt nach.

»Da drüben, nun ja ... es handelt sich um eine – wie sagt man? – Hostessenwohnung? Eine Wohnung eben, wo gewisse Damen gegen Bezahlung gewisse Dienste anbieten. Ob so etwas hier überhaupt erlaubt ist, bezweifle ich. Aber solange die Herren sich anständig betrugen, wollte ich nicht so sein. Anfangs dachte ich natürlich, auch Frau Bovary ...«

Nach ihrer überkorrekten Grammatik zu schließen, war sie wohl doch eher Deutschlehrerin.

»Hat sie denn häufig Männerbesuch gehabt?«

»Das nun nicht.« Zögernd, als müsste sie erst noch einmal nachdenken, schüttelte sie den Kopf. »Aber ich habe auch nicht sonderlich darauf geachtet, was gegenüber vorging. Erstens schätze ich selbst die Anonymität dieses Hauses, und zweitens ... war es mir ein wenig peinlich. Deshalb habe ich bewusst nicht darauf geachtet, wer drüben ein- und ausging. Aber mein Eindruck war, dass es deutlich ruhiger geworden ist, seit Frau Bovary hier wohnt.« Sie schluckte, schlug wieder die Augen nieder. »Gewohnt hat, mein Gott.«

»Gibt es sonst jemanden im Haus, der etwas über sie weiß?«

»Den Hausmeister habe ich hin und wieder drüben gesehen.

Es gab wohl irgendein Problem mit der Heizung, habe ich im Vorübergehen aufgeschnappt. Und dann, gleich nebenan, Frau von Freithal eben. Da werden Sie aber leider kein Glück haben. Frau von Freithal reist viel. Sie hat einen wohlhabenden Mann beerbt und sich vorgenommen, vor ihrem Tod – sie ist schon über siebzig – noch die ganze Welt zu sehen und wenn irgend möglich nichts von ihrem Erbe übrig zu lassen für ihre undankbaren Kinder. Im Augenblick ist sie in Neuseeland. Wandern, wenn ich richtig verstanden habe. Mit dreiundsiebzig!«

Alle Möbel, die mich umgaben, waren neu und von schlichter Modernität. Ein weicher Teppich am Boden war in warmen Farben gehalten, die Aquarelle an den Wänden schienen alle vom selben Künstler zu stammen. Auf einem Sideboard prangte ein üppiger Blumenstrauß, der jetzt, mitten im Winter, ein wenig deplatziert wirkte.

»Die Bilder sind von mir«, sagte meine Gastgeberin und lächelte zum ersten Mal ein wenig. »Ein kleines Hobby.« Ihr Lächeln verschwand so schnell, wie es erschienen war. »Und die Möbel … Ich habe mich letztes Jahr neu eingerichtet, nachdem mein Mann gestorben war. Mein Mann war ein wenig … konservativ in solchen Dingen, und als er nicht mehr war, habe ich das Haus verkauft, bin hierhergezogen, weg von dieser geschwätzigen Nachbarschaftsmischpoke, und habe mein Leben neu begonnen, wenn Sie so wollen.«

Der Kaffee tat seine Wirkung. Mein Blick war jetzt klar, es gelang mir wieder, einen Gedanken zu Ende zu denken. Meine Gastgeberin hob die silberne Kanne mit fragendem Blick. Ich nickte, sie schenkte zum zweiten Mal nach.

»Und mit Frau von Freithal hatte Frau Bovary also Kontakt?«

»Sie hat ihre Pflanzen versorgt, wenn sie auf Reisen war. Aus irgendeinem Grund haben die beiden miteinander gekonnt. Wie gesagt, Frau Bovary war sonst eher ein wenig verschlossen. Aber Frau von Freithal … es gibt ja diese beneidenswerten Menschen, die jeden sofort für sich einnehmen.«

»Wissen Sie, wo und was Frau Bovary gearbeitet hat?«

»Nichts. Jedenfalls hat sie nicht zu geregelten Zeiten die Wohnung verlassen. Vielleicht war sie freiberuflich tätig?«

»Das heißt, sie hat mehr oder weniger die ganze Zeit allein in ihrer Wohnung gesessen?«

Mit einem Mal wurde mir bewusst, dass ich den Namen meiner Gesprächspartnerin nicht kannte. Ich reichte ihr ein Kärtchen, das sie mit einer förmlichen Geste entgegennahm und aufmerksam studierte.

»Herr Gerlach?« Jetzt lächelte sie wieder und reichte mir ihre schmale, kühle Rechte über den Tisch.

»Ute Hasenkamp. Bis zu meiner Pensionierung Lehrerin für Deutsch und Geschichte.«

Na also.

Sie legte die Visitenkarte mit dem Emblem der Baden-Württembergischen Polizei achtsam auf den Tisch und fuhr fort: »Hin und wieder musste sie natürlich einkaufen. Ein- oder zweimal hat sie auch einen kleinen Ausflug gemacht. Die Decke ist ihr wohl ein wenig auf den Kopf gefallen. Und manchmal ist sie auch abends weggegangen, meist an Samstagen. Aber verstehen Sie mich bitte nicht falsch, ich habe ihr nicht nachspioniert. Man kennt mit der Zeit den Klang der Türen. Man erkennt die Nachbarn am Schritt, an der Art, wie sie mit dem Schlüssel klimpern.«

»Wo ist sie hingegangen an diesen Abenden?«

»Sie ist immer gegen sieben, halb acht aufgebrochen, bei diesen Gelegenheiten hat sie auch Parfüm aufgelegt und sich schick gemacht. Was ihre Kleidung betraf, hatte sie Geschmack, das muss ich sagen. Meist ist sie spätestens gegen elf wieder nach Hause gekommen. Sie wird essen gegangen sein, denke ich. Man muss hin und wieder hinaus, ich weiß, wovon ich rede. Und das ist leider alles, was ich Ihnen über Frau Bovary berichten kann.«

Mein dritter Kaffee war getrunken. Mein Magen hatte sich endlich beruhigt. Frau Hasenkamp brachte mich zur Tür.

»Was meinen Mann betrifft«, sagte sie leise, als wir uns zum Abschied die Hände reichten, »nicht dass Sie Schlimmes von mir denken. Frau von Freithal, die hat den Tod ihres Gatten am Ende herbeigesehnt. Die hat sich darauf gefreut, endlich ein neues Leben beginnen zu dürfen. Ihr drittes Leben, sagt sie immer. Nach der Jugend, wo einem jeder sagen darf, was man zu tun und vor allem zu lassen hat, nach der Ehe, wo der Mann bestimmt, genießt sie jetzt ihre Freiheit in vollen Zügen. Bei mir war es nicht so. Ich …« Für eine Sekunde presste sie die schmalen Lippen zusammen. »Für mich ist dies hier schon mein viertes Leben. Ich habe meinen Mann sieben Jahre lang gepflegt. Mein drittes Leben hat eine heimtückische Krankheit bestimmt.«

Ich nickte ihr stumm zu. Auch ich hatte nach dem Tod meiner Vera unser Haus verkauft und den Wohnort gewechselt. Aus diesem Grund war ich in Heidelberg gelandet. Aus diesem Grund war ich jetzt Kripochef. Eine Karriere aus Verzweiflung, wenn man so will.

Die ehemalige Lehrerin schloss ihre Tür sorgfältig und mit Nachdruck hinter mir.

2

Der schmucklose, neonbeleuchtete Flur hatte sich inzwischen fast völlig geleert. Nur der Kollege mit der Uniformmütze unterm Arm hielt unerschütterlich Wache vor der Tür der gegenüberliegenden Wohnung. Von innen hörte ich unaufgeregte Stimmen und leise Geräusche – die Spurensicherung war also schon am Werk.

Meine Untergebenen befragten inzwischen die Nachbarn, soweit diese zu Hause waren und morgens um halb sechs Wildfremden die Tür öffneten, welche behaupteten, Polizisten zu sein.

Polizeiroutine. Der Alltag eines gewaltsamen Todes.

Ich beschloss, endlich nach Hause zu fahren, und zückte mein Handy. Der Akku war schon wieder fast leer, aber für einen Anruf bei der Taxizentrale würde es noch reichen. Es wurde Zeit, mir einen neuen zu besorgen. Vielleicht konnte ich diese Aufgabe meinen Zwillingen aufs Auge drücken? Glücklicherweise kam dieses Mal der Aufzug, in den sich niemand erbrochen hatte. Trotz eines großen Aufklebers mit der rot durchgestrichenen Zigarette hatte jemand kürzlich darin geraucht. Der zerkratzte Spiegel zeigte mir einen blassen, sichtlich übernächtigten, fast einsneunzig großen und nicht mehr ganz schlanken Mittvierziger in zerknautschtem dunklem Anzug. Er trug zu seinem Leidwesen eine Brille, sein Haar war schon deutlich ergraut, die Krawatte hing auf Halbmast, über dem Arm trug er einen anthrazitfarbenen Wintermantel.

Es gab einen Ruck, der Aufzug sank in die Tiefe.

Dreimal war in der vergangenen Nacht die Polizei gekommen. Eine griechische Hochzeit, bei der die Polizei nicht kommt, taugt nichts, hatte ich gelernt. Jedes Mal war es mir gelungen, die Kollegen zu besänftigen, und nach einem gut eingeschenkten Schnaps aufs glückliche Brautpaar waren sie wieder abgezogen. Eine griechische Hochzeit muss laut sein, hatte ich gelernt. Je lauter, desto glücklicher die neu gegründete Familie.

Das Hochzeitsfest meiner Ersten Kriminalhauptkommissarin Klara Vangelis war nicht nur gemessen an Lautstärke, Alkoholkonsum und Polizeipräsenz ein durchschlagender Erfolg gewesen. In diesem Punkt waren wir uns alle einig gewesen, als wir uns vor etwa einer Stunde in einer Armada von Taxis auf den Heimweg über die verschneiten Straßen der Kurpfalz machten. Der Brautvater war – ebenfalls schwer betrunken – nicht davon abzubringen gewesen, sämtliche Taxis zu bezahlen. Nur Sven Balke und einige Unentwegte hatten es vorgezogen, zu bleiben und später auf einer Sitzbank zu übernachten, oder vielleicht auch darunter. Das Brautpaar selbst war schon früher verschwunden, was jedoch erst nach vier Uhr bemerkt wurde.

Von ungefähr tausend schnauzbärtigen, unentwegt rauchenden und nichts als Griechisch sprechenden Männern war ich kraftvoll umarmt worden. Vielleicht waren es auch immer wieder dieselben gewesen, ich konnte sie bald nicht mehr unterscheiden. Ungefähr tausend mehr oder wenig füllige Tanten oder Großtanten oder Cousinen hatten mich aufs Herzlichste an den Busen gedrückt, auf die Wangen geküsst und beglückwünscht, wozu auch immer. Natürlich hatte auch die Flüge der gesamten Verwandtschaft der Brautvater bezahlt, erfuhr ich nebenbei, und bei der Vorstellung, dass auch ich zwei Töchter hatte, die dereinst möglicherweise heiraten würden, hatte mir ein wenig gegraust. Immerhin hatte ich keine Heerscharen von

Verwandten zu füttern und zu tränken, die von weit her eingeflogen werden mussten.

Als ich durch die breite gläserne Tür ins Freie trat, schlug mir die Kälte schmerzhaft ins Gesicht. Es schneite immer noch. Während der gestrigen Trauungszeremonie im Dossenheimer Standesamt hatte ein solches Wintergewitter getobt, dass die Beamtin manche Sätze zweimal wiederholen musste. Der kalte Sturzregen war bald in Schnee übergegangen, und im Lauf des Nachmittags war die Temperatur um fast zwanzig Grad gefallen. Jetzt rieselten feine, glitzernde Flocken lautlos und regelmäßig vom windstillen Himmel, als wollte es niemals wieder aufhören zu schneien. Wenn ich die Luft anhielt, war es vollkommen still.

Im Schritttempo fuhr ein dunkelgrauer, überlanger Kombi vor. Am Beifahrerfenster ein bleiches Mondgesicht mit übergroßen Augen auf der Suche nach der richtigen Hausnummer. Der Leichenwagen.

Ich wartete mit dem Anziehen des Mantels, bis ich die Kälte nicht mehr ertragen konnte.

Am Sonntagnachmittag fand die erste Besprechung der eilig gegründeten Sonderkommission »Hochhaus« statt. Das Kick-off-Meeting, wie Balke so etwas neuerdings nannte. Eigentlich hatte ich mir vorgenommen, mich dieses Mal herauszuhalten. Aber nach einem späten und sehr spartanischen Frühstück hatte ich mich überraschend gut gefühlt. Und als Runkel mir per Telefon den Termin übermittelte und völlig selbstverständlich mit meiner Anwesenheit rechnete, hatte ich mich dann doch nicht bremsen können. Immerhin war ich einer der Ersten am Tatort gewesen, und wenigstens zu Beginn der Ermittlungen wollte ich dabei sein und ein wenig nach dem Rechten sehen.

Meinem Magen ging es sehr viel besser. Athos und Ouzo hatten endlich Frieden geschlossen.

Sowie alles seinen geordneten Gang ging, würde ich mich zurückziehen, hatte ich mir vorgenommen. Sven Balke, jüngst zum Hauptkommissar befördert, hatte ich die Leitung der vorerst noch kleinen Soko übertragen, da Klara Vangelis aus naheliegenden Gründen nicht zur Verfügung stand. Die schwebte vermutlich zusammen mit ihrem frisch Angetrauten irgendwo über der Adria, auf dem Weg nach Griechenland, wohin ihre Hochzeitsreise selbstverständlich führte. Rolf Runkel, der wie fast alle in der Runde übernächtigt wirkte, war mit Leitungsaufgaben überfordert.

Einige der knapp zehn Gesichter am Tisch hatte ich in der vergangenen Nacht schon gesehen. Balke, der erst am Nachmittag in der Direktion aufgetaucht war, steckte noch im selben hellgrauen Anzug wie gestern und schien direkt aus Dossenheim zu kommen. Unrasiert und vermutlich noch nicht wieder ganz nüchtern stierte er vor sich hin. Die Luft im Raum war schon stickig, bevor die Sitzung begann.

Balke hatte das kleine Besprechungszimmer gebucht, und irgendeine gute Seele hatte wenigstens für reichlich Kaffee gesorgt. Runkel war dabei, eine Reihe von Farbfotos an die Pinwand zu heften.

Die Tote hatte ein kurzes, cognacfarbenes Seidennachthemd getragen, das bis über die Hüften hochgerutscht war, als sie auf ihren Mörder traf. Darunter trug sie nichts. Das üppige Schamhaar auf dem ausgeprägten Venushügel war dunkelblond, die glatten Haare, die ihren Kopf umrahmten, dagegen schwarz. Das etwas zu volle Gesicht war nichtssagend. Die schön geformten Füße nackt, Oberschenkel und Hüften füllig, aber nicht dick, der Blick der weit offenen, blaugrauen Augen wirkte eher verwundert als erschrocken. Als lausche sie einer fernen Musik, die nur sie allein hören konnte.

Der Täter hatte nur ein einziges Mal zugestochen, in den Bauch, und nach der Menge des Blutes zu schließen, hatte er die Hauptschlagader getroffen. Ich sah Balke auffordernd an, der offenbar noch nicht ganz begriffen hatte, dass er hier den Chef spielen sollte. Endlich verstand er, sah Hilfe suchend um sich, öffnete den Mund.

»Okay. Wer fasst bitte mal zusammen?«, fragte er heiser und räusperte sich.

Die schmale, aschblonde Kollegin, die mir in der vergangenen Nacht schon aufgefallen war, hob die Hand. Sie hieß Evalina Krauss, war Oberkommissarin und hatte eines dieser neuen, superkleinen Notebooks vor sich stehen. Über ein langes

Kabel war es mit dem summenden Beamer verbunden, der seit einigen Monaten, die meiste Zeit unbenutzt, an der Decke hing. Sie drückte zwei Tasten, und auf der Leinwand erschien die erste Folie einer Power-Point-Präsentation, die sie anscheinend in der knappen Zeit zwischen ihrer Rückkehr vom Tatort und dem Beginn der Besprechung vorbereitet hatte. Balke kniff die Augen zu und riss sie wieder auf, als sähe er Gespenster.

»Ihr kriegt das alles später noch ausgedruckt«, erklärte Kollegin Krauss gut gelaunt. »Keiner muss mitschreiben.« Sie hatte eine klare, helle Stimme, die sie noch jünger wirken ließ, als sie aussah.

Anita Bovary war zwischen fünfunddreißig und fünfundvierzig Jahre alt, erfuhren wir in den folgenden Minuten. Wo sie früher gelebt hatte, war noch nicht bekannt. Und das war leider auch schon fast alles, was meine Truppen bisher über die Tote im knappen Seidennachthemdchen in Erfahrung gebracht hatten.

»Wir haben in der Wohnung praktisch nichts Persönliches gefunden«, schloss Evalina Krauss ihren angenehm knappen und präzisen Bericht. »Keinen Ausweis, keine Briefe, keine Kontoauszüge, einfach nichts. Bloß den Mietvertrag. Das wirkt da alles irgendwie, als hätte sie ... Ups!«

Die Kollegin begann mit hochgezogenen Brauen und zunehmender Ungeduld auf ihrem Computerchen herumzutippen.

»Das Mistding ist mir abgestürzt!«, seufzte sie schließlich und hämmerte noch einige Male hilflos auf die Return-Taste.

»So viel zum Thema ›Keiner muss mitschreiben‹«, sagte Balke gerade so laut, dass sie es mit Sicherheit hörte.

»Die Waffe?«, fragte ich.

»Ein Messer«, erwiderte Evalina Krauss, ohne aufzusehen. »Auffallend schmale Klinge. Ein Stilett vielleicht, meint der Doktor.«

»Haben wir das Ding inzwischen gefunden?«

Sie sah auf, als würde die Frage sie überraschen. »Nein. Alle Mülltonnen und das Gelände ums Haus herum haben wir am Vormittag abgesucht. Aber da war nichts. Es hat aber die ganze Nacht und den halben Vormittag geschneit. Wenn wir Pech haben, müssen wir warten, bis es taut.«

Balke öffnete den Mund und schloss ihn wieder.

»Was ist mit Hunden?«, fragte ich.

»Haben wir probiert«, seufzte Runkel. »Aber die Viecher sind bloß in der Gegend rumgerannt wie die Hühner. Die riechen nichts in dem vielen Schnee.«

»Was erzählen die Nachbarn über das Opfer?«

»Herzlich wenig«, sagte ein Kollege, der letzte Nacht ebenfalls am Tatort gewesen war. »Der Hausmeister kennt sie noch am besten, weil sie mal eine Weile Theater mit der Heizung gehabt hat. Er ist ein paar Mal in der Wohnung gewesen, und einmal hat sie ihm zum Dank sogar einen Kaffee spendiert.«

Balke kratzte sich ratlos an der Stirn. Kollegin Krass hackte immer noch auf ihrer Tastatur herum. Plötzlich war das Bild an der Wand wieder da.

»Okay, die Nachbarn«, setzte sie ihren Vortrag fort. »Hier seht ihr eine Skizze der Wohnungen mit den dazugehörigen Namen. Interessant sind natürlich vor allem die, die Wand an Wand mit ihr liegen. Rechts von ihr wohnt ein schwerhöriger Rentner, Alkoholiker, der die meiste Zeit am Computer daddelt. Links haben wir ein junges Paar, er Student, sie, weiß man nicht so genau, die sich auch um nichts kümmern und die meiste Zeit poppen, so wie die aus der Wäsche geguckt haben. Direkt darunter wohnt eine türkische Familie mit zwei kleinen Kindern. Die wussten gerade mal, dass über ihnen noch wer wohnt. Über Frau Bovary ein arbeitsloser Automechaniker, der Tag und Nacht seltene Blümchen presst. Der meint, er hätte nachts einen Schrei gehört. Könnte aber auch aus einem Fernseher gekommen sein, sagt er.«

»Um welche Uhrzeit?«

»Gegen drei, sagt er, vielleicht auch ein paar Minuten später.«

Mit einem feinen, siegessicheren Lächeln um den Mund sah sie mich an. Mir fiel auf, dass sie Balkes Blick mied. Hier bahnte sich möglicherweise ein kleines Kompetenzgerangel an.

Sie wandte sich wieder ihrem Bildschirm zu.

»Kommen wir zum Tatablauf, soweit man dazu schon was sagen kann.« Tastendruck, nächste Folie. »Hier seht ihr einen Grundriss der Wohnung. Ein Zimmer mit Kochecke, hier der

Flur, das Bad. Das Ganze hat sich im Flur abgespielt. Der ist zwei Meter und elf Zentimeter lang und einsdreiundzwanzig breit. Der Täter hat sie frontal von vorn angegriffen. Sie muss ihm die Tür geöffnet haben, jedenfalls gibt es keine Einbruchspuren. Dann ist sie vermutlich ein, zwei Schritte rückwärts. Ihr Pech war, dass die Tür in den Wohn- und Schlafraum nach außen aufgeht. Das heißt, sie hat sich selbst den Fluchtweg abgeschnitten. Und dann muss er auch schon zugestochen haben. Sie dürfte sofort das Bewusstsein verloren haben, sagt der Doktor. Sie hat nicht leiden müssen.«

Ein weiteres Foto erschien auf der Leinwand. Es zeigte die Tote mit bloßem Unterkörper aus der Vogelperspektive.

»Wie ihr an den Wischspuren deutlich seht, hat der Täter anschließend die Tür zum Wohn- und Schlafraum aufgezogen und die Leiche damit zur Seite geschoben. Dann hat er sich ihre Handtasche geschnappt und ist getürmt.«

»Wirkte die Wohnung durchsucht?«, fragte ich.

Zwei schläfrige Kollegen von der Spurensicherung schüttelten einhellig die Köpfe.

»Die Handtasche ist jedenfalls weg«, sagte Evalina Krauss. »Der Hausmeister ist sich sicher, dass sie abends mit einer schwarzen Lackhandtasche losgezogen ist. Da werden ihre persönlichen Sachen drin sein.«

Balke öffnete den Mund, und ich dachte, er werde nun endlich die Initiative ergreifen, aber er gähnte nur. Rechts neben mir begann jemand leise zu schnarchen. Rolf Runkel war eingeschlafen. Evalina Krauss stupste ihn an, jedoch ohne Erfolg.

Das Gespräch erstarb, alle starrten jetzt den mit offenem Mund schlafenden Runkel an. Die Luft schien inzwischen kaum noch Sauerstoff zu enthalten. Kollegin Krauss stupste stärker, die ersten begannen zu grinsen. Der dritte Weckversuch, ein kräftiger Ellbogenstoß in die Rippen, brachte schließlich den gewünschten Erfolg. Runkel schrak hoch und stieß dabei seinen fast vollen Kaffeebecher um. Mit spitzem Schrei und enormer Reaktionsgeschwindigkeit brachte Evalina Krauss ihr Computerchen in Sicherheit.

»Noch mal kurz zur Spurenlage«, fuhr sie unerbittlich fort, als alle sich wieder beruhigt hatten und der Kaffee mit Hilfe eines Packens Papierservietten aufgesaugt war. Ein neues Bild erschien an der Wand. »Der Arzt meint, der Todeszeitpunkt müsse gegen drei Uhr morgens gewesen sein, plus minus ein bisschen. Passt zu dem Schrei, den der Nachbar gehört haben will. Fingerspuren waren praktisch überall, von verschiedenen Personen und natürlich noch lange nicht alle ausgewertet. Und hier ...«, wieder ein neues Bild, »... seht ihr einen Fußabdruck. Der Täter muss in das Blut getreten sein, ist sogar ein bisschen ins Rutschen gekommen, und da haben wir ein paar wirklich hübsche Abdrücke.«

»Keine Einbruchspuren, hast du gesagt?« Balke schien endlich das Bewusstsein wiedererlangt zu haben. »Wie ist er denn reingekommen?«

Wieder wechselte das Bild an der Wand.

»Hier seht ihr eine Makroaufnahme vom Türschloss. Auf den ersten Blick sieht man nichts. Auf den zweiten auch nichts. Das Schloss ist definitiv nicht geknackt worden. Aber wer ein bisschen Übung hat, kriegt diese alten Dinger mit einer Büroklammer auf. Über den Balkon kann er jedenfalls nicht gekommen sein. Erstens ist das viel zu hoch, und außerdem hätte er im Schnee Spuren hinterlassen.«

Jemand sprang auf und riss endlich ein Fenster auf. Schon nach Sekunden erhob sich Protest. Denen, die in der Nähe saßen, wurde kalt, und nach einigem Hin und Her wurde das Fenster wieder geschlossen.

»Wer hat einen Schlüssel zur Wohnung?«

»Der Hausmeister natürlich«, erwiderte Evalina Krauss, als habe sie nur auf meine Frage gewartet. »Der hat einen Generalschlüssel. Sonst ...?«

»Hat er den verliehen in letzter Zeit? War er mal vorübergehend verschwunden?«

Sie sah mich ratlos an. Ich machte mir eine Notiz. Solche Flops passierten immer wieder in der Hektik des Anfangs.

»Für mich ist das ganz klar ein Einbrecher«, mutmaßte Runkel, der – inzwischen wieder wach – auf seinem Stuhl fläzte. »Sie ist aufgewacht, ist ihm im Flur in die Arme gelaufen und zeng ...«

»Glaube ich persönlich eher nicht«, unterbrach ihn Evalina

Krauss. »Die kommen normalerweise am Tag. Wenn sie wissen, dass die Wohnung leer ist. Und sie haben normalerweise auch keine Messer dabei.«

»Außer, er hat geglaubt, sie ist nicht daheim…« Runkel klang ein wenig gekränkt, wie so oft, wenn man seine Ansichten nicht teilte.

Balke versuchte, nach einem unsicheren Seitenblick auf mich, endlich die Diskussionsleitung an sich zu ziehen.

»Und wie machen wir jetzt weiter?«, fragte er in die Runde.

»Ich schlage vor: Zweiter Durchgang bei den Nachbarn.« Kollegin Krauss schob ihr glattes Haar hinters Ohr. »Heute Morgen sind die meisten ja noch halb im Koma gewesen, und einige hatten auch die Klingel abgestellt. In der Zwischenzeit ist dem einen oder anderen vielleicht auch noch was eingefallen.«

Balke nickte. »Außerdem Telefon, Handy, Internet, die übliche Latte…«

»Hat sie nicht. Kein Telefon, kein Handy.«

Er starrte sie ungläubig an. »Kein Telefon? Gibt's so was?«

»Ich nehme an, sie hat ein Handy, und das dürfte in der Handtasche sein.«

»Internet auch nicht?«

»Du sagst es.«

Der frischgebackene Hauptkommissar Sven Balke war offensichtlich alles andere als glücklich mit seinem ersten Einsatz als Chef. Zufrieden klappte seine Kontrahentin ihr Notebook zu.

Ich sah sie an. »Sie wollten vorhin noch etwas sagen.«

»Ich?«

»Kurz bevor Ihnen der Computer abgestürzt ist.«

Sie stutzte, nickte dann. »Das hat ausgesehen, als habe… wie soll ich sagen… als habe sie gar nicht richtig da gelebt. Normalerweise liegt doch in jeder Wohnung Zeug rum, es sammelt sich Trödel an, es hängen Fotos an den Wänden. Das Einzige, was wir bei ihr gefunden haben, war der Mietvertrag. Sie hat übrigens eine Schweinemiete bezahlt. Neunhundertfünfzig Euro für nicht mal vierzig Quadratmeter!«

»Die Wohnung war früher eine Art Privatbordell«, klärte ich sie auf. »Ich glaube aber nicht, dass Frau Bovary sie in diesem

Sinne genutzt hat. Ich vermute, sie hat auf die Schnelle einfach nichts Billigeres gefunden und wollte nicht lange bleiben.«

Die junge Kollegin nickte nachdenklich.

»Was ist eigentlich mit dem Erbrochenen im Lift?«, fragte ich, als die Ersten ihre Glieder dehnten und Anstalten machten, sich zu erheben. »Ist eine Probe von dem Zeug im Labor?«

»Nee, oder?«, schnappte Evalina Krauss. »Das meinen Sie jetzt aber nicht ...« Sie brach ab und wurde über und über rot. »Scheiße!«, murmelte sie dann und legte beide Hände flach auf den Tisch. »Scheiße, Scheiße, Scheiße!«

»Ich glaub«, meinte ein Kollege neben ihr nicht weniger betreten. »Also, ich glaub fast, das hat der Hausmeister schon weggeputzt.«

Als könnte er den Fehler so wiedergutmachen, zückte er sein Handy, drückte eilig einige Tasten, und Sekunden später hatten wir Gewissheit: »Ist sogar extra noch mit einem scharfen Reinigungsmittel hinterher, damit es nicht mehr so stinkt. Die ganze Sauerei hat er ins Klo gespült, und den Eimer hat er natürlich auch schon ausgewaschen.«

»Na, super!« Stöhnend legte Balke den Kopf in den Nacken. »Das darf ja wohl nicht wahr sein!«

»Du hättest letzte Nacht gerne kommen können und die Kotze zusammenkratzen!«, fauchte Oberkommissarin Krauss ihn an. Zum ersten Mal seit Beginn der Besprechung sah sie ihm direkt ins Gesicht.

»Haben Sie früher mal was mit ihr gehabt?«, fragte ich Balke, als wir später allein waren. »Oder wieso ist sie so sauer auf Sie?«

»Eher umgekehrt«, erwiderte er mit verkniffenem Blick. »Sie hat mal versucht, mich anzumachen, und – na ja.«

Es kann offenbar auch ein Fluch sein, beim anderen Geschlecht beliebt zu sein.

»Was halten Sie von der Geschichte?«

»Einbruch würde ich ausschließen.« Balke unterdrückte mit Mühe eine heftige Gähnattacke. »Da steckt was anderes dahinter. Ich tippe auf eine Beziehungstat.«

»Und die Handtasche?«

»Ein billiger Trick, um uns auf eine falsche Fährte zu locken. Vorgetäuschter Raubmord. Nein, mein Bauch sagt mir: Beziehungstat.«

»Ich habe heute Morgen mit der Nachbarin gesprochen, die sie gefunden hat. Sie meinte, die Tote habe sich eventuell kürzlich von ihrem Mann getrennt.«

»Erst mal müssen wir wissen, wer sie ist und woher sie kommt. Der Rest klärt sich dann vermutlich ziemlich schnell.« Balke atmete tief ein und aus und freute sich sichtlich auf das Ende unseres Gesprächs.

»Legen Sie sich hin!« Ich schlug ihm auf die Schulter. »War eine harte Nacht. Schlafen Sie sich aus. Morgen früh sehen wir weiter.«

3

»Paps, hast du mal kurz Zeit?«, fragte Louise mit unsicherem Blick, als sie abends um kurz nach zehn zu mir ins Wohnzimmer kam.

Aus den Lautsprecherboxen drang ruhige Klaviermusik von Keith Jarrett. Ich war dabei gewesen, Theresa, meiner Geliebten, eine Gute-Nacht-SMS zu schreiben. So, wie meine fünfzehnjährige Tochter guckte, gab es ein Problem. Ich legte das Handy zur Seite.

»Natürlich«, erwiderte ich ohne Begeisterung. »Setz dich.«

An ihrem Hals befand sich seit neuestem ein Tattoo, das allerdings abwaschbar war, wie man mich beruhigt hatte, bevor ich mich aufregen konnte. Am Oberkörper trug sie ein zu knapp sitzendes, bauchfreies Top, an den Beinen eine Uralt-Jeans voller Löcher und Risse. Seufzend plumpste sie auf den zweiten Sessel. »Es ist wegen Sarah.«

»Habt ihr schon wieder Streit?«

»Die ist total unmöglich!«

»Hat es mit der Band zu tun?«

Erst vor wenigen Monaten hatten meine Töchter überraschend ihr sängerisches Talent entdeckt, ohne mein Wissen an einem Casting teilgenommen und auf diesem Weg einen Produzenten und Manager gefunden, der mit meinen Mädchen als Frontfrauen eine kleine Band zusammenstellte: »The Twins«. Seither hatten sie viel geprobt und leider auch gestritten und den einen oder anderen mehr oder weniger erfolgreichen Auftritt in drittrangigen Clubs absolviert. Inzwischen umfasste ihr Repertoire fast zwanzig Stücke, meist Titel aus den Hitparaden, die das Publikum kannte und mochte. Schon dreimal waren sie in der Zeitung erwähnt worden, einmal sogar mit Foto.

Betrübt betrachtete Louise ihre zartgliedrigen Hände. Heute waren ihre Fingernägel giftgrün lackiert. Vorgestern waren sie noch blasslila mit Flitter gewesen. »Sarah zickt bloß noch rum. Mal singe ich angeblich einen halben Ton zu tief, mal einen halben Takt zu schnell. Immer, immer weiß sie alles besser!«

»Schließlich ist sie ja auch die Ältere von euch beiden.« Ich quälte mir ein Lächeln ab.

»Die halbe Stunde!«, schnaubte sie und lächelte nicht. Es schien wirklich ernst zu sein. Meine Töchter waren eineiige Zwillinge, schlank, gerstenblond und sahen sich immer noch zum Verwechseln ähnlich. Was bei der Band natürlich zum Konzept gehörte.

»Und was sagt Sam dazu?«

Sam, das war der ebenfalls noch junge Manager, der sie entdeckt hatte.

»Dem sind wir doch total egal. Der hat ja nicht mal Zeit, zu ’ner Probe aufzutauchen.«

»Und die anderen? Der Schlagzeuger, der Gitarrist?«

»Jo und Pit?« Sie schlug die Augen nieder und schien ein wenig zu erröten. »Ach, die...«

Bahnte sich hier die erste große Krise der neu gegründeten Band an? Teamprobleme, das kannte ich aus diversen Führungsseminaren, an denen ich in den letzten Jahren hatte teilnehmen müssen.

Ich nahm einen Schluck von dem dunklen Rioja in meinem Glas. Er war gut, und ich versuchte mich daran zu erinnern, wo ich die Flasche gekauft hatte. Ich kam nicht drauf.

»Und jetzt?«, fragte ich.

»Weiß nicht«, murmelte Louise und malte mit dem Zeigefinger Figuren auf die Tischplatte. »Könntest du nicht mal mit ihr reden?«

»Wo steckt Sarah überhaupt?«

»Na, im Bad, wo sonst? Da ist sie ja immer. Ständig guckt sie in den Spiegel. Morgens steht sie extra eine halbe Stunde früher auf, damit sie sich ordentlich aufbrezeln kann!«

Ich versuchte einen Trick, den ich in einem meiner Seminare gelernt hatte: »Was müsste passieren, damit alles wieder so wäre wie früher?«

»Sie müsste bloß wieder normal werden. Und nicht mehr ständig rumzicken. Meinst du, sie wird jetzt langsam erwachsen?«

Aus dem Bad hörte ich Sarah singen. Es klang, als probe sie eine schwierige Passage aus einem neuen Stück. Meine Töchter hatten tatsächlich Talent, stellte ich wieder einmal fest. Und noch immer war ich mir nicht ganz sicher, ob ich mich darüber freuen sollte oder nicht.

Am Montagmorgen saß ich trotz meiner guten Vorsätze doch wieder in der Soko-Besprechung. Vor mir selbst rechtfertigte ich meine Inkonsequenz damit, dass ich ein wenig auf Balke aufpassen musste. Gestern hatte er wirklich keine gute Figur gemacht. Heute hatte er seinen eigenen Laptop mitgebracht und sich des Beamer-Kabels bemächtigt, bevor jemand ihm zuvorkommen konnte. Heute war er auch ordentlich rasiert und ergriff das Wort, ohne dass man ihn dazu eindringlich ansehen musste.

»Das ist alles ziemlich komisch.« Schon sein erster Satz ließ mich fürchten, dass der Fall doch nicht so einfach war, wie ich gehofft hatte. »Die Frau ist amtlich nicht gemeldet, in keiner unserer Dateien taucht eine Anita Bovary auf, es gibt kein Handy, jedenfalls nicht in Deutschland, das auf diesen Namen läuft.«

»Vielleicht ist ihr Haus abgebrannt?«, grübelte Runkel mit dem Zeigefinger an der Nase. »Oder sie ist ausgeraubt worden? Oder sie stammt aus dem Ausland und ist erst vor Kurzem …?«

»Sie hat Deutsch gesprochen«, unterbrach ihn Balke grob. »So viel wissen wir immerhin schon.«

»Die ist vor irgendwas auf der Flucht gewesen«, spekulierte Evalina Krauss mit gerunzelter Stirn. »Die hat sich vor irgendwem versteckt.«

»Leider nicht gut genug«, sagte ich.

Balke drückte eine Taste, eine Liste erschien auf der Leinwand.

»Aber es gibt schon ein bisschen Licht am Ende des Tunnels. Eine junge Frau, die auf demselben Stockwerk ganz hinten links wohnt, will gestern Morgen gegen drei Uhr einen Mann beobachtet haben, der auffallend eilig das Haus verlassen hat.«

»Ich glaube, die Frau habe ich gesehen«, sagte ich langsam. »Aber sie ist doch erst nach fünf heimgekommen.«

»Sie ist früher schon mal kurz zu Hause gewesen, sagt sie, weil ihr irgendein Knallkopf in der Disco eine Bloody Mary über die Bluse gekippt hat.«

Balke drückte eine Taste. Der Mann, dessen Phantombild wir nun bewundern durften, mochte zwischen dreißig und fünfzig Jahre alt sein. Das Gesicht war hager und glatt rasiert. Die Augen lagen tief in den Höhlen.

»Käseweiß sei er gewesen.« Balke starrte so konzentriert auf das Bild, als wollte er so die Motive des Unbekannten ergründen. »Und sehr eilig habe er es gehabt. Hat sie in der Haustür praktisch über den Haufen gerannt. Was er anhatte, kann sie nicht mit Bestimmtheit sagen. Möglicherweise eine Lederjacke, schwarz oder dunkelbraun. Aber die Zeugin sagt selbst, sie sei ziemlich angeschickert gewesen. Er hat nicht gerade wohlhabend gewirkt, nicht besonders gut gerochen und ist anscheinend in heller Panik gewesen.«

»Hat er etwas in der Hand gehalten?«, fragte ich aufmerksam.

»Kann die Zeugin nicht mit Bestimmtheit sagen«, erwiderte Evalina Krauss, bevor Balke den Mund aufbekam. »Ich habe selbst mit ihr gesprochen. Das sei alles so rasend schnell gegangen, sagt sie, und es war ja auch dunkel. Sie meint, er könne eventuell auch der Typ gewesen sein, der den Aufzug vollgekotzt hat. Die Schweinerei hat jedenfalls schon da gelegen, als sie einsteigen wollte.« Sie holte tief Atem. »Sie hat dann lieber den anderen Aufzug genommen.«

»Wir hatten schon schlechtere Phantombilder«, stellte ich fest.

»Ich lasse gerade fünfhundert Handzettel drucken«, sagte Balke. »Die werden noch heute im Umfeld des Tatorts verteilt.« Er räusperte sich, da einige angefangen hatten zu tuscheln. Es wurde wieder still. »Der Knaller kommt aber noch«, fuhr er fort. »Frau Bovary hat in der Nacht vermutlich nicht allein im Bett gelegen. Die Spusi hat Haare gefunden, die nicht von ihr stammen. Ein paar Sackhaare und auch welche vom Kopf. Die einen waren schwarz, die vom Kopf ziemlich lang für einen Kerl und schon ein bisschen angegraut. Und unsere Zeugin meint nun, der Typ, mit dem sie in der Haustür zusammengerasselt ist, könnte lange Haare gehabt haben.«

»Hatte die Tote in der Nacht Geschlechtsverkehr?«

»Nach dem ersten Augenschein nicht, meint die Gerichtsmedizin. Aber die Autopsie ist natürlich noch nicht abgeschlossen.«

»Was hat die Spurensicherung sonst noch zu bieten?«

Balke zog eine säuerliche Grimasse. »Bisher leider wenig. Ein bisschen Sand, ein paar Körner.«

»Körner?«

»Sonnenblumenkerne.« Ratlos hob er die muskulösen Schultern, die sich unter seinem olivgrünen T-Shirt abzeichneten, und kratzte sich am Oberarm. »Da steht ein kleines Tischchen neben der Balkontür. Und darum herum sind Reste von feinem Sand am Boden.«

»Die hat einen Vogel gehabt«, meinte einer, und ein paar lachten.

Für Sekunden blieb es still. Jedem im Raum war klar, dass das Phantombild, das uns immer noch von der Wand herab mit dunklen Augen anstarrte, mit hoher Wahrscheinlichkeit Anita Bovarys Mörder zeigte.

Balke erhob sich zum Zeichen, dass die Sitzung beendet war. »Heute Abend wissen wir mehr. Gehen wir an die Arbeit.«

Nun begann das Übliche: Die Publicity des menschlichen Unglücks, die uns oft genug die Aufklärung eines Falles liefert, bevor die Ermittlungen richtig in Gang gekommen waren.

Fotos in Zeitungen, Berichte in Radio und Fernsehen, Aktuelles auf den Internetseiten der Polizeidirektion Heidelberg. Parallel dazu sammelten meine Untergebenen akribisch alle greifbaren Informationen, und mochten sie auf den ersten Blick noch so nebensächlich und unbedeutend scheinen. Der Rest war Warten.

Warten auf Gutachten.

Warten darauf, dass jemandem das Foto des Opfers in der Zeitung bekannt vorkam oder das Phantombild des potenziellen Täters.

Warten auf einen Geistesblitz, einen Telefonanruf, die entscheidende E-Mail.

Nicht nur die Öffentlichkeit, auch die Zeit arbeitete meist für uns.

In meinem Büro war es ungewöhnlich still an diesem Montag. Der Schnee draußen verschluckte die Geräusche des ohnehin spärlichen Verkehrs. Heidelberg schien unter der ungewohnten weißen Pracht erstarrt zu sein. Die heiße Phase der weihnachtlichen Familientragödien und handgreiflichen Ehekräche anlässlich alkoholgesättigter Silvesterfeiern war vorüber. Die trübe Kälte vor den Fenstern schien jede Emotion zu ersticken. Bis auf die Küstenregionen lag ganz Deutschland unter einer dicken Schneedecke. In den Alpentälern steckten Tausende Skiurlauber fest, weil die Schneefräsen nicht mehr durchkamen. Der Neckar war zum ersten Mal seit vielen Jahren zugefroren, erste Waghalsige fuhren schon Schlittschuh darauf oder riskierten einen Spaziergang auf der glatten Ebene. Der Verkehr schleppte sich durch die Straßen, manche Autofahrer, solche Schikanen der Witterung nicht gewohnt, kamen schon beim Anblick der weißen Pracht ins Schlingern, und selbst die Kriminellen schienen vorsichtshalber auf Tauwetter zu warten, bevor sie sich wieder ihrer riskanten Tätigkeit widmeten. In Weinheim hatten die dortigen Kollegen in der vergangenen Nacht einen Tankstellenräuber einfach dadurch gefasst, dass sie durch die halbe Stadt hindurch und bis zu seiner Garage seinen Reifenspuren im frisch gefallenen Schnee folgten.

Januar war mein Monat für Statistik. Auf meinem Schreibtisch türmten sich die alljährlichen Datenabfragen, mit deren Hilfe das Innenministerium den dringenden Bedarf an weiteren Mitteln und zusätzlichem Personal begründen würde und die Landesregierung das Gegenteil. Da Kriminaldirektor Egon Liebekind, der Chef unserer Polizeidirektion und mein direkter Vorgesetzter, seit Wochen krank war, musste ich als sein Stellvertreter auch seinen Teil des mühseligen Zahlengefummels erledigen. Fallzahlen, Zunahmen und Abnahmen, Aufklärungs- und Fehlquoten, Krankheitstage, gefahrene Kilometer, verfallene Urlaubstage, verbrauchtes Benzin, gestiegene Telefonkosten, Verlustmeldungen. Selbst für die Menge des im vergangenen Jahr verbrauchten Klopapiers interessierte sich jemand in Stuttgart. Hier konnte ich sogar einen kleinen Erfolg melden: Es war uns gelungen, diese Kosten um sensationelle fünfkommadreiacht Prozent zu senken. Wie, entzog sich meiner Kenntnis. Vermutlich hatte ich mich bei den Zahlen vor einem Jahr einfach nur verrechnet.

Liebekind schien dieses Mal einen besonders heimtückischen Grippevirus erwischt zu haben. Seit Weihnachten hatte ich ihn nur ein einziges Mal zu Gesicht bekommen, anlässlich meiner Inauguration zum Kriminaloberrat am zweiten Januar. Eine halbe Stunde hatte er mir zu Ehren der kleinen Feier beigewohnt, dabei viel gehustet und hoffentlich nicht allzu viele angesteckt. Dann hatte er sich von Theresa, seiner Frau und meiner Geliebten, wieder nach Hause fahren lassen.

Beim Gedanken an Theresa lächelte ich unwillkürlich. Ich unterbrach die elende Rechnerei, um ihr eine längere Gute-Morgen-SMS zu schreiben. Sie antwortete fast sofort. Wie ich freute sie sich auf morgen. Dienstagabend war unser Jour fixe. Und irgendwie schaffte sie es zu kommen, auch wenn ihr Gatte nicht, wie an Dienstagen üblich, die Rotarier mit seiner Anwesenheit beehrte. Mit welcher Ausrede sie sich morgen davonstehlen würde, wusste ich nicht.

Sönnchen, meine tapfere Sekretärin, unterstützte mich nach Kräften und mit ihrer langjährigen Erfahrung als engste Vertraute diverser Kripochefs vor mir. Ihr richtiger Name war Sonja Walldorf, aber das wusste kaum jemand, da sie von allen und jedem nur Sönnchen genannt wurde.

Auch wir, die Polizei, verfolgten natürlich unsere Interessen bei dem Datenerfassungs-Wahnsinn. Deshalb rundete ich hier etwas auf, dort eher ab, schwindelte hier ein wenig, mogelte dort ein bisschen, reklamierte ohne Hoffnung Baumängel unserer immer noch neuen und schon wieder maroden Polizeidirektion, die schon mein Vorgänger erfolglos reklamiert hatte.

Ich verabscheute diese Art von Tätigkeit aus tiefstem Herzen. Aber sie gehörte nun einmal zum Job eines Kripochefs. Wie so oft beneidete ich meine Untergebenen, die jetzt draußen waren, mit Menschen zu tun hatten, Spuren suchten, Fakten sammelten, Vermutungen anstellten und wieder verwarfen. Und abends nach Hause gingen mit dem Gefühl, etwas getan und nicht nur Papier beschrieben zu haben.

Nach zwei Stunden legte ich Sönnchen die ersten Ergebnisse meiner lustlosen Bemühungen zum Nachrechnen auf den Schreibtisch. Dann schob ich noch ein Weilchen Papierstapel hin und her, schrieb Theresa eine zweite SMS, und eine halbe Stunde später war ich unterwegs nach Heddesheim. Der kleine Ort lag etwa fünfzehn Kilometer nordwestlich von Heidelberg.

4

Die Sonne war durchgebrochen, aber immer noch herrschte eine sibirische Kälte bei fast völliger Windstille. Der Schnee war so weiß, dass es in den Augen schmerzte, und im Wagen wurde es lange nicht warm. Als ich Heidelberg hinter mir gelassen hatte und endlich ein wenig schneller fahren konnte, wirbelte hinter mir eine gleißende Schleppe von Schneekristallen über die Straße.

Heute sah ich das sich in den tiefblauen Himmel türmende Hochhaus bei Tageslicht. Vermutlich, um das Ganze etwas aufzulockern, wechselte die Farbe der Balkons alle zwei, drei Etagen. Ich zählte zwanzig Stockwerke. Das Haus passte an den Ortsrand von Heddesheim ungefähr so gut wie ein Flugzeugträger in einen Yachthafen.

Der Hausmeister wohnte im Erdgeschoss gleich links hinter dem Eingang. Er war ein massiger Mann Ende dreißig, den man mit seiner mächtigen Vollglatze, dem schon etwas angegrauten Rübezahlbart und der nietenübersäten schwarzen Biker-Hose für den Anführer einer drittklassigen Hells-Angels-Gruppe hätte halten können. Auf seinem grauen und zu engen T-Shirt prangte dann auch das rote Emblem von Moto Guzzi und der Schriftzug: Where Eagles fly.

»Hört das denn nie auf?«, maulte er, als er meinen Dienstausweis erblickte.

»Es hört dann auf, wenn wir den Täter haben.«

Aus der engen und mit Sperrmüllmöbeln vollgestellten Wohnung roch es nach gekochtem Kohl und alten Socken.

»Muss ich mit rauf, oder ist es okay, wenn ich Ihnen den Schlüssel gebe?«

»Schlüssel reicht.«

Seufzend griff er nach dem Bund, der neben der Tür an einem Haken hing. »Ich hab nämlich gerade was auf dem Herd. Und außerdem hat der Kleine Fieber. Ich möchte ihn ungern allein lassen.«

Wie zur Bestätigung hörte ich klägliches Wimmern. Der Hausmeister – den handgekrakelten Namen an der Klingel hatte ich inzwischen als Stachowiak entziffert – löste einen Schlüssel vom Ring und überreichte ihn mir, als wäre er froh, das lästige Ding endlich los zu sein.

»Wie lang werden Sie ihn brauchen?«

»Bis ich fertig bin.«

Er grinste schief. »Was suchen Sie eigentlich da oben? Ihre Leute haben doch jeden Millimeter schon dreimal mit der Lupe abgesucht.«

»Das weiß ich nicht«, antwortete ich wahrheitsgemäß.

Aus Anita Bovarys Wohnung schlug mir ein süßlicher, Übelkeit erregender Hitzeschwall entgegen. Irgendjemand hatte die Heizung bis zum Anschlag hochgedreht. Mit vorsichtigen Schritten durchquerte ich den winzigen Flur mit dem inzwischen eingetrockneten Blut am Boden, betrat den sonnendurchfluteten Wohn- und Schlafraum mit Kochnische, drehte den Thermostat auf null und riss die Balkontür auf. Die Wohnung war deutlich kleiner als die gegenüberliegende von Frau Hasenkamp. Ich hängte meinen Wollmantel an einen Haken im Flur, steckte die Hände in die Taschen und begann, mich umzusehen. Ich betrachtete die Dinge, die die Tote umgeben hatten, versuchte mir vorzustellen, was hier geschehen war vor kaum mehr als dreißig Stunden.

Die Einrichtung war gelinde gesagt ungewöhnlich und definitiv nicht gemacht, um bei Tageslicht besichtigt zu werden. Ein zerwühltes Polsterbett beherrschte den Raum. An der Wand über dem Kopfteil hing ein riesiger, goldgerahmter und stark nach vorne geneigter Spiegel. Er war so weit geneigt, dass Personen, die sich auf dem Bett tummelten, ungehinderte Aussicht auf sich selbst genossen. An den übrigen Wänden hingen zum Schreien schlechte Reproduktionen semipornografischer Ölschinken, den Boden bedeckte ein plüschiger, bordeauxfarbener Teppichboden, der hie und da schon Wellen warf. Auch die Wände waren rot gestrichen, die Vorhänge im selben Ton gehalten.

Über einer Stuhllehne hing ein schwarzes Kleid mit Spaghettiträgern, das sie vermutlich am Samstagabend getragen hatte. Ein ebenfalls schwarzes, knappes Spitzenhöschen, der dazu gehörige BH und schwarze Nylonstrümpfe lagen neben dem Bett verstreut.

In einer Nische zwischen Bett und Wand entdeckte ich einen Stapel Bücher. Auf dem gläsernen Nachttischchen auf der anderen Seite drei weitere. In einer Ecke neben dem Fenster eine rührend kleine Bar, die allerdings komplett leer war. Daneben hing ein zweiter, noch größerer Spiegel, der vermutlich für die Kundschaft gedacht war, die sich nach dem kostenpflichtigen Vergnügen ankleidete und nicht mit falsch geknöpftem Hemd vor die Tür treten wollte.

Im Bad Schminkzeug, überraschend wenig, eine nach Meer duftende, blassblaue Seife, ein noch unangebrochenes Shampoo für trockenes Haar, eine halbvolle Flasche einer teuren französischen Bodylotion. Ich öffnete sie und schnupperte daran. Der Duft war angenehm, und ich meinte, ihn gestern Morgen schon gerochen zu haben.

Das Bad entstammte der Zeit, als man moosgrünes Sanitärporzellan schick gefunden hatte. Ein wenig wunderte ich mich, wie wenig diese Frau gebraucht hatte, um sich schön und wohlriechend zu machen. Meine Töchter brachten es mit ihren fünfzehn Jahren problemlos auf die zehnfache Menge an Fläschchen und Tübchen, Döschen und Zerstäubern, Lippenstiften, Lotions und Cremes.

Über der Ablage hing ein in die Jahre gekommenes Badezimmerschränkchen mit teilweise schon blinden Spiegeltüren. Darin befand sich nichts außer einer halb leeren Zehnerpackung Kondome, gefühlsecht, Erdbeergeschmack. Die enge Dusche enthielt nichts außer rostbraunen Kalkrändern sowie einer weißen Flasche Duschgel von Chanel.

Anita Bovary hatte offensichtlich nicht geplant, hier länger zu bleiben als unbedingt nötig.

Als Nächstes besah ich mir den eigentlichen Tatort. Ich machte mit dem Ellbogen Licht im Flur und steckte die Hände wieder in die Taschen. An der Wohnungstür befanden sich drei Schlösser. Nur das unter der Klinke war von außen zu verschließen. Die beiden Sperrriegel darüber und darunter waren sichtlich neu und nur von innen zu betätigen. Vermutlich ein erst kürzlich angebrachter zusätzlicher Schutz gegen unerwünschten Besuch.

Vor wem hast du dich gefürchtet, Anita Bovary?

Betrat man die Wohnung von außen, dann befand sich die schmale, steingrau gestrichene Tür zum Bad linker Hand. Die Wand gegenüber war auf der ganzen Länge des Flurs mit einem deckenhohen Einbauschrank verkleidet, der, wie ich feststellte, weitgehend leer war. Ein noch fast neuer, edel wirkender Trenchcoat hing darin, ein schwarzer Wintermantel mit Pelzkragen, eine dunkelblaue gefütterte Jacke von H&M. Am Boden des Schranks zwei Paar Schuhe mit halbhohen Absätzen sowie hohe schwarze Pumps. Auf einer ausgebreiteten Zeitung ein Paar warm gefütterte knöchelhohe Stiefel, die die Tote vermutlich in der Tatnacht getragen hatte. Rund um die Sohlen hatten sich auf dem welligen Papier eingetrocknete Wasserränder gebildet. Auf der Stange hingen noch ein paar Kleidchen und zwei Paar Jeans. In den Fächern ein wenig Wäsche und zwei schwarze Pullis. Nichts außer der Winterjacke wirkte billig, das ein oder andere Teil sogar kostbar. Schwarz war offenbar ihre Lieblingsfarbe gewesen.

Wandte man sich in Richtung Wohnraum, dann lief man schon gegen die verglaste Tür, die ihn vom Flur trennte. Auf Grund einer intellektuellen Fehlleistung des Architekten oder Schlamperei des Schreiners öffnete sie sich nach außen, in den ohnehin engen Flur, und nicht nach innen, wo reichlich Platz gewesen wäre. Wäre es anders gewesen, dann wäre Anita Bovary vielleicht noch am Leben. So aber hatte sie sich nach zwei, drei erschrockenen, stolpernden Schritten rückwärts den Fluchtweg versperrt.

Mit der geschlossenen Zimmertür im Rücken war Anita Bovary zusammengebrochen, bewusstlos im Schock des plötzlich abfallenden Blutdrucks. Am Boden liegend, war sie dann innerhalb weniger Minuten verblutet.

Ich schaltete das Licht wieder aus und ging in den Wohnraum zurück.

Nach dem tödlichen Stich hatte der Täter vermutlich die Tür zum Wohnraum geöffnet, was gegen den Widerstand des davor liegenden Körpers nicht leicht gewesen sein dürfte. Wozu hatte er das getan? Wollte er etwas holen? Seine rund um das Bett verstreute Kleidung vielleicht? Oder nur die Handtasche des Opfers?

In diesem Moment wurde mir ein entscheidender Fehler in unseren bisherigen Überlegungen bewusst: Wenn der Mann, mit dem Anita Bovary die Nacht verbracht hatte, der Täter war, warum hatte er sie dann im Flur erstochen und nicht zum Beispiel auf dem Bett? Und woher hatte er das Messer gehabt? Mitgebracht? Aus der Miniküche, die zur Wohnung gehörte? Hatte es Streit gegeben, er war fortgerannt, nach zehn Minuten mit dem Messer in der Hand zurückgekehrt?

Noch einmal und jetzt genauer sah ich mich im Wohnraum um, blickte sogar unters Bett, kramte in den Schubladen der minimalistischen Kochnische, betrachtete eine einsame Putzmittelflasche unter der Spüle, einen Schwamm neben dem hin und wieder tropfenden Wasserhahn, zwei Töpfe und eine verbeulte Teflonpfanne im Wandschrank sowie ein bisschen Geschirr. Im zweiten Hängeschrank befanden sich ein paar Fertiggerichte sowie vier Weingläser, Pressglas aus dem Supermarkt, und zwei Dreiviertelliterflaschen Chianti, Preisklasse zweineunundneunzig, vermutlich aus derselben Quelle. Zwei weitere Gläser standen in der Spüle. In eines davon fielen regelmäßig Tropfen aus dem undichten Hahn.

Der schmale Kühlschrank summte gleichmütig vor sich hin und schepperte alle paar Minuten leise, wenn er sich für kurze Zeit ausschaltete. In seinen Fächern herrschte die übliche Leere eines Singlekühlschranks. Die wenigsten Menschen kochen gerne für sich allein, und Anita Bovary war in diesem Punkt offensichtlich keine Ausnahme gewesen. Kalorienreduzierte Margarine, auf deren Deckel glückliche, schlanke Menschen mit weißen Zähnen in die Sonne lachten, ein noch unangebrochenes Glas Marmelade mit Süßstoff, eine halb volle Flasche Weißwein, Pinot Grigio von überraschend guter Qualität, zwei verschrumpelte Äpfel. Ich schloss den Kühlschrank wieder.

Die Weingläser in der Spüle waren benutzt, an einem klebte ein wenig Lippenstift.

Evalina Krauss hatte recht: Alles hier wirkte provisorisch, unpersönlich, auf Zeit.

Vor wem hast du dich versteckt, Anita Bovary?

Vor wem sollten deine zusätzlichen Schlösser dich beschützen?

Trotz der Kälte trat ich hinaus auf den badetuchgroßen Balkon. Hier gab es nicht viel zu entdecken. Ein erbärmlich verrosteter, ehemals weiß lackierter Stuhl, der vermutlich schon seit Jahren nicht mehr benutzt wurde. Ein Blumentopf mit einem verdorrten Strunk in der Mitte, daneben ein blaues Blecheimerchen, halbvoll mit Sand, und eine große Tüte Papageienfutter.

Richtig, der verschwundene Vogel.

Inzwischen war es innen so weit abgekühlt, dass man es aushalten konnte. Es klopfte an der Wohnungstür. Ich öffnete. Vor mir stand der Hausmeister und sah mir zugleich verlegen und neugierig ins Gesicht.

»Wollte bloß mal gucken, ob alles in Ordnung ...«

»Kommen Sie herein. Ich wollte mich sowieso noch ein wenig mit Ihnen unterhalten. Ihr Sohn ist eingeschlafen?«

Er nickte, ging auf Zehenspitzen um die eingetrocknete Blutpfütze herum. In einer Hand trug er drei Bücher. »Ich bin alleinerziehend. Und obwohl ich mir hier den Tag einteilen kann, wie es mir passt, ist es oft ein ziemlicher Krampf. Kaum habe ich meine Werkzeugkiste gerichtet, um irgendwas zu reparieren, fängt er an zu brüllen. Bin ich müde, hat er Hunger, will ich schlafen, dann ist er wach.«

»Ich habe selbst zwei Töchter. Zwillinge. Aber die sind zum Glück schon fünfzehn.«

»Zwillinge müssen die Hölle sein, wenn sie klein sind!«

»Dafür hat man den ganzen Stress aber auch nur einmal.«

Ich verkniff mir die Frage, was aus der Mutter seines kleinen Sohnes geworden war.

»Ich habe gehört, Sie haben Frau Bovary ein paar Mal mit der Heizung geholfen?«, fragte ich stattdessen.

»Luft.« Er nickte fachmännisch. »Das Problem habe ich öfter in den oberen Wohnungen: Luft im Heizkörper. Und einmal war der Abfluss in der Dusche verstopft. Haare – das Übliche bei Frauen. Sie spülen dauernd ihre Haare in die Dusche, und dann wundern sie sich ...«

Ich lehnte mich mit dem Rücken an die Fensterbank aus Marmorimitat.

»Wie war sie so?«

Er sah an mir vorbei, als müsse er überlegen. Sein Blick war zu intelligent für seinen Job, fiel mir auf. Der Mann war vermutlich nicht immer Hausmeister gewesen.

»Nett.« Er lachte unsicher, wich meinem Blick immer noch aus. »Jedenfalls hat sie einen nicht gleich angeschnauzt, wenn mal was war.«

»Hat sie hin und wieder Besuch gehabt?«

Hilflos hob er die mächtigen Schultern. »Ich kann ja nicht jeden fragen, wohin er will, der unten zur Tür reinkommt. Im Haus wohnen über hundert Parteien. Die meisten kenne ich kaum vom Sehen.«

»Aber Frau Bovary haben Sie gekannt.«

Wieder lachte er, als wäre es hier verboten.

»Man hat natürlich gewusst, was mit dieser Wohnung los war. Die ... Damen haben öfter gewechselt, liegt vielleicht doch ein bisschen weit vom Schuss hier. Und ... Gott, ja ... da hat es mich natürlich interessiert, wer die neue Mieterin war. Und außerdem ...« Er zögerte, sah auf seine ausgelatschten Schuhe, dann zum ersten Mal direkt in mein Gesicht. »Was soll ich sagen, sie war eine Frau, sie war allein, und sie war ja nicht gerade hässlich …«

»Haben Sie versucht, sie anzumachen?«

Dieses Mal errötete er sogar ein wenig. Wandte den Blick wieder ab.

»Okay, ein bisschen, ja. Wir waren zusammen, allein in dieser komischen Plüschwohnung. Sie hat die Heizung immer bis zum Anschlag aufgedreht, hat wohl leicht gefroren, und dann diese … diese Bilder an der Wand …« Linkisch wies er auf ein Gemälde, das eine barocke Blonde zeigte, die mit spitzen Fingern ihre Vagina erforschte. »Da kann man schon auf komische Gedanken kommen als Mann.«

»Und wie hat sie reagiert?«

»Irgendwie …« Er zog eine grämliche Grimasse. »Gar nicht. Ich bin auch nicht so der Aufreißertyp. Habe nur so Andeutungen gemacht, aber sie war da irgendwie … taub.«

»Sie war aber keine von den Damen, wie Sie es ausdrücken? Weshalb hat sie dann diese irrsinnig hohe Miete bezahlt?«

»Kann ich Ihnen nicht sagen, sorry. Es war wohl ein bisschen eilig, und sie wollte eigentlich auch nicht lange bleiben, das hat sie schon am ersten Tag gesagt. Erst mal sollte es nur für ein paar Wochen sein. Aber dann ist doch ein Vierteljahr daraus geworden. Aber Ende des Monats wollte sie nun endgültig ausziehen. Sie hat mir erst vor ein paar Tagen die Kündigung vorbeigebracht.«

»Andere Frage: Hat sich in letzter Zeit jemand nach ihr erkundigt? Merkwürdige Fragen gestellt vielleicht?«

Nachdrückliches Kopfschütteln.

»Wie was das, als sie einzog? Wie kam sie hier an? Was hat sie Ihnen erzählt?«

»Das lief alles über mich. Der Vermieter wohnt in Flensburg oben und ist froh, wenn er sich um nichts kümmern muss. Ich habe den Vertrag ausgefüllt, habe ihr die Schlüssel gegeben, die Kaution und die erste Miete kassiert, und das war's auch schon gewesen.«

»Haben Sie sich ihren Ausweis zeigen lassen?«

»Wozu?« Jetzt sah er in die andere Ecke des Zimmers. »Ich

meine, wenn der Vermieter sagt, die wohnt jetzt hier, dann ist das doch wohl sein Bier.«

»Wenn Sie sich hier umsehen, fällt Ihnen auf, dass etwas fehlt?«

»Flaubert.« Er deutete auf das hohe Tischchen rechts neben der Balkontür. »Ihr Papagei. Der Käfig hat sonst immer da gestanden. Einen Heidenradau hat das Vieh gemacht. Er mag keine Fremden, hat sie mal gesagt. Wo ist er hin? Haben Ihre Leute den Geier als Zeugen mitgenommen?« Der Hausmeister grinste verlegen und sah wieder einmal auf seine speckigen Wildlederschuhe hinab. »Wer klaut denn um Himmels willen einen Papagei? Obwohl, manche sollen ja ganz schön wertvoll sein.«

»Flaubert«, sagte ich. »Bovary. Das ist wohl kein Zufall.« *Madame Bovary* von Gustave Flaubert, ein Bestseller des neunzehnten Jahrhunderts. Ich hatte das Buch nie gelesen.

Er hob die Hand, in der er immer noch die Bücher hielt. »Sie hat viel gelesen. Die hier sind auch von ihr. Hat sie mir geliehen. Ich wollte sie zurückbringen.«

Nach einem fragenden Blick, ob es erlaubt sei, legte er die Bücher aufs Bett.

»Wann haben Sie Flaubert zuletzt gesehen?«

»Ende Dezember war das, am Tag vor Silvester. Da ist das mit der Dusche gewesen. Da war er noch da und hat geschimpft wie ein Irrer. Vielleicht ist er in der Zwischenzeit gestorben? Obwohl, Papageien können ja ganz schön alt werden.«

Der inzwischen erbärmlich schwitzende Hausmeister sah mich unsicher an.

»Wie ist das, kann ich Ärger kriegen?«

»Weshalb?«

»Na, weil ich mir keinen Ausweis habe zeigen lassen.«

Angesichts seiner verlegenen Miene kam mir der Verdacht, dass die Frage den eigentlichen Grund seiner Unsicherheit bestenfalls streifte.

»War denn sonst noch irgendwas?«, fragte ich. »War etwas ungewöhnlich bei der Schlüsselübergabe?«

»Na ja.« Jetzt mied er wieder meinen Blick. »Sie hat, also, wie sie ihren Namen auf den Vertrag schreiben wollte … Anita, das ging noch ganz flott, aber beim Nachnamen, da hat sie auf einmal gestockt, das B hatte sie schon hingemalt, und dann hat es ausgesehen, als müsste sie überlegen, wie sie heißt.« Er zog die Nase hoch, malte mit der Spitze seines rechten Schuhs kleine Kreise auf den fleckigen Teppichboden.

»Sie denken, Bovary war nicht ihr wirklicher Name?«

»Das denke ich, ja.«

»Hat sie sich für französische Literatur interessiert?«

»Hat sie. Ihre anderen Bücher haben Sie ja vermutlich schon gesehen.«

Während ich um das Bett herumging, fuhr er fort: »Was auch komisch war: Die Miete hat sie überhaupt nicht interessiert. Und die Kaution hat sie bar bezahlt. Neunzehnhundert, ohne mit der Wimper zu zucken bar auf den Tisch gelegt, aus der Handtasche. Dann wollte sie wissen, wie sie die Miete bezahlen kann, solange sie noch kein Konto hat. Sie habe länger im Ausland gelebt, hat sie gesagt. Und sie hat mir die Miete später auch immer bar gegeben, und ich habe das Geld an den Vermieter überwiesen. Und, ach ja, dann wollte sie noch wissen, wo sie sich was zum Anziehen kaufen kann. Ich habe gesagt, in Mannheim oder in Heidelberg. Sie ist dann auch tatsächlich zwei- oder dreimal nach Mannheim gefahren und immer mit großen Tüten heimgekommen.«

Während der Hausmeister erzählte, hatte ich Anita Bovarys Bücher auf das Bett gelegt neben die drei anderen, die sich dort schon befanden. Die Bettwäsche duftete noch ein wenig nach ihrem Parfüm. Anita ohne Nachnamen hatte nicht nur viel, sondern auch ein wenig chaotisch gelesen. In nicht weniger als vier der Bücher – überwiegend gebundene Ausgaben – steckten Lesezeichen. Die Auswahl schien keinem Prinzip zu folgen. Neben Graham Greenes *Unser Mann in Havanna* lagen Victor Hugos *Der Glöckner von Notre Dame*, Philip Roths *Der menschliche Makel* und Patrick Süßkinds *Parfum*. Zwei Krimis von einer skandinavischen Autorin, deren Name mir nichts sagte, kamen zum Vorschein und schließlich Sten Nadolnys *Selim oder Die Gabe der Rede*. Seine Bücher verraten eine Menge über einen Menschen. Allerdings nur jemandem, der selbst gerne liest, und nicht dem Kollegen von der Spurensicherung, dessen Lektüre sich oft auf den Sportteil der Zeitung und das Fernsehprogramm beschränkt.

»Hat sie gesagt, wo im Ausland sie war?«, fragte ich, während ich den Nadolny aufs Bett zurücklegte. »Was sie dort gemacht hat? Was ihr Beruf ist?«

»Nein. Nichts hat sie gesagt.«

»Wie ist sie eigentlich angekommen?«

Stachowiak – endlich war mir der Name wieder eingefallen – sah mir verständnislos ins Gesicht.

»Mit dem Auto, im Taxi …?«

»Gute Frage.« Ratlos grinsend kraulte er seinen fransigen Bart. »Keine Ahnung, ehrlich gesagt. Sie hat gegen Mittag angerufen, ob die Wohnung noch zu haben ist, und zwei Stunden später war sie da. Sie wollte wissen, wie man hier wegkommt. Habe ihr gesagt, mit dem Bus nach Ladenburg, und von da geht dann ein Zug. Andererseits, in der Tiefgarage stehen eine Menge Autos rum. Schon möglich, dass eines davon ihr gehört.«

Für einige Sekunden schwiegen wir. Der Kühlschrank summte. Tief unter uns fuhr ein Motorrad mit heulendem Motor davon.

»Und?«, fragte der Hausmeister. »Kann ich nun Ärger kriegen wegen dem Ausweis und so?«

»Wenn Sie weiterhin so kooperativ sind, will ich diesen Punkt vergessen. Wie kommt man nachts eigentlich ins Haus?«

Verwundert sah er mich an. »Na, mit dem Schlüssel. Oder der, den Sie besuchen wollen, drückt den Türöffner. Eigentlich hängt unten auch ein großes Schild, dass man nachts abschließen soll. Seit das mit den Einbrüchen gewesen ist. Aber es hält sich so gut wie niemand dran.«

»Ich habe gesehen, dass im Erdgeschoss über den Fahrstuhltüren eine Videokamera hängt. Zeichnet die alles auf?«

»Das wollten Ihre Kollegen auch schon wissen. Da steht nur ein kleiner Monitor neben meinem Fernseher. So kann ich nebenher ein bisschen nach dem Rechten sehen, ohne dauernd an die Tür zu laufen. Aufgezeichnet wird aber nichts.«

Ein kleines Gerät am Gürtel seiner schwarzen Lederhose, die an ihm saß wie eine Wurstpelle, begann zu quäken.

»Babyfon«, erklärte er mit erschöpftem Grinsen, »ich muss …«

Er verabschiedete sich mit einem unsicheren Winken. Ich drückte ihm eines meiner Kärtchen in die Hand, und er nahm es entgegen, als wäre es eine Ehre für ihn.

Dann war ich wieder allein. Ich trat noch einmal zum Bett und betrachtete die ausgebreiteten Bücher. Eine Frau, die solche Autoren las, besaß mehr als zehn Bücher. Was hier vor mir lag, war vermutlich nur eine kleine, möglicherweise in Eile aus dem Regal gegriffene Auswahl einer größeren Sammlung. Ich nahm jeden einzelnen Band noch einmal zur Hand und blätterte ihn durch auf der Suche nach Hinweisen auf die Besitzerin. In einem der Bücher, die Stachowiak mitgebracht hatte, einer abgegriffenen Ausgabe von Thomas Manns *Zauberberg*, entdeckte ich auf Seite drei eine Stelle, wo etwas ausradiert worden war. Ich trat ans Fenster und hielt das Blatt gegen das Licht. »S. Breits…« Der Rest war nicht zu entziffern. Aber die Zauberkünstler in meinem Labor würden den Namen rasch wieder lesbar machen.

5

Beim Mittagessen in der Kantine setzte sich Balke an meinen Tisch. Er war sichtlich gut gelaunt. Auf seinem Teller thronte ein halbes Hähnchen auf einem Berg Pommes, ich selbst hatte mir einen Salat mit Thunfisch und Oliven gegönnt.

»Ich weiß inzwischen, wo sie am Samstag zu Abend gegessen hat«, begann er und riss dem Hähnchen gut gelaunt ein Bein aus. »Sie war im Ochsen in Ladenburg. Wir haben den Taxifahrer gefunden, der sie hingefahren hat. Das Personal in dem Lokal erinnert sich gut an sie, sie war nicht zum ersten Mal dort. Und – jetzt kommt's – außerdem erinnern sich die Mädels an einen Typ mit langen Haaren und Lederjacke. Die zwei Hübschen haben sich an dem Abend erst kennengelernt. Und wie es aussieht, hat eher sie ihn abgeschleppt als umgekehrt. Ihre Eroberung scheint aber ein ziemlicher Loser zu sein. Sie hat am Ende sogar seine Rechnung bezahlt.«

»Hat sie das öfter so gemacht?«

»Anscheinend ja. So ziemlich jeden Samstag hätte man sie gesehen im Ochsen. Und zwar mit dem unverkennbaren Ziel, nicht allein nach Hause zu fahren.«

»Das klingt nicht gerade, als hätte sie den Mann aus finanziellen Interessen mitgenommen.«

»Nee.« Balke lutschte sich die Finger ab. Sein Hähnchen verwandelte sich zügig in einen Berg Knochen. »Das waren wohl eher die Interessen des Unterleibs.«

Plötzlich hatte ich keinen Appetit mehr auf Salat und beneidete ihn um seine Kalorienbombe. Ich legte das Besteck auf den erst halb leeren Teller, faltete die Hände im Nacken und sah aus dem Fenster. Die Sonne, die den Vormittag über vom azurblauen Himmel gestrahlt hatte, war inzwischen hinter milchigen Wolken verschwunden. Für den Abend hatte der Wetterbericht schon wieder Schnee angedroht.

»Sie hat Gesellschaft gesucht und ist an den Falschen geraten ...«, überlegte ich.

»Sie hat übrigens tatsächlich eine Handtasche bei sich gehabt. Die Bedienung ist sich in dem Punkt ganz sicher. Eine schwarze Lackhandtasche. Und es sei eine ziemliche Menge Bargeld drin gewesen.«

»Ihr Lover sieht das Geld«, spekulierte ich weiter, »will sie nachts beklauen, sie wacht auf, holt ihn im Flur ein, stellt ihn zur Rede ...«

»Dummerweise haben wir aber keine Spuren von einem Handgemenge gefunden.« Balke schob zufrieden seinen Teller zur Seite und sah nun ebenfalls aus dem Fenster. »Klara hat's gut«, seufzte er nach einer Weile. »Die liegt jetzt in Griechenland in der Sonne, guckt aufs Meer und lässt sich von ihrem Göttergatten verwöhnen.«

»Hat man schon was von ihr gehört?«

Er lachte leise. »Sie sind ja gestern erst geflogen.«

Richtig. Die Hochzeitsfeierlichkeiten waren erst in den Morgenstunden des gestrigen Tages zu Ende gegangen. Mir kam es vor, als sei es vor Wochen gewesen.

»Ich habe den Mädels im Ochsen unser Phantombild gezeigt. Sie haben ihn sofort wiedererkannt.«

Ich nickte ihm anerkennend zu. »Wenn sie so weitermachen, dann haben Sie den Täter, bevor Sie wissen, wer sein Opfer ist.«

Balke runzelte die Stirn. »An der Front rührt sich bisher leider nichts.«

Ich erzählte ihm von Flaubert und dem Hausmeister. »Sie sollten sicherheitshalber alle Wagen durchchecken lassen, die in der Tiefgarage und in der Nähe des Hochhauses stehen. Und den Hausmeister sollten Sie auch mal diskret durchleuchten. Der hat irgendwas zu verbergen.«

Überrascht sah er mich an, zückte seinen PDA aus der Gesäßtasche seiner Jeans, sein elektronisches Gedächtnis, und tippte eine Weile darauf herum.

»Was sagen die Leute in dem Lokal sonst über sie?«, fragte ich.

»Dass sie gutes Trinkgeld gegeben, mit Berliner oder ostdeutschem Akzent gesprochen und beim Essen kräftig zugelangt hat. Und – jetzt fällt's mir ein – sie habe an den Abenden immer eine ziemlich teuer aussehende goldene Halskette getragen und ein dazu passendes, ebenfalls goldenes Armband. Beides haben wir bisher nicht gefunden. Eine der Bedienungen meint, unsere Anita habe sich nie ans Fenster gesetzt und immer so, dass sie die Tür im Auge hatte.«

Vor wem hast du dich nur so gefürchtet, Anita Namenlos? Oder S. Breitschwerdt? Für meine Spezialisten war es tatsächlich nur eine Sache von Sekunden gewesen, die ausradierte Schrift in dem Buch zu entziffern. S wie Sandra, Sarah, Susanne, Sabine?

Balke erhob sich schwungvoll, packte sein Tablett und nickte mir optimistisch zu.

Noch am selben Nachmittag, um fünfzehn Uhr sechsundvierzig und somit knapp siebenunddreißig Stunden nach dem Mord, wurde Gregor Reuschlin in Saarbrücken festgenommen. Ich erfuhr es nur wenige Sekunden nach Balke. Der Mann war Kollegen von der Bundespolizei aufgefallen, weil er sich im dortigen Hauptbahnhof herumdrückte, zwar mit einer zerknitterten Fahrkarte nach Paris in der Tasche, aber mit so offensichtlichem Entsetzen im Gesicht, dass die Kollegen sich seine Papiere zeigen ließen. Reuschlin hatte keinerlei Widerstand geleistet. In seinem Ausweis stand eine Adresse in der Ladenburger Altstadt, nur wenige Kilometer vom Tatort entfernt.

»Hättest du mal ’ne Minute, Paps?«, fragte Sarah am Montagabend.

Sie war so leise ins Wohnzimmer getreten, dass ich sie gar nicht bemerkt hatte. Ich nahm die Fernbedienung zur Hand und stellte die Musik leiser.

»Was gibt’s?«

»Es ist wegen Loui. Die ist echt voll peinlich in letzter Zeit.«

»Und wie äußert sich das?«

Verlegen sah sie auf ihre Füße, die in Pantoffeln in Form von Dalmatinerbabys steckten. Wie Louise trug sie seit Neuestem gerne zerlöcherte Jeans, die man guten Gewissens nicht einmal mehr in die Wertstofftonne stopfen konnte, und dazu ein viel zu offenherziges Top. Ihre Lippen waren heute hellrot geschminkt, die Fingernägel schwarz lackiert. Ein wenig beunruhigte mich der Aufwand, den die beiden neuerdings in ihr Outfit investierten.

»Dauernd macht sie Fehler«, fuhr Sarah mit ihrer Anklage fort. »Sagen auch die anderen. Sie ist einfach nicht bei der Sache, und wenn man mal was sagt, dann tickt sie aus, fängt an rumzukreischen und ist tagelang eingeschnappt.«

»Und woran liegt das, deiner Meinung nach?«

»Sie spinnt.« Ratlos zuckte sie die Achseln. »Außerdem ist sie natürlich eifersüchtig, weil ich Fanpost kriege und sie nicht.«

»Du kriegst Fanpost?«

»Ach, bloß zwei, drei Briefe von irgendeinem Hirnie, der mich unbedingt heiraten will. Aber sie ist natürlich trotzdem neidisch.«

»Wo steckt sie eigentlich?«

»Loui hockt im Zimmer und hört Musik. Da kann der Schrank umfallen, und sie kriegt es nicht mal mit, wenn sie die Stöpsel von ihrem iPod in den Ohren hat. Wenn sie so weitermacht, dann ist sie an Ostern taub.«

»Hast du sie mal darauf angesprochen?«

»Wie denn? Sie dreht doch sofort durch, wenn man sie mal ein winziges bisschen kritisiert. Könntest du nicht vielleicht …?«

Nach kurzem Überlegen beschloss ich, pädagogisch vorzugehen.

»Ich schlage vor, ihr versucht erst mal, das Problem unter euch zu lösen. Schließlich seid ihr keine Kinder mehr, wie ihr immer wieder betont. Und falls ihr absolut nicht klarkommt, dann reden wir weiter. Zusammen finden wir bestimmt eine Lösung.«

Zum Zeichen, dass das Gespräch beendet war, erhob ich mich und ging in mein Arbeitszimmer hinüber, um die Post durchzusehen. Für einen Montag war es überraschend viel. Werbung für eine neue, angeblich besonders preisgünstige Autoversicherung, die Jahresabrechnung der Stadtwerke. Unser Stromverbrauch war schon wieder gestiegen, vermutlich eine Folge des PCs meiner Mädchen. Außerdem eine persönliche Einladung zur Vernissage eines mir vollkommen unbekannten jungen Bildhauers, die ich in den Papierkorb warf und gleich darauf wieder herausfischte. Die Abrechnung eines Aktienfonds, den mir ein Berater meiner Bank vor zwei Jahren wärmstens ans Herz gelegt hatte und der seither knapp die Hälfte seines Werts eingebüßt hatte. Schließlich noch ein Brief ohne Absender.

Der Umschlag war grau und billig, mein Name und die Anschrift waren handgeschrieben. Ich riss ihn auf und zog eine schwarzweiße Kunstpostkarte heraus. Das Motiv hatte ich nie zuvor gesehen, ich erkannte jedoch den Stil des Künstlers: Was ich in Händen hielt, war die Reproduktion einer der apokalyptischen Radierungen aus Francisco de Goyas Zyklus »Desastres de la Guerra«. Es zeigte eine Ansammlung blutender, geschundener Leiber, bei denen man tot und lebend, Mörder und Opfer, längst nicht mehr unterscheiden konnte. Auf der Rückseite in derselben Handschrift wie auf dem Umschlag eine einzige Zeile:

Süß schmeckt dem Menschen das Brot der Lüge, hernach aber füllt sich sein Mund mit Kieseln. Die Handschrift war ebenmäßig und rund, vielleicht von einer Frau. Der Text, vermutlich ein Bibelzitat, mit Füller geschrieben. Ratlos steckte ich die Karte in den Umschlag zurück und warf das Ganze nach kurzem Zögern in den Papierkorb. Anscheinend fühlte sich jemand berufen, sich um mein Seelenheil zu sorgen.

»Ihr Name ist Gregor Reuschlin«, eröffnete Balke am Dienstagmorgen die Vernehmung in einem Ton, als wäre bereits dies ein Verbrechen.

Unser Verdächtiger nickte zaghaft. Sein Anwalt runzelte würdevoll die Stirn.

»Sagen Sie bitte laut und deutlich Ja«, forderte ich Reuschlin auf. Seit ich in Heidelberg Kripochef war, wurde jede Vernehmung, und sei sie noch so unbedeutend, aufgezeichnet. Es war in der Vergangenheit nicht nur bei uns immer wieder vorgekommen, dass ein Täter freigesprochen wurde, nur weil jemand beim Protokoll einer Vernehmung geschlampt hatte.

»Ja.« Reuschlin nickte zur Bekräftigung noch einmal und hustete. »Gregor Reuschlin, so heiß ich, ja.«

Er war anders, als ich ihn mir vorgestellt hatte. Kleiner, weniger heruntergekommen, als die Zeugen ihn beschrieben hatten. Vor allem aber war er sehr, sehr kleinlaut. Den Blick hielt er hartnäckig gesenkt. Er trug eine schon etwas verschlissene, jedoch saubere schwarze Jeans und dazu ein Flanellhemd, das aussah, als hätte er nicht nur einmal darin geschlafen. Sein schulterlanges, ursprünglich dunkles und schon deutlich gelichtetes Haar war von grauen Strähnen durchsetzt, das Gesicht schmal und eingefallen, die Nase groß und hakenförmig, die Haut ungesund gelblich-grau. Rasiert hatte er sich vermutlich am Samstagmorgen zum letzten Mal.

Wir saßen zu viert im überheizten Verhörzimmer. Balke, unser zerknautschter Verdächtiger, sein gelangweilter Anwalt mit dunklem Vollbart und ich. Draußen schneite es aus einem grauen Himmel, der wie eine Bleiplatte über Heidelberg lag.

Ich erledigte die Förmlichkeiten, klärte Reuschlin über seine Rechte auf sowie darüber, dass er dringend des Mordes an einer Frau verdächtigt wurde, von der wir bisher nichts als den Vornamen wussten.

»Was sind Sie von Beruf?«, fragte ich dann.

»Also, gelernt hab ich Chemielaborant«, murmelte Reuschlin. Ich schob das Mikrofon näher an ihn heran. »Bei der BASF in Ludwigshafen drüben. Später hab ich noch ’nen Technikerkurs drangehängt, und dann hab ich sogar noch ein Studium an der FH in Darmstadt angefangen. Hab ich aber nicht gepackt und nach drei Semestern geschmissen.«

Dass er so bereitwillig Auskunft gab, machte Hoffnung. Mancher Verdächtige konnte sich zu Beginn nicht einmal an sein Alter erinnern.

»Anschließend sind Sie wieder zu Ihrem alten Arbeitgeber zurück?«

Diese Frage war im Grunde vollkommen sinnlos. Sie diente lediglich dazu, die Atmosphäre zu entkrampfen, dem hin und wieder zitternden Verdächtigen seine Angst zu nehmen.

»Ja, genau.« Reuschlin sah auf seine Hände. Die Finger der Rechten waren gelb von ungezählten Zigaretten. »Die ganze Fortbilderei ist komplett für ’n Arsch gewesen. Hab hinterher keinen Cent mehr verdient, und der Job war sogar noch schlimmer als vorher. Später hab ich dann zum Glück was an der Uni gefunden, hier in Heidelberg. Da ist es eigentlich ganz okay gewesen. Bis vor zwei Jahren. Da konnt ich dann nicht mehr.«

»Aus welchem Grund haben Sie aufgehört?«

»Die Gesundheit. Erst war’s bloß ’ne Allergie, Ausschlag an den Händen, der natürlich überhaupt nichts mit der Arbeit zu tun hat, hat’s geheißen. Wir haben ja alle möglichen Analysen gemacht, jeden Tag hatten wir’s mit anderen Substanzen zu tun, und da kann man natürlich nicht sagen, wo genau es dran gelegen hat. Dann hab ich auch noch Asthma gekriegt, und dann haben sie mich gefeuert. Wegen der Krise. Die Forschungsmittel sind gekürzt worden, und sie hatten keine Arbeit mehr für mich. Als Berufskrankheit haben sie’s nicht anerkannt. Hätt ich eben weniger rauchen sollen, hat der Arzt bloß gemeint.« Reuschlin schlug sich mit dem Handballen an den Kopf und verdrehte die Augen. »Seither hab ich auch manchmal diese komischen Aussetzer. So Filmrisse, irgendwie.«

Der Anwalt nickte ernst und machte sich eine Notiz. »Für die Erinnerungsstörungen meines Mandanten werden wir selbstredend ein ärztliches Attest beibringen.«

»Wie genau äußert sich das?«

Ich sah den Anwalt an, ob er mit der Frage einverstanden war. Er reagierte nicht.

»Manchmal steh ich irgendwo und weiß gar nicht, wie ich da hingekommen bin. Oder ich will das Geschirr abwaschen, und wie ich in die Küche komm, da ist es schon sauber im Schrank. So Sachen.«

»Ihr Wohnort?«, fragte Balke so ungerührt, als hätte er die ganze Zeit nicht zugehört.

»Hab eine kleine Einzimmerwohnung in Ladenburg, ganz in der Nähe vom Bahnhof. Früher, da hab ich 'ne super Wohnung in Ludwigshafen gehabt, mit Balkon und Aussicht auf den Rhein und extra Klo und allem. Die hab ich aber verkaufen müssen. In Ladenburg ist die Luft besser. Mein Asthma ist viel besser geworden seither. Nur das mit diesen Aussetzern ...«

»Seit Sie arbeitslos sind, tun Sie also gar nichts mehr?«

Gregor Reuschlin wechselte einen Blick mit seinem Anwalt. Der senkte kurz die Lider zum Zeichen, dass die Frage ungefährlich war.

»Hin und wieder schon«, gestand unser Verdächtiger daraufhin. »Ich helf manchmal in einer kleinen Firma in Ilvesheim aus, wenn Not am Mann ist. Ich kann Ihnen gern mal vorrechnen, was ich im Monat an Rente krieg, und dann können Sie mir mal vorrechnen, wie ein Mensch davon leben soll.«

Dumm war Reuschlin offenbar nicht. Und welche Strategie sein Rechtsbeistand sich zurechtgelegt hatte, war offensichtlich.

»Okay.« Ich räusperte mich zum Zeichen, dass wir nun allmählich zur Sache kamen. »Wo waren Sie in der Nacht von Samstag auf Sonntag, Herr Reuschlin?«

Er faltete fromm die Hände auf der Tischkante und schloss die Augen. »Im Ochsen. Abendessen und was trinken.«

»Und weiter?«

»Wieso fragen Sie? Sie wissen's doch sowieso schon.«

»Ich würde es gerne von Ihnen selbst hören.«

»Hab wen kennengelernt«, murmelte er. »Die Anita.«

»Es war also das erste Mal, dass Sie Frau Bovary getroffen haben?«

»So heißt sie, Bovary?«

»Zumindest ist das der Name, der an ihrer Klingel steht«, knurrte Balke mit einem Blick, als wollte er Reuschlin demnächst ohrfeigen.

»Sie sind ins Gespräch gekommen…«, sagte ich geduldig und warf Balke einen warnenden Blick zu.

»Sie ist echt nett gewesen, die Anita. Und so 'nen lustigen Dialekt hat sie gehabt. Und dann … na ja … war natürlich bald klar, was Sache war. Die ist ganz schön rangegangen, und ich hab natürlich nichts dagegen gehabt. Hässlich ist sie ja nicht, und man ist ja auch ein Mann …«

»Sind Sie öfter in dem Lokal?«

»Nein, nie. Normal esse ich daheim und trink das billigste Bier, das Sie bei Lidl kaufen können.«

»Und weshalb ausgerechnet am Samstag nicht?«

»Ich …« Reuschlin kniff die Augen fest zu und riss sie wieder auf. »Hab Geburtstag gehabt.«

»Sie haben also zusammen gegessen …«

»Sie hat es mitgekriegt, das mit meinem Geburtstag, und da hat sie gesagt, das ist ja lustig, weil, sie hat am selben Tag Geburtstag wie ich.«

»Am siebzehnten Januar also?«

Er nickte. »Ich hab Wiener Schnitzel mit Kartoffelsalat gegessen. Die machen da einen spitzenmäßigen Kartoffelsalat, im Ochsen, und das Schnitzel ist vom Kalb, wie sich das gehört, und nicht vom Schwein. Sie hat einen Sekt spendiert, und Wein haben wir auch getrunken. Wir haben über die Wirtschaftskrise geredet und das ganze Elend mit der Arbeitslosigkeit und alles. Sie hat 'ne Menge verstanden von so Sachen, die Anita, das muss man schon sagen.«

Dass die Frau tot war, erstochen, hatte er bereits bei seiner Festnahme in Saarbrücken gewusst. Angeblich im Radio gehört. Auf diesen Punkt würde ich noch zu sprechen kommen.

»Hat sie Ihnen erzählt, wo sie herkommt und was sie beruflich macht?«

»Da ist sie irgendwie komisch gewesen. Sie hat so gut wie nichts von sich erzählt. Wenn ich sie was gefragt hab, dann hat sie so gelächelt und ist ausgewichen. Ist mir natürlich auch egal gewesen. Ich wollt sie ja nicht heiraten.«

»Wie war sie denn so?«, wollte Balke wissen. »Als Frau, meine ich?«

»Eine nette Stimme hat sie gehabt und so einen witzigen Akzent eben. Aber ein bisschen ... wie soll ich sagen ... Sie hat eben nicht gern was von sich erzählt. Als müsst sie ständig aufpassen, dass sie sich nicht verplappert.«

Reuschlin verstummte, aber bevor ich ihn ermuntern musste, fuhr er fort: »Später sind wir dann zu ihr.«

»Wie?«

»Na, mit dem Taxi. Da muss es schon lang nach zehn gewesen sein. Sie wollt unbedingt mein Schnitzel bezahlen und meine zwei Viertel auch. Da hat sie drauf bestanden. Mir ist das ein bisschen peinlich gewesen, weil, normalerweise lädt ja der Mann die Frau ein und nicht umgekehrt. Aber wenn sie unbedingt will, hab ich gedacht, und es war ja schließlich mein Geburtstag.«

Reuschlins Gesicht war jetzt in ständiger Unruhe. Seine knochigen, nikotingelben Finger hatten sich ineinander verkrampft.

»In ihrer Wohnung hat sie dann noch eine Flasche Weißwein aufgemacht. Zur Feier des Tages, hat sie gemeint, und Sekt hätt sie leider keinen da. Ich hab gesagt, ist aber verdammt warm hier bei Ihnen, und da hat sie gelacht und gesagt, ich könnt ruhig schon mal was ausziehen. Wir haben noch ein Glas getrunken, und dann ist sie ziemlich flott zur Sache gekommen.«

Wie schon zuvor schloss er kurz die Augen, um sie gleich darauf weit aufzureißen. Der Anwalt blickte stirnrunzelnd auf seine Uhr. Dieses Mal war die Pause länger als zuvor. Auf dem Flur draußen lachten zwei Männer. Unten fuhren kurz nacheinander drei Streifenwagen mit eingeschalteten Martinshörnern vom Parkplatz. Ich räusperte mich.

»Die halb leere Weinflasche habe ich im Kühlschrank gesehen«, sagte ich, um zu zeigen, dass ich Reuschlin so weit Glauben schenkte. »Und auch die Gläser in der Spüle.«

Die Streifenwagen waren schon nicht mehr zu hören. Jetzt war es für Augenblicke vollkommen still. Vor dem Fenster schneite es unaufhörlich in schweren Flocken. Es schien von Minute zu Minute dunkler zu werden.

Balke klopfte mit seinem Kuli auf den Tisch. »Und weiter?«

»Na, was wohl?«, knurrte Reuschlin mit gesenktem Blick. »Wir sind ins Bett und später sind wir eingeschlafen. Irgendwann in der Nacht hab ich aufs Klo müssen.«

»Wann war das ungefähr?«

»Hab nicht auf die Uhr geguckt. Spät. Es ist ganz still gewesen im Haus.«

»Die Frau hat geschlafen?«

»Wie ein besoffenes Murmeltier. Geschnarcht hat die ...«

Reuschlin wagte längst nicht mehr, einem von uns in die Augen zu sehen.

»Und nachdem Sie auf dem Klo waren, sind Sie auch wieder ins Bett.« Balke hatte sein aggressives Gehabe endlich abgelegt.

Der Anwalt betrachtete abwechselnd uns und seinen Mandanten wie ein Professor, der mit den bisherigen Leistungen seiner Studenten im Großen und Ganzen zufrieden ist. Ein vierter Streifenwagen jaulte los. Da musste etwas Größeres passiert sein.

Balke legte mit seinem Stift auf dem Tisch ein Schlagzeugsolo hin. »Vielleicht könnten wir dann langsam mal zum Punkt kommen ...«

Reuschlin schwieg noch für zwei Sekunden, dann sah er auf. »Nein, das stimmt nicht. Ich bin nicht wieder ins Bett. Ich hab mich leise angezogen und bin gegangen. Sie ist nicht mal aufgewacht dabei. Sie hat geschlafen, und sie hat geschnarcht. Und sie hat noch gelebt.«

Ich lehnte mich zurück und legte die Hände auf den Tisch. Balke stöhnte auf und warf den Stift so heftig auf den Tisch, dass er auf Reuschlins Seite zu Boden fiel. Es hatte so hoffnungsvoll begonnen.

Der Anwalt schmunzelte kaum merklich. Reuschlin bückte sich, um Balkes Stift aufzuheben und brav auf den Tisch zu legen.

»Herr Reuschlin«, sagte ich schließlich, »die Kollegen in Saarbrücken haben in Ihrer Jackentasche dreizehn Fünfzig-Euro-Scheine gefunden und eine Damenarmbanduhr. Auf den Scheinen sind mit Sicherheit die Fingerabdrücke der Frau, die Sie erstochen haben. Die Armbanduhr passt perfekt um das Handgelenk Ihres Opfers.«

»Moment mal!« Plötzlich war der Anwalt hellwach.

»Ich korrigiere mich: passt perfekt um das Handgelenk der Frau, mit der Sie in der Nacht von Samstag auf Sonntag im Bett waren.«

»Ich ... ich hab sie beklaut, ja. Aber umgebracht hab ich sie trotzdem nicht.«

»Sie geben also zu, die Handtasche an sich genommen zu haben?«, hakte ich sofort ein.

Reuschlin nickte müde.

»Und anschließend sind Sie zum Bahnhof und haben sich eine Fahrkarte nach Paris gekauft? Was wollten Sie dort?«

»Weiß auch nicht.« Er schloss die Augen und riss sie wieder auf. »Wollt einfach irgendwohin. Weg. Wollt mir was leisten von dem Geld. Hab lang genug in meiner Bude gehockt und trocken Brot gefressen.«

»Und da hatten Sie praktischerweise mal wieder einen Ihrer Aussetzer.« Balke schlug mit der einen Hand auf den Tisch und griff sich mit der anderen an den Kopf.

»Genau.« Reuschlin nickte ernsthaft. »Erst in Saarbrücken, da war's schon hell, und da ist mir erst klar geworden ... Weiß auch nicht. Scheiße, Mann!«

»Das ist doch kompletter Blödsinn, was Sie hier absondern«, stöhnte Balke. »Sie haben schon im Lokal gesehen, dass die Frau einen dicken Packen Scheine in der Handtasche hatte. In der Nacht haben Sie sich die Handtasche geschnappt und die Uhr und wollten sich verkrümeln. Dummerweise ist sie aber aufgewacht, es hat eine Rauferei gegeben, Sie haben Ihr Messer genommen ...«

Reuschlin schlug die Hände vors hagere Gesicht. »Nein!«, schrie er. »So war's nicht! Nein!«

»Haben Sie wegen was anderem Streit gekriegt? Kommt ja schon mal vor, wenn man zusammen säuft.«

»Nein! Nein!«

»Wie war es dann?«, fragte ich hart. »Nun reden Sie endlich!«

»So geht das nicht, meine Herren«, erklärte der Anwalt mit pastoraler Strenge.

»Ich ...« Reuschlin starrte keuchend auf die Tischplatte. »Ich weiß nicht. Ehrlich, ich weiß es nicht. Bitte, glauben Sie mir. Ich weiß nur eines: Ich hab sie nicht umgebracht. Ich könnt so was doch gar nicht!«

Der Anwalt notierte sich noch etwas.

»Wir vertagen das Gespräch auf morgen«, verkündete ich förmlich und erhob mich. »Bis zum Abschluss der kriminaltechnischen Untersuchungen bleiben Sie in Haft.«

Der Anwalt klappte kommentarlos sein Notizbuch zu.

»Vorerst letzte Frage«, sagte ich, als Reuschlin, begleitet von zwei uniformierten Kollegen, schon an der Tür war. »Haben Sie in der Wohnung einen Papagei gesehen?«

Er wechselte mit seinem Rechtsbeistand einen unsicheren Blick. Dann sah er mich an.

»Ist das 'ne Fangfrage oder so was?«, fragte Reuschlin.

»Nein, das ist eine ganz einfache Frage: War da ein Papagei?«

»Sie meinen, so einer im Käfig?«

»Wo sonst?«

»Nein. Das hätt ich gesehen, wenn da einer gewesen wär. So groß war die Wohnung ja nicht.«

»Und noch eine allerletzte Frage: Was haben Sie eigentlich mit der Handtasche gemacht?«

»Weggeschmissen.«

»Wo?«

»Weiß nicht. Irgendwo auf dem Weg nach Ladenburg.«

»Ein bisschen genauer vielleicht? Das sind fünf Kilometer.«

»Ich weiß es doch nicht mehr, Herrgott! Ziemlich bald, denk ich. Mir ist saukalt gewesen. Ich hab echt gedacht, ich frier mich tot. Über eine Stunde bin ich gelaufen, als wär der Teufel hinter mir her. Ich hab das Geld rausgenommen und die Tasche irgendwohin geschmissen. War mir doch scheißegal, wohin.«

»In einen Mülleimer vielleicht?«, fragte ich geduldig weiter. »Oder eher irgendwo ins Gebüsch?«

In hilfloser Verzweiflung hob Gregor Reuschlin die knochigen Hände in Schulterhöhe.

»Ich. Weiß. Es. Doch. Nicht.«

6

»Was halten Sie von seiner Geschichte?«, fragte Balke, als wir uns später zusammensetzten, um die neuesten Ergebnisse seiner Soko durchzugehen.

»Schwer zu sagen. Zumindest teilweise sagt er die Wahrheit. Aber es ist noch nicht die ganze Geschichte.«

Balke nickte. Eine erste Durchsuchung von Reuschlins ärmlicher, aber überraschend aufgeräumter Wohnung hatte nichts zutage gefördert, was uns in irgendeiner Weise weiterbrachte. Der Blick in seine Vergangenheit schon eher.

»Er war schon mehrfach gewalttätig gegen Frauen.« Mein Mitarbeiter rieb sich das Gesicht. »Ein paar Jahre war er sogar verheiratet, aber die Frau hat ihn wegen wiederholter Gewalttätigkeit verlassen. Eine andere, eine Zufallsbekanntschaft Jahre später, hat er verprügelt und bespuckt, weil sie nicht so wollte wie er. Hat ihm ein halbes Jahr auf Bewährung eingebracht.«

»Das passt ja ganz gut ins Bild.«

»Bis auf die Tatsache, dass er damals kein Messer benutzt hat.« Balke sah gedankenverloren hinaus in den grauen Himmel. »Wenn nur dieser widerliche Schnee endlich wegtauen würde«, seufzte er nach einer Weile. »Ich habe heute Morgen die ganze Strecke absuchen lassen, die Reuschlin nach der Tat gegangen sein muss. Mit Metalldetektoren und allem. Aber da liegen stellenweise vierzig Zentimeter Schnee, an vielen Ecken haben die Schneepflüge regelrechte Berge zusammengeschoben.«

»Früher oder später wird es tauen. Und Reuschlin läuft uns ja nicht weg.«

Mein Telefon summte.

»Da ist eine Frau, die Sie unbedingt sprechen will«, sagte Sönnchen. »Ich weiß, Sie wollen nicht gestört werden. Aber es geht um den Mord in Heddesheim, und da hab ich gedacht …«

Ich erkannte die Stimme schon bei den ersten Worten: Ute Hasenkamp, die pensionierte Lehrerin.

»Frau von Freithal ist aus Neuseeland zurück«, sagte sie mit ihrer jugendlich hellen und jetzt zudem ein wenig aufgekratzten Stimme. »Und stellen Sie sich vor, was sie in ihrer Wohnung entdeckt hat!«

Seit zwei Stunden schneite es nicht mehr, die meisten Straßen waren inzwischen geräumt. Der Verkehr war mäßig, da viele Kurpfälzer ihre Autos vorsichtshalber in der Garage ließen. So kamen wir gut voran auf dem Weg nach Heddesheim. Balke hatte irgendeinen Termin, deshalb hatte ich Rolf Runkel als Fahrer und Begleiter mitgenommen.

Unterwegs unterhielten wir uns über seine inzwischen sechs Kinder, die er im Jahrestakt in die Welt setzte, seit er – im Alter von fast fünfzig Jahren – eine Philippinin geheiratet hatte. Zurzeit waren fast alle seine Kinder krank. Das kannte ich aus eigener Erfahrung: Die Kinder brachten Bazillen aus dem Kindergarten mit nach Hause und Viren aus der Schule, steckten sich reihum gegenseitig an, und kaum waren die Ersten wieder halbwegs gesund, begann der Reigen von vorn. Ich sprach ihm mein Mitgefühl aus, aber er lachte nur.

»Da müssen die durch«, meinte er. »Ist gut für die Abwehrkräfte.«

Elvira von Freithal erwartete uns schon ungeduldig in ihrer Wohnungstür. Sie entpuppte sich als eine energiegeladene und vom neuseeländischen Sommer braun gebrannte Dame Anfang siebzig mit silberfarbenem Haar.

»Ich habe nicht den leisesten Schimmer, wie dieses Tier in meine Wohnung kommt!«, erklärte sie empört, als wir ihre Zweizimmerwohnung betraten, die genau spiegelbildlich zu der von Frau Hasemkamp zu sein schien.

»Kräch!«, sagte Flaubert.

Der beängstigend große hellgraue Papagei mit roten Schwanzfedern hockte in einem etwa anderthalb Meter hohen robusten Käfig, der wiederum auf Frau von Freithals Esstisch in der Nähe des Fensters stand. Der Vogel musterte uns rauflustig.

»Sie hatten Kontakt mit Ihrer Nachbarin, Frau Bovary?«

»Kontakt wäre vielleicht ein wenig zu hoch gegriffen.« Die alte Dame ließ Flaubert nicht aus den Augen. »Sie hat meine Pflanzen versorgt, wenn ich auf Reisen war. Und im Gegenzug hat sie sich offensichtlich die Freiheit genommen, dieses Tier hier unterzustellen.«

»Krääää-äch!«, schrie Flaubert entrüstet und rieb seinen gefährlich starken Schnabel an der Sitzstange aus Naturholz, die er aus Langeweile schon fast komplett durchgenagt hatte.

»Na, du bist mir ja einer«, sagte Runkel entzückt und trat näher an den Käfig.

»Vorsicht!«, rief Frau von Freithal. »Ich fürchte, er beißt!«

Flaubert nickte, als würde er jedes Wort verstehen.

»Was wissen Sie über Frau Bovary?«

»Wenig. Wir haben uns kennengelernt an dem Tag, als sie hier einzog. Ich habe ihr eine Tasche vom Lift in die Wohnung getragen. Bei dieser Gelegenheit hat sie sich vorgestellt und gesagt, sie würde für einige Zeit hier wohnen.«

»Hatte sie den Papagei beim Einzug schon dabei?«

»Natürlich.«

»Hat sie gesagt, woher sie kam?«

»Nein. Sie sagte nur, aus dem Ausland, aber mir kam das gleich merkwürdig vor. Hätte sie gesagt, aus den Staaten oder aus Frankreich ... aber aus dem Ausland ... Nein, Frau Bovary wollte etwas hinter sich lassen, das habe ich sofort gespürt. Und sie wollte nicht darüber sprechen. Ich habe sie dann nicht weiter mit Fragen belästigt.«

»Hat sie hin und wieder Besuch gehabt?«

»Einmal habe ich eine Frau bei ihr gesehen. Eine alte Freundin, hat sie mir später erzählt. Sie haben zwei, drei Stunden Kaffee getrunken. Dann ist sie wieder gefahren.«

»Gefahren?«, fragte Runkel. »Mit dem Auto?«

»Einen Volvo hatte sie, ja. Ich habe es zufällig gesehen, weil ich gerade auf dem Balkon Wäsche abgenommen habe. Einer von diesen großen Kombis. Silbergrau. Die Nummer konnte ich natürlich von hier oben nicht lesen, und sie hat mich auch nicht weiter interessiert.«

»Krieh, krieh, krääääh!« Flaubert schlug mit den Flügeln, als könnte er seine Abreise kaum noch erwarten.

»Wann ungefähr war das?«, fragte ich.

»Das kann ich Ihnen ausnahmsweise ganz genau sagen. An dem Abend bin ich nämlich nach Catania geflogen. Ich wollte immer schon mal den Ätna besteigen.« Die alte Dame, die einen weiten hellgrauen Pullover zu abgewetzten Bluejeans trug, ging mit elastischen Schritten zu einem Kalender an der Wand, der Landschaftsaufnahmen aus aller Welt zeigte. »Zum Glück habe ich das alte Ding noch nicht weggeworfen«, murmelte sie, während sie blätterte. »Hier: am zwanzigsten November. Bei dieser Gelegenheit hat sie sich auch zum ersten Mal um meine Pflanzen gekümmert.«

»Sonst wissen Sie nichts über sie?«

»Anita, wir haben uns geduzt, war ein offener Mensch. Nicht vorlaut, nicht geschwätzig, aber offen. Nur über gewisse Dinge mochte sie nicht sprechen. Dass sie Pech mit Männern hatte, habe ich aus einer Bemerkung geschlossen, die sie einmal gemacht hat. Dass dieses Thema für sie erledigt ist und sie nun ihre Freiheit genießen will. Sie hat sich sehr für meine Reisen interessiert.«

Frau von Freithal räusperte sich und sah mir ins Gesicht.

»Und was wird nun mit ... Flaubert?«

»Obär!« Der Papagei sah sie mit einem Auge aufmerksam an. »Doofes Federvieh!«

Runkel war begeistert. »Du kommst in mein Büro, gell?« Unter Flauberts misstrauischen Blicken klopfte er gegen das Gitter. »Und wenn du dich anständig aufführst und dich sonst keiner haben will, dann darfst du vielleicht später bei mir daheim wohnen. Die Kinder werden sich freuen.«

»Die Decke, die danebenliegt, gehört übrigens dazu«, erklärte Elvira von Freithal. »Die lag über dem Käfig, als ich kam. Außerdem waren die Rollläden unten. Es war stockdunkel hier. Ein Glück, dass die Pflanzen nicht schon eingegangen sind. Und bitte, achten Sie auf Ihre Finger!«

»Obär!«, kreischte Flaubert. »Olle Nebelkrähe!«

Der graue Vogel sprach mit Frauenstimme und unverkennbarem Berliner Akzent.

»Madame Bovary?«, fragte Theresa. »Habe ich gelesen, natürlich.«

Sie war nackt, lag auf dem Bauch, einen gläsernen Aschenbecher vor sich, und genoss es, sich von mir Rücken, Nacken und alles andere streicheln zu lassen, was ohne Anstrengung zu erreichen war.

»Worum geht es in dem Buch?«

»Die kurze oder die lange Version?«

»Die kurze. Schließlich habe ich heute Abend noch einiges vor.«

»So?« Belustigt sah sie mich an. »Was denn?«

Ich küsste sie auf den vollen Mund. Sie lächelte und streifte die Asche ihrer Zigarette ab.

»Dann also Madame Bovary im Telegrammstil: Junge, schöne Frau heiratet alten, langweiligen Landarzt. Mit dem Sex läuft es nicht so, sie lässt sich mit einem Hallodri ein und stirbt fast daran. Daraufhin lässt sie sich mit einem zweiten Hallodri ein und stirbt wirklich.«

»Klingt irgendwie nach Komischer Oper.«

»Ist nicht jede Oper komisch?«

»Finde ich nicht. Aber ich bin auch lange in keiner mehr gewesen.«

»Ich muss immer lachen, wenn zwei beleibte Mittvierziger so tun, als wären sie ein rankes, junges Liebespaar und kurz vor dem Tod noch rasch eine Arie schmettern.«

»Vielleicht sollte ich wirklich mal wieder in die Oper gehen«, überlegte ich. »Hättest du Lust mitzukommen?«

»Definitiv: eher nicht.«

»Unsere Madame Bovary von Heddesheim hat sich anscheinend auch mit dem falschen Mann eingelassen.« Meine Rechte wanderte langsam abwärts. Theresa seufzte wohlig. »Und wie es scheint, hat sie es genauso mit dem Leben bezahlt wie ihr literarisches Vorbild.«

»Kommt davon, wenn man die falschen Bücher liest.« Theresa räkelte sich unter meinen Berührungen. »Literatur ist eben doch gefährlich.«

Meine Geliebte war das, was man früher ein Prachtweib genannt hätte. Groß, stolz, mit üppigem honigblondem Haar und den passenden Rundungen an den richtigen Stellen. »Und diesen Mann habt ihr seit gestern in Gewahrsam?«

»Ich weiß aber noch nicht, ob es der Richtige ist. Seine Geschichte ist so dämlich, dass sie eigentlich nur wahr sein kann.

Und es passt auch alles nicht recht zusammen. Die Frau hatte sich in ihrer Wohnung regelrecht verbarrikadiert. Sie hat beim Einzug einen falschen Namen angegeben. Ich glaube eher, sie war vor jemandem auf der Flucht und hat sich versteckt. Dummerweise hatte sie in der Mordnacht ihre Riegel nicht vorgeschoben. Vermutlich hat sie sich sicher gefühlt, weil jemand bei ihr war.«

Meine Hand hatte das untere Ende von Theresas Rücken erreicht. Alles Weitere, ungefähr bis zu den Kniekehlen, war bei ihr eine einzige erogene Zone. Prompt begann sie, heftiger zu atmen, nach Sekunden drückte sie der erst halb gerauchten Zigarette das Lebenslicht aus, schob den Aschenbecher außer Reichweite und wandte sich mir zu.

Wir lagen auf einer Matratze am Boden unserer Zweizimmerwohnung in Neuenheim, einem Stadtteil Heidelbergs am nördlichen Neckarufer. Die Wohnung hatten wir ausschließlich zu dem Zweck angemietet, einen Ort zu haben, wo wir uns treffen und lieben konnten. Der Mietvertrag lief auf meinen Namen, die aus gewissen Gründen für Heidelberger Verhältnisse sensationell niedrige Miete teilten wir uns.

Es war Dienstagabend, unsere Zeit. Leider habe sie nur Ausgang bis elf, hatte meine Göttin gleich zu Beginn erklärt und unverzüglich begonnen, sich zu entkleiden. Jetzt war es kurz vor neun, wir hatten noch viel Zeit.

Als später ihre zweite Zigarette brannte, griff sie das Thema wieder auf.

»Soll ich dir *Madame Bovary* am Freitag mitbringen? Vielleicht hilft es dir ja bei der Aufklärung deines Falls.«

»Das glaube ich weniger.« Ich musste lachen. »Aber warum nicht? Eine Bildungslücke weniger.«

»Du wirst dich langweilen, ich muss dich warnen. Meiner Meinung nach hat der Roman damals nur deshalb so sensationell eingeschlagen, weil die gute Emma Bovary und ihre Lover es an allen möglichen und unmöglichen Stellen miteinander getrieben haben. Das war damals neu und natürlich ein Riesenskandal. Manche Buchhändler, die es nicht gelesen haben, halten das Buch selbst heute noch für erotische Literatur. Das stimmt aber nicht, es gibt nicht ein Fitzelchen nackte Haut zu sehen. Einmal, das war der Höhepunkt, haben sie eine Droschke zum Handlungsort ihrer Leidenschaft erkoren, und prompt konnte man bald darauf in Hamburg gut gepolsterte Droschken mit blickdichten Vorhängen mieten.«

»Was könnte eine Frau bewegen, den Namen Bovary anzunehmen?«

»An einen einzigen Satz kann ich mich merkwürdigerweise erinnern. Er lautet ungefähr: ›Emma suchte zu erfahren, was man im Leben unter Worten wie Seligkeit, Leidenschaft und Rausch verstand, die ihr in Büchern so schön vorgekommen waren.‹ Vielleicht war es das Lieblingsbuch eures Opfers? Vielleicht hatte sie es erst kürzlich gelesen? Wie die arme Emma auf der Suche nach der einen, großen Liebe?«

»Wie kommt die literarische Madame Bovary eigentlich ums Leben? Wird sie auch erstochen?«

»Sie vergiftet sich und stirbt einen sehr, sehr schmerzhaften Tod.«

Uns zu Ehren spielte der Saxofonist, der praktischerweise über uns wohnte, ein Stück, das nach Jan Garbarek klang. Ich hatte den begabten Mann noch nie gesehen, aber er war mir allein aufgrund seines Instruments sympathisch. Eine Weile lauschten wir still der zärtlichen, unendlich verträumten Musik.

»Wie geht's eigentlich deinem Buch?«, fragte ich, als der Musiker sich ein Päuschen gönnte.

»Ach.« Theresa winkte müde ab. »Zurzeit komme ich nicht voran. Wenn Egon im Haus ist, kann ich nicht schreiben.«

Wie ich vor nicht allzu langer Zeit erfahren hatte, arbeitete sie heimlich an einem Roman, in dem es im Wesentlichen um das Lotterleben des Kurpfälzer Hofes im siebzehnten und achtzehnten Jahrhundert ging. Auf diese Weise konnte sie ihre Kenntnisse als studierte Historikerin und ihr Hobby – Sex – zusammenbringen. Erst kürzlich hatte ich deshalb ungefragt von ihr erfahren, dass Kurfürst Karl Ludwig, der Vater der berühmten Liselotte von der Pfalz, von Heidelberg nach Schwetzingen eine schnurgerade Straße hatte bauen lassen. Zweck dieser Infrastrukturmaßnahme war einzig und allein, dass er so schneller bei seiner im dortigen Schloss auf ihn wartenden Geliebten sein konnte, mit der er über die Jahre nicht weniger als dreizehn Kinder zeugte.

»Wolltest Du nicht vor zwei Wochen mit der ersten Version fertig sein?«, fragte ich.

»Ach«, seufzte sie wieder. »Vielleicht, wenn Egon wieder gesund ist …«

»Dein Mann ist ja wohl alt genug, dass du ihn wegen einer läppischen Grippe nicht rund um die Uhr bemuttern musst.«

Sie seufzte zum dritten Mal. Plötzlich fühlte ich, dass etwas nicht stimmte. Dass seit Minuten etwas nicht mehr stimmte. Ich zog sie an mich. Sie sperrte sich nicht, fühlte sich aber nicht an wie sonst. Ich strich ihr über das lockige Haar.

»Ist irgendwas?«, fragte ich. »Und antworte bloß nicht mit ›ach‹!«

»Ach«, seufzte sie traurig.

»Post coitum omne animal triste«, rezitierte ich mit Pathos.

»Das ist der dämlichste Spruch, den ich je gehört habe«, erwiderte sie mit wehmütigem Lächeln. »Ich wusste gar nicht, dass du Latein kannst.«

»Der Spruch ist von Aristoteles. Er kann also unmöglich dumm sein.«

Sie kam mit ihrem Gesicht ganz nah und stupste ihre Nase gegen meine.

»Erstens: Auch alte Griechen können ganz schön dumm sein. Zweitens wird das Zitat Aristoteles nur fälschlicherweise zugeschrieben, und drittens hast du den zweiten Teil der klassischen Weisheit unterschlagen.«

»Der wäre?«

»Sive gallus et mulier.«

»Aha.«

Theresa lachte. »Jetzt ist der Herr Kriminaloberrat am Ende mit seinem Latein, wie?«

»Immerhin ist es mir gelungen, dich aufzuheitern.«

Sie küsste mich schmatzend auf den Mund.

»Nach dem Sex ist jedes Tier traurig«, übersetzte sie zärtlich, »außer dem Hahn und der Frau.«

»Eines muss man den alten Griechen lassen …« Ich küsste zurück. »Sie haben eine ganze Menge gewusst für ihre Zeit.«

7

»Nichts als Nieten«, berichtete Balke wütend bei der Fallbesprechung am Mittwochmorgen. »Nirgendwo wird eine Frau S. Breitschwerdt vermisst. Oder eine, auf die die Beschreibung des Opfers wenigstens ungefähr passt.«

»Gehen wir jetzt eigentlich nicht mehr davon aus, dass Anita ihr richtiger Vorname ist?«, wollte Evalina Krauss mit schmalen Augen wissen. »Das Buch wird sie sich ausgeliehen haben. Das bringt uns doch nicht weiter. Es sei denn, wir finden den rechtmäßigen Besitzer.«

Erst jetzt wurde mir bewusst, dass das S ebenso gut für Sebastian oder Siegfried wie für Sandra oder Susi stehen konnte.

»Auch sonst gibt's wenig Neues«, fuhr Balke fort, ohne auf ihren Einwand einzugehen. »Die Suche nach dem Messer und der Handtasche musste ich abbrechen lassen. Wir müssen auf besseres Wetter warten, es hilft nichts.«

»Das kann eine Weile dauern«, meinte Runkel ungewohnt munter. »Der Wetterbericht, na ja …«

Balke warf einen Blick auf den Bildschirm seines PDA. »Im Umfeld des Hochhauses steht kein Auto herum, das der Frau gehört haben könnte. Ach ja, und dann war da noch der Hausmeister.« Er sah mich an. »Sie hatten recht, Herr Gerlach, wirklich ein komischer Typ. Derek Stachowiak hat Romanistik studiert, erst in Tübingen, später hier in Heidelberg. Nach dem Studium hat er eine Weile als freier Mitarbeiter für den Mannheimer Morgen gearbeitet, später als Kurierfahrer und sogar als Möbelschlepper. Seit zwei Jahren hat er diesen tollen Job als Hausmeister in Heddesheim. In den Akten haben wir aber nichts über ihn. Er ist sauber.«

»Wie kommt er zu seinem Baby?«

»Er hat eine Weile mit einer Frau zusammengelebt. Sie ist ziemlich schnell schwanger geworden, letzten September ist das Kind zur Welt gekommen, und keine acht Wochen später ist sie spurlos verschwunden.«

Ich beugte mich vor. »Was heißt das, verschwunden?«

»Sie war weg. Von einem Tag auf den anderen.«

»Hat er sie als vermisst gemeldet?«

»Nein. Wenn stimmt, was die Nachbarn sagen, dann war sie eines Morgens einfach nicht mehr da. Auf Fragen, was aus ihr geworden ist, gibt er ausweichende Antworten.«

»Bleiben Sie da bitte dran«, sagte ich langsam. »Diese Geschichte gefällt mir ganz und gar nicht.«

Die zweite Vernehmung Gregor Reuschlins hatte Balke auf zehn Uhr angesetzt. Obwohl ich zu diesem Zeitpunkt eigentlich als Liebekinds Vertreter einen Termin im Rathaus wahrzunehmen hatte, war ich natürlich dabei. Die Aufklärung eines Mordes lässt man sich als Polizist ungern entgehen, und die Stadtverwaltung würde auch morgen noch existieren. Ich hatte Sönnchen gebeten, sich irgendeine glaubhaft klingende Ausrede auszudenken.

Heute war Gregor Reuschlin sauber rasiert, sein Haar war gewaschen und geföhnt, und er trug ein frisch gebügeltes Hemd. Sein Blick war unruhig, die Hände noch fahriger als gestern.

Der beleibte Anwalt schnaufte. Vielleicht hatte er ein wenig laufen müssen, um pünktlich zu sein.

»Ich will es kurz machen«, begann ich in kühlem Ton und klappte eine gelbe Aktenmappe auf. »Die Geldscheine, die Sie, Herr Reuschlin, bei Ihrer Festnahme bei sich hatten, stammen eindeutig aus dem Besitz der Toten, aber den Diebstahl haben Sie ja gestern schon zugegeben. Für die Uhr gilt dasselbe. Was allerdings neu ist …« Ich klappte die Mappe wieder zu und sah Reuschlin ins Gesicht. »An Ihren Stiefelsohlen haben wir Blutspuren gefunden. Blut, das eindeutig von der Toten stammt. Und das Profil Ihrer Stiefel passt perfekt zu den Fußspuren, die wir am Tatort gefunden haben. Das heißt, Sie haben die Wohnung erst verlassen, als die Frau schon tot war. Vielleicht wäre es jetzt an der Zeit, ein Geständnis abzulegen, um zu retten, was zu retten ist.«

Der Verdächtige hockte zusammengesunken auf seinem Stuhl und stierte vor sich hin. Ich fürchtete schon, er habe mich nicht verstanden oder werde ab sofort die Aussage verweigern. Aber da räusperte er sich.

»Ich hab sie nicht umgebracht«, murmelte er. »Ehrlich, ich hab sie wirklich nicht umgebracht.«

»Dann erzählen Sie uns vielleicht mal Ihre Version der Geschichte. Wir sind sehr gespannt.«

»Na ja, wir sind im Bett gewesen. Es ist aber ... ist aber nicht so toll gelaufen, wissen Sie. Ich hab schon einen Sekt und zwei Viertel intus gehabt, und in der Wohnung haben wir noch mehr getrunken, und irgendwie ... Die Anita, die hat ganz schön was vertragen, aber ich ... na ja ...«

»Sie haben keinen hochgekriegt«, ergänzte Balke höhnisch.

Reuschlin nickte unglücklich. »Ich hab's ihr dann mit der Hand gemacht. Und dann ist sie zufrieden gewesen, und dann sind wir beide eingeschlafen. Keine Ahnung, wie spät es da gewesen ist.«

Der Anwalt schnaubte, schwieg aber weiterhin. Vermutlich hatte er noch irgendein As im Ärmel.

»Und weiter?«, fragte ich ungeduldig.

»Wie ich schon gesagt hab: Ich bin dann auf dem Klo gewesen. Aber ich hab anschließend nicht die Wohnung verlassen, sondern hab mich wieder hingelegt. Wozu hätte ich auch weggehen sollen? Bei der Kälte und dem ganzen Schnee?«

»Vermutlich sind Sie wieder eingeschlafen ...«

»Erst nicht. Es ist so verdammt heiß gewesen in der Wohnung. Ich hab das Fenster gekippt. Aber davon ist sie aufgewacht und hat gesagt, ich soll das lassen. Da hab ich's eben wieder zugemacht und bin dann doch wieder eingeschlafen.«

»Ich ahne schon, wie es weitergeht.« Balke bedeckte die Augen mit der Hand. »Wie Sie wieder aufgewacht sind, da war sie auf einmal tot. Und Sie haben nichts gehört und nichts gesehen.«

»Genau«, sagte Reuschlin ernsthaft. »Genauso ist's gewesen.«

Balke schlug mit der flachen Hand auf den Tisch. »Das ist doch Schwachsinn! Sie haben sich die Handtasche gegriffen, sie hat Sie erwischt, und Sie haben sie abgestochen!«

»Nein«, erwiderte Reuschlin tapfer. »Das stimmt nicht.«

»Hat sie Sie ausgelacht?« Balke wurde mit jedem Satz lauter. »Weil Sie keinen hochgekriegt haben, hat sie Sie ausgelacht, Sie sind ausgetickt und ...«

»Nein.« Gregor Reuschlin sprach nun ebenfalls lauter. »So war's nicht.«

»Wenn Sie es doch waren«, sagte ich eindringlich. »Wenn Sie sie erstochen haben, dann werden wir Blutspuren an Ihrer Hand finden und an Ihrer Kleidung. Sie können Ihre Hände tausendmal waschen, es bleiben immer Spuren, die unser Labor nachweisen kann. Deshalb sollten Sie jetzt gestehen. Das macht sich später gut vor Gericht.«

Der Anwalt musterte seinen Mandanten besorgt, schwieg jedoch immer noch. Er schien sich seiner Taktik sehr sicher zu sein.

»Was haben Sie eigentlich mit dem Messer gemacht?«, fragte Balke wie nebenbei.

»Gar nichts hab ich damit gemacht!«, schrie Reuschlin mit plötzlich rotem Kopf. »Weil ich nämlich gar kein Messer gehabt hab! Ich hab sie doch nicht mal angefasst, Mann!«

»Eben hieß es noch, Sie hätten es ihr mit der Hand besorgt«, erwiderte Balke kalt.

»Ja. Aber das ... Herrgott, Sie wissen ganz genau, was ich meine.«

Ich wandte mich an den Anwalt. »Legen Sie Ihrem Mandanten bitte nahe zu gestehen. Machen Sie ihm bitte klar, dass unsere Indizien für einen Haftbefehl mit Leichtigkeit ausreichen. Und dass auch noch einiges nachkommen wird. Früher oder später werden wir das Messer finden und die Handtasche auch. Es wäre wirklich besser für Ihren Mandanten, wenn er nicht mit dem Geständnis warten würde, bis es nicht mehr anders geht.«

»Wo sind eigentlich die Halskette und das Armband?«, fragte Balke.

»Was?«, fragte Reuschlin wütend zurück.

»Als Sie zusammen in dem Lokal waren, hat Ihre Eroberung eine goldene Halskette getragen und ein Armband, beides vermutlich wertvoll.«

Reuschlin sank noch weiter in sich zusammen. »Stimmt«, murmelte er. »Das Zeug hatt ich ganz vergessen.«

»Wo ist es hingekommen?«

»Keine Ahnung. Ich weiß es nicht.«

Ich ergriff wieder das Wort: »Wenn Sie sie nicht umgebracht haben, wie war es dann?«

Reuschlin schwieg eine Weile mit gesenktem Blick und schluckte hin und wieder, dass sein Adamsapfel hüpfte. »Sie werden's mir ja sowieso nicht glauben«, sagte er schließlich.

»Einen Versuch ist es wert.«

»Ich ...« Er schluckte ein letztes Mal. »Ich bin nachts aufgewacht, weil im Flur Radau war. Da war auch Licht, und dann hab ich gesehen, wie von außen wer gegen die Glastür stolpert und langsam dran runterrutscht. Als Nächstes hab ich dann gemerkt, dass die Anita nicht mehr im Bett war.«

»Oh, ich weiß, was jetzt kommt«, stöhnte Balke. »Sie hat sich selbst erstochen, nachdem sie Ihnen die Handtasche und die Uhr und ihren Schmuck vermacht hatte.«

»Nein.« Reuschlin ließ sich nicht mehr aus dem Konzept bringen. »Erst mal bin ich nur erschrocken. Hab gedacht, sie ist vielleicht ausgerutscht und hingefallen. Aber dann ist es auf einmal ganz still gewesen, und da hab ich gedacht, sie hat sich vielleicht den Kopf angeschlagen. Nach einer Weile hab ich nachgeguckt, weil sie sich überhaupt nicht mehr gerührt hat. Und da hab ich das ganze Blut gesehen ...«

Reuschlin atmete jetzt sehr heftig, sein Blick war glasig.

»Mein erster Gedanke war: Bloß weg hier. Das glaubt dir kein Mensch, hab ich gedacht. Du musst abhauen, hab ich gedacht, sofort und so weit weg wie möglich. Aber dafür braucht man Geld, das ist mir komischerweise eingefallen. Und dass sie ziemlich viel Bares in ihrer Handtasche gehabt hat, wusst ich ja. Dann hab ich auch noch die Uhr genommen, vom Nachttisch, und vielleicht auch den Schmuck, keine Ahnung. Das ist natürlich alles totaler Blödsinn gewesen. Aber ich bin total in Panik gewesen, wissen Sie, und hab nur noch gedacht, jetzt geht's dir an den Kragen, wenn du nicht sofort abhaust. Das glaubt dir kein Mensch, hab ich gedacht. Und dass die das Geld nicht mehr gebraucht hat, das hat man gesehen. Die ist tot gewesen, toter als tot, das hat man gesehen.«

»Waren Sie das eigentlich, der in den Lift gekotzt hat?«, wollte Balke mit undurchsichtiger Miene wissen.

»Schon möglich. Keine Ahnung. Ich weiß nur: Mir ist so was von schlecht gewesen, und irgendwo hab ich vielleicht hingekotzt, kann sein.«

»Und wie kommt das Blut an Ihren Stiefel?«

»Muss ich reingetreten sein. Da ist man ja gar nicht vorbeigekommen, ohne reinzutreten, so viel Blut ist das gewesen.«

»Und an Ihrer Hand?«

Der Anwalt machte eine schnelle Geste. »Das ist eine Fangfrage, meine Herren. Bisher haben Sie kein Blut an den Händen von Herrn Reuschlin nachgewiesen. Bitte unterlassen Sie das.«

»Mich würde noch interessieren, wie es weiterging«, sagte ich. »Der erste Zug von Ladenburg geht um fünf Uhr siebenunddreißig in Richtung Weinheim. Der Mord war gegen drei Uhr. Was haben Sie in den folgenden zweieinhalb Stunden gemacht?«

»Daheim bin ich gewesen. Ich war halb totgefroren. Mich aufgewärmt hab ich und mich umgezogen.«

»Was haben Sie mit den Sachen gemacht, die Sie anhatten?«

»Weggeschmissen. Bis auf die Stiefel. Die sind meine einzigen warmen Schuhe. Dann hab ich noch eine halbe Stunde gewartet, bis es Zeit war für den Zug. Ich bin schier wahnsinnig geworden, das können Sie mir glauben. Dann bin ich zum Bahnhof. Zum Glück hab ich gewusst, wann der erste Zug geht, weil die Bahnlinie ja direkt an meinem Fenster vorbeigeht.«

»Das ist so weit alles richtig«, bestätigte Balke. »Ihre Klamotten haben wir tatsächlich in der Mülltonne vor dem Haus gefunden. Nicht besonders intelligent, ehrlich gesagt.«

Eine Weile blieb es still, und man hörte nur das Schnaufen des Anwalts, der inzwischen eine unglückliche Miene aufgesetzt hatte.

»Und?«, fragte Reuschlin schließlich in kläglichem Ton. »Glauben Sie mir jetzt?«

Ich sah Balke an, Balke sah mich an.

»Sehen Sie«, sagte Reuschlin. »Hab ich mir gedacht.«

»Solange Sie die Tatwaffe nicht vorweisen können, meine Herren, können Sie meinem Mandanten aber kaum das Gegenteil beweisen.« Wie schon am Vortag klappte der Anwalt auch jetzt mit leisem Knall sein Notizbuch zu. »Selbst wenn Herr Reuschlin Blutspuren an den Händen haben sollte, was noch nicht erwiesen ist, dann könnten die zum Beispiel daher rühren, dass er sich zu Hause seine Stiefel ausziehen musste.«

Womit er leider recht hatte. Wenn Reuschlin bei seiner Aussage blieb und wir das Messer nicht fanden, dann sah es in der Tat schlecht aus für uns.

Wegen akuter Fluchtgefahr blieb Gregor Reuschlin bis auf weiteres in U-Haft, obwohl er einen festen Wohnsitz nachweisen konnte.

Mein Termin im Rathaus war inzwischen auf unbestimmte Zeit verschoben, da mein Gesprächspartner, ein höherer Beamter im Kulturdezernat, meine Ausrede vermutlich durchschaut hatte und nun beleidigt war.

Ich klatschte in die Hände. »Familienrat, los, los!«

Meine Töchter betraten nacheinander die Küche, setzten sich mit deutlichem Abstand an den Esstisch, legten artig die Hände in den Schoß und sahen mir halb erwartungsvoll, halb hoffnungslos ins Gesicht.

»Ihr habt es fünfzehn Jahre miteinander ausgehalten, ohne euch ernsthaft in die Haare zu kriegen. Es wird sich doch wohl eine Lösung finden lassen für euer Problem, das ich, ehrlich gesagt, immer noch nicht richtig verstanden habe.«

»Erst muss sie sich entschuldigen«, erklärte Louise mit fester Stimme.

»Genau!« Sarah nickte. »Erst muss sie sich entschuldigen.«

»Wenn das alles ist, dann entschuldigt euch.«

Es erfolgte ebenso synchrones wie energisches Schütteln der Köpfe.

»Okay, dann machen wir es anders.« Wozu hatte ich all diese Seminare absolviert und mich zum Schmalspur-Psychologen ausbilden lassen? »Jede von euch hat jetzt genau fünf Minuten Redezeit. Die andere hält in dieser Zeit die Klappe. Wir gehen nach dem Alphabet vor. Louise fängt an.«

»Das ist unfair«, fand Sarah.

»Irgendwer muss ja anfangen.«

»Aber nicht Loui.«

Dann also doch lieber die Provokationsmethode?

»Das Problem ist ja wohl die Band, wenn ich das richtig sehe.«

Dieses Mal nickten sie.

»Dann ist eben ab sofort Schluss mit der Band. Ich verbiete euch so lange alle Proben und Auftritte, bis ihr wieder vernünftig seid.«

»Du bist gemein«, lautete Louises Kommentar.

»Genau«, assistierte Sarah. »Darum geht's doch überhaupt nicht.«

»Worum geht es dann?«

Achselzucken.

»Wenn ihr nicht mithelft, sehe ich keine andere Lösung.«

»Wir könnten es schriftlich machen«, schlug Sarah vor. »Jede von uns macht eine Liste, und die geben wir dir dann durch und ...«

»Okay.« Inzwischen schon leicht erschöpft, lehnte ich mich zurück. »Ich lasse euch allein. In einer Viertelstunde treffen wir uns wieder hier und gehen gemeinsam die Beschwerdelisten durch.«

Auf dem Schuhschrank im Flur lag noch die Post von heute, entdeckte ich erst jetzt. Ich nahm sie mit ins Arbeitszimmer. Inmitten der üblichen Werbung für Unterhaltungselektronik, computerisierte Waschmaschinen und Magnet-Armbänder, die gegen Krebs halfen, steckte ein Brief. Ich erkannte die Handschrift sofort wieder. Wieder enthielt der graue Umschlag eine Kunstpostkarte, wieder ein grauenerregendes Motiv von Goya: Ein Soldat will sich an einer Frau vergreifen, die sich heftig wehrt. Von hinten kommt ein Mann mit gezücktem Messer in der Hand und wird ihn in der nächsten Sekunde ermorden. Das Zitat auf der Rückseite war ein anderes als beim ersten Mal:

Denn der Lohn der Sünde ist der Tod, die Gabe Gottes aber ist das ewige Leben in Christus Jesus, unserem Herrn.

Hoffentlich läuteten nicht demnächst irgendwelche Missionare an meiner Tür. Ich warf das Ding in den Papierkorb, wo schon die erste göttliche Botschaft lag.

Meine Töchter klopften leise. Die fünfzehn Minuten waren noch längst nicht vorbei, aber die Listen, die sie mir wortlos überreichten, dennoch beängstigend lang. Im Wesentlichen kannte ich die gegenseitigen Vorwürfe bereits. Hier waren sie ausgeschmückt mit Details wie: »lässt überall ihre Socken rumliegen«, »hängt dauernd am iPod«, »pupst« bis hin zu: »schnarcht«, »ist strunzdumm« und »putzt sich die Zähne nicht richtig«.

»Am besten«, seufzte ich, »wir lösen die Familie auf wegen unüberbrückbarer Gegensätze. Jede sucht sich ein Zimmer, am besten in weit auseinander liegenden Stadtteilen, und dann ist hoffentlich Ruhe.«

»Das ...«, sagte Louise lahm.

»... geht aber doch nicht«, ergänzte Sarah mit unsicherem Blick.

»Ihr sagt es. Wenn man zusammenlebt, dann muss man sich vertragen. Wenn Menschen miteinander auskommen wollen, dann müssen sie hin und wieder Kompromisse schließen.«

»Wie wär's mit getrennten Zimmern?«, schlug Louise nach einigen ratlosen Sekunden vor.

»Vergesst es. Vor etwas mehr als einem Jahr, als wir hier eingezogen sind, wolltet ihr noch un-be-dingt zusammenbleiben.«

»Jetzt sind wir aber ein Jahr älter.«

»Genau!« Sarah war plötzlich Feuer und Flamme. »Du benutzt dein Arbeitszimmer doch sowieso fast nie. Deinen Schreibtisch könntest du ins Wohnzimmer stellen.«

»Ich habe die Nase voll vom Möbelrücken und Wändestreichen. Kommt nicht in Frage!«

»Und das Bücherregal kommt in den Flur«, meinte Louise mit vor Eifer roten Bäckchen.

»Das Bügelbrett könntest du in dein Schlafzimmer tun.«

Mit einem Mal waren sie wieder ein Herz und eine Seele.

»Die Zimmer sind genau gleich groß«, überlegte Sarah. »Damit gibt's in dem Punkt schon mal keinen Streit.«

»Wir bräuchten aber natürlich einen zweiten PC«, fiel Louise ein.

»Und Internet auch im anderen Zimmer.«

Nun gut, es war immerhin so etwas wie ein konstruktiver Lösungsvorschlag. Früher oder später würde das Thema ohnehin auf mich zukommen, die beiden konnten sich ja nicht ewig ein Zimmer teilen. Immerhin würde ich kein neues Bett kaufen müssen, denn sie schliefen noch immer in dem IKEA-Stockbett, das wir angeschafft hatten, als sie drei Jahre alt waren. Das konnte man auseinandernehmen und so zwei getrennte Betten daraus machen. Ein zusätzlicher Schrank würde nicht die Welt kosten, und auch für das PC-Problem sollte sich eine Lösung finden lassen. Das trieb zwar unsere Stromkosten weiter in die Höhe, ersparte aber auf der anderen Seite meinem Nervenkostüm eine Menge Stress.

»Wenn wir es so machen – das heißt aber noch nicht, dass ich Ja sage ... Wer von euch kriegt dann das neue Zimmer?«

»Ich«, antworteten meine Töchter völlig gleichzeitig.

8

Flaubert genoss das Aufsehen, das er in der Direktion erregte, in vollen Zügen. Kaum einer konnte es sich verkneifen, unter irgendeinem Vorwand in Runkels Büro vorbeizuschauen und diesen merkwürdigen Vogel zu besichtigen, der mit Berliner Akzent sprach. Hin und wieder hörte ich ihn sogar in meinem Büro, das ein Stockwerk höher lag, schimpfen und krächzen und für Gelächter sorgen. Auch Sönnchen verschwand im Lauf des Donnerstags mehrfach für längere Zeit und kam jedes Mal mit glänzenden Augen zurück.

»Wenn so ein Papagei nicht so furchtbar teuer wäre«, meinte sie, als sie mir die Unterschriftenmappe brachte, »ich würd mir glatt auch einen zulegen.«

»Warten Sie ab, bis Runkel die Lust verliert, ihn jeden Tag zu füttern und den Käfig zu putzen. Wahrscheinlich ist er dann umsonst zu haben.«

»Sie denken nicht, dass jemand Ansprüche erhebt?«

»Wir wissen ja nicht mal, wer seine rechtmäßige Besitzerin war.«

»Er hat ihn übrigens schon zweimal gebissen«, berichtete sie vergnügt. »Der Herr Runkel hat so spezielle Knabberstangen besorgt, und wie er eine in den Käfig hängen wollt, da hat er ihn gebissen.«

»Schlimm?«

Sie zuckte die Schultern. »Es hat schon ein bisschen geblutet. Der Herr Runkel hat ziemlich geschimpft, und Flaubert hat ein paarmal ›Blödmann‹ zu ihm gesagt.«

Während ich Papiere signierte, deren Inhalt mich nicht interessierte, hörte ich sie zum Klappern ihrer Tastatur eine Bach-Motette summen. Meine Sekretärin sang im Kirchenchor, und vermutlich studierte man gerade ein neues Stück ein. Mit einem Mal war es draußen still. Summen und Klappern waren gleichzeitig erstorben. Augenblicke später riss Sönnchen die Tür auf und sah mich groß an.

»Die Papageienkrankheit, Herr Gerlach!«

Erst seit Kurzem sprach sie mich mit meinem Namen an. Anfangs hatte sie hartnäckig darauf bestanden, mich als »Herr Kriminalrat« zu titulieren, weil sich das so gehöre für eine Sekretärin. Meine Beförderung hatte sie erst ins Stottern und dann ins Grübeln gebracht, denn der »Kriminaloberrat« ging im Alltag doch schwer über die Zunge. Ihre frühere Drohung, mich im Fall des Falles »Herr Ober« zu rufen, hatte sie zum Glück nicht wahr gemacht, und meinem Bitten, es doch mal mit »Alexander« zu versuchen, hatte sie in Empörung versetzt. So war ich nun also seit Neuestem »Herr Gerlach« für sie.

»Sie meinen, Runkel sollte sich vorsorglich impfen lassen?«

Meine Sekretärin schüttelte den Kopf, dass die Dauerwellen flogen. »Papageienvögel müssen einen Ring tragen, hab ich mal gelesen. Wegen dieser Krankheit.«

Ich verstand immer noch nicht, worauf sie hinauswollte. »Was für einen Ring denn?«

»Na, am Bein. Sogar Wellensittiche. Damit man weiß, von welchem Züchter er kommt. Und wenn Sie einen Papagei kaufen, dann wird die Nummer aufgeschrieben und wie Sie heißen und Ihre Adresse.«

Eine halbe Minute später waren wir unten. Flaubert trug tatsächlich einen silbern blinkenden Ring am rechten Fußgelenk. Leider war er jedoch nicht gewillt, uns die eingeprägte Nummer ablesen zu lassen. Eine Weile turnten wir zu dritt um den Käfig herum, und der dabei immer aufgeregter werdende Papagei drehte sich immer wieder so, dass wir irgendeinen Teil nicht sehen konnten. Das Spektakel bereitete ihm mächtiges Vergnügen, und er schien es für ein neues Spiel zu halten.

In diesem Zusammenhang stellte sich auch heraus, weshalb er in der Mordnacht vorübergehend den Wohnort hatte wechseln müssen. Vermutlich war das immer so gewesen, wenn seine Besitzerin Herrenbesuch erwartete. In seiner Begeisterung über unsere Aufmerksamkeit begann Flaubert schließlich, vielleicht angeregt durch Sönnchens Lachen, zu flattern und unverkennbar weibliche Lustschreie auszustoßen.

»Ja, jaaa!«, schrie er. »Ah, ahh, jaaaaah!«

Runkel sah mich verdattert an, Sönnchen lachte aus voller Kehle und wurde zu meiner Verwunderung kein bisschen rot. Nachdem alle sich wieder beruhigt hatten, kamen wir überein, dass Runkel einen Menschen auftreiben sollte, der mit gefährlichen Vögeln umzugehen wusste.

Gegen Mittag kam draußen Wind auf, und der Himmel verdunkelte sich wieder. Die Temperatur stieg innerhalb weniger Stunden um fast zehn Grad, und begleitet von Blitz und Donner begann es, wolkenbruchartig zu schneien. Kurze Zeit später regnete es bereits, und auf den Straßen der Kurpfalz brachen bürgerkriegsähnliche Zustände aus. Deshalb erschien der vogelkundige Mann, den Runkel nach einigem Hin und Her aufgetrieben hatte, erst am späten Donnerstagnachmittag.

Natürlich wollte ich mir das Ereignis nicht entgehen lassen. Der Mann, der sich mit förmlicher Verbeugung und mächtigem Händedruck als »Schneider, Christof Schneider« vorstellte, betrieb ein kleines Zoogeschäft in Neuenheim und hatte einen robusten Stulpenhandschuh aus Rindsleder mitgebracht. Den zog er über die rechte Hand, öffnete ohne Zögern den Käfig, packte den entsetzt aufschreienden Vogel und diktierte Sönnchen mit ruhiger Stimme eine lange Nummer.

Sekunden später saß Flaubert schon wieder auf seiner Stange, schüttelte mit stummem Vorwurf sein graues Gefieder zurecht und brachte die roten Schwanzfedern in Ordnung.

»Sie sollten ihn mal ausmisten«, meinte Herr Schneider, als er mir zum zweiten Mal die Hand quetschte.

»Hab mich noch nicht getraut«, gestand Runkel kleinlaut.

»Er beißt, wenn man in den Käfig langt. Ich weiß gar nicht, wie das gehen soll.«

»Ganz einfach.«

Der Zoohändler erklärte meinem Untergebenen, wie er das Oberteil des Käfigs samt Bewohner vom Sockel abnehmen, diesen dann reinigen (»am besten immer eine alte Zeitung unten rein«) und am Ende alles wieder zusammenfügen konnte, ohne Gefahr zu laufen, zu nah an Flauberts Schnabel zu kommen.

Aber erst einmal hatte Rolf Runkel Wichtigeres zu tun. Auf meine Weisung hin hängte er sich ans Telefon.

Am Freitagmorgen lernte ich wieder einmal unsere so oft geschmähte deutsche Bürokratie schätzen. Flaubert stammte von einem nebenberuflichen Züchter in Maikammer, einem Örtchen an der Pfälzer Weinstraße. Der Züchter selbst war schon vor über zwanzig Jahren einem Herzinfarkt erlegen, erfuhr ich von Runkel, aber seine rüstige Witwe hatte innerhalb weniger Minuten die Kladde gefunden, in welcher der Moment verzeichnet war, als Flaubert zum ersten Mal das milde Licht der Südpfalz erblickte. Das war vor siebenunddreißig Jahren gewesen, und drei Monate nachdem er aus dem Ei geschlüpft war, hatte ihn ein frisch pensionierter Professor für Geologie gekauft, der damals in Bad Bergzabern wohnte, einem Städtchen nahe der französischen Grenze.

Später war das Ehepaar samt Papagei nach Überlingen am Bodensee verzogen und hatte dort fast zwanzig Jahre gelebt. Wie Runkel durch diverse Telefonate mit diversen Meldeämtern weiter in Erfahrung gebracht hatte, war die Frau nach dem Tod ihres Mannes samt Flaubert zu ihrem einzigen Kind gezogen, einer Tochter, die in der Nähe von Freiburg verheiratet war. Dort war sie drei Jahre später – im gesegneten Alter von zweiundneunzig Jahren – friedlich entschlafen und hatte Flaubert in der Obhut ihrer Tochter zurückgelassen, was dazu führte, dass er schon einen Tag nach der Beerdigung wegen nachhaltiger Lärmbelästigung sowie Gefährdung von Kinderfingern ins Tierheim wanderte.

Von dort hatte ihn vor etwas mehr als fünf Jahren gegen eine Spende in die Vereinskasse eine Frau übernommen, die ihren

Namen als Anita Bialas angegeben hatte. Anita Bialas war damals und auch heute noch in Karlsruhe gemeldet mit einer Anschrift in der westlichen Kaiserallee. Um all dies herauszufinden, hatte Rolf Runkel kaum mehr als eine Stunde gebraucht, was alle, die ihn näher kannten, sehr wunderte.

Da ich bis vor anderthalb Jahren im Karlsruher Polizeipräsidium gearbeitet und Jahrzehnte in der Stadt gewohnt hatte, beschloss ich, hinzufahren und mir die Wohnung der Toten selbst anzusehen.

Als Belohnung für seinen Eifer nahm ich Runkel als Begleiter mit.

Inzwischen waren die meisten Straßen wieder befahrbar. Zwar regnete es immer noch in Strömen, der Schnee taute mit Macht, das Eis auf dem Neckar begann zu brechen, erste Bäche traten über die Ufer, und einige Straßen in den Schwarzwaldtälern standen schon unter Wasser. Zum Glück jedoch nicht die Autobahn A5 in Richtung Süden.

So standen wir am Freitag kurz nach Mittag vor der angegebenen Adresse in der Karlsruher Kaiserallee. Das Jugendstilhaus mochte knapp hundert Jahre alt sein, wirkte gepflegt und machte einen heimeligen Eindruck.

Ich hatte einen meiner früheren Kollegen, Thomas Petzold, gebeten, uns zu begleiten. Er war inzwischen Hauptkommissar, hatte ich schon am Telefon erfahren. Ich legte auf seine Anwesenheit Wert, da ich mich erstens freute, ihn wiederzusehen, und er sich zweitens bei Bedarf um einen Schlüsseldienst kümmern konnte. Außerdem beugte ich auf diesem Wege Missstimmungen vor, falls jemand im Karlsruher Polizeipräsidium Wind davon bekam, dass ich in fremden Revieren wilderte. Den Durchsuchungsbeschluss hatte mir die Staatsanwaltschaft dieses Mal ohne kritische Rückfragen ausgestellt.

Petzold und ich tauschten einen herzlichen Händedruck, er wollte wissen, wie es mir so ging als großem Boss. Ich sagte, ganz okay, und er sagte, ihm gehe es auch gut, und er habe wieder einmal eine neue Freundin. Im Gegensatz zu Balke war er, was das andere Geschlecht anbetraf, ein Pechvogel und ziemlicher Maulheld. Runkel stand daneben, guckte freundlich und langweilte sich.

Damit waren die Vorreden erledigt, und ich drückte den untersten Knopf auf der Klingelleiste. Der daneben stehende Name lautete Heinemann. Innen schrillte eine altertümliche Schelle. Niemand öffnete. Ich versuchte einen zweiten Knopf, einen dritten, und beim vierten endlich quäkte eine Stimme aus der Sprechanlage:

»Ja, bitte?«

Ich erklärte unser Anliegen, und es entspann sich eine kurze Diskussion darüber, dass man Fremden nicht so ohne weiteres die Tür öffnen sollte.

»Mein Mann und ich waren kürzlich bei der Kriminalpolizei …«

»Wir *sind* die Kriminalpolizei!«, gab ich freundlich zu bedenken.

»… und der nette Herr dort hat uns sehr eindringlich gewarnt …«

Hinter uns hüstelte jemand vernehmlich. Ein vielleicht dreißigjähriger Mann im hellgrauen Business-Anzug drängelte sich an uns vorbei und schloss die Tür auf. Als wir ihm folgten, sah er nicht einmal zurück.

Anita Bialas' Wohnung lag im ersten Obergeschoss. Petzold begutachtete das Türschloss und zückte sein Handy, um den Schlüsseldienst zu rufen. Die Tür zur Nachbarwohnung wurde einen Spalt geöffnet, die Sicherheitskette rasselte, ein Auge hinter dickem Brillenglas erschien im Spalt und betrachtete uns.

»Sind Sie das, mit dem ich eben gesprochen habe?«, tönte es dumpf.

Ich hielt meinen Dienstausweis vor den Türspalt.

»Die sind ja sowieso meist gefälscht«, sagte die Stimme. »Was tun Sie da? Gehen Sie weg, oder ich rufe die Polizei!«

»Wir brechen die Tür auf«, erklärte Petzold. »Und wenn Sie uns weiter dabei stören, brechen wir Ihre als nächste auf.«

Die Tür wurde vorsichtig geschlossen. Wieder rasselte die schwere Kette.

Was wir suchten, fanden wir fast alles in einem Schubladenschränkchen unter dem gläsernen Schreibtisch im winzigen Arbeits- und Gästezimmer: Ordner voller Kontoauszüge, Zeugnisse, Versicherungspolicen.

Das, was von einem Menschenleben am Ende übrig bleibt – Papier.

Während Petzold und Runkel die gefundenen Unterlagen sichteten und in zwei mitgebrachte Klappkisten packten, durchstreifte ich mit den Händen in den Manteltaschen die Wohnung. Sie mochte etwa hundert Quadratmeter messen. Die Küche war gemütlich, viel Holz, karierte Vorhänge und so geräumig wie meine eigene. Das Schlafzimmer war im krassen Gegensatz zu der roten Plüschorgie in Heddesheim sachlich, hell und gerade. Die dominierende Farbe war hier Weiß. Das Wohnzimmer dagegen hatte etwas von einer Höhle. Bücherregale bis an die Decke, dicke Vorhänge, mit deren Hilfe man den Raum vermutlich sogar bei Sonnenschein verdunkeln konnte, ein bequemes, für meinen Geschmack zu weiches Sofa, ein kleiner Fernseher, eine noch kleinere Musikanlage. Alles hier wirkte gut gepflegt, war nicht billig, aber auch keineswegs luxuriös. Was ich vermisste, war der übliche Trödel, der sich im Lauf der Jahre ansammelt. Anita Bialas hatte offenbar zu der Sorte Menschen gezählt, die spätestens an Neujahr sämtliche Weihnachtskarten wegwerfen.

In einem Regal links neben der Tür, etwa in Augenhöhe, fand ich es: Gustave Flaubert, Madame Bovary. Das alte Buch mit hübschem Leineneinband sah aus, als wäre es schon mehr als einmal gelesen worden. Ich schlug es auf, aber es war kein Name hineingeschrieben.

»Was hat sie gearbeitet?«, fragte ich meine Kollegen, als ich ins Arbeitszimmer zurückkehrte.

Runkel überreichte mir ein aufgeschlagenes Mäppchen. Der Kontoauszug, auf den sein Zeigefinger deutete, war vom April des letzten Jahres.

»Das ist die letzte Gehaltsüberweisung. Später ist nichts mehr gekommen.«

»IFS«, las ich. »Kennt die jemand?«

Beide zuckten die Achseln.

»Vielleicht hat sie ihren Job verloren«, meinte Petzold. »Obwohl, wir haben bisher nichts gefunden vom Arbeitsamt.«

»Drei Wochen später ist noch eine Überweisung über dreißigtausend gekommen«, ergänzte Runkel. »Und das Komische ist, sie hat seit April auch kaum was abgehoben. Von dem Konto sind seither nur noch ein paar Überweisungen abgegangen. Hausgeld, Krankenversicherung und so.«

»Dann muss hier irgendwo ein Sack Geld vergraben sein.« Petzold stopfte grinsend die Hände in die Gesäßtaschen seiner zu eng gewordenen Jeans. »Was ist, trinken wir noch irgendwo 'nen Kaffee zusammen, oder müsst ihr gleich wieder zurück?«

»Also, ich könnt eigentlich einen Happen vertragen«, sagte Runkel mit Blick auf die Uhr.

Auch ich war hungrig, merkte ich jetzt.

So luden wir die zwei Kisten mit unserer Beute in den Kofferraum unseres Dienstwagens. Petzold fuhr immer noch seinen uralten Porsche Carrera und kurvte auch immer noch verbotenerweise im Dienst damit herum. Der Porsche werde mit jedem Jahr kostbarer, erklärte er strahlend und streichelte zärtlich das nachtblau lackierte Blech. »Ich fahr voraus, okay?«

Minuten später saßen wir im La Piazza in der Scheffelstraße, einem Lokal, das es zu meiner Zeit noch nicht gegeben hatte. Ich wählte eine Capricciosa, Runkel entschied sich nach einigem Hin und Her für Spaghetti Carbonara und Petzold für einen Salat mit Essig und Öl. Anscheinend war er wieder einmal auf Diät. Das erinnerte mich daran, dass auch ich dringend ein wenig abnehmen sollte. Seit der Winter begonnen hatte, hatte ich – ohne irgendetwas an meinen Gewohnheiten zu ändern – drei Kilo zugenommen. So bestellte ich die Pizza wieder ab und ließ mir ebenfalls einen Salat bringen.

Beim Essen erfuhr ich die letzten Neuigkeiten aus der Karlsruher Polizeidirektion, Runkel und ich revanchierten uns mit Anekdoten aus Heidelberg. Birgit Malmberg hatte ihr Psychologiestudium nach dem zweiten Semester aufgegeben und war nach Berlin zurückgekehrt, worüber Petzold nicht mehr übermäßig traurig zu sein schien. Hirlinger hatte sich immer noch nicht totgesoffen. Der KSC war wieder einmal abgestiegen, der neue Dezernatsleiter ein eitler Aktenfresser und die Polizeipräsidentin immer noch die Alte.

Als ich meinen Salat zur Hälfte vertilgt hatte, surrte mein Handy.

»Wir haben hier ein kleines Problem, Chef.« Evalina Krauss klang aufgewühlt. »Ich brauche eine Entscheidung von Ihnen.«

In einem etwas abseits stehenden Einfamilienhaus in der Nähe des Bergfriedhofs randalierte seit Tagen ein Hund, berichtete sie. Den allein lebenden Bewohner, einen älteren Mann, hatten die Nachbarn längere Zeit nicht mehr gesehen. Nun stand die Oberkommissarin zusammen mit einem nicht weniger ratlosen Kollegen vor dem verschlossenen Haus und wusste nicht, was sie tun sollte. Auf ihr Klingeln öffnete niemand, und der Mann vom Schlüsseldienst weigerte sich, die Tür zu öffnen, gegen die von innen unentwegt und offenbar völlig von Sinnen ein mächtiger Schäferhund sprang.

»Müssen wir ihn erschießen?«, fragte sie verzweifelt. »Oder was mache ich jetzt?«

»Fordern Sie jemanden von der Hundestaffel an«, entschied ich. »Und falls der mit dem Tier auch nicht zurechtkommt, dann wird Ihnen wohl nichts anderes übrig bleiben.«

Runkel fuhr. Ich lehnte mich zurück, war ein wenig schläfrig und sah hinaus. Der Regen schien allmählich schwächer zu werden. Auf den Hügeln des Kraichgaus lag noch hie und da Schnee. Die Autos vor uns wirbelten Wasser und Schmutz auf und nebelten uns ein, sodass die Scheibenwischer ununterbrochen zu tun hatten. Zwischen Bruchsal und Kronau waren fünf Kilometer Stau, und ich war kurz davor einzunicken, als mein Handy sich erneut meldete.

»Es ist nicht anders gegangen«, sagte Kollegin Krauss atemlos. »Tut mir leid. Wir haben ihn erschießen müssen. Den Hund.«

»Und wie sieht es im Haus aus?«

»Eine Katastrophe, Chef«, erwiderte sie mit belegter Stimme. »Könnten Sie vielleicht mal kurz vorbeikommen?«

Ich pappte das Blaulicht aufs Dach, Runkel schaltete das Signalhorn ein und begann mit sichtlichem Vergnügen, die Autos vor uns zur Seite zu drängeln. Fünf Minuten später hatten wir den Stau hinter uns gelassen.

Oberkommissarin Krauss lotste uns per Telefon zum Ort des Geschehens.

9

»Mich kriegen da keine zehn Pferde mehr rein«, erklärte Evalina Krauss kategorisch, als sie uns kreidebleich vor dem Haus am Oberen Gaisbergweg empfing, einem schmalen Sträßchen am Hang über der Heidelberger Weststadt. »Keine Macht der Welt kriegt mich da noch mal rein!«

Wir duckten uns fröstelnd unter das Vordach, wo es zum Glück trocken war. Die Haustür stand weit offen. Von innen hörte ich gedämpft Stimmen. Einige Schritte entfernt langweilte sich eine kleine Gruppe Menschen unter Regenschirmen, die unser Treiben beobachtete. Ein babyblauer Mazda bremste leise quietschend, und ein mir bekannter Journalist, der für verschiedene Zeitungen arbeitete, kletterte heraus. Auch der viel gerühmte und lange herbeigesehnte digitale Polizeifunk schien schon wieder nicht mehr abhörsicher zu sein. Oder der Mann vom Schlüsseldienst, der sich unschlüssig neben der Haustür herumdrückte, hatte sich ein kleines Zubrot verdient.

»Was liegt an?«, fragte der Journalist jovial. »Was ist hier los?«

Evalina Krauss ging ihm entgegen und beantwortete seine Fragen, wobei sie heftig gestikulierte und sich ständig das aschblonde Haar hinters Ohr schob. Der Bewohner des Hauses, vor dem ich stand, lag tot im Wohnzimmer, wusste ich inzwischen, und zwar schon seit Tagen, denn der völlig ausgehungerte Hund hatte in seiner Not irgendwann begonnen, sein Herrchen aufzufressen.

»Gut möglich, dass er ihn auch umgebracht hat«, hörte ich die Oberkommissarin sagen und trat einen Schritt zur Seite, weil ein junger, hagerer Notarzt, gefolgt von einem übergewichtigen und aus irgendeinem Grund heftig keuchenden Sanitäter, das Haus verließ. Beiden standen Schweißperlen auf der Stirn.

»So was passiert manchmal«, fuhr Evalina Krauss fort. »Man rutscht aus, der Hund erschreckt sich und fällt über einen her. Es kommt vor, dass Leute von ihrem eigenen Hund angefallen werden. Aber anschließend auch noch aufgefressen, meine Güte ...«

Der Name des Toten war John Karenke, erfuhren ich und der eifrig Notizen machende Journalist, er war einundsiebzig Jahre alt geworden. Der tote Hund hingegen war noch kein halbes Jahr alt gewesen. Sein Besitzer hatte ihn erst kürzlich angeschafft.

Ich beschloss, mir den Anblick im Inneren des Hauses zu ersparen und mich von dem ungeduldig von einem Bein aufs andere tretenden Rolf Runkel in mein Büro chauffieren zu lassen. Da es sich hier nach Ansicht des Arztes um einen – wenn auch ungewöhnlichen und äußerst unappetitlichen – Unfall handelte, gab es für mich und meine Leute hier nichts mehr zu tun.

Der Journalist machte noch ein paar Fotos vom Haus und den verloren im Regen herumstehenden Schaulustigen und sah dann ebenfalls zu, dass er wieder ins Trockene kam.

Die Handtasche war gefunden worden, erfuhr ich von meiner Sekretärin, während ich meinen durchnässten Mantel abstreifte.

»Grad hat eine Streife sie gebracht.« Sie wies auf eine wasserdurchtränkte Handtasche in einem offenen Wellpappkarton, dessen Boden sich allmählich dunkel färbte. »Ein Briefträger hat sie heut' Morgen gefunden. Zweihundert Meter vom Hochhaus entfernt im Straßengraben.«

Ich trug den Karton in mein Büro, zog Latexhandschuhe an und öffnete den Verschluss der Handtasche, ohne sie aus der Schachtel zu nehmen. Hätte mich jemand aufgefordert, eine Liste all der Dinge aufzustellen, die eine durchschnittliche deutsche Frau durchschnittlichen Alters in ihrer durchschnittlichen Handtasche aufbewahrte, so wäre ziemlich genau das herausgekommen, was ich in dieser Tasche fand: ein flaches Portemonnaie aus Krokoleder, das nur noch Münzen, eine EC-Karte und zwei Kreditkarten enthielt. Ein Personalausweis, ausgestellt auf Anita Bialas, geboren am elften Juli neunzehnhundertachtundsechzig in Ost-Berlin, ein älteres Nokia-Handy, das die Nässe offenbar nicht überlebt hatte. Zahnseide in einem weißen Kunststoffkästchen kam zum Vorschein, ein dunkelroter Lippenstift, ein Kamm, einige Haarnadeln, ein halbleeres und patschnasses Päckchen Papiertaschentücher, zwei originalverpackte Kondome, ein hoffnungslos durchweichtes Streichholzbriefchen aus dem Ochsen, wo sie ihren letzten Abend verbracht hatte, vier Sicherheitsnadeln, drei beängstigend aufgequollene Tampons.

Ganz unten lagen ein schwerer goldener Armreif und eine ebenfalls goldene Halskette. Beide Schmuckstücke waren aus echtem Gold, äußerst fein gearbeitet und – das sah selbst ich als Laie – kostbar.

Ich breitete alles auf meinem Besprechungstisch aus und war am Ende kein bisschen klüger als zuvor. Abgesehen von der Tatsache, dass Anita Bialas, was ihren Geburtstag anbelangte, Gregor Reuschlin belogen hatte. Vermutlich ein Trick, um mit ihm ins Gespräch zu kommen.

Draußen regnete es immer noch. Ich war müde und freute mich auf die Stunden mit Theresa am Abend, auf die Wärme ihrer Arme, ihre weiche Stimme, ihren Duft.

An diesem Abend war Theresa nicht in der Stimmung für Zärtlichkeiten. Ich sah es schon an ihrem Blick, als sie durch die Tür kam. Der Begrüßungskuss war kühl. Sie wirkte zugleich erschöpft und unruhig.

»Was ist?«, fragte ich, als ich ihren Mantel an die Kaffeehaus-Garderobe hängte, die ich vor einigen Wochen bei einem Trödler in der Altstadt organisiert hatte. »Stress zu Hause?«

»Ein bisschen.« Seufzend fuhr sie sich über die Stirn, schüttelte ihr feuchtes Haar zurecht. Heute trug sie wieder einmal die alte Perlenkette, die sie an dem Tag getragen hatte, als ich sie zum ersten Mal sah. Das war vor anderthalb Jahren gewesen, im August, anlässlich meiner Amtseinführung.

Sie ließ sich auf das kleine, lustig-bunte Sofa fallen, das sie besorgt hatte, und klopfte mit der flachen Hand auf den Platz neben ihr. »Nimm mich in den Arm, Alexander!«

»Was ist denn los?«, fragte ich besorgt, als ich neben ihr saß und sie festhielt. In ihren Augenwinkeln glitzerte es feucht. Sie klammerte sich an mich, als wäre es das letzte Mal. Ich streichelte ihren kräftigen Rücken.

»Entschuldige«, schniefte sie nach einer Weile. »Tut mir leid.«

»Was?«, fragte ich.

»Dass ich dir so die Stimmung verhagele.«

»Nirgendwo scheint immer die Sonne.«

»Sind dämliche Sprüche deine neue Leidenschaft?« Mit traurigem Lächeln schmiegte sie den Kopf an meine Schulter.

»Immerhin hat er dich zum Lächeln gebracht. Aber nun erzähl endlich, was ist passiert?«

»Es ist wegen Egon.«

Dass sie ihren Mann Egon und nicht Egonchen nannte, war kein gutes Zeichen. Sollte heute der Tag sein, an dem mein Chef herausgefunden hatte, mit wem sich seine Frau zweimal die Woche die Abende vertrieb? Bevor ich etwas sagen konnte, fuhr Theresa fort:

»Er ist krank.« Sie schluckte. »Es ist ... Ich habe auf einmal ein so furchtbar schlechtes Gewissen. Ich muss auch gleich wieder los. Bitte entschuldige.«

»Ernstlich krank?«

Sie nickte und schloss die Augen.

Unten, auf der regennassen Ladenburger Straße, fuhren Autos vorbei auf der hoffnungslosen Suche nach einer Parklücke. Eilige Schritte tackerten den Gehweg entlang. Irgendwo klapperte ein Fensterladen im Wind.

»Es tut mir so leid«, sagte ich schließlich und fühlte mich unendlich blöde dabei.

Theresa streichelte meine Hand, als müsste sie mich trösten und nicht umgekehrt. Ich wagte nicht, die Frage zu stellen, die mir auf der Zunge brannte: Heißt das, dass wir uns nicht mehr sehen können?

Aber Theresa verstand mich auch ohne Worte.

»Ich weiß im Moment nicht, wie es mit uns weitergeht«, murmelte sie und hatte plötzlich Tränen in den Augen. »Ich kann es wirklich nicht sagen. Bitte entschuldige.«

»Hör endlich auf, dich andauernd zu entschuldigen.«

»Entschuldige.«

Ihr Lachen schnitt mir ins Herz.

Plötzlich sprang sie auf und reichte mir die Hand, als wäre ich irgendein Fremder, mit dem sie auf einer Parkbank ein paar nette Worte gewechselt hatte. Ich erhob mich ebenfalls und drückte sie fest an mich. Lange standen wir da und hielten uns gegenseitig fest.

Der größte Schmerz, der uns treffen kann, ist, einen geliebten Menschen traurig zu sehen und nicht helfen zu können.

Es dauerte Minuten, bis sie sich beruhigte, dann löste sie sich von mir und begann wortlos, sich auszuziehen. Sekunden später fielen wir übereinander her, als hätten wir uns Monate nicht gesehen.

Anschließend weinte sie wieder, und mir war übel vor Traurigkeit und einer Sehnsucht, die völlig sinnlos war, da ihr Ziel ja zärtlich an mich geschmiegt in meinen Armen lag.

Irgendwann musste sie fort, und ich blieb allein zurück. Nie im Leben hatte ich mich so einsam gefühlt und zugleich so wütend. Wütend auf Liebekind und seine idiotische Krankheit, wütend auf das Schicksal, das sich solche Gemeinheiten ausdachte, wütend auf mich selbst, weil ich wütend war. Am liebsten hätte ich etwas an die Wand geschmissen. Ich fand jedoch nichts, das sich dafür geeignet hätte.

Am Samstag begannen meine Töchter mit den Umräum- und Renovierungsarbeiten. Mit meiner Unterstützung wanderte mein Schreibtisch ins Wohnzimmer und fand dort Platz unter dem Fenster mit Blick auf die Büsche im Vorgarten. Ein Regal voller Ordner wurde bei dieser Gelegenheit gründlich ausgemistet und zog anschließend halb geleert in den Flur um. Gegen Mittag war das Zimmer leer, und ich zeigte den beiden, wie man mit Abdeckplane, Wandfarbe und Malerrolle umgeht. Sie zogen die ältesten Jeans an, die sie finden konnten, aus der Mode gekommene T-Shirts, setzten sich verwegene Papiermützen auf die Köpfe, die sie unter großem Gekicher selbst gefaltet hatten, und machten sich ans Werk. Seit sie beschlossen hatten, nicht mehr im selben Zimmer zu schlafen, waren sie wieder ein Herz und eine Seele.

Sarah hatte inzwischen beschlossen, dass auch das »alte« Zimmer einen neuen Anstrich benötige. Über die Farben war gestern lange diskutiert worden. Das Ergebnis war: blasslila für mein ehemaliges Arbeitszimmer, zitronengelb für das andere. Oder umgekehrt. Es war mir gleichgültig, solange sich der Sachschaden irgendwie in Grenzen hielt und ich meine Ruhe hatte.

Ich hatte unruhig geschlafen und die halbe Nacht über die Frage gegrübelt, weshalb mich plötzlich das Gewissen quälte, nur weil der Ehemann meiner Geliebten krank war. Auf einmal kam mir unendlich gemein vor, was wir taten, genauer: getan hatten. Ich ertappte mich dabei, wie ich an Theresa schon als Vergangenheit dachte. Seit gestern Abend konnte ich mir nicht mehr vorstellen, sie zu berühren, sie zu küssen. Und dabei hätte ich mir gerade jetzt nichts sehnlicher gewünscht.

Nie wieder würde ich ihren Mann vergessen können, wenn sie bei mir war.

Nie wieder würde ich mich gut fühlen, wenn ich sie umarmte.

Ich beschloss, meine Töchter ihrem farbenfrohen Schicksal zu überlassen, in die Stadt zu gehen und mir irgendetwas zu kaufen.

Draußen war es auch heute ungemütlich. Noch immer lag in manchen Ecken trauriger, schmutziger Schnee. Ein unsympathischer Westwind scheuchte fette Wolken über die Stadt hinweg. Gegen den Nieselregen halfen kein Schirm und kein Mantel. Ich ließ mich vom Wind Richtung Innenstadt treiben.

Bewegung an frischer Luft tat mir normalerweise gut. Beim Gehen klärten sich meine Gedanken, beruhigten sich die Nerven. Aber heute war alles anders. Mein Hals blieb eng. Das Atmen fiel mir schwer. Ich ertappte mich bei dem Gedanken, was wäre, wenn Liebekind sterben würde und Theresa und ich …

Irgendwann blieb ich keuchend stehen und stellte fest, dass ich trotz der Kälte schweißgebadet war. Es war nicht mehr zu leugnen: ich hatte Liebeskummer. All die Monate, die ich Theresa getroffen und gesprochen, gefühlt und geliebt hatte, hatte ich das Gefühl nicht an mich herangelassen, wollte ich nicht wissen, was ich jetzt endlich wusste, da ich sie ja wohl verloren hatte: dass ich sie liebte. Im Lauf des Vormittags hatte ich ihr vier ewig lange SMS geschrieben. Keine davon hatte sie beantwortet. Ein Testanruf hatte mir bestätigt, was ich schon befürchtet hatte: ihr Handy war aus.

Ungefähr auf Höhe der Alten Brücke machte ich kehrt und kämpfte nun gegen den Wind an, der minütlich stärker und böser zu werden schien. Immerhin hatte der Regen aufgehört. Die Bewölkung begann aufzureißen, und am Ende blitzte sogar hin und wieder eine eiskalte Sonne durch die Lücken. Ich durchstreifte verschiedene Geschäfte auf der Suche nach etwas, dessen Erwerb mir Freude machen könnte. Aber ich fand nichts. Am Ende kaufte ich mir in der Buchhandlung kurz vor dem westlichen Ende der Hauptstraße eine Taschenbuchausgabe von *Madame Bovary*.

Als ich erschöpft meine Wohnung wieder betrat, waren meine Zwillinge fast so farbig, wie die Wände hätten sein sollen, und völlig aus dem Häuschen. Ich hoffte, dass sie in ihrer Begeisterung nicht noch begannen, sich gegenseitig zu bemalen, und verkroch mich ins Wohnzimmer. Ich versuchte zu lesen, aber es gelang mir nicht. Ich wollte Musik hören, aber alles, was ich auflegte, ging mir auf die Nerven.

Dann war endlich Zeit zu kochen. Ich hatte vergessen einzukaufen, aber für Pfannkuchen war zum Glück alles im Haus. Für mich mit Speck, Käse und Tomaten, für meine aufgekratzten Töchter mit Nutella. Inzwischen war der eine Raum fertig, und sie hatten begonnen, im anderen die Möbel zusammenzuschieben. Noch immer hatten sie sich nicht einigen können, wer das neue Zimmer bekommen sollte.

Später fuhren wir zusammen zu einem großen Möbelmarkt in der Nähe der Autobahn und suchten einen zweitürigen Schrank und eine Kommode aus. Es entspann sich eine längere Diskussion wegen der Betten. Meine Töchter waren der Ansicht, ihre alten Stockbetten aus Kiefernholz seien nicht mehr gut genug für Fast-Erwachsene wie sie. Sie brauchten etwas Neues, Schickes, nicht mehr solchen Kinderkram. Ich zierte mich ein wenig, ließ mich aber schließlich um des Familienfriedens willen in die Bettenabteilung schleppen.

»Das da«, meinte Louise, nachdem sie sich etwa eine halbe Sekunde lang umgesehen hatte. »Das ist geil!«

Das Bett, auf das sie zustrebte, hatte ein verchromtes Metallgestell, sah tatsächlich gar nicht so übel aus. Und war einen Meter vierzig breit.

Sarah nickte aufgeregt. Die beiden sahen mich an und erwarteten eine Reaktion.

Wozu brauchten fünfzehnjährige Mädchen so breite Betten?

»Doch«, sagte ich lahm. »Ganz nett.«

Die IKEA-Betten waren inzwischen wirklich ein wenig unansehnlich geworden, über und über mit Stickern beklebt, mit Abziehbildchen verziert, mit Buntstiften und später Filzschreibern bemalt. Der Preis des neuen Betts war erträglich, und wo wir nun schon einmal hier waren ...

Aber wozu, verdammt, brauchten fünfzehnjährige Mädchen so breite Betten? Sollte es da etwas geben, von dem ich nichts wusste, das ich jedoch dringend wissen sollte? Die Mienen meiner Töchter verfinsterten sich.

»Ihr bräuchtet auch neue Matratzen und Decken und Bettwäsche.«

»Man soll sowieso alle paar Jahre die Matratze wechseln, haben wir gelesen.«

»Im Internet. Wegen der Hygiene und so. Es gibt da so eklige Maden, die wohnen in Matratzen und ...«

Matratzen waren teuer. Teurer jedenfalls als dieses kokett im Halogenlicht blitzende, überbreite Bett. Bettroste waren nicht viel billiger.

Dazu neue Decken, Laken, Bezüge. Meine innere Registrierkasse stand inzwischen bei circa eintausend Euro.

»Paps!« Louise hüpfte von einem Fuß auf den anderen. »Bitte!«

»Bittebittebitte!«, sekundierte Sarah nicht weniger zappelig.

»Okay«, hörte ich mich sagen. »In Gottes Namen.«

Die Zwillinge hatten inzwischen bei eBay für einen lächerlichen Betrag einen älteren PC ersteigert, erfuhr ich während der turbulenten Heimfahrt, und auch schon einen Schulfreund akquiriert, der ihn ans Internet bringen würde. Die neuen Möbel sollten am kommenden Dienstag geliefert werden. Um den Kleinkram, Decken, Bettwäsche, würden sie sich selbst kümmern, fest versprochen, und alles andere würde sich mit der Zeit finden.

Zu Hause angekommen, verschwanden meine Töchter im Keller, um dort nach Brauchbarem zu wühlen. Nach und nach schleppten sie einen alten Teppich herauf, den sie mir mit leuchtenden Augen vorführten, zwei längst vergessene Klappstühle mit Kunststoffbezug, einen kleinen, schon ein wenig wackeligen Tisch, den ich noch nie gesehen hatte.

Es gelang mir, mich mit ihnen zu freuen und Theresa für eine Weile fast zu vergessen. Abends gingen wir zur Feier des Tages zusammen zum Italiener an der Rohrbacher Straße. Ich gönnte mir ein Viertel Frascati, meine Töchter erzählten mir tausend Dinge, und ich schaffte es sogar, ihnen über weite Strecken zuzuhören. Bei dieser Gelegenheit erfuhr ich von den neuesten Plänen der Band. Im Februar hatte Sam, ihr Entdecker und Manager, nicht weniger als drei Auftritte geplant. Einen in einem Vereinsheim in Eberbach an einem Sonntagnachmittag, einen in Bensheim, von dem sie noch nichts weiter als das Datum wussten, und einen in Ludwigshafen. Dort würden sie als Vorgruppe einer Band auftreten, deren Name mir völlig unbekannt war, was meine Töchter an meinem Verstand zweifeln ließ.

Am Sonntag begannen sie wieder zu streiten. Ich dachte die meiste Zeit an Theresa. Von Madame Bovary hatte ich am Abend zuvor einige Seiten gelesen und schon wieder vergessen.

10

»Der Fall Bialas ist gelöst«, eröffnete Balke die Soko-Besprechung am Montagmorgen mit grimmiger Zufriedenheit. »Reuschlin hat gestanden.«

Er erntete teils verblüffte, teils erleichterte Blicke.

»Wie das?«, fragte ich.

»Ich habe ihn mit der Handtasche konfrontiert und mir alles noch mal haarklein erzählen lassen. Mit der Zeit hat er sich immer mehr verheddert, und am Ende hat er gestanden.«

»War sein Anwalt dabei?«

»Wollte er nicht dabeihaben. Das hat er mir unterschrieben.«

»Und was ist mit der Tatwaffe?«

»Hat er weggeworfen, sagt er, vermutlich noch vor der Handtasche. Früher oder später werden wir auch das Messer finden. Mit seinen Fingerabdrücken drauf.«

»Reichen unsere Spuren im Fall des Falles wirklich für einen Indizienprozess?«

Balke hatte sich das Gespräch offenbar anders vorgestellt. Er hatte ein Lob von mir erwartet und keine nörgeligen Fragen.

»Die Techniker arbeiten noch dran«, erwiderte er unzufrieden. »Die haben ja noch nicht mal alle Fingerspuren ausgewertet. Und außerdem, wenn ich daran erinnern darf: Reuschlin war am Tatort, er hatte Blut seines Opfers an den Fingern, auf der Handtasche sind seine Fingerabdrücke ...«

»Und das Motiv? Was sagt er, weshalb er sie erstochen hat?«

»Daran kann er sich nicht mehr erinnern.« Sven Balke sah missmutig zur Decke. »Es hat aus irgendeinem Grund Zoff gegeben, nehme ich an, sie hat ihn beleidigt. Herrgott, der Mann war sturzbesoffen!«

»Nun gut«, sagte ich. »Vielleicht bin ich ja zu pessimistisch. Aber kommen wir noch mal zum Opfer. Das ist jetzt natürlich nur noch ein Randaspekt, aber es geht mir trotzdem nicht aus dem Kopf: Vor wem hat sie sich versteckt? Vor Reuschlin mit Sicherheit nicht, denn den hat sie an dem Abend erst kennengelernt. Wovon hat sie gelebt? Von ihrem Konto hat sie seit einem Dreivierteljahr nichts mehr abgehoben. Trotzdem hatte sie einen hübschen Packen Scheine in ...«

Sie sehen gar nicht gut aus, Herr Gerlach, hatte Sönnchen mich am Morgen empfangen. Sie werden mir doch nicht krank? Ich fühlte mich auch nicht gut. Ich war nervös, reizbar, fand mich selbst unausstehlich. Plötzlich wurde mir bewusst, dass alle mich teils erwartungsvoll, teils ratlos ansahen. Offenbar hatte ich mitten im Satz den Faden verloren.

»Ich habe mich mal schlaugemacht«, sagte Evalina Krauss in die Stille hinein. »Wegen dieser IFS, wo sie gearbeitet hat: IFS heißt International Finance Services. Das ist eine Amerikanische Bank, habe ich rausgefunden, beziehungsweise war. Die existiert nämlich nicht mehr, ist vergangenen Herbst Pleite gegangen. Die letzte Überweisung in Höhe von dreißigtausend Euro hat den Vermerk ›Sonderzahlung‹ und ist vermutlich so was wie eine Abfindung. Vielleicht dafür, dass sie freiwillig gegangen ist und man ihr nicht kündigen musste. Sie hat sich aber nicht um eine neue Arbeit gekümmert. Zumindest kennt man bei der Agentur für Arbeit ihren Namen nicht.«

»Für die kleine Wohnung in Heddesheim hat sie eine irrwitzige Miete bezahlt«, fiel mir ein. »Das passt doch alles vorne und hinten nicht zusammen.«

Oberkommissarin Krauss sah mich erwartungsvoll an. Balke beobachtete angestrengt seine Finger, die auf der Tischplatte Lockerungsübungen machten.

»Vielleicht fassen Sie einfach mal zusammen: Was wissen wir bisher über die Frau?«, fragte ich die fleißige Oberkommissarin.

»Gelernt hat sie Bürokauffrau«, sagte sie mit Blick auf den Bildschirm ihres Notebooks. »In Ostberlin. Die Eltern sind tot, Geschwister gibt's keine, beziehungsweise keine mehr. Eine Schwester ist vor Jahren gestorben.«

»Es muss aber doch in Karlsruhe Menschen geben, die uns was über sie erzählen können«, überlegte ich. »Nachbarn, Freunde, ehemalige Kollegen.«

»Aber wozu denn?«, fragte Balke bissig. »Was wollen Sie denn noch? Wir haben den Täter. Wir haben ein Geständnis.«

»Und ich habe ein komisches Gefühl bei der Sache.«

Wieder war es für Sekunden still. Und wieder ergriff Evalina Krauss die Initiative.

»Falls keiner was dagegen hat«, sagte sie, »dann kümmere ich mich um diese IFS und finde raus, wer da sonst noch gearbeitet hat.«

Balke faltete mit verkniffenem Mund ein Papier klein und immer kleiner zusammen.

»Wie ist eigentlich die Geschichte mit dem Toten und seinem Hund ausgegangen?«, fragte ich Evalina Krauss, als die Sitzung beendet war und der Raum sich leerte.

»Der Arzt meint, es war Herzversagen. Der Hund hat ihn erst ... ähm ... angeknabbert, als er schon tot war.«

»Einer der Gründe, warum ich mir keinen Hund anschaffen werde«, brummte Balke und stopfte seinen PDA in eine Gesäßtasche seiner Jeans.

»Jedenfalls ist die Sache für uns gelaufen«, erklärte Evalina Krauss mit schelmischem Lächeln. »Bis Mittag haben Sie meinen Bericht auf dem Tisch, Chef.«

Um halb elf erschien Derek Stachowiak bei mir, der Hausmeister aus Heddesheim. Seinen quengelnden und immer noch fiebernden Sohn trug er auf dem Arm. Stachowiak wirkte zugleich angespannt und abgekämpft. Sönnchen bot an, sich um den Kleinen zu kümmern, und er war sehr erleichtert, wenigstens dieses Problem vorübergehend vom Hals zu haben.

»Nehmen Sie bitte Platz«, sagte ich ernst. »Und danke, dass Sie gleich gekommen sind.«

Die Bewegungen, mit denen er einen Stuhl heranzog, waren umständlich und fahrig. Von der ersten Sekunde an saß er so, als könnte er jederzeit aufspringen und die Flucht ergreifen.

»Sie können sich denken, weshalb ich Sie hergebeten habe?«

Stachowiak starrte auf die Tischkante und nickte erst nach Sekunden.

»War ja klar, dass Sie es früher oder später rausfinden. Aber ich habe sie nicht umgebracht. Ich war nicht mal in der Nähe ihrer Wohnung, in der Nacht.«

»Wie hoch war noch mal die Miete, die Frau Bialas bezahlt hat?«

Überrascht sah er mich an. »Bialas, ist sie das?«

Ich nickte. Er senkte wieder den Blick.

»Neunhundertfünfzig. Inklusive Nebenkosten.«

»Und die hat sie Ihnen jeden Monat bar gegeben, und Sie haben das Geld dann an den Besitzer der Wohnung überwiesen?«

»Hm.«

»Haben Sie das mit den Damen, die früher dort gewohnt haben, auch schon so gemacht?«

»Hm.«

»Und wie hoch war die Miete tatsächlich?«

Schweigen.

»Herr Stachowiak, es kostet mich einen kurzen Anruf beim Besitzer der Wohnung…«

»Dreihundertzwanzig«, murmelte er unglücklich.

»Ein phantasiebegabter Staatsanwalt könnte es Zuhälterei nennen.«

Stachowiak schien mit jedem meiner Worte kleiner zu werden.

»Haben Sie eine Ahnung, was die Hausverwaltung mir bezahlt für den Job?«, fragte er zerknirscht. »Der Kleine kostet, er braucht Windeln und ständig neue Sachen, ich muss hin und wieder auch mal was essen.«

Ich lehnte mich zurück und faltete die Hände im Genick. »Nun gut. Von mir aus muss der Besitzer nichts von Ihrem Nebenverdienst erfahren.«

Stachowiak starrte mich ungläubig an. »Echt jetzt? Sie verpfeifen mich nicht?«

»Bedingung ist, dass Sie ab sofort ehrlich zu mir sind.«

Im Vorzimmer quiekte der kleine Sohn des kleinlauten Hünen, der mir gegenübersaß. Seine mächtige Glatze glänzte feucht im Licht der Deckenbeleuchtung. Sönnchen lachte. Offenbar verstand man sich prächtig.

»Wie gut haben Sie Frau Bialas tatsächlich gekannt?«, fragte ich.

»Ich… wir… bin ein paar Mal bei ihr gewesen, ja.«

»Und nicht nur wegen der Heizung.«

»Anfangs doch.« Jetzt starrte er wieder die Tischkante an, als gäbe es dort ein Rätsel zu lösen. »Später auch… Sie haben recht, auch aus anderen Gründen.«

»Sie haben mit ihr geschlafen?«

»Aber nicht, was Sie denken.«

»Was denke ich denn?«

»Dass ich mich an sie rangeschmissen hätte. Und dass ich eifersüchtig war und sie erstochen habe. Wir haben uns ein bisschen angefreundet. Sie hat ja keinen Menschen gekannt, und mein Job ist auch nicht gerade so, dass er einen von morgens bis abends ausfüllt. Ich habe sie auf ihren Namen angesprochen, Bovary. Ich bin ja studierter Romanist, und so sind wir ins

Gespräch gekommen, über die französische Literatur. Anita hat unglaublich viel gelesen. Und gleich am ersten Tag, wie sie bei mir war und den Vertrag unterschrieben hat, da hat sie meine Bibliothek entdeckt und gejubelt. Ich habe ihr dann hin und wieder Bücher ausgeliehen. Und umgekehrt.«

»Und weiter ist nichts gelaufen?«

»Wir haben ein paarmal zusammen Kaffee getrunken.«

»Und über Literatur gesprochen.«

Jetzt sah er mir ins Gesicht.

»Sie glauben mir nicht?«

»Nein.« Ich beugte mich vor. »Ich will Ihnen sagen, wie es war: Frau Bialas hat ihre Situation genossen. Die plötzliche Freiheit, allein in einer fremden Umgebung, wo niemand ihren Namen kannte. Diese merkwürdigen Bilder an der Wand, das Wissen, wozu ihre Wohnung früher gedient hat …«

Stachowiak kratzte sich erst am Handgelenk, dann im speckigen Genick.

»Die Frau war so was von heiß«, flüsterte er schließlich. »Die ist mir regelrecht an die Wäsche. Gleich beim ersten Mal, wie ich oben war. Die hat mich erst auch gar nicht wegen der Heizung gerufen, sondern wegen der Klospülung. Die ist aber völlig okay gewesen.«

»Und wie lange lief das?«

»Vier, fünf Wochen. Dann hat sie auf einmal nichts mehr von mir gewollt. Von einem Tag auf den anderen war ich abgemeldet.«

»Hat sie einen anderen gehabt?«

»Natürlich.«

»Wissen Sie, wen?«

»Einen Lehrer vom Gymnasium in Schriesheim.«

»Woher wissen Sie, dass er Lehrer ist?«

Die traurige Kopie eines Hells-Angels-Chefs wurde sogar ein wenig rot. »Ich … bin ihm … gefolgt.«

»Sie hatten sich in sie verliebt.«

»Quatsch. Es war Sex. Aber es war verdammt guter Sex.« Er schwieg für einen langen Augenblick mit gesenktem Blick. Im Vorzimmer war es plötzlich still. »Scheiße, ja. Ich habe mich ein bisschen in sie verknallt, ja.«

»Später kamen vermutlich noch andere Männer.«

Auf diese Behauptung reagierte er nicht.

»Und irgendwann haben Sie es nicht mehr ertragen und sie zur Rede gestellt.«

»Nein. Und umgebracht habe ich sie auch nicht.«

»Was ist eigentlich aus Ihrer Frau geworden?«

»Jessy?« Er schluckte und faltete die großen Hände im Schoß. »Die ist weg. Fragen Sie mich nicht, wohin. Vielleicht Tibet, vielleicht Indien, vielleicht ist sie tot. Sie war schon immer so … flatterhaft. Eine Elfe. Ein Schmetterling. Oft auf Dope. Trotzdem haben wir ganz gut miteinander gekonnt. Ich dachte, mit dem Kind, da wird es vielleicht anders, das wird sie erden. Aber …« Wieder schwieg er für Sekunden. »Was Anita angeht, ich bin drüber weg, ehrlich. Es ist vorbei.«

Vor den Fenstern rauschte der Verkehr. Im Vorzimmer krähte Stachowiak junior.

»Ich glaube Ihnen«, sagte ich.

»Sie verdächtigen mich nicht? Warum?«

»Weil Sie so ein hundsmiserabler Lügner sind. Haben Sie gewusst, dass sie am Samstagabend Männerbesuch hatte?«

»Natürlich. Ich habe auf dem Monitor gesehen, wie sie losgezogen ist, wie fast jeden Samstag. Und ich habe gesehen, wie sie mit diesem … schrägen Typ im Schlepptau heimgekommen ist, mit diesem Loser. Arm in Arm und schon ziemlich angetörnt.«

»Und da sind Sie nicht auf den Gedanken gekommen, oben ein bisschen zu spionieren?«

»Doch. Aber ich hab's nicht gemacht.«

»Sie haben in Ihrem Wohnzimmer gesessen und waren wütend.«

Er fuhr sich mit der Hand über die Stirn. »Scheiße, ja. Ich bin … ich kann …«

»Sie sind wirklich nicht oben gewesen?«

»Wissen Sie, was ich gemacht habe?« Plötzlich wurde er laut. Starrte mich wütend an. »Besoffen habe ich mich. Und mir eine Porno-DVD reingezogen. Und mir vorgestellt, wie sie es oben miteinander treiben. Den Rest können Sie sich denken. Das war mein toller Samstagabend. Dann bin ich ins Bett, und irgendwann ist Robin aufgewacht und hat neununddreißigfünf Fieber gehabt. Da muss es ungefähr halb eins gewesen sein.«

»Wer außer Ihnen und Frau Bialas könnte noch einen Schlüssel zu ihrer Wohnung haben?«

»Der Vermieter hat natürlich einen. Und die Hausverwaltung. Die haben einen Generalschlüssel wie ich.«

»Was sieht es mit den ehemaligen Mieterinnen aus?«

»Die haben ihre Schlüssel immer brav abgegeben. Mussten schließlich fünfzig Euro Kaution hinlegen, pro Stück.«

»Das heißt, der Mörder hat entweder geklingelt, oder er hat das Schloss geknackt.«

Stachowiak zuckte die Achseln. »Keine Kunst, bei den alten Dingern. Sie haben das mal im Fernsehen gezeigt. So schnell kann man gar nicht gucken, wie man die aufkriegt, wenn man das richtige Werkzeug hat.«

Mir kam ein Gedanke. »Wie war das eigentlich, wenn Sie bei ihr waren? Hat sie da immer von innen abgeschlossen? Da sind zwei zusätzliche Sperrriegel, die man nur von innen betätigen kann.«

»Ich weiß. Ich habe sie ja selbst angeschraubt.« Heftig schüttelte er den Kopf. »Nein, die Tür hat sie nur verrammelt, wenn sie allein war. Anita hat vor irgendwas Angst gehabt.«

»Haben Sie sie mal gefragt, wovor?«

»Klar, hab ich. Aber da hat sie nur gelacht.«

Wie versprochen, lieferte Evalina Krauss mir ihren Bericht zu der Leiche mit Hund noch vor dem Essen. Außerdem brachte sie eine Liste mit, auf der elf Namen standen.

»Habe ich vom Karlsruher Finanzamt«, erklärte sie vergnügt. »Das sind die Leute, für die die IFS bis August Lohnsteuer abgeführt hat. Der oberste, Konradin Fabricius, war der Chef, Martin Degenhardt sein Stellvertreter, der zweite Mann. Degenhardt ist der Einzige, den ich bisher ans Telefon gekriegt habe. Ich habe sicherheitshalber so getan, als hätte ich mich verwählt.«

»Dann rufen wir den Herrn doch gleich mal an.« Ich nickte ihr anerkennend zu und griff zum Hörer. Die Vorwahl der

Nummer ließ mich vermuten, dass der Mann in der Nähe von Karlsruhe lebte.

Es tutete eine Weile, bis abgenommen wurde.

»Ja?«, sagte eine Männerstimme, die nach viel zu vielen Zigaretten klang.

»Spreche ich mit Herrn Degenhardt?«

»Wer möchte das wissen?«

Ich stellte mich vor.

»Und was verschafft mir«, er hustete, »... die fragwürdige Ehre?«

»Es geht um eine frühere Kollegin von Ihnen, Anita Bialas.«

»Und wieso ...« Er zögerte eine halbe Sekunde zu lange, »... interessiert sich auf einmal die Polizei für sie?«

»Hätten Sie etwas dagegen, wenn wir uns treffen und Sie mir ein bisschen von Ihrer ehemaligen Kollegin erzählen?«

»Ja. Nein. Was ist denn eigentlich los?«

»Frau Bialas wurde ermordet.«

»Habe ich richtig verstanden?« Wieder hustete er. »Sagten Sie ›ermordet‹?«

11

Martin Degenhardt wohnte in Bretten, einem Städtchen mitten im Kraichgau, etwa zwanzig Kilometer nordöstlich von Karlsruhe. Wir hatten verabredet, uns in einem Lokal am Marktplatz zu treffen, offenbar das Stammlokal des ehemaligen Bankers.

Ich erkannte ihn, ohne je ein Bild von ihm gesehen zu haben. Er saß auf einer rot gepolsterten Bank an der Wand und sah uns müde entgegen. Ein schwerer Mann mit dicken Tränensäcken, weit jenseits der sechzig, dessen verdrossene Miene verriet, dass er mit dem Verlauf seines Lebens unzufrieden war. Er trug einen zerknautschten, dunkelbraunen Cordanzug, der sicherlich einmal teuer gewesen war, dazu ein fast weißes Hemd und eine akkurat gebundene, altmodisch gemusterte Seidenkrawatte. In seinem Mundwinkel hing eine qualmende Seemannspfeife, vor ihm stand ein großer Cognacschwenker. Wir begrüßten uns, ich bestellte ein alkoholfreies Bier, Evalina Krauss eine Cola. Dann kam ich ohne Umschweife zur Sache.

»Ist Ihnen in der Zwischenzeit eine Idee gekommen, wer Frau Bialas getötet haben könnte? Wer vielleicht Grund hat, sie zu hassen?«

»Nein.« An Degenhardts rechtem Ringfinger steckte ein goldener Siegelring mit schwarzer Platte, am linken Handgelenk entdeckte ich eine ebenfalls goldene Uhr mit fein geflochtenem Gliederarmband. »Ich habe nie bemerkt, dass sie mit jemandem Streit gehabt hätte. Sie war eine dumme Schnepfe, aber das ist ja leider kein Grund, jemanden umzubringen.« Plötzlich sah er auf. »Jetzt fällt mir ein: sie hatte mal Ärger mit ihrem Mann. Will sagen, mit ihrem Lebensgefährten oder wie man das heute nennt. Jedenfalls waren die beiden nicht verheiratet. Aber um diese Dinge habe ich mich nicht groß gekümmert. Was unsere Leute außerhalb der Arbeit getrieben haben, war ihre Privatangelegenheit. Und ihre Arbeit hat die Anita im Großen und Ganzen ordentlich gemacht. Pünktlich, zuverlässig, zur vollen Zufriedenheit. Was man eben so in ein Zeugnis schreibt.«

»Wie lange kannten Sie sie schon?«

Degenhardt saugte ungeduldig an seiner Pfeife, die offenbar nicht recht brennen wollte. Neben dem Cognacschwenker lagen eine dunkelblaue Tabakdose mit englischer Beschriftung und ein Pfeifenbesteck, das gewiss nicht aus dem Kaufhaus stammte. Langsam leerte er sein Glas, als kostete es ihn Überwindung. Kaum hatte er es abgestellt, stand schon der nächste Cognac vor ihm. Die vollschlanke Bedienung mit rabenschwarzem Bubikopf bewegte sich lautlos und geschickt. Aus den Lautsprechern in den Ecken klang leise Blues-Musik, die ich nicht kannte.

»Die Anita ist schon dabei gewesen, wie ich zur IFS gekommen bin«, sagte Degenhardt, nachdem er seine Kehle freigehustet hatte. »Also ungefähr zehn Jahre. Vorher war ich bei der Deutschen Bank.«

»Darf ich fragen, weshalb Sie gewechselt haben?«

»Die IFS hat besser bezahlt. Das Grundgehalt war nicht besonders, aber die Prämien und Boni, die konnten sich schon sehen lassen. Da sind die Amis dynamischer als wir hier. Erfolgsorientierter.«

»Mit weltbewegendem Erfolg, wie man zur Zeit sieht«, konnte ich mir nicht verkneifen zu bemerken.

Lustlos begann er, in seiner Pfeife herumzustochern. »Wem sagen Sie das.« Bisher hatte er mir noch kein einziges Mal ins Gesicht gesehen. »Vor zwei Jahren bin ich noch Millionär gewesen, zumindest auf dem Papier. Und soll ich Ihnen sagen, was ich heute bin?« Seine Miene wurde noch eine Spur verdrossener. »Wir hier, in unserer Filiale, wir haben nie Geschäfte gemacht, deren Risiko wir nicht einschätzen konnten. Nicht wir sind bankrott gegangen, müssen Sie wissen, sondern unsere amerikanische Mutter.«

»Und was machen Sie heute?«

»Nichts. Ich bin achtundsechzig. War sowieso Zeit, mit dem Wahnsinn aufzuhören. Und ein bisschen ist ja zum Glück übrig geblieben von meinem schönen Geld.«

Degenhardt leerte seinen zweiten Cognac zur Hälfte und sah mich an mit einer Miene, als litte er an einem Magengeschwür. Das kleine Lokal war heimelig eingerichtet. Viel dunkles Holz, kleine, runde Tische und offenbar kein Rauchverbot.

»Was sind das eigentlich für Geschäfte gewesen, die die IFS gemacht hat?«, wollte Evalina Krauss wissen. »Wenn ich richtig verstanden habe, dann war das ja keine normale Bank mit Schaltern und so. Und was genau hat Frau Bialas dabei gemacht?«

»Sie haben recht. Bei uns konnten Sie kein Konto eröffnen und kein Geld einzahlen. Wir haben Anlageberatung gemacht und Kreditvermittlung. Hauptsächlich für Firmen, aber auch für Privat. Das zweite war Anitas Aufgabe. Bei ihr ging's vorwiegend um Baufinanzierung, um Hypotheken.«

»Hypotheken bekommt man bei jeder Bank«, warf ich ein.

Degenhardt nickte ernst. »Aber nicht zu unseren Konditionen. Die Computer unserer Zentrale in New York haben Tag und Nacht und weltweit die Zinsen verglichen und zu jedem Augenblick die günstigsten Anbieter gekannt. Von denen haben die Amis dann große Kontingente angekauft und an die Filialen verteilt. Und die haben das Geld dann unter die Leute gebracht.«

»Wie war die Stimmung bei der IFS?«, fragte Evelina Krauss. »Wie war das Betriebsklima so?«

»Die Stimmung war gut. Das Geschäft brummte, und es würde immer noch brummen, wenn die Amis sich nicht so überhoben hätten. Anita hat für diese Art Kunden ein Händchen gehabt. Die Leute haben ihr nach zehn Minuten aus der Hand gefressen. Sie hat so etwas an sich gehabt … Man hat ihr einfach nicht zugetraut, dass sie lügt.«

»Musste sie denn lügen?«, fragte ich.

»Was heißt schon lügen?«, erwiderte er achselzuckend. »Gibt es nicht immer verschiedene Wahrheiten? Wenn Menschen aus diesen Schichten überlegen, ein Haus zu bauen oder eine Wohnung zu kaufen, dann haben sie Angst. Die brauchen wen, der sie an der Hand nimmt, ihnen Mut macht.«

»Über das Privatleben von Frau Bialas können Sie uns also nichts sagen?«

»Reden Sie mit Susanne. Susanne Breitschwerdt. Die beiden sind dicke Freundinnen gewesen.«

Breitschwerdt hatte der Name gelautet, den ich in dem Buch in Heddesheim entdeckt hatte.

»Wo finden wir sie?«, fragte ich. »Nach unseren Recherchen gibt es im Unkreis von zweihundert Kilometern keine Frau dieses Namens.«

»Fragen Sie mich was Leichteres«, seufzte Degenhardt. Sein dritter Cognac kam, ohne dass er auch nur eine Augenbraue gehoben hatte. »Die Susanne war auch bei der IFS, hat uns aber schon ein Jahr vor Anita verlassen. Ich meine mich zu erinnern, dass sie geheiratet hat. Da hat sie es wohl nicht mehr nötig gehabt.«

»Und wie sie seither heißt, wissen Sie nicht?«

»Wie gesagt, ich habe mich nicht um die privaten Angelegenheiten unserer Leute gekümmert. Beim Tratsch an der Kaffeemaschine war ich nie dabei.«

»Was war eigentlich Ihre Funktion bei der IFS?«, fragte ich.

»Ich war stellvertretender Chef. Konradin war der Boss, Konradin Fabricius. Er hat die Filiale aufgebaut und kann Ihnen bestimmt das eine oder andere erzählen zum Privatleben unserer Angestellten. Anfangs hat er die Filiale ganz allein gemanagt. Hat aber recht bald gemerkt, dass er nicht auf die Füße kommt und wen an seiner Seite braucht, der Erfahrung mitbringt. Und das war dann ich.«

»Den Namen Fabricius haben wir auf unserer Liste«, sagte ich. »Aber wir konnten ihn bisher nicht erreichen.«

»Er hat in Durlach gewohnt, ganz nobel am Geigersberg. Die Wohnung hat er nach dem Crash verkaufen müssen, soweit ich weiß. Den Konradin hat's nämlich noch übler erwischt als mich.«

Mehr war aus dem alten Mann nicht herauszuholen. So leerten wir unsere Gläser und verabschiedeten uns. Degenhardt sah kaum auf, als wir gingen. Erst als wir schon fast durch die Tür waren, hörte ich ihn etwas sagen. Ich wandte mich um.

»Mir fällt gerade ein ...«, sagte er mit schmalen Augen. »Der Mann, den Susanne sich geangelt hat, er heißt wie einer von den früheren Bundespräsidenten. Konradin hat damals noch Witze darüber gerissen. Er hat die Susanne nur noch als ›Frau Präsidentin‹ angesprochen.«

»Heuss?«, schlug ich vor. »Lübke? Scheel?«

Degenhardt schüttelte jedes Mal den Kopf.

»Carstens?« Auch die Augen von Evalina Krauss waren jetzt klein vor Konzentration. »Herzog? Weizsäcker?«

Wieder Kopfschütteln.

»Heinemann?«, fiel mir schließlich noch ein.

Degenhardt nickte. »Genau, Heinemann, das war's. Der Konradin hat ja über alles und jeden seine Witze gemacht.«

Diesen Namen hatte ich erst kürzlich neben einem Klingelknopf gelesen, fiel mir ein.

»Könnte es sein, dass Frau Bialas und Frau Heinemann im selben Haus wohnen?«

»Schon möglich. Wie gesagt, sie waren ziemlich dick miteinander und haben sich auch schon seit Ewigkeiten gekannt. Falls die Frau, die Sie meinen, feuerwehrrote Haare hat und außerdem ein Mundwerk wie eine Maschinenpistole, dann liegen Sie richtig.«

»Gott, haben Sie mich erschreckt!«

Die schlanke Frau und ich waren in der Haustür um ein Haar zusammengestoßen, als ich gerade den Klingelknopf drücken wollte, während sie mit einem Korb am Arm eilig das Haus verließ. Sie lächelte mich misstrauisch an. Offensichtlich war sie auf dem Weg zum Einkaufen und schwer erkältet. Ihr schulterlanges, glattes Haar war leuchtend rot, die Augen seegrün.

»Frau Heinemann, nehme ich an?«

»Sie wollen zu mir?« Erschrocken sah sie abwechselnd Evalina Krauss und mir ins Gesicht. »Worum geht es denn?«

»Wir würden gerne mit Ihnen über Frau Bialas sprechen.«

»Anita? Die ist aber nicht da. Muss das denn ausgerechnet jetzt …? Ich wollte eigentlich …«

Degenhardt hatte recht: sie sprach so hastig, dass sie manche Sätze nicht einmal zu Ende brachte. Wir zückten unsere Dienstausweise.

»Es wird bestimmt nicht lange dauern.«

Beunruhigt machte sie kehrt, und Sekunden später saßen wir in ihrem Wohnzimmer, das exakt unter dem von Anita Bialas lag. Der Raum war hell und freundlich eingerichtet. Unsere Gesprächspartnerin hatte darauf verzichtet, uns etwas zu trinken anzubieten, und konnte es sichtlich kaum erwarten, uns wieder los zu sein. Ständig tupfte sie sich die Nase, rutschte auf dem Sofa hin und her. Aus der Küche hatte uns im Vorbeigehen ein schnauzbärtiger, vielleicht fünfzigjähriger Mann gegrüßt, der lautstark mit Kochen beschäftigt war. Er hatte es nicht für nötig befunden, uns die Hand zu geben.

»Ihr Name war früher Breitschwerdt?«, eröffnete ich das Gespräch.

Sie nickte eifrig. »Nun sagen Sie schon, was ist mit Anita?«

»Sie wurde ermordet. Es tut mir sehr leid, das sagen zu müssen.«

Sie schlug die schmale Hand vor den Mund und starrte mich an. »Sie machen Witze …? Aber nein, über so was macht man doch …«

Susanne Heinemann mochte ungefähr so alt sein wie das Mordopfer. Außerdem sprach sie ebenfalls mit unverkennbarem Berliner Akzent. Ihre Nase war bemitleidenswert gerötet, die Augen schimmerten fiebrig.

»Ermordet?«, flüsterte sie heiser. »Aber … wer? Wurde sie … beraubt? Vergewaltigt?«

»Im letzten Punkt kann ich Sie beruhigen. Haben Sie denn von all dem nichts mitbekommen? Ständig war ihr Foto im Fernsehen und in den Zeitungen.«

»Wir waren in Urlaub, mein Mann und ich, Ski ... Wir waren unter denen, die in den Alpen eingeschneit waren, und sind erst gestern spät abends nach Hause gekommen.«

»Ich habe gehört, Frau Bialas und Sie waren Freundinnen?«

Sie zwinkerte, strich sich fahrig über die Stirn. »Stimmt, das waren wir. Seit – warten Sie – zweiund..., nein, vierundzwanzig Jahren. Wir haben uns bei der Arbeit angefreundet. Damals, in Ostberlin.«

»Ist Ihnen nicht aufgefallen, dass sie seit Oktober nicht mehr hier war?«

»Natürlich ist mir das aufgefallen. Ich habe ihr ja zu dieser ulkigen Wohnung in Heddesheim verholfen. Und ich kenne auch den Grund, weshalb sie sich dort versteckt ...« Sie warf mir einen unsicheren Blick zu. »Der Grund heißt nämlich Armin. Er war ihr letzter – wie soll ich sagen – Freund? Lover? Wilder Ehemann? Die beiden waren eine Weile ziemlich eng miteinander. Aber auf Dauer ging es einfach nicht. Am Ende war es ein ziemliches Drama mit Armin. Ein paar Monate hat er sogar oben bei ihr gewohnt. Erst war's die große Liebe, wie üblich, aber dann – nun ja, man hat manches gehört von oben.«

»Es gab Streit?«

»Na, die haben sich vielleicht gezofft! Erst hat sie ihn ja angehimmelt, wie wir dusseligen Mädels nun mal sind. Und es waren noch keine vier Wochen rum, schon hat es den ersten Zank gegeben.«

Ich beugte mich vor und sah ihr bei meiner nächsten Frage aufmerksam ins Gesicht. »Sie müssen nicht antworten, wenn Sie nicht mögen. Trauen Sie diesem Armin zu, dass er sie getötet hat?«

»Armin traue ich alles Mögliche zu. Aber Mord ...? Einmal hat sie ein blaues Auge gehabt, und die rechte Backe war geschwollen. Und wie ich sie darauf anspreche, behauptet sie, sie sei gegen die Duschtür gefallen.«

»Die Trennung ...?«

»War fürchterlich. Mehr für Armin als für Anita. Kettenbach

heißt er übrigens mit Nachnamen. Er ist krankhaft eifersüchtig, völlig pathologisch. Irgendwann konnte ich das nicht mehr länger mit ansehen und habe Tacheles mit ihr geredet, und dann hat sie ihm endlich die Koffer vor die Tür gestellt. Armin hat erst gewinselt, dann gejammert und schließlich – wie üblich – gebrüllt. Am Ende musste sie sogar die Polizei rufen und ihn hinauswerfen lassen. Dann war für zwei, drei Monate Ruhe. Erst später, das war Mitte Oktober, da ist er noch mal hier aufgekreuzt, aus irgendeinem Grund hat sie ihn hereingelassen, und schon war oben wieder Geschrei.«

»Hat er sie bedroht?«

»Er hat ihr einen solchen Schrecken eingejagt, dass sie sich anschließend für eine Weile aus der Schusslinie brachte.«

»Wo finden wir diesen Herrn Kettenbach? Was arbeitet er? Wo wohnt er?«

In der Küche fiel etwas scheppernd zu Boden. Der Koch fluchte unterdrückt.

»Armin stammt aus Bayern, Rosenheim, glaube ich. Von Beruf ist er Koch. Zuletzt hat er hier im Queens gearbeitet. Ob er dort noch ist, kann ich Ihnen nicht sagen.«

Auf meine Bitte hin erzählte Susanne Heinemann von ihrer gemeinsamen Vergangenheit mit Anita Bialas. Sie hatten sich bereits während der Ausbildung beim VEB Bergmann-Borsig kennengelernt.

»Meine Eltern haben damals in Wilhelmsruh gewohnt, sozusagen gleich hinterm Werkzaun. Mein Vater war auch schon bei Borsig gewesen und Opa auch. Anita stammte aus Pankow. Das war aber auch nicht weit weg.«

»Was war das für eine Ausbildung?«

»Wirtschaftskauffrau.«

»Und wie alt waren Sie da?«, fragte Evalina Krauss.

»Ich siebzehn, Anita achtzehn. Wir haben beide in der Buchhaltung angefangen und uns gleich gemocht. Sind aber nicht lange geblieben. Es gab Ärger, weil uns die Leiterin ständig schikaniert hat. Soll früher Aufseherin in einem KZ gewesen sein, hat man gemunkelt. Wir haben uns dann versetzen lassen, in die Personalabteilung. Zum Glück ging das, und da war es besser.«

»Und wie war sie so?«, fragte meine junge Kollegin weiter.

»Anita war freundlich und offen. Manchmal ein bisschen zu blauäugig. Und hübsch, ja. Hübscher als ich, jedenfalls. Aber ein bisschen ... na ja, zu harmlos, zu leichtgläubig. Und sie hatte das Talent, immer an die falschen Kerle zu geraten. Ihr Erster war ein Kollege aus der Produktion. Fünfundzwanzig schon, und natürlich war der Dreckskerl verheiratet und hatte zwei Kinder. Keine drei Monate später war die gute Anita schwanger und um ein paar Illusionen ärmer. Sie hat es dann wegmachen lassen. Ich habe ihr geholfen, kannte da wen. Eine Hebamme, die ... Sie wissen schon. Anita war völlig hilflos in solchen Sachen.«

»Und später sind Sie in den Westen?«, fragte ich.

Frau Heinemann nickte. Allmählich wurde sie ruhiger.

»Gleich nachdem die Mauer weg war. Anita hat sofort hingeschmissen, am nächsten Morgen schon, und ist rüber. Nach Westberlin. Da hat sie dann gejobbt, in Kneipen und so. Gleichgültig was, wenn's nur der Westen war. Wir hatten diesen real existierenden Sozialismus aber auch satt bis obenhin. Vier Wochen später bin ich ihr nach und habe erst mal bei ihr gewohnt. Ein Zimmer, achtzehn Quadratmeter unterm Dach in Kreuzberg. Aber wir waren jung. Wollten was erleben und nicht bis ans Ende aller Tage mit Briketts heizen.«

»Wie sind Sie nach Karlsruhe gekommen?«

»Über eine entfernte Verwandte von mir. Eine Tante, von der ich gar nichts wusste. Mutter hat sie aufgetrieben, und Tante Rieke hat sofort gesagt, ›komm her, Mädchen, hier unten im Süden ist es tausendmal besser als in Berlin‹. Ich habe dann hier auch gleich eine gute Stelle gefunden.«

»Bei der IFS?«

»Das kam später. Angefangen habe ich bei der Volksbank. Die haben damals gerade alles Mögliche auf Computer umgestellt und suchten händeringend Leute. Das gab's damals noch. Aber nach ein, zwei Jahren habe ich gemerkt, da wirst du nichts. Da sitzt du bis zum jüngsten Tag vor dem PC und tippst irgendwelche langweiligen Sachen ein. Eines Tages habe ich ein Inserat der IFS gesehen. Zwei Wochen später habe ich auf einen Schlag das Doppelte verdient.«

»Haben Sie Frau Bialas nachgeholt?«

»Wir standen die ganze Zeit in losem Kontakt. Und wie Konradin, so hieß mein neuer Chef, fragt, ob ich noch wen wisse, da habe ich ihm Anita genannt. Die hatte die ganze Zeit über in Berlin ein lustiges Leben geführt. In der Zwischenzeit war sie auch noch mal schwanger gewesen, hat sie mir später gebeichtet. Aber diesmal hat sie sich selbst zu helfen gewusst.«

»Wie hat es ihr hier gefallen?«

»Na super! Die Arbeit war angenehm, das Betriebsklima, die Kollegen, bis auf den Martin natürlich. Martin Degenhardt, der war ein Fiesling. Die Filiale hat damals gerade mal drei Jahre existiert, war sozusagen immer noch in der Gründung, da gab's noch keine starren Strukturen. Jeder hat irgendwie alles gemacht. Doch, war eine gute Zeit damals.«

»Haben Sie gekündigt, weil Sie heiraten wollten?«

Sie schüttelte heftig den Kopf. »Bin zur Volksbank zurück.«

»Darf ich fragen, weshalb?«

Dieses Mal musste ich einige Sekunden auf die Antwort warten. In der Küche sang der Koch »Goodbye Ruby Tuesday«.

»Was soll ich sagen?«, murmelte Susanne Heinemann schließlich und tupfte sich wieder einmal die Nase. »Es hat irgendwann einfach nicht mehr so richtig gepasst.«

»Gab es Probleme mit Frau Bialas?«

»Mit Anita?« Sie lachte und hustete in einem. »Aber nein. Es war der Job. Das Klima wurde über die Jahre rauer. Die Amerikaner haben immer wieder unsere Zielzahlen erhöht. Ständig mussten wir mehr Umsatz bringen, mehr Kredite verkaufen, noch mehr Kundenkontakte nachweisen. Eine Weile ging das noch, aber irgendwann, vorletztes Jahr, da hat's mir dann gereicht. Und wie ich bei meinem alten Chef vorfühle, da sagt er, er hat gerade eine Vakanz, und schwuppdich – weg war die Susi.«

»Ein Jahr nach Ihnen hat dann auch Frau Bialas gekündigt. Oder wurde sie entlassen?«

»Nein, sie hat selbst gekündigt. Und im Gegensatz zu mir Dusselchen hat sie eine fette Abfindung mitgenommen. Die IFS hatte begonnen, Personal abzubauen. Lange bevor von Krise die Rede war. Daher die Abfindung, vermute ich.«

»Und weshalb hat sie sich anschließend nicht arbeitslos gemeldet?«

»Sehen Sie, das habe ich sie auch gefragt. Sie hatte fürs Erste die Nase voll. Wollte sich eine Auszeit gönnen. Geld genug hatte sie ja nun erst mal. Ihre Wohnung ist bezahlt, teure Hobbys hat sie nicht. Das Theater mit Armin …«

Sie begann zu husten, legte die Hand auf die Brust und nickte stumm.

»Noch einmal die Frage: Trauen Sie ihm zu, sie zu erstechen? Nicht im Affekt, sondern geplant?«

»So was traue ich eigentlich niemandem zu. Ich könnte mir vorstellen, dass er versucht hat, wieder mit ihr ins Gespräch zu kommen. Er hat sie vielleicht in ihrer komischen Wohnung aufgespürt, es hat wieder Streit gegeben … Er war ziemlich am Ende, der arme Kerl.«

»Weshalb sagen Sie das?«

»Armer Kerl? Irgendwie hat er mir schon auch leidgetan. Klar ist Armin eine Nervensäge. Anita konnte aber auch ganz schön zickig sein. Wenn ich mich auf eine feste Beziehung einlasse, dann kann ich abends eben nicht mehr einfach weitermachen, was ich will.«

»Was hat sie denn so gemacht, an den Abenden?«

»Sie hat sich ja immer sehr für Bücher interessiert. Hat gelesen wie eine Verrückte. Und oft ist sie zu Lesungen gegangen, bei der Literarischen Gesellschaft zum Beispiel, da war sie Stammgast. Hin und wieder war sie auch im Kino. Allein oder mit mir zusammen. Sie hat Wert darauf gelegt, ein Leben ohne Armin zu haben. Und das hat er nicht ertragen. Wegen jedem Pups war er eifersüchtig. Dabei hätte er sie ja meistens nicht mal begleiten können, bei seinen doofen Arbeitszeiten. Ist ja selten vor eins, halb zwei Uhr nachts aus seiner Küche gekommen. Und sie konnte ja nicht jeden Abend zu Hause sitzen und stricken.«

»Wie war das, bevor sie nach Heddesheim zog?«

»Armin war – wie gesagt – abends noch mal hier gewesen. Nicht lange, dafür umso lauter. Mir wurde angst und bange, wie die da oben rumgepoltert haben. Und am nächsten Morgen steht sie vor meiner Tür, ganz blass um die Nase, und fragt, ob ich vielleicht eine Wohnung wüsste oder ein möbliertes Zimmer. Nur für ein paar Wochen erst mal, und es sollte so rasch wie möglich sein.« Susanne Heinemann schnäuzte sich. »Zufällig hatte ich gerade von dieser Wohnung in Heddesheim gehört. Eine Kollegin von mir hat eine Bekannte in dem Hochhaus. Man wusste, dass das eine Nuttenabsteige war, und entsprechend hat sie dann ja auch gekostet. Aber das mit der Absteige fand Anita interessant, und die Miete war ihr schnuppe. Sie wollte weg, und zwar schnell. Noch am selben Nachmittag hat sie ein paar Sachen gepackt und für Flaubert und sich eine Taxe bestellt.«

»Ein Taxi nach Heddesheim?«

»Zum Bahnhof.« Sie lachte heiser. »So dicke hatte sie es nun auch nicht.«

»Sie haben vermutlich hin und wieder miteinander telefoniert?«

»Sie hatte ja niemanden zum Reden. Ansonsten hat's ihr aber ganz gut gefallen in ihrer gruseligen Wohnung. Sie hat ziemlich die Sau rausgelassen. Entschuldigen Sie, aber das waren ihre Worte: die Sau rauslassen. Deshalb ist sie auch länger geblieben. Zwei oder drei Mal habe ich sie auch besucht, ihr Sachen gebracht, die sie vergessen hatte. Bücher, ihre warme Strickjacke, die Winterstiefel, die hohen Schuhe für nette Anlässe. Und auch einfach nur so, zum Quatschen.«

»Eine Nachbarin hat einmal eine Frau in einem silbernen Volvo Kombi gesehen.«

»Das war ich. Der Volvo gehört Günther.« Sie machte eine Handbewegung in Richtung Küche, von wo es verführerisch nach Kräutern und Knoblauch duftete. Der begabte Koch sang inzwischen »Yesterday«.

»Hat Herr Kettenbach sich nach ihr erkundigt? Hat er nach ihr gesucht?«

»Armin? Nee. Von dem hab ich später nichts mehr gehört.«

»Hat sich sonst jemand gewundert, wo sie steckt?«

»Nein. Doch, warten Sie. Einmal, das muss Mitte November gewesen sein. Da hat tatsächlich jemand angerufen und wollte Anita sprechen. Das war alles sehr merkwürdig. Schon die Stimme klang ganz komisch. Dumpf irgendwie. Ich könnte nicht mal sagen, ob das ein Mann oder eine Frau war. Ich wollt dann erst mal wissen, was er oder sie eigentlich von Anita wollte. Und da hat er praktisch mitten im Satz einfach aufgelegt.«

»Einen Namen hat der Anrufer vermutlich nicht genannt.«

»Nein.«

»Und sonst war nichts?«

»Sonst war nichts.« Susanne Heinemann nieste zweimal und schlug die Augen nieder. Als sie wieder aufsah, hatte sie Tränen in den Augen, die nicht vom Schnupfen kamen. »Das geht doch nicht!«, flüsterte sie. »Man kann doch einen Menschen nicht einfach so ... Das geht doch nicht!«

»Susilein, Happi-Happi ist fertig!«, tönte es fröhlich aus der Küche.

12

Inzwischen war es Rolf Runkel gelungen, den ehemaligen Lebensabschnittsgefährten von Anita Bialas aufzutreiben, den eifersüchtigen Armin Kettenbach.

»Genf!«, verkündete er stolz. »Er arbeitet in Genf in einem Fünf-Sterne-Hotel.« Mit großer Geste überreichte er mir einen kleinen Notizzettel.

Sheraton, las ich und wählte auch gleich die daneben stehende Nummer. Es dauerte eine Weile, bis ich mit dem Gewünschten verbunden wurde. Die perfekt Deutsch sprechende Dame in der Telefonzentrale gab mir zu verstehen, man schätze es nicht, wenn Angestellte des Hotels während der Arbeitszeit private Telefongespräche führten. Erst das Wort Kriminalpolizei führte zum Erfolg.

»Kettenbach!«, fuhr mich eine unwirsche Stimme an. »Was gibt's?«

Ich stellte mich vor.

»Polizei?« Er dämpfte seine Stimme. »Aber – wieso ...?«

»Es geht um Ihre ehemalige Lebensgefährtin, Frau Bialas.«

»Anita? Hat sie was angestellt?«

Ich versuchte es mit einem Überfall: »Wo waren Sie in der

Nacht von Samstag, den siebzehnten Januar, auf Sonntag, Herr Kettenbach?«

»Das war vor etwas mehr als einer Woche.« Meine Frage schien ihn nicht zu überraschen. Für Sekunden hörte ich nur seinen Atem. »Jetzt hab ich's: Da hab ich Dienst gehabt. Eigentlich sollt ich an dem Abend freihaben, aber dann hat unseren Sous-Chef die Grippe erwischt.«

Sein bayerischer Akzent war schwach, aber unverkennbar.

»Kann das jemand bestätigen?«

»Was soll die Fragerei? Ich kann Ihnen unseren Dienstplan rüberfaxen. Und die ganze Brigade kann das bestätigen, dass ich Dienst gehabt hab. Das sind dreizehn Leute. Wir haben an dem Wochenende einen Kongress von irgendwelchen Öl-Managern im Haus gehabt. Aber vorher verraten Sie mir erst mal, was ist mit Anita? Steckt sie in Schwierigkeiten?«

»Sie ist tot, es tut mir leid. Sie wurde ermordet.«

»Tot? Aber ... Das ... Doch nicht in der Nacht, nach der sie mich grad gefragt haben? Heißt das etwa, Sie verdächtigen mich?« Sein Ton wurde aggressiv. »Denken Sie etwa, ich bin das gewesen?«

»Das heißt zunächst einmal gar nichts, bitte beruhigen Sie sich. Sie waren also in der fraglichen Nacht im Hotel. Bis wann etwa?«

»Zwei dürft's schon gewesen sein, bis ich ins Bett gekommen bin. Der Samstag ist bei uns Großkampftag.«

Das würde ich überprüfen lassen. Von Genf nach Heddesheim und zurück, das schaffte man vermutlich in einer Nacht mit dem Auto. Zumindest, wenn kein Schnee lag.

»Interessiert Sie eigentlich gar nicht, wie Ihre ehemalige Geliebte umgekommen ist?«

»Doch, natürlich interessiert mich das. Sagen Sie schon, wie ist sie umgekommen?«

»Sie wurde erstochen.«

»In der Wohnung oder auf der Straße?«

»In der Wohnung.«

»Hat sie sich wieder mal mit dem falschen Kerl eingelassen?«

»Der Tod Ihrer ehemaligen Lebensgefährtin scheint Sie nicht allzu sehr zu berühren, wenn ich das sagen darf.«

»Nein, das dürfen Sie überhaupt nicht! Das geht Sie nämlich einen Scheißdreck an, ob mich das berührt oder nicht, okay? Erwarten Sie, dass ich in Tränen ausbreche? Dass ich jetzt anfange zu flennen und mit den Zähnen knirsche, oder was?«

Sönnchen hatte zusammen mit Liebekinds Sekretärin im Lauf der Woche ohne mein Wissen fast alle Daten fürs Innenministerium zusammengetragen, eröffnete sie mir zu meiner großen Freude, und auch schon in die richtigen Spalten der richtigen Formulare eingetragen. Ich brauchte nur noch das eine oder andere zu ergänzen und alles zu unterschreiben.

Was mir Sorgen machte: Nicht nur den Sous-Chef einer Hotelküche in Genf hatte die Grippe erwischt. Auch immer mehr meiner Leute meldeten sich krank. Im Gefolge des Kälteeinbruchs zog eine Grippewelle über Europa hinweg, wie man lange keine mehr gesehen hatte. Meine Anfrage bei Liebekinds Sekretärin, wie es denn ihrem Chef gehe, stieß auf Ratlosigkeit. Auch sie wusste nur, dass er krank war und vermutlich nicht so bald wieder zum Dienst erscheinen werde.

Von den SMS, die ich Theresa täglich schickte, hatte sie keine einzige beantwortet. Heute versuchte ich es zur Abwechslung mit einer E-Mail. Anschließend machte ich mich daran, auf meinem Schreibtisch Ordnung zu schaffen und die Dinge abzuarbeiten, zu denen ich in der vergangenen Woche keine Zeit oder keine Lust gefunden hatte. Da kaum jemand etwas von mir wollte, das Telefon die meiste Zeit stumm blieb und Sönnchen mich unterstützte, kam ich zügig voran. Draußen regnete es immer noch.

Am späten Nachmittag, es war schon fast dunkel, erschien Runkel mit wichtiger Miene.

»Diese Schweizer, alle Achtung!«, begann er. »Die sind aber mal flott!«

»Neuigkeiten aus Genf?«

»Kann man wohl sagen.« Er nahm sich einen Stuhl und setzte sich. »Sieht ganz so aus, als hätte der Herr Kettenbach Sie angelogen.«

»Inwiefern?«

Runkel ließ sich sein Wissen gerne in kleinen Portionen aus

der Nase ziehen. Ein Gespräch, das mit anderen nach fünf Minuten zu Ende war, dauerte bei ihm todsicher mindestens zehn.

»Tja«, erwiderte er breit. »Der Herr Kettenbach hat nämlich in der fraglichen Nacht gar keinen Dienst gehabt. Das heißt, er hat schon Dienst gehabt, aber er hat im letzten Moment mit einer Kollegin die Schicht getauscht. Es ist reiner Zufall, dass die Schweizer das so fix rausgekriegt haben. Den Dienstplan haben sie nämlich nicht umgeschrieben, bloß halt die Schicht getauscht. Die Frau hat am Sonntag Besuch gekriegt, aus Frankreich, und drum war's ihr ganz recht, dass der Herr Kettenbach mit ihr tauschen wollt ...«

»Herr Runkel, bitte ...«

»Aber dann hat sie zum Glück mitgekriegt, dass die Polizei sich für den Herrn Kettenbach interessiert, und da hat sie die Schweizer Kollegen angerufen und gebeichtet. Sie sagt, der Herr Kettenbach hätt sie regelrecht angebettelt, den Mund zu halten. Aber sie will keinen Ärger mit der Polizei haben. Sie ist Französin, und in der Schweiz ist man ziemlich schnell seine Aufenthaltserlaubnis los, wenn man krumme Sachen macht. Was meinen Sie, rufen wir ihn gleich mal an? Würd mich interessieren, was er dazu sagt, der Herr Kettenbach.«

»Nein«, erwiderte ich nach kurzem Überlegen. »Er soll erst mal denken, wir glauben ihm. Sonst ist er womöglich morgen früh verschwunden. Und rufen Sie doch bitte noch mal bei den Kollegen in Genf an. Die sollen versuchen herauszufinden, wo Kettenbach sich in der fraglichen Nacht herumgetrieben hat. Vielleicht gibt es ja noch mehr gesprächige Kolleginnen in dem Hotel.«

»Wo wollen Sie denn so eilig hin?«, fragte ich meine treue Sekretärin am Dienstagmorgen, als sie mir in der Tür entgegenkam.

»Runter zum Herrn Runkel. Er will den Käfig saubermachen und hat gefragt, ob ich ihm ein bisschen dabei helfen kann.«

»Ist der Papagei etwa immer noch hier?«

»Wieso nicht? Er verbessert das Betriebsklima. Sein Futter sollte eigentlich die Direktion bezahlen. Früher haben die Leute im Flur bei der Kaffeemaschine gestanden, jetzt stehen sie um den Käfig herum und bringen Flaubert Sachen bei und amüsieren sich.«

»Was denn für Sachen?«

»Die Polizei, dein Freund und Helfer, zum Beispiel. Das kann er schon recht gut.«

»Passen Sie auf, dass Sie nicht gebissen werden. Ich kann nicht auf noch mehr Leute verzichten. Und auf Sie natürlich zweimal nicht.«

Lachend zog sie die Tür hinter sich zu.

Wenige Minuten später klingelte mein Telefon.

»Das müssen Sie sich ansehen, Chef«, sagte Runkel dumpf und ohne Zeit für Begrüßungsfloskeln zu verschwenden. »Das müssen Sie sich unbedingt ansehen.«

Flaubert hockte verstört im oberen, aus kräftigem Messingdraht gefertigten Teil seines Käfigs auf Runkels Schreibtisch und beobachtete argwöhnisch das Treiben um ihn herum. Den anderen Teil des Käfigs bildete eine stabile, dunkelbraune Kunststoffwanne, die man mit wenigen Handgriffen vom Oberteil trennen konnte. Zwischen dem Boden dieser Wanne und einer offenbar nachträglich eingefügten und jetzt herausgehobenen dünnen Resopalplatte befand sich ein Hohlraum, in den man jetzt, da die Platte entfernt worden war, hineinsehen konnte.

Dieser Hohlraum war vollgestopft mit Geldscheinen.

»Wir haben's mal grob überschlagen«, murmelte Runkel schreckensbleich, »das sind mindestens hunderttausend!«

Sönnchen stand mit feuchten Augen daneben und nickte immer wieder.

»Besser als jeder Tresor«, sagte sie. »Kein vernünftiger Mensch käme auf die Idee, da reinzugreifen.«

»Wo die Alarmanlage ja praktisch drin wohnt«, ergänzte Runkel.

»Krahhh!«, bestätigte Flaubert. »Polizei ein Freundunhelfer.«

»Jetzt wissen wir also, warum Frau Bialas in den letzten Monaten kein Geld von ihrem Konto abgehoben hat«, sagte ich. »Bleibt die spannende Frage: Wo kommt das viele Geld her?«

»Vielleicht hat sie im Lotto gewonnen?«, meinte Runkel.

»Dann hätte sie es auf der Bank eingezahlt, wo es Zinsen bringt«, widersprach Sönnchen. »Legales Geld ist das nicht, das steht mal fest.«

Die Tür öffnete sich. Balke trat ein. Er schien inzwischen ebenfalls erkältet zu sein. Seine Augen glänzten ungesund, sein Atem roch nach Kamille. Runkel klärte ihn auf, und Balke nieste daraufhin dreimal.

»Gestohlen wird sie es wohl nicht haben«, meinte er, nachdem er sich die Nase geputzt hatte. »Sonst hätte sich längst wer gemeldet, dem es fehlt. Das da ist ja schließlich kein Pappenstiel.«

»Vielleicht Erpressung?«, schlug Sönnchen vor.

»Das war auch mein erster Gedanke«, sagte ich. »Eine andere Erklärung fällt mir auf die Schnelle nicht ein.«

»Ich fang mal an zu zählen.« Runkel wollte sich gleich ans Werk machen.

»Pfoten weg«, fuhr Balke ihn an. »Fingerspuren!«

Runkel zuckte beleidigt zurück.

»Pfoten weg!«, bestätigte Flaubert.

Während ich die zweite Mail des Tages an Theresa schrieb, summte mein Telefon.

»Da ist so ein komischer Kerl, der Sie unbedingt sprechen will«, sagte Sönnchen ratlos. »Wenn ich's richtig verstanden hab, dann arbeitete er in einem Bestattungsinstitut. Was er von Ihnen will, hab ich aber nicht aus ihm rausgekriegt …«

Es knackte in der Leitung. Erst hörte ich nur geheimnisvolles Rauschen.

»Rodenkirch«, stellte sich mein Gesprächspartner dann mit sonorer Stimme und würdevollem Ton vor. »Ich habe hier etwas entdeckt. Und ich möchte Sie höflich bitten, es sich anzusehen und mir zu bestätigen, dass es unwichtig ist.«

»Darf ich fragen, worum es geht?«

»Es handelt sich um einen älteren Mann, den teilweise sein Hund aufgegessen hat. Ich bin dabei, seine leider unvollständigen sterblichen Überreste sargfein zu machen. Diese Aufgabe ist in diesem tragischen Fall alles andere als trivial. Aber jeder Tote hat ein Anrecht auf einen Abschied in Würde, nicht wahr. Auch der grauenhaft Entstellte, gewissermaßen.«

Draußen goss es in Strömen, auf meinem Schreibtisch stapelte sich wieder Arbeit, aus irgendeinem Grund hatte ich schon seit dem Aufstehen schlechte Laune, und ich verspürte nicht die geringste Lust, mein behaglich geheiztes Büro zu verlassen, um mir in irgendwelchen kühlen Kellern unappetitliche Leichen anzusehen, auch wenn sie noch so sargfein waren.

»Und da ist Ihnen also etwas aufgefallen ...«

»So ist es, ja. Mein Chef sagt zwar, es geht uns nichts an. Der Leichnam ist freigegeben, sagt mein Chef, und somit geht uns alles Weitere nichts mehr an. Ich hingegen bin jedoch der Ansicht, man kann das so nicht machen. Schließlich und endlich ist man auch Staatsbürger und hat somit nicht nur Rechte, sondern auch gewisse Pflichten.«

»Und Sie wollen mir wirklich nicht am Telefon sagen, worum es geht?«

»Sie würden es mir ohnehin nicht glauben, wenn Sie es nicht mit eigenen Augen sehen.«

»Okay«, seufzte ich. »Wo finde ich Sie?«

Er nannte mir eine Adresse in der Lessingstraße. Ich versprach, abends vorbeizukommen und mir das geheimnisvolle Etwas anzusehen, das er entdeckt haben wollte.

»Der Zeitpunkt passt mir ganz vortrefflich«, erklärte der wortgewandte Anrufer befriedigt. »Nach sechs sind der Chef und die Chefin schon zu Hause, und somit sind keine unerfreulichen Diskussionen zu befürchten.«

Mir passte der Zeitpunkt auch ganz gut, denn so konnte ich die lästige Angelegenheit während meines Heimwegs hinter mich bringen.

Als ich auflegte, stand Balke in der Tür. Vermutlich hatte er schon länger gewartet.

»Hätten Sie ein paar Sekunden?«, fragte er.

Ich deutete auf den Stuhl auf der anderen Seite meines Schreibtischs.

»Es geht um das Handy von Frau Bialas.« Er räusperte sich. »Unsere Techniker haben es geschafft, die SIM-Card auszulesen, und eben sind die Gesprächslisten gekommen. Mit Abstand am meisten hat sie mit ihrer Freundin telefoniert, dieser Frau Heinemann, zweimal mit einem Bekleidungsgeschäft in Mannheim. Das habe ich schon gecheckt, da war was mit einem Mantel, den sie dort gekauft hatte. Viel spannender ist, wer sie angerufen hat.« Er breitete einige Blätter auf meinem Schreibtisch aus und drehte eines davon so, dass ich es lesen konnte. »Seit sie in Heddesheim war, ist sie nicht weniger als hundertsiebenundvierzig Mal von einer Nummer in Genf angerufen worden. Sie hat keinen einzigen dieser Anrufe angenommen.«

»Kettenbach.«

Balke nickte. »Sehen Sie hier: Allein in den zwölf Stunden vor dem Mord hat er es acht Mal versucht. Ab zehn Uhr abends war dann plötzlich Ruhe.«

Ich lehnte mich zurück und nahm die Brille ab. »Wie lange fährt man von Genf nach Heddesheim?«

»Laut Routenplaner viereinhalb Stunden.«

»Das heißt, um halb drei hätte er problemlos am Tatort sein können, wenn er um zehn losgefahren wäre.« Ich setzte die Brille wieder auf. »Hat er einen Wagen?«

»Einen Alfa Romeo Spider. Laut Google hat so eine Kiste hundertvierundachtzig PS und läuft gut zweihundertzwanzig.«

»Setzen Sie sich mit dem Schweizer Zoll in Verbindung. Meines Wissens scannen die die Kennzeichen aller Fahrzeuge ein, die über die großen Grenzübergänge fahren. Vielleicht ist ja auch Kettenbachs Alfa darunter.«

Rodenkirchs Körperbau passte in keiner Weise zu seiner volltönenden Stimme. Vor der Tür des Bestattungsunternehmens wartete ein schmächtiges Männchen mit hagerem Gesicht und dem branchenüblich dunklen und bei genauerem Hinsehen etwas speckigen Anzug. Rodenkirch hatte eine kleine Nase, vorstehende Augen und jenen leidenden Gesichtsausdruck, der vielleicht in Bestatterkreisen den Rang einer Berufskrankheit hat. An seinem Arbeitsplatz wurde nicht viel gelacht, vermutete ich, und so verkümmerten die für die Heiterkeit zuständigen Muskeln im Gesicht über die Jahre.

»Kommen Sie bitte«, sagte er, nachdem er mich mit einem mitleidsvollen Händedruck begrüßt hatte. »Wir gehen aus Gründen der Diskretion vielleicht besser hinten herum.«

Wir durchquerten eine dunkle Passage, die durch ein schmuckloses, altrosa gestrichenes Fünfziger-Jahre-Haus in den Hinterhof führte, in dem einige Autos parkten. Rodenkirch schloss mit gemessenen Bewegungen eine hässliche verglaste Tür auf, machte Licht. Innen war es kühl und kahl. Er verschloss die Eingangstür sorgfältig hinter mir und führte mich eine breite Steintreppe hinab in den Keller. Es ging noch durch zwei weitere Türen, und der Leichengeruch oder das, was ich dafür hielt, wurde mit jedem Schritt bedrängender.

»So«, sagte er endlich befriedigt, »da wären wir. Hier liegen sie, meine lieben Patienten.«

Neonlicht flackerte surrend auf. In dem langgestreckten und bis an die Decke weiß gekachelten Raum war es nicht kühl, sondern eisig kalt. Mehrere Tische standen parallel nebeneinander, auf denen sich unter weißen Tüchern deutlich erkennbar menschliche Körper abzeichneten. Ich musste schlucken.

Als Kripochef ist man den Anblick von Leichen nicht mehr gewohnt.

»Ich erkläre Ihnen vielleicht zunächst, was hier gemacht wird.« Rodenkirch trat an einen der hinteren Tische und legte seine rechte Hand auf den Rand der Edelstahl-Platte. »Wir bekommen die sterblichen Überreste unserer armen Patienten herein, nachdem der Arzt den Totenschein ausgestellt hat. So war es auch in diesem tragischen Fall hier. Hier hat der Arzt als Todesursache Unfall angekreuzt, Ihre Untergebenen haben selbstverständlich alles genauestens überprüft und jegliches Fremdverschulden ausgeschlossen. Somit war der Leichnam offiziell frei zur Bestattung. Meine Aufgabe ist es nun, den Verblichenen für den letzten Festakt ein würdiges Aussehen zu verleihen. Das ist nicht immer ganz leicht und auch nicht immer angenehm, wie Sie sich denken können.«

»Ja, das kann ich durchaus.« Meine Laune war im Lauf des Nachmittags nicht besser geworden. Ich musste schon wieder schlucken.

»In diesem Fall hier war das Prozedere leider besonders

unappetitlich. Man hat ja leider des Öfteren mit Hingeschiedenen zu tun, die nicht sonderlich hübsch aussehen. Denken Sie nur an Autounfälle, zum Beispiel. Das Schlimmste, was ich während meiner Laufbahn bisher gesehen habe, war eine Frau, eine Bäuerin, die in irgendeine Maschine geraten war. Aber das dürfte jetzt vielleicht ohne Belang sein. Wenigstens ist in solchen Fällen üblicherweise noch alles dran, beziehungsweise es wird mitgeliefert. Ich will sagen, man muss alles lediglich wieder richtig zusammenfügen. So gut es eben geht. Wir hier in Mitteleuropa betten unsere Toten ja glücklicherweise bekleidet zur letzten Ruhe.«

Warum hatte ich Idiot nicht Balke geschickt? Oder Runkel? Oder sonst irgendjemanden, Herrgott!

»Wenn wir vielleicht langsam zum Punkt kommen könnten.« Ich vermied es, die weißen Tücher anzusehen.

»Das Fatale ist, dass dieser Patient, dem Herrn sei es geklagt, leider über und über mit Blut besudelt war. Aus diesem Grund ist das, was ich Ihnen gerne zeigen möchte, leider weder Ihren Mitarbeitern noch dem Arzt ins Auge gefallen.«

Rodenkirch griff nach einem Zipfel des weißen Tuchs. Ich sah nicht hin.

»Eines muss ich Ihren Mitarbeitern nämlich zugute halten: Auch ich habe es erst entdeckt, nachdem ich den Leichnam gründlich gesäubert hatte.«

»Ich habe leider nicht allzu viel Zeit …«, sagte ich durch die Zähne.

Er warf das Tuch mit elegantem Schwung zurück. Der Körper darunter war knochig, eingefallen, weiß, fast wie Porzellan, und sehr stark behaart.

»Dies ist es, worauf ich Ihre Aufmerksamkeit lenken möchte.« Rodenkirch deutete irgendwohin. »Das ist doch ganz eindeutig eine Stichwunde, oder was denken Sie?«

Ich sah gar nichts, und ich sagte nichts. Gnädig warf er das Tuch wieder über seine zusammengefügte Leiche.

»Wie auch immer«, fuhr er leicht gekränkt fort. »Ich jedenfalls bin mir meiner Sache sicher. Wir haben es hier eindeutig mit einem Stichkanal zu tun. Ich kann es Ihnen gerne demonstrieren, falls Sie Wert darauf legen.«

»Danke, ich lege keinen Wert darauf.« Ich hob beide Hände. »Ich glaube Ihnen aufs Wort.«

»Der Hund ist wohl erst später über ihn hergefallen«, fuhr Rodenkirch nachdenklich fort. »Als sein armes Herrchen bereits tot am Boden lag. Den Hund trifft keine Schuld. Weil er nichts mehr zu fressen hatte, hat er sich schließlich und endlich an seinem Herrchen gütlich getan. Haben Sie es denn wirklich erschießen müssen, das unschuldige Tier?«

Sowie ich wieder im Wagen saß, alarmierte ich telefonisch meine Truppen. Das Haus des Toten musste sofort, in dieser Nacht noch, kriminaltechnisch untersucht werden. Ich hoffte, dass dort nicht inzwischen eine Schwadron Putzfrauen sämtliche Spuren vernichtet hatte. Und die Leiche musste unverzüglich in die Gerichtsmedizin.

Den Knallkopf von Arzt, der den Totenschein ausgestellt hatte, erreichte ich zum Glück nicht, was mir vermutlich eine Anzeige wegen Beleidigung ersparte. Ich nahm mir vor, ihn am nächsten Morgen ganz oben auf meine Telefonliste zu setzen.

Auf der Fahrt nach Hause, es waren nur wenige hundert Meter, wurde mir endlich klar, weshalb ich seit dem Frühstück so übler Laune war: Theresa. Heute war Dienstag, unser Abend, und ich würde sie nicht treffen, nicht berühren, ihre Stimme nicht hören, den Duft ihrer Haut nicht riechen, ihre Hände nicht auf mir fühlen. Plötzlich hatte ich einen bitteren Geschmack im Mund. Vielleicht würde es nie wieder so sein wie früher. Heute Morgen hatte die Waage im Badezimmer verkündet, ich hätte eineinhalb Kilo abgenommen. Unter anderen Umständen hätte mich das gefreut. Immerhin hatte es endlich aufgehört zu regnen.

Ich beschloss, mir nach den Aufregungen des Tages einen gemütlichen Abend zu gönnen mit einem Glas Rotwein, oder auch zwei, einem neuen Anlauf mit *Madame Bovary* und ruhiger Musik.

Als ich die Wohnungstür öffnete, prallte ich zurück. Einbrecher, war mein erster Gedanke. Oder sollte ich ein Opfer von Wohnungsvandalismus geworden sein? Der Fußboden des Flurs war über und über bedeckt von Müll, Wellpappe, Kunststofffolien, mehr oder weniger zerkrümelten Styroporteilen.

In meinem ehemaligen Arbeitszimmer hörte ich meine Töchter streiten, und endlich begriff ich: Die Möbel waren gekommen, die ich völlig vergessen hatte. Meine Töchter waren bereits lautstark beim Aufbauen, und es schien alles andere als gut zu laufen.

»Das gehört auf die Hinterseite, du Dumpfbacke«, zeterte die eine. »Wenn du das so rum zusammenbaust, dann ist das Ding Schrott!«

»Gar nichts ist Schrott! Du sitzt nämlich bloß auf der falschen Seite. Du guckst den Plan verkehrt herum an, du Flachspüler.«

Etwas fiel krachend um. Beide kreischten auf.

»Autsch, pass doch auf, du Spasti!«

»Es ist aber trotzdem die Hinterseite! Das Ding, das du grad kaputt gemacht hast, ist die linke Seite und nicht die rechte!«

»Gar nichts ist kaputt, mach doch die Augen auf, du Knödelgesicht! Wenn man von hinten guckt, dann ist es eben doch die linke Seite!«

»Was bedeuten eigentlich diese blöden Schriftzeichen, die kein Mensch lesen kann?«

»Das ist Chinesisch, das sieht doch jeder Trottel!«

»Blöde Kuh!«

»Warmduscher!«

»Depp!«

»Dumpfbacke!«

»Dumpfbacke hattest du schon. Du bist sooo langweilig.«

»Du ... Du Arschgeburt!«

»He!« Hastig hängte ich meinen Mantel an die Garderobe, »Jetzt reicht's aber!«

13

»Es ist leider Gottes genau so, wie Sie befürchtet haben«, begann Evalina Krauss am Mittwochmorgen ihren Bericht. »Der Stichkanal ist exakt so lang und breit wie bei der Frau. Die Führung des Messers ist praktisch dieselbe, nämlich von unten her in den Bauch.«

Balke stieß einen derben Fluch aus und hustete. Ich nahm die Brille ab und rieb mir die Augen. Am Abend zuvor war es spät geworden. Bis kurz vor zwölf hatten wir Möbel zusammengeschraubt, uns über fehlende Teile geärgert, die meisten am Ende doch noch gefunden, Sachen hin und her geschoben, von einem Zimmer ins andere geschleppt. Zwischendurch war ein neuer Streit entbrannt, wer denn nun das »neue« Zimmer beziehen durfte und wer im alten bleiben musste. Dann stellte sich heraus, dass für den inzwischen ebenfalls eingetroffenen zweiten PC die Telefonsteckdose fehlte, woraufhin sich das Thema des Streits um genau hundertachtzig Grad drehte. Am Ende hatte ich einige ziemlich grobe Machtworte sprechen müssen, woraufhin meine Töchter sich unverzüglich gegen mich verschwistert hatten. Schließlich waren wir alle drei wütend und todmüde in die teilweise neuen Betten gefallen. Am rechten Daumen hatte ich vom Schrauben und Hämmern eine Blase und zudem an den merkwürdigsten Stellen Muskelkater.

»Das heißt«, sagte ich, »wir haben es wahrscheinlich mit demselben Täter zu tun. Gibt es offenkundige Gemeinsamkeiten zwischen den Opfern?«

»Auf den ersten Blick nicht«, erwiderte Evalina Krauss. »Aber wir wissen im Moment natürlich noch nicht allzu viel.«

»Wie hieß der Tote noch mal?«

»John Karenke. Von Beruf war er Juwelier. Früher hat er ein kleines, ziemlich feines Geschäft in der Altstadt gehabt. Nichts Großes, aber er konnte anscheinend ganz gut davon leben. Vor zwei Jahren musste er sein Geschäft aus Altersgründen aufgeben. Die Augen haben wohl nicht mehr so mitgemacht. Aber damals ist er auch schon neunundsechzig gewesen, wenn ich mich nicht verrechnet habe.«

Sie drückte eine Taste des Notebooks auf ihren Knien.

»Geboren ist er in Heidelberg. Seine Eltern waren wohlhabend, obwohl der Vater anscheinend gar nichts gearbeitet hat. Nach dem Abitur ist der Sohn dann eine Weile durch die Welt gezogen. Ein Jahr Hamburg, drei in Köln, wo er eine Lehre als Juwelier angefangen und bald wieder abgebrochen hat.« Sie gähnte herzhaft. »Anschließend ist er in den USA gewesen und später sogar in Australien. Was er da getrieben hat, weiß ich noch nicht. Anfang der sechziger Jahre sind seine Eltern bei einem Verkehrsunfall gestorben, und er ist wieder in Heidelberg aufgetaucht. Und ein paar Monate später hat er in der Ingrimstraße eine kleine Goldschmiedewerkstatt eröffnet. Die Eltern haben ihm das Haus am Gaisbergweg hinterlassen und außerdem genug Geld, dass er zurechtkam. In dem Haus hat er bis zu seinem Tod gewohnt.«

Evalina Krauss klappte ihr Notebook zu und gähnte schon wieder. Vermutlich hatte sie die halbe Nacht durchgearbeitet.

»Der Todeszeitpunkt ist natürlich fast nur noch Spekulation. Er muss ungefähr eine Woche tot gewesen sein, als wir ihn gefunden haben, schätzen die Forensiker anhand der Menge der Maden, plusminus zwei, drei Tage.«

Sie schluckte, schwieg für zwei Sekunden und klappte ihr Computerchen wieder auf.

In diesem Moment platzte die Tür auf, Runkel stürzte herein.

»Kettenbach ist weg«, keuchte er. »Grad hat mich ein Kollege aus Genf angerufen. Kettenbach hat Urlaub genommen und gesagt, er würd für ein paar Tage verreisen. In seiner Wohnung ist er nicht, und sein Auto ist auch weg.«

Seufzend fiel ich in meinen Sessel zurück. Da waren wir wohl zu langsam gewesen. Genauer: Ich war zu langsam gewesen, denn ich hatte die Entscheidung getroffen, Kettenbach vorerst an der langen Leine laufen zu lassen.

»Und jetzt?«, fragte Runkel. »Was machen wir denn jetzt?«

»Schreiben Sie ihn zur Fahndung aus. Die Tatsache, dass er abgetaucht ist, werten wir im Zusammenhang mit den anderen Indizien als dringenden Tatverdacht. Ich rede gleich mit der Staatsanwaltschaft.«

Runkel setzte sich zu uns, Evalina Krauss nahm den Faden wieder auf.

»Im Lauf seines Lebens war Karenke viermal verheiratet. Mit seiner jetzigen Frau war er sechs oder sieben Jahre zusammen, aber sie haben sich auch schon wieder getrennt. Muss ein komischer Typ gewesen sein. Die Frau sagt, es sei bei ihm ganz normal gewesen, dass man ihn tagelang nicht erreicht hat.«

»Was heißt das, er war tagelang nicht erreichbar?«

»Es sind gar nicht die Nachbarn gewesen, die die Leitstelle angerufen haben, sondern seine Frau. Die Nachbarn haben später nur gesagt, dass der Hund ständig gebellt hat. Sie wohnt momentan im Hotel, und irgendwann hat sie sich gewundert, dass er nicht ans Telefon gegangen ist.«

»In welchem Hotel ist sie?«

»Im Europäischen Hof.«

»Nobel, nobel«, knurrte Balke und hustete.

»Und was sagt die Spurensicherung?«, fragte ich.

»Bisher nicht viel«, seufzte Evalina Krauss und rieb sich das rechte Auge. »Da ist ja alles voller Blut gewesen, und ...«

Abwesend starrte sie auf ihren Bildschirm. Dann sah sie mir ins Gesicht.

»Ich habe so was noch nie gesehen, Chef«, sagte sie leise. »Ich träume davon, jede Nacht. Gewöhnt man sich irgendwann daran?«

»Nein«, erwiderte ich. »Ich jedenfalls habe mich nie daran gewöhnt. Aber in der Regel ist es ja auch nicht so schlimm.«

Sie starrte eine Weile ins Nirgendwo. Dann gab sie sich einen Ruck.

»Okay, weiter im Text. Die Kollegen haben letzte Nacht eine Menge Spuren genommen. Was wir im Haus an Unterlagen eingesammelt haben, ist zum größten Teil noch nicht ausgewertet. Der vorläufige Bericht aus der Gerichtsmedizin wird auch noch dauern, obwohl ich's wirklich furchtbar dringend gemacht habe.«

»Wie war eigentlich die Auffindesituation?«

»Ungefähr zehn Meter von der Haustür entfernt hat er neben einem von diesen verstellbaren Fernsehsesseln gelegen. Ob er dort auch erstochen worden ist oder sich erst noch ein Stück weit geschleppt hat, kann momentan noch niemand sagen. Der Stich ist in die Leber gegangen. Im Gegensatz zu Frau Bialas hat Karenke wohl ziemlich leiden müssen. Ansonsten gibt es mehrere Ähnlichkeiten zum Fall Bialas. Auch hier keine Spuren am Türschloss, das Haus wurde nicht durchsucht, es ist anscheinend nichts gestohlen worden.«

»Wer macht denn so was?«, fragte sich Runkel angewidert. »Wer bringt denn einen hilflosen alten Mann um?«

»Rache.« Balke nieste heftig. »Ich bin überzeugt, da begleicht einer alte Rechnungen.«

»Vergessen Sie nicht, Reuschlin auf freien Fuß zu setzen«, sagte ich zu ihm.

Er putzte sich die Nase und erwiderte nichts.

»Also, was ich persönlich komisch find an der Sache«, sagte Runkel langsam, »wieso hat der Hund seinen Herrn nicht beschützt?«

»Ja, das wundert mich auch.« Kollegin Krauss sah in die Runde. »Bei uns daheim, wenn mich wer angreifen würde, dann würd unser Rossini sein Leben geben, um mich zu schützen. Und Rossini ist nicht mal halb so groß wie dieser Schäferhund von Karenke.«

Das Geld in Flauberts Käfig war inzwischen gezählt, berichtete Runkel.

»Ein bisschen mehr als zweiundneunzigtausend sind es. Hunderter, genau neunhundertdreiundzwanzig Stück.«

»Vielleicht hat sie einen ehemaligen Kunden erpresst?«, überlegte Balke. »Als Mitarbeiterin einer Bank erfährt man vielleicht das eine oder andere.«

Evalina Krauss sah mich aufmerksam an. »Klingt logisch: Sie kommt auf die Weise zu Geld, schmeißt den Job hin, den sie sowieso leid war, und kassiert dazu noch eine hübsche Abfindung …«

Ich griff zum Hörer und bat Sönnchen, mich mit Martin Degenhardt zu verbinden, dem stellvertretenden Leiter der Karlsruher IFS-Filiale.

Augenblicke später summte mein Telefon. Ich schilderte Degenhardt unsere Vermutung.

»Erpresst?«, grummelte er verschlafen oder betrunken. »Wen soll die Anita denn erpresst haben?«

»Kunden? Wäre das nicht denkbar?«

»Die Anita hat die Hypotheken für Einfamilienhäuschen gemacht, habe ich Ihnen doch schon erklärt. Ihre Kunden waren Leute, die sich ihr Wohneigentum mit Ach und Krach leisten konnten. Da ist doch nichts zu holen, ich bitte Sie!«

»Wäre es nicht denkbar, dass sie auf diesem Weg etwas erfahren hat, was sich zu Geld machen ließ?«

»Sein kann vieles.«

»Es gibt doch sicherlich noch Kundenlisten.«

»Vermutlich gibt's die.«

»Und ...?«

»Reden Sie mit Konradin. Der wird wissen, was mit dem ganzen Krempel passiert ist. Ich habe mich darum nicht mehr gekümmert, als sich der Crash abgezeichnet hat.«

»Es ist uns bisher leider nicht gelungen, Herrn Fabricius zu erreichen.«

»Wo der hin ist, kann ich Ihnen auch nicht sagen. Vielleicht schläft er unter irgendeiner Brücke. Den hat's ja voll erwischt. Ist halt auch ein bisschen zu mutig gewesen, wie so viele. Diese Jungdynamiker, die heutzutage bei den Banken das Sagen haben, wissen ja nicht mal mehr, wie man das Wort Risiko schreibt. Unsereiner ist dann der alte Quälgeist mit seiner Bausparermentalität, der keinen Dunst hat vom modernen Business. Und die so genannten Risk Manager waren ja auch noch auf seiner Seite. Die sind ja alle so kolossal mutig und phantasievoll gewesen.«

Als ich den Hörer aufgelegt hatte, brummte Balke: »Konradin Fabricius. Um den werd ich mich persönlich kümmern. Klara hat übrigens eine Karte geschickt. Aus Griechenland. Ich soll alle grüßen.«

»Wie geht's ihr?«, erkundigte ich mich. »Genießt sie ihre Hochzeitsreise?«

»Na ja.« Er zog die Nase hoch. »Unsere Honeymooner sitzen auf Naxos im Schnee fest. Der Fährverkehr wurde vor drei Tagen eingestellt, und im Hotel ist die Heizung ausgefallen. Sie sehnt sich ins Büro zurück, soll ich Ihnen sagen.«

»Ab sofort suchen wir das verbindende Glied zwischen den beiden Opfern«, sagte ich. »Was hatten sie gemeinsam? Woher hat der Täter sie gekannt?«

»Zum Glück hat der Täter bisher nicht wieder zugeschlagen«, sagte Evalina Krauss nachdenklich. Plötzlich wurde mir bewusst, dass es in letzter Zeit keine Rangeleien mehr zwischen ihr und Balke gegeben hatte. Offenbar hatte man sich zusammengerauft.

»Stimmt.« Balkes Blick suchte nach einem Ziel für sein durchnässtes Papiertaschentuch. Ich schob meinen Papierkorb in seine Reichweite. Er warf in hohem Bogen und traf beim ersten Versuch. »Er hat jetzt elf Tage stillgehalten. Das lässt hoffen, dass nicht noch mehr Leute auf seiner Liste stehen.«

»Sie werden mir jetzt aber nicht auch noch krank«, ermahnte ich ihn.

»Kommt überhaupt nicht in Frage.« Balke grinste schief und zupfte ein frisches Taschentuch aus einem neuen Päckchen. »Wie geht's nun weiter?«

»Wir brauchen alle Informationen über John Karenke, die wir kriegen können. Jedes Detail kann wichtig sein. Ich rede mit seiner Witwe. So kann ich Sie ein wenig entlasten.«

Und meinem Schreibtisch entkommen, dachte ich, was mir mehr als recht war.

14

Die Witwe des ermordeten Juweliers hieß Irina mit Vornamen und war eine beeindruckende Frau. Wir saßen in der dezent beleuchteten Lobby des Hotels Europäischer Hof an der Friedrich-Ebert-Anlage.

»Ich kann es noch nicht wirklich begreifen, dass John nicht mehr lebt.« Sie sah auf ihre Hände, die locker im Schoß lagen. »Natürlich musste man damit rechnen, dass er nicht ewig leben wird. Aber so... Mein Gott, nicht auszudenken, was hätte geschehen können, wenn ich im Haus gewesen wäre.« Sie schluckte, schloss kurz die Augen. »Hätte ich ihn nicht verlassen, dann würde er vielleicht noch leben...«

»Sie hätten ihn nicht retten können«, sagte ich fest. »Im schlimmsten Fall wären Sie sogar selbst zu Schaden gekommen.«

Das Ambiente war nobel. Viel Gold, viel Rot, dicke Teppiche dämpften die Schritte, in einem Flachbildschirm flackerte ein Kaminfeuer. Für Sekunden war meine Gesprächspartnerin mit ihren Gedanken weit weg. Dann sah sie auf. »Wenn ich irgendetwas tun kann, wenn ich irgendwie helfen kann, diesen … Menschen zu fassen, der das getan hat – ich stehe zu Ihrer Verfügung.«

Sie schaffte es sogar, ein wenig zu lächeln, und entblößte dabei zwei Reihen ebenmäßiger Zähne.

Ich saß in einem hochlehnigen und für meinen Geschmack zu weichen Ohrensessel und fühlte mich unwohl wie immer, wenn ich es mit Hinterbliebenen frisch Verstorbener zu tun hatte. Man möchte helfen, möchte etwas tun und weiß doch, dass hier nicht zu helfen ist. Dass der Tod endgültig ist. Dass der Mensch, der einem gegenübersitzt, mit seinem Leid allein fertig werden muss, mit seinen Selbstvorwürfen, seiner Einsamkeit.

Zwischen uns stand ein niedriges Tischchen, auf dem Prospekte von Heidelberg herumlagen. Irina Karenke mochte Ende dreißig sein, war wohl über die Jahre ein wenig füllig geworden und strahlte trotz ihrer Trauer Selbstsicherheit und Würde aus. Sie trug ein marineblaues Baumwollkleid, dessen Rock die Knie bedeckte. Ihr Blick war jetzt konzentriert und aufmerksam.

»Deshalb bin ich hier«, sagte ich freundlich, »damit Sie mir helfen, den Mörder Ihres Mannes zu finden.« Ich berichtete ihr von dem zweiten Mordfall. »Es muss irgendeinen Zusammenhang zwischen Ihrem Mann und dem ersten Opfer geben, und Sie können mir möglicherweise helfen, ihn zu finden. Sagt Ihnen der Name Bialas etwas? Anita Bialas?«

Ohne den Blick von meinem Gesicht zu wenden, schüttelte sie langsam den Kopf mit den seidig schimmernden dunkelbraunen Locken.

»Nein. Tut mir leid.«

»IFS? Hatte Ihr Mann einmal mit einer Finanzagentur namens IFS zu tun?«

Dieses Mal hob sie die Achseln. »Ich müsste in Johns Unterlagen nachsehen. Um die finanziellen Dinge habe ich mich nicht gekümmert.«

Ich klärte sie darüber auf, wer Anita Bialas war, woher sie stammte, wo und was sie gearbeitet hatte.

Immer wieder schüttelte sie ratlos den Kopf.

»Würden Sie mir ein wenig von Ihrer Ehe und Ihrem Mann erzählen?«

Sie schlug die dunklen Augen nieder, legte die Fingerspitzen aneinander. Die sauber gefeilten Nägel waren farblos lackiert und schimmerten wie Perlmutt.

»Johns Leben war Schmuck«, begann sie. »Er war Goldschmied und hat all die schönen Sachen, die er verkauft hat, mit seinen eigenen Händen hergestellt. Die geschäftlichen Dinge, Bilanzen, Steuererklärungen, Geld, all das war ihm nicht wichtig. Wichtig waren ihm die strahlenden Augen seiner Kundinnen. Glücklich, wirklich glücklich war John, wenn er eines seiner Werke am Körper einer attraktiven Frau bewundern durfte.«

»Wie es scheint, ist er finanziell dennoch gut über die Runden gekommen.«

»Sie haben es richtig ausgedrückt.« Sie lachte traurig. »Das scheint leider nur so. Das Haus gehört längst wieder zum größten Teil der Bank. Drei Scheidungen von zänkischen Weibern können auch einen wohlhabenden Mann ruinieren. Und den letzten Rest seines Vermögens hat John vermutlich für all die Quacksalber ausgegeben, die er in den letzten Jahren wegen seiner Augen konsultiert hat. Wissen Sie, John war ein Mensch, der sich für Geld ganz einfach nicht interessiert hat. Auch dies war übrigens einer der Punkte, die am Ende zum Zerwürfnis geführt haben.«

»Wie war Ihre Ehe früher? Vor Ihrer Trennung?«

Überrascht sah sie auf. »Tut das denn etwas zur Sache?«

»Ich möchte wissen, was John Karenke für ein Mensch war.«

»Die Ehe war gut«, erwiderte sie verwirrt. »Insgesamt gut, ja.« Ihr Blick irrte ab. »Nur in den letzten Monaten – da war es nicht mehr auszuhalten mit ihm. Er war auf einmal so … kalt. So abweisend.«

Lange sah sie an mir vorbei auf einen überdimensionierten Ölschinken an der Wand, der – was sonst? – das Heidelberger Schloss im Abendlicht zeigte.

»Ja.« Sie nickte so nachdrücklich, als müsse sie sich selbst von der Wahrheit ihrer Worte überzeugen. »Sie war gut, unsere Beziehung. Wir waren übrigens nicht verheiratet. Deshalb ist mein Name auch nicht Karenke, sondern Durian. Ich hatte nicht viel Glück im Leben, müssen Sie wissen. Erst als John in mein Leben trat, wurde plötzlich alles besser. Auf einmal habe ich auf der Sonnenseite gelebt, wurde auf Händen getragen. John konnte so zärtlich sein, so fürsorglich, so herzlich. Früher. Soll ich Ihnen erzählen, wie wir uns kennengelernt haben?«

»Ich bitte darum.«

Jetzt lächelte sie in sich hinein. »Durch Schmuck, wie sonst. Ich wollte ein Paar preiswerte Ohrringe kaufen für eine pubertierende Nichte, ein durch und durch schreckliches Kind übrigens. Deshalb hatte ich auch nicht die geringste Lust dazu, aber irgendetwas brauchte ich eben. Ich war schon einige Zeit erfolglos durch die Altstadt geirrt und hatte nichts gefunden, was mir gefallen hätte. Ich wollte schon aufgeben und mir ein anderes Geschenk für die missratene Göre überlegen, da bin ich in Johns winzigem Geschäft gelandet. Für einige Sekunden stand ich allein in seiner Schmuck-Boutique und wollte gerade wieder gehen, nachdem ich die Preise gesehen hatte. Da kam John herein und sah mich an, als hätte er eine Erscheinung. ›Warten Sie, ich glaube, ich habe etwas für Sie‹, sagte er und verschwand wieder nach hinten. Dann kam er mit einer Halskette, einer ungeheuer wertvollen goldenen Halskette, und legte sie mir um. ›Sie sind die Frau, für die ich das hier gemacht habe‹, sagte er nur. Er wollte kein Geld dafür, er wollte nur, dass seine Kette endlich den richtigen Hals, das richtige Dekolletee schmückte. Von diesem Augenblick an waren wir ein Paar, ob Sie es glauben oder nicht. Seither weiß ich, dass es die Liebe auf den ersten Blick gibt. Dass es die Liebe überhaupt gibt. Alles davor …« Sie schluckte, senkte den Blick, »… war Vorspiel. Notwendige Vorbereitung auf diesen Mann. Damit ich die Kraft hatte, ihn festzuhalten.«

»Die Kette haben Sie noch, nehme ich an?«

»Sie liegt oben in meinem Zimmer. Möchten Sie sie sehen?«

Ich schüttelte den Kopf.

»Ich habe mein Haar damals genauso getragen wie heute«, fuhr sie fort. »Früher habe ich es gerne zu einem Knoten gefasst, weil es im Alltag praktischer ist und bei Hitze angenehmer. Aber seit diesem Moment in Johns Laden durfte ich mein Haar niemals mehr anders tragen in seiner Gegenwart.«

»Wer hätte Grund, Ihren Mann zu hassen?«

»Da gibt es einige«, erwiderte sie langsam. »John war vor allem in den letzten Jahren – wie soll ich sagen – ein wenig rechthaberisch geworden. Sechs Monate bevor er sein Geschäft endgültig schließen musste, hat er seine letzte Angestellte entlassen, Cornelia, die ihm ein halbes Leben treu gedient hatte. Ich weiß nicht, was der Anlass war. Aber ich bin überzeugt, es war eine Bagatelle. Cornelia war eine Seele von Mensch. Sie hat John jahrzehntelang heimlich verehrt und vermutlich sogar geliebt. Und er setzt sie vor die Tür, aus einer Laune heraus. Verstehen Sie, John war nie ein einfacher Mensch. Aber in den letzten Jahren, vor allem, seit seine Augen immer schlechter wurden, wurde er ganz unerträglich. Man soll über Tote nichts Schlechtes sagen, aber es hilft Ihnen ja nicht, wenn ich die Sache schönrede. John war ungerecht, überheblich, verletzend. Mit den meisten seiner Nachbarn lag er im Streit wegen Nichtigkeiten. Da ging es um spielende Kinder, die Lautstärke von Musik, den Geruch von Gegrilltem. Das Wort Kompromiss kam in Johns Wortschatz nicht vor. Und leider hatte er die Mittel, um sich seine Rechthabereien leisten zu können.«

»Sie würden mir sehr helfen, wenn Sie eine Liste anfertigen würden von den Menschen, mit denen er Streit hatte.«

Irina Karenke legte wieder die Fingerspitzen aneinander. »Die dürfte lang werden. Aber gerne, natürlich.«

»Gibt es Verwandte oder Freunde?«

»Es gibt einen Sohn aus seiner zweiten Ehe, Benjamin. Angeblich studiert er Philosophie in Berlin. Johns Eltern sind tot, Geschwister gab es nicht. Von Onkeln oder Tanten habe ich nie etwas gehört.«

Ein älteres, sich leise auf Englisch unterhaltendes Paar durchquerte den Raum, nickte uns freundlich-zerstreut zu und betrat den Lift, dessen Türen sich lautlos schlossen.

»Dann sind Sie Alleinerbin?«

»Nein, das bin ich nicht. John und ich waren nicht verheiratet, wie gesagt. Außerdem habe ich Zweifel, dass es da noch etwas zu erben gibt. Und selbst wenn, ich wollte es nicht haben. Das Kapitel John Karenke ist für mich abgeschlossen. So oder so. Es ist schrecklich, dass er nun tot ist. Aber für mich ändert das letztlich nichts. Unsere Beziehung war zu Ende.«

Ich überreichte ihr mein Kärtchen. Sie studierte es mit Interesse und nickte mir dann anerkennend zu.

»Kriminaloberrat, ist das eine hohe Position?«

»Es geht«, erwiderte ich, nun ebenfalls lächelnd. »Ich bin zufrieden damit.«

Wir erhoben uns. Ihr Händedruck war fest und sicher.

»Ist es nicht schön, wenn ein Mensch das sagen kann? Dass er zufrieden ist? John war niemals mit etwas zufrieden. Vermutlich war er auch in diesem Punkt zu sehr Künstler.«

Balke hatte recht, überlegte ich auf dem Rückweg zur Direktion, den ich bequem zu Fuß zurücklegen konnte: Dass der Täter seit nun schon elf Tagen nicht mehr zugeschlagen hatte, war möglicherweise ein gutes Zeichen. Die beiden Morde hatte er im Abstand von wenigen Tagen begangen. Seither war Ruhe, und das ließ hoffen.

Wo war die Verbindung zwischen seinen Opfern, die unterschiedlicher kaum sein konnten? Und wie die Verbindung finden, wo wir nicht einmal wussten, wonach wir suchten? In Fällen wie diesen gibt es im Grunde nur eine sinnvolle Strategie: Im Nebel stochern, so lange, bis man durch Zufall auf etwas stößt, was einem weiterhilft. Blindwütig Informationen und Informationen sammeln in der Hoffnung, dass früher oder später etwas Nützliches zum Vorschein kommt.

Meine Töchter waren nicht zufrieden mit ihrer neuen Wohnsituation, eröffneten sie mir, noch bevor ich meinen Mantel ausgezogen hatte. Wer welches Zimmer bewohnen würde, hatten wir am Vorabend nach längerem Gezänk per Los entschieden. Louise hatte das längere Hölzchen gezogen, und Sarah musste mit dem alten vorliebnehmen. Inzwischen hatte sie jedoch entzückt ausgerechnet, dass ihr Zimmer doch einen halben Quadratmeter größer war als Louises, woraufhin nun diese beleidigt war. Hinzu kam, und das war nun wirklich eine Katastrophe, dass es im neuen Zimmer immer noch keinen Internetanschluss gab. Der Mitschüler, der sich darum kümmern wollte, hatte sich glücklicherweise geweigert, ohne mein Einverständnis ein Loch durch die Wand zu bohren, um ein Kabel zu verlegen.

»Ihr könnt euch ja erst mal abwechselnd vor den anderen PC setzen, wenn ihr ins Internet müsst. Zur Not macht ihr einen Stundenplan.«

»Alle haben heute WLAN«, quengelte Louise, »nur wir nicht. Wir leben echt hinterm Mond!«

»Silke hat von ihrem Vater einen megageilen Laptop zu Weihnachten gekriegt«, sekundierte Sarah. »Die kann sogar im Garten ins Internet!«

»Stelle ich mir beim derzeitigen Wetter ziemlich ungemütlich vor.«

»Du bist blöd«, meinte Louise. »Es geht doch gar nicht ums Wetter, es geht ums Prinzip. Internet braucht man einfach. Ohne Internet ist man toter als tot.«

»Was kostet denn so ein WLAN?«

Sie sahen sich ratlos an.

»Das kann nicht so teuer sein. Man braucht bloß so ein Kästchen mit gelben und grünen Lämpchen dran. Die blinken die ganze Zeit, und dann hat man Internet durch die Luft.«

»Und Antennen. Antennen hat es, damit es funken kann.«

»Macht euch schlau. Wenn es bezahlbar ist und hilft, dass diese ewige Streiterei endlich aufhört, dann ist es genehmigt.«

»Echt jetzt?«, fragte Sarah verdutzt. »Einfach so?«

»Aber ihr kümmert euch um alles, okay?«

»Logo«, erklärte Louise selbstbewusst. »Das macht Chip.«

»Chip?«

»Der Ober-Computer-Fuzzi in unserer Klasse. Voll der Checker. Der würd uns sogar noch was dafür bezahlen, wenn er uns besuchen darf.«

In manchen Dingen sind Frauen ganz eindeutig im Vorteil.

»Und jetzt?«, fragte ich. »Wie lösen wir das Problem mit den Zimmern? Ihr könntet zum Beispiel täglich hin- und herziehen.«

»Du bist wirklich blöd«, fand nun auch Sarah.

»Irgendeine Lösung müssen wir finden. Und ich kann das Thema wirklich nicht mehr hören.«

»Also, ich bin zufrieden mit dem kleinen Zimmer«, erklärte Louise plötzlich. »Die Klügere gibt nach.«

Das fand Sarah nun gar nicht gut, jedoch fiel ihr auf die Schnelle kein Argument ein, das sie gegen diese Lösung hätte vorbringen können.

Am nächsten Vormittag saß ich Konradin Fabricius zum ersten Mal gegenüber, dem ehemaligem Chef der pleitegegangenen IFS. Fabricius sah aus wie ein zu lang geratener Abiturient, obwohl er die dreißig sicherlich schon hinter sich hatte. Derzeit war er arbeitslos wie viele ehemalige Bankangestellte weltweit. Es war für Balke kein großes Problem gewesen, Fabricius zu finden, da dieser aus Karlsruhe stammte und seine Eltern immer noch dort wohnten. Nachdem er seine Penthousewohnung eilig und vermutlich mit Verlust hatte verkaufen müssen, hatte er sich in Frankfurt eine Bleibe gesucht.

Das Gespräch führte ich in meinem Büro. Es stand Kaffee auf dem Tisch, und ich bemühte mich um eine lockere Atmosphäre.

»Ach, die Anita.« Fabricius rieb sich die Hände, als hätte er Grund, sich auf unsere Unterhaltung zu freuen. »Was soll ich sagen? Sie hat mich selten überrascht.«

»Weshalb sollte sie Sie überraschen?«

Sein unsteter Blick verharrte kurz auf meinem Gesicht, irrte wieder ab.

»Sehen Sie, ich teile meine Leute in drei Kategorien ein: Gruppe eins, das sind die, die Sie enttäuschen. Sie geben ihnen einen Auftrag, und die schaffen ihn mit Hängen und Würgen.

Oder auch nicht. Das sind die, die Sie bei nächster Gelegenheit feuern. Gruppe zwei macht den Job gut, kein Grund zur Klage, aber auch nicht mehr. Die halten Sie, solange das Geschäft es zulässt. Gruppe drei, das sind die, die Sie überraschen. Sie sind schneller fertig als geplant. Sie haben mehr getan als gefordert. Sie haben es anders, vielleicht sogar besser gemacht als erwartet. Das sind die, die nicht die Brötchen, sondern die Butter und die Wurst verdienen.«

Fabricius hatte aufgehört, sich die Hände zu reiben, wippte nun stattdessen mit dem rechten Knie.

»Im Großen und Ganzen waren Sie aber zufrieden mit Frau Bialas?«

»Ja, klar. Zufrieden.«

»Sie hat Hypothekenkredite vermittelt. Wie muss man sich das vorstellen?«

»Ganz einfach: Der Kunde kommt zu uns. Entweder weil er von anderen Banken keinen Kredit bekommt. Das sind die Loser. Oder weil er besonders günstige Konditionen sucht. Das sind die Schnäppchenjäger. Die einen küssen Ihnen die Füße, wenn Sie ihnen helfen. Die anderen sind Nervensägen. Die machen viel Arbeit, weil sie immer noch mal ein zehntel Prozent rausholen wollen oder Ihnen kurz vor Vertrag von der Schippe springen, weil sie woanders doch noch was Günstigeres gefunden haben. Die Loserfraktion, die ist angenehm. Die fallen Ihnen vor Glück um den Hals, und manche bringen hinterher sogar Wein oder Blumen vorbei.«

»Wie kommt es, dass Sie nicht-kreditwürdigen Menschen Kredite verschaffen konnten?«

»Das Geld kam im Wesentlichen aus den Staaten. Sie wissen ja …«

»Die sind da nicht so kleinlich.«

»Sie *waren* nicht so kleinlich.«

»Nur, damit ich mir das vorstellen kann: Die Kunden haben zunächst bei Ihnen angerufen, nehme ich an.«

»Das Telefon hat bei uns abgenommen, wer gerade frei war. Eiserne Regel: Das Telefon darf nicht öfter als dreimal klingeln. Dann wurde er an Anita weitergereicht. Die hat erst mal grob die Rahmenbedingungen abgeklopft. Oft haben Leute angerufen, wo auch für uns nichts mehr zu machen war. Stufe zwei war ein persönliches Gespräch, Sichtung der Unterlagen. Stufe drei: Gegenprüfung durch unsere Europazentrale in London. Und damit war's dann normalerweise auch schon getan.«

»Stelle ich mir nicht übermäßig spannend vor.«

»Scheißlangweilig ist das, sorry, kann man nicht anders sagen.«

Fabricius hörte für eine Sekunde auf, mit dem Knie zu wippen. Dann fing er wieder damit an. Sein Blick blieb nirgendwo länger als zwei, drei Sekunden haften.

»Hatten Sie noch Kontakt mit Frau Bialas, nachdem sie gekündigt hat?«

»Wozu sollte ich?«

Jeder Mensch ist nervös, wenn er zur Polizei muss, schon gar zur Kriminalpolizei. Aber inzwischen waren wir über den Punkt hinaus, an dem der junge Mann sich allmählich hätte beruhigen sollen.

»Sagt Ihnen der Name John Karenke etwas?«

»Nie gehört.« Er schüttelte heftig den Kopf, hörte wieder für eine Sekunde auf mit der Wipperei. »Karenke? Nö. Sorry.«

Fabricius suchte nach einem Taschentuch, fand eines, schnäuzte sich. Alles, was er tat, tat er einen Tick zu schnell, zu hastig. Vielleicht wurde das Wort Zeiteffizienz in der Finanzwelt noch größer geschrieben als in anderen Branchen? Die Zeiten, als man noch von Bankbeamten sprach, waren ja längst Vergangenheit.

»Sie haben also keine Idee, wer Frau Bialas getötet haben könnte? Wer Grund hatte, sie zu hassen?«

»Woher sollte ich? Privat hatten wir überhaupt keinen Kontakt. Ich weiß nicht mal, wo sie gewohnt hat. Geschäftlich – wie schon gesagt – sie hat ihren Job gemacht. Kein Grund zur Klage.«

Endlich war das rechte Knie zur Ruhe gekommen. Dafür fing das linke an zu wippen.

»Wie ist es mit Kunden? Gab es da welche, die böse auf sie waren?«

»Wie gesagt, die meisten sind total happy gewesen, wenn Anita ihnen ihr Häuschen vor der Pfändung gerettet hat.«

»Es gab also schon welche, die nicht zufrieden waren?«

»Die gibt's überall. Meines Wissens ist aber keiner darunter gewesen, der Anita mit Mord gedroht hätte. Natürlich gab es vereinzelte Fälle, wo der Kunde sich überhoben hatte und seine Raten nicht mehr bezahlen konnte.«

»Was geschieht in einem solchen Fall?«

»Das Übliche: Mahnung, Stundung, Pfändung.«

»Ich nehme an, die Zinsen waren bei Ihnen ein wenig höher als bei der Konkurrenz?«

Fabricius zog die Nase hoch, sah an mir vorbei, studierte die Aufschriften der Ordner im Regal hinter mir.

»Hängt vom Risiko ab. Ein unsicherer Kredit war natürlich auch bei uns teurer als ein sicherer. Aber wenn Ihnen das Wasser am Hals steht, was wollen Sie machen? Und wie gesagt: Die meisten haben's ja gepackt. Die meisten waren später glücklich, dass sie uns gefunden hatten. Manche haben Anita tatsächlich Blumen geschickt. Kein Witz.«

»Es muss jede Menge Unterlagen geben von ehemaligen Kunden.«

»Logisch gibt's die.«

»Wo sind die hingekommen?«

»Die deutschen Filialen der IFS werden zurzeit abgewickelt. Insolvenzverwalter ist eine Berliner Anwaltssozietät. Sonnenschein und Partner. Finden Sie im Internet.«

Ich notierte mir den Namen.

»Sie wohnen jetzt in Frankfurt?«

»In Bockenheim, ja. In Karlsruhe hatte ich null Aussichten auf einen akzeptablen Job. In Frankfurt wird der Bär bald wieder tanzen. Momentan ist da natürlich auch Flaute, aber sobald die Märkte wieder anspringen, bin ich dabei. Und nicht mehr solchen Popelkram wie früher, habe ich mir geschworen.«

»Wo in Karlsruhe haben Sie eigentlich gewohnt?«

»Am Geigersberg. Liegt im Osten. Wird Ihnen nichts sagen.«

Ich verschwieg, dass ich sehr gut wusste, wo das teuerste Wohnviertel Karlsruhes lag.

Meine telefonische Anfrage bei der Anwaltsfirma, die Fabricius mir genannt hatte, stieß auf wenig Begeisterung. Man werde sich der Angelegenheit gerne widmen, erklärte mir eine schnippische Dame, deren Funktion in der Firma mir nicht klar wurde. Aber selbstverständlich erst, wenn ein schriftliches Gesuch mit dem Stempel der Staatsanwaltschaft vorliege. Ich bat Sönnchen, sich darum zu kümmern, und wünschte der Berliner Ziege die Schweinegrippe an den Hals.

Am späten Vormittag wurde das, was ich bisher nur befürchtet hatte, zur Gewissheit: Anita Bialas und John Karenke waren mit demselben Messer erstochen worden. In der Wunde, die zu John Karenkes Tod geführt hatte, fanden unsere Forensiker mikroskopisch kleine Blutspuren, die nicht von ihm, sondern von Anita Bialas stammten. Also hatte der Täter zunächst die Frau erstochen und war später mit dem blutigen Messer im Gepäck nach Heidelberg gefahren, um dort – vielleicht sogar in derselben Nacht – John Karenke zu töten.

15

Am Donnerstagabend besuchte ich Holger Firlei, den nächsten Nachbarn des toten Juweliers, mit dem dieser in Dauerfehde gelebt hatte. Den Nachmittag über hatte ich mit diversen Personen auf Irina Durians langer Liste telefoniert. Alle hatten Karenke als eigenbrötlerischen, herrischen Menschen beschrieben, der sich in den letzten Jahren mehr und mehr abgekapselt hatte. Firlei schien von allen am meisten unter ihm gelitten und ihn am ärgsten gehasst zu haben.

Ein großer, ernster Mann mit müden Augen öffnete mir die Tür. Ich schätzte ihn auf Mitte fünfzig. Sein lockiges, von vielen grauen Strähnen durchzogenes Haar trug er schulterlang. Gekleidet war er in eine dunkle Nadelstreifenhose, die früher einmal Teil eines teuren Anzugs gewesen sein mochte, und ein schlabberiges sonnengelbes T-Shirt, auf dem in grüner Schrift »Save our Environment« stand. Karenkes nächster Nachbar machte nicht den Eindruck eines Menschen, der gerne Sport trieb. Allerdings entdeckte ich in der Ecke gleich neben der

Haustür einen weinroten Golfsack, der Spuren häufiger Benutzung zeigte. Von Beruf war Firlei Architekt, hatte ich schon während unseres Telefonats erfahren. Er bewohnte einen in den Hang gebauten, verschachtelten Bungalow aus Beton und sehr viel Glas, den er selbst entworfen hatte. Als er sich umwandte, um mich ins Haus zu führen, sah ich, dass auch auf die Rückseite seines T-Shirts etwas gedruckt war: »Kill yourself.«

Wir durchquerten eine großzügige, ganz in Grau gehaltene Halle und betraten einen hell erleuchteten Wohnraum, der sich über mehrere Ebenen erstreckte. Draußen war es, obwohl erst kurz nach fünf, schon fast völlig dunkel. Der Ausblick auf das Lichtermeer der Heidelberger Weststadt und die Rheinebene war überwältigend. Am westlichen Horizont hing ein letzter blutroter Streifen Licht, der zusehends verblasste.

»Der alte Karenke war ein schwieriger Mensch«, waren die ersten Worte des Architekten, nachdem wir Platz genommen hatten. »Man kann es auch volkstümlicher ausdrücken: Er war ein arroganter Kotzbrocken. Dieses Haus ist jetzt zehn Jahre alt, und der Zoff hat schon während der Planungsphase begonnen. Es hat ihm nicht gepasst, dass er auf einmal Nachbarn haben sollte. Früher war das hier einmal ein Viertel, wo man große Grundstücke hatte und wenige Nachbarn. Das hat sich über die Jahre geändert, die Bebauung wurde verdichtet, so nah am Zentrum völlig normal, aber das hat ihm ganz und gar nicht gefallen. Vorher waren es zweihundert Meter gewesen bis zum nächsten Haus, jetzt auf einmal nur noch fünfzig, welch eine Zumutung! Erst hat er versucht, juristisch gegen uns vorzugehen, den Bebauungsplan angefochten, aber natürlich hat er keinen Erfolg gehabt. Während der Bau lief, ging es weiter, fast jeden Tag. Fünfmal war der Zoll hier und hat überprüft, ob wir nicht vielleicht doch einen Schwarzarbeiter beschäftigen. Ich weiß nicht, wie oft die Polizei kam, wenn sich unser sensibler Nachbar mal wieder wegen Ruhestörung beschwert hatte. Und einen Tag nachdem wir eingezogen waren, ging es dann richtig los. Die Kinder waren ihm zu laut. Sie haben im Garten gespielt, damals waren sie drei und fünf. Davor hatten wir in einer Etagenwohnung in Kirchheim draußen gewohnt, und die Kleinen hatten sich so auf den Garten gefreut. Und sie sind noch keine zehn Minuten draußen, da läutet das Telefon, und er fängt an, mich auf die übelste Weise zu beschimpfen.« Firlei rieb sich mit beiden Händen das nachlässig rasierte, weiche Gesicht. »Wir wollten es nicht gleich zum Äußersten kommen lassen und haben die Kinder hereingerufen. Später haben wir das Gespräch gesucht, meine Frau und ich sind sogar mit einem Blumenstrauß und einer Flasche Sekt rübergegangen, um uns vorzustellen und vielleicht doch noch eine Basis für ein friedliches Miteinander zu schaffen. Er hat uns nicht mal reingelassen, und noch am selben Tag ging es weiter. Im Haus war natürlich noch einiges zu tun, Vorhänge aufhängen, Bilder und so weiter, und da gab es manchmal eben ein Geräusch. Da halfen kein Reden und kein Sekt. Er wollte uns weghaben, Ende der Durchsage. Irgendwann wurde es uns schließlich zu bunt, und wir fingen an, uns zu wehren. Aber wenn Sie mich deshalb nun des Mordes verdächtigen, dann liegen Sie leider falsch. Obwohl ich gerne zugebe, dass ich mir hin und wieder einschlägige Gedanken gemacht habe. Und ich gestehe auch, dass es mir schwerfällt, so etwas wie Trauer zu empfinden. Der Einzige, der mir leidtut in diesem Zusammenhang, ist der Hund.«

»Haben Sie den Namen Bialas schon einmal gehört? Anita Bialas?«

Firlei sah mich nachdenklich an.

»Nein. Soweit ich mich erinnern kann, natürlich. Ich habe in meinem Beruf mit vielen Menschen zu tun, aber – warten Sie …«

Er stemmte sich hoch, verschwand für kurze Zeit und erschien wieder mit einem flachen, elektronischen Gerätchen in der Hand. Einige Sekunden tippte er mit einem Stift auf dem Bildschirm herum.

»Nein«, wiederholte er schließlich. »Hätte ich jemals mit dieser Frau zu tun gehabt, dann würde sie hier drinstehen. Ich habe schon vor Jahren alles, was ich an Namen und Adressen hatte, in dieses Ding hier eingetragen, weil mir meine Zettelwirtschaft über den Kopf wuchs. Seither herrscht Ordnung bei mir. Und wenn mir einer das Gerätchen klauen sollte, dann kann ich mich vermutlich am nächsten Baum aufhängen.«

»Hat Herr Karenke noch andere Feinde gehabt?«

Firlei lachte laut. »Fragen Sie mich lieber nach Leuten, mit denen er nicht verfeindet war.«

»Er hat wohl zurückgezogen gelebt.«

Firlei schaltete sein Gerät aus, legte es zögernd auf den Couchtisch.

»Früher hat er noch manchmal Besuch gehabt. Es waren immer dieselben zwei, drei Gesichter. Aber in letzter Zeit habe ich niemanden mehr drüben gesehen. Früher kam auch dreimal die Woche eine Frau, die ihm den Haushalt gemacht hat. Selbst die hat er vergrault. Wie Irina ja letztlich auch. Die habe ich auch seit Wochen nicht mehr gesehen.«

»Sie nennen sie beim Vornamen?«

»Sie war mehr als einmal hier, um Frieden zu stiften.«

»Mit Erfolg?«

»Selten ja, meistens nein.«

Ich schlug die Beine übereinander und legte die Arme auf die Rückenlehne der eleganten, cremeweißen Ledercouch, auf der ich saß. Es roch angenehm in diesem Haus, auch wenn ich nicht hätte sagen können, wonach. Nicht weit von der Sitzgruppe hatte der Architekt seinen Arbeitsplatz eingerichtet, einen riesigen Tisch, auch dieser weiß wie vieles hier. Darauf summte ein Apple-PC mit zwei überdimensionalen Monitoren. Am Boden lag ein wirres Durcheinander von Planzeichnungen verschiedener Größen, aufgeschlagenen Ordnern, Notizzetteln in allen denkbaren Farben. Soweit ich sehen konnte, arbeitete Firlei an einem Bungalow, der seinem eigenen Haus ähnlich war.

»Sie leben allein hier?«, fragte ich.

Firlei senkte den Blick. »Meine Frau hat mich verlassen, ja. Und die Kinder mitgenommen. Ich würde nur noch mit meiner Arbeit ins Bett gehen, meinte sie, und nicht mehr mit ihr.«

»Was haben Sie in der Nacht vom siebzehnten auf den achtzehnten Januar gemacht, Herr Firlei?«

»Das war die Nacht, in der er …?«

»Wir wissen es nicht, aber wir halten es für möglich.«

»Geschlafen habe ich vermutlich. Hier. Allein.« Seine Miene wurde ernst. »Sie verdächtigen mich doch nicht wirklich, meinen bekloppten Nachbarn erstochen zu haben?«

»Ich muss Sie das fragen, tut mir leid. Wie ist Ihr Verhältnis zu Karenkes Partnerin?«

»Irina? Wie schon gesagt, wir waren Nachbarn.« Er räusperte sich. Sah zur Decke, dann in mein Gesicht. »Ich habe sie gemocht. Und ich mag sie noch immer. Irina war nicht glücklich in ihrer Beziehung da drüben. Karenke war dreißig Jahre älter als sie. Herrschsüchtig bis zum Gehtnichtmehr, und nach den ersten verliebten Wochen hat er in Irina nur noch ein hübsches Accessoire gesehen und jemanden, den er herumscheuchen konnte.«

»Beruhte die Sympathie auf Gegenseitigkeit?«

Der Architekt lächelte kaum merklich. »Sehen Sie, Irina ist eine merkwürdige Frau. Stolz. Sehr stolz. Und sie hat wohl manches erlebt, was dazu führt, dass sie Menschen nicht so leicht an sich heranlässt.«

Ich ließ die merkwürdige Antwort auf sich beruhen und fragte nach den anderen Nachbarn, landete schließlich wieder bei Karenkes Streitsucht und Rechthaberei. Am Ende war ich so klug wie zu Beginn. Schließlich verabschiedete ich mich.

Inzwischen war es draußen Nacht geworden, und ein gemeiner Nieselregen hatte eingesetzt. Ich hatte etwas entfernt parken müssen, da kein anderer Platz frei gewesen war, und mein Schirm lag natürlich im Wagen. John Karenkes Haus ruhte als drohender dunkler Klotz mit schwarzen Fenstern am Hang über mir. Während ich zum Wagen ging, schien der Regen stärker zu werden, und meine Schritte beschleunigten sich. Als ich etwa fünfzig Meter gegangen war, hörte ich Firlei rufen. Er stand in der hell erleuchteten Tür seines Hauses und winkte. Seufzend machte ich kehrt.

»Sie finden es ja sowieso heraus«, sagte er, als wir uns wieder gegenüberstanden. »Deshalb sage ich es Ihnen lieber aus freien Stücken: Meine Frau hat mich nicht nur verlassen, weil ich angeblich mit meiner Arbeit ins Bett gehe. Das war nur die halbe Wahrheit.«

»Ich nehme an, die andere Hälfte heißt Irina?«

Überrascht sah er mich an.

Ich lächelte. »Es war nicht schwer zu erraten. Hat Karenke davon gewusst?«

»Elvi, meine Frau, hat uns mal zusammen erwischt«, sagte der Architekt mit plötzlich weicher Stimme. »Auf der Couch, auf der Sie eben saßen, am hellen Nachmittag. Nein. Karenke hat wohl nichts gewusst. Jedenfalls hat er Irina gegenüber nie entsprechende Bemerkungen gemacht. Andererseits – er war natürlich auch nicht dumm.«

»Seit wann lief das schon zwischen Ihnen?«

»Um ehrlich zu sein ... ich habe mich fast in der ersten Sekunde in sie verliebt. Irina ist eine unglaublich bezaubernde Frau. Eine sehr weibliche Frau. Aber es hat ein ganzes Jahr gedauert, bis ich erfuhr, dass es ihr nicht anders ging. Davor haben wir uns manchmal gesehen und gesprochen, mehr nicht. Mal über den Zaun, mal auch hier im Haus, wenn es wieder was zu schlichten gab. Und dann, es war im Sommer vor drei Jahren, da ist es passiert. Meine Frau war mit den Kindern an der Ostsee. Sie stammt von da oben, und ihre Eltern haben ein Häuschen auf Usedom. Und eines Nachmittags, es war ein gewittriger Tag, unglaublich schwül, und es hatte eben zu schütten begonnen. Karenke hatte mir mal wieder die Ehre eines seiner unflätigen Anrufe zuteil werden lassen, weil mein Wagen angeblich die Einfahrt blockierte, und da steht Irina vor der Tür, pitschnass, lachend, mit offenem Haar. Man denkt ja immer, so was gibt's nur im Kino.« Er hüstelte, lächelte, wurde wieder ernst. »Was soll ich sagen? Wir haben uns die Hand gegeben. Ich habe sie gefragt, ob sie was trinken will. Sie hat den Kopf mit den triefenden Haaren geschüttelt, und auf einmal ist die Zeit stehen geblieben. Ich konnte einfach ihre Hand nicht mehr loslassen.«

Firlei betrachtete seine breiten, blassen Hände, als würde noch ein wenig Erinnerung daran kleben.

»Es hat nur ein knappes Jahr gedauert, dann war es vorbei. Von einem Tag auf den anderen wollte sie nicht mehr. Hat ziemlich wehgetan. Elvi hatte mich schon verlassen, und ich saß ganz schön dumm da. Und dennoch habe ich Karenke nicht umgebracht. Weshalb sollte ich? Und was hätte ich davon?«

Die letzten Meter zu meinem Peugeot rannte ich, weil der Regen mit jeder Sekunde weiter zunahm. In der Eile bekam ich den Schlüssel nicht gleich ins Schloss. In der Nähe klappte eine Autotür, endlich passte der Schlüssel, das Schloss klickte, ein mächtiger Stoß traf mich im Rücken und warf mich gegen den Wagen. Im nächsten Moment hatte ich einen kräftigen Männerarm um den Hals und wurde vom Gewicht seines Besitzers gegen die Fahrertür gepresst.

»Was …«, presste ich heraus. »Was soll das?«

Ich erwartete, dass der Verrückte hinter mir mein Portemonnaie oder meine Brieftasche verlangen würde. Oder die Wagenschlüssel. Aber wer stiehlt schon ein sechzehn Jahre altes Auto, das nicht mal elektrische Fensterheber hat?

»Ich war's nicht, hörst du?«, fauchte er mir stattdessen mit heißem Atem ins Ohr. »Ich bin's nicht gewesen, du Arschloch!«

»Was sind Sie nicht gewesen?«, quetschte ich heraus.

Allmählich wurde mir die Luft knapp. Ich wand mich, versuchte, mich zu befreien, aber er war stärker als ich und eindeutig in der besseren Position.

»Das weißt du ganz genau, du Arschloch! Du hetzt mir die Bullen auf den Hals, weil du denkst, ich hätt die Anita umgebracht!«

Es war nicht mein Verstand, der schließlich reagierte. Es waren tausendfach trainierte Reflexe, die völlig automatisch abliefen. Ich trat ihm hart auf den Fuß, im nächsten Augenblick bekam ich wieder Luft, und eine Sekunde später lag Armin Kettenbach ächzend und zusammengekrümmt in einer Pfütze. Ich öffnete die Wagentür, innen ging Licht an, und nun konnte ich ihn endlich sehen. Mir zu Füßen wand sich ein etwas zu kurz und zu breit geratener Mann und hielt sich den Bauch. Er steckte in einem blassblauen Jeansanzug und trug unglaublich schmutzige Puma-Sportschuhe.

»Stehen Sie auf«, herrschte ich ihn an.

Er gehorchte, aber es war eine ziemliche Prozedur, bis er wieder auf seinen im Moment etwas wackligen Beinen stand. Immer noch stöhnend hielt er sich den Magen, wo ihn vor wenigen Sekunden mein Knie getroffen hatte. Ich war überrascht von meiner eigenen Reaktion. Mitleid verspürte ich nicht.

»Kommen Sie«, sagte ich, »steigen Sie ein. Nein, warten Sie …«

Ich wollte keinen vor Nässe triefenden und sich womöglich erbrechenden Kerl im Auto sitzen haben. »Gehen wir da rüber zur Bushaltestelle.«

Ich ging voran, Kettenbach folgte mir hinkend und jammernd. Sekunden später saßen wir in trübem Licht nebeneinander auf einer Holzbank unter einem Dach, auf das wütend der Regen prasselte.

»Sie sind doch dieser Gerlach?«, fragte Kettenbach kläglich. »Sie sind doch dieser Kriminaldings Gerlach?«

»Allerdings, ich bin der Kriminaldings. Und Sie haben sich gerade in eine ziemlich unangenehme Situation gebracht.«

»Es hat verdammt lang gebraucht, bis ich Sie gefunden hab!«

»Warum sind Sie nicht einfach in mein Büro gekommen? Wir hätten in Ruhe miteinander reden können und uns nicht im Regen prügeln müssen wie Halbstarke.«

»Ich …« Kettenbach verzog das Gesicht. Mein Tritt war wohl ziemlich hart gewesen. Hoffentlich hatte ich ihn nicht ernstlich verletzt. »… hab mich nicht getraut.«

»Aber mir an den Hals zu gehen, das haben Sie sich schon getraut.«

»Das war verrückt von mir. Entschuldigung.«

»Machen Sie keine Witze!«

»Ich hab so lang gewartet und gegrübelt und gewartet. Ich bin total ausgetickt, tut mir echt leid, Mann!«

»Was wollen Sie denn eigentlich von mir?«

»Ihnen sagen, dass ich die Anita nicht umgebracht hab. Das ist es doch, was Sie denken: dass ich sie umgebracht hab.«

»Sie hatten ein prima Motiv. Sie hatten die Gelegenheit. In der Tatnacht waren Sie nämlich nicht an Ihrem Arbeitsplatz, wie Sie mir erzählt haben. Sie haben Frau Bialas in den Wochen vor der Tat ungefähr tausendmal angerufen.«

»Ich bin's aber nicht gewesen. Ich war in Genf, in der Nacht.«

Kettenbach roch nach einem teuren After-Shave, das nicht zu seinem billigen Jeansanzug passte. Eine Weile schwiegen wir.

»Ist schon ein Elend mit den Frauen«, murmelte er schließlich. »Man kann nicht mit ihnen leben, man kann nicht ohne sie leben.«

Ich nickte unwillkürlich.

»Sie kennen sich damit aus?«

Mein Nicken war ihm nicht entgangen.

»Welcher Mann tut das nicht?«, seufzte ich.

»Schwule«, erwiderte er ernsthaft.

»Die haben vermutlich ähnliche Probleme. Nun sagen Sie schon, wo waren Sie in der Nacht?«

»Im Bett«, seufzte er. »Bei einer Nutte. Bei einer kleinen, dreckigen Nutte bin ich gewesen und hab's mir ordentlich besorgen lassen. Und wenn Sie es unbedingt wissen wollen: Das mach ich öfter, seit die Anita ... nichts mehr von mir ... wissen will.«

»Sie können Sie nicht vergessen?«

»Ich denk nichts anderes, von morgens bis abends, als Anita, Anita, Anita. Hab gedacht, wenn ich weit weg bin, dann wird's besser. Wird's aber nicht, es wird nicht besser. Und jetzt ist sie tot. Ich bin fast verrückt geworden die letzten Tage. Hab's einfach nicht mehr ausgehalten in dem blöden Genf. Ich musst wenigstens noch mal das Haus sehen, wo sie gewohnt hat, irgendwas, verstehen Sie? Wo ich mit ihr zusammengewohnt hab, irgendwas musst ich noch mal sehen. Ich weiß, es ist bescheuert, aber ich konnt einfach nicht anders. Hab seit drei Tagen nicht mehr geschlafen. Seit ich weiß, dass sie tot ist, hab ich nicht mehr geschlafen.«

Ich schwieg. Was sollte ich sagen?

»Ich ...« Kettenbachs Schmerzen schienen allmählich schwächer zu werden. Er richtete sich ein wenig auf, sah irgendwohin in den Regen. Sein Gesicht war seit Tagen nicht rasiert. Zwischen den Stoppeln entdeckte ich eine Menge ungesund wirkender Pickel. »Ich hab sie geliebt, verdammt«, murmelte er wie in Trance. »Wie ein Irrer hab ich sie geliebt. Sie ist die erste Frau in meinem Leben gewesen, vor der ich Respekt gehabt hab, verstehen Sie? Sonst immer bloß Nutten, abgefuckte Flittchen, die ein Dach überm Kopf gesucht haben oder einen, dem sie ein bisschen Geld klauen können. Und dann die Anita ... wollen Sie hören, wie wir uns kennengelernt haben?«

»Hm.« Allmählich wurde mir kalt. Auch ich war fast bis auf die Haut durchnässt.

»Ich – lachen Sie nicht – ich hab sie angefahren. Auf dem Zebrastreifen. Ich hatt mich grad mal wieder über irgendwas aufgeregt, und dann passieren mir manchmal so Sachen.«

»Und da hat sie sich in Sie verliebt. Aus Dankbarkeit.«

»Machen Sie ruhig Witze. Sie hat am Knie geblutet, und ich hab sie ins Krankenhaus gefahren, zum Röntgen. Ist aber zum Glück nichts gewesen, nichts Ernstes. Dann hab ich sie heimgefahren, irgendwann haben wir aufgehört, uns anzugiften, und ich hab sie noch auf einen Versöhnungskaffee eingeladen und später auch noch zu einem Cognac, und irgendwie sind wir ins Reden gekommen. Wir waren beide solo, und irgendwie ... wir haben uns ganz gut verstanden. Sie hat es eher auf die harte Tour gemocht, wenn Sie verstehen, was ich meine. Ich hab noch nie eine Frau erlebt, der es so megamäßig kommt. Aber den Nutten kommt es ja sowieso nie. Die tun immer nur so, damit man eine Freude hat.«

»Warum haben Sie sie nicht geheiratet?«

»Ich hätt schon wollen. Die Anita aber nicht. Nicht gleich. Hat wohl ihre Erfahrungen gehabt. Erst mal abwarten, erst mal noch gucken, hat sie gemeint. Immerhin sind wir dann zusammengezogen. Sie hat eine echt nette Wohnung gehabt. Vielleicht ist das der Fehler gewesen. Vielleicht, wenn wir getrennt geblieben wären, dann wären wir jetzt vielleicht noch zusammen.« Kettenbach lachte gequält über sein ungewolltes Wortspiel. »Wenn Sie mal vierzig sind, hat man seine Gewohnheiten. Man verändert sich nicht mehr so leicht. Anita wollt abends weg, was erleben, und ich war nie da, wegen meiner Arbeit. Die ganze Zeit hab ich mir ausgemalt, wie sie es mit anderen Männern treibt. Mir war sonnenklar, dass ich spinne, aber ich hab einfach nichts dagegen machen können. Dauernd hab ich sie auf dem Handy angerufen und wollt wissen, wo sie ist, was sie grad so macht. Das hat sie natürlich genervt, ich versteh's ja. Und dann hat sie das Handy einfach ausgelassen an den Abenden, wenn sie unterwegs war. Und dann haben wir gestritten. Sie war ja weiß Gott nicht aufs Maul gefallen, die Anita.« Unendlich müde senkte er den Blick. »Den Rest können Sie sich denken.«

»Sie hat sie hinausgeworfen.«

»Drum bin ich dann wieder zu den Nutten, verstehen Sie? Danach ist für ein paar Stunden keine Anita mehr in meinem Kopf gewesen. Danach ist für ein paar Stunden Ruhe gewesen.«

Für eine Weile war es still. Der Regen schien schwächer zu werden.

»Wo ist es passiert?«, fragte Kettenbach leise.

»Sie hatte eine kleine Wohnung in einem Hochhaus in Heddesheim. Das ist nicht weit von hier.«

Überrascht sah er mich an. »Und was hat sie da gewollt?«

»Sie hat sich anscheinend vor jemandem versteckt.«

»Vor wem?«

»Das wüsste ich auch gerne, das können Sie mir glauben.«

»Hat sie Männer gehabt?«

»Nein«, log ich. »Mir ist nichts Derartiges bekannt. In den letzten zweiundsiebzig Stunden vor ihrem Tod hatte sie nachweislich keinen Geschlechtsverkehr.« Das, immerhin, war die Wahrheit.

Kettenbach schien dem Klang meiner Stimme noch ein wenig nachzulauschen.

»Wissen Sie«, sagte er dann, »früher hab ich das ganze Zeug mit Liebe und so für Blödsinn gehalten. Eine Erfindung von Weibern, die zu viel Filme gucken. Erst seit ich Anita kenne … gekannt hab, weiß ich, wieso es so viele Songs zu dem Thema gibt und Gedichte und Bücher und alles. Das Komische ist, man denkt immer, es ist der Sex. Aber es ist was ganz anderes. Der Sex ist nur so eine Art Zeichen. Ein Zeichen dafür, dass das andere stimmt, hat die Anita gemeint. Verstehen Sie, was ich meine?«

»Ja«, sagte ich und musste mich räuspern. »Ich verstehe Sie sehr gut.«

»Wissen Sie, was Anita mal zu mir gesagt hat? Wenn man gut zusammen fickt, so, dass nichts mehr zwischen einen passt, nicht mal ein Gedanke, und dabei die ganze Welt vergisst, den ganzen Scheiß da draußen, dann muss man sich um den Rest keinen Kopf machen. Dann liebt man sich.«

Mir wurde mit jeder Minute kälter. Auch Kettenbach schien endlich zu merken, dass er am ganzen Körper zitterte.

»Wie haben Sie mich eigentlich erkannt?«, fragte ich.

»Im Internet sind Fotos von Ihnen. Aus Zeitungen. Und da hab ich einfach vor Ihrem Polizeihaus gewartet, bis Sie rausgekommen sind.«

»Und sind mir bis hierher gefolgt.«

Er nickte schuldbewusst.

»Und mir ist nichts aufgefallen.«

Ich erhob mich. Ich hatte keine Lust, mir heute Abend die Erkältung einzufangen, von der ich bisher verschont geblieben war. Auch Kettenbach mühte sich auf die Beine.

»Ich hab's kaputt gemacht, verstehen Sie?«, murmelte er, als er mir die zitternde Hand reichte. »Die Anita ist das Tollste gewesen, was mir im Leben passiert ist. Und ich dumme Sau hab's verbockt, können Sie sich das vorstellen?«

Was sollte ich darauf antworten?

Plötzlich zuckte Blaulicht, ein Motor heulte, mit quietschenden Reifen bremste ein Streifenwagen neben uns. Zwei Uniformierte sprangen heraus, griffen nach den Waffen, erkannten mich.

»Sie, Herr Kriminaloberrat?« Es waren der Picklige und der Dicke, die vor knapp zwei Wochen als Erste am Tatort in Heddesheim gewesen waren. »Es hat wer angerufen wegen einer Schlägerei.«

»Der Mann ist festgenommen.« Ich deutete auf Kettenbach, der mit hängenden Armen und gesenktem Blick neben mir stand. »Die Formalitäten erledigen wir morgen früh.«

16

»Das ist aber eine Überraschung!«

Die unerwartete rothaarige Besucherin saß auf dem Stuhl neben Sönnchens Schreibtisch und war bereits mit einem Becher Tee versorgt. Susanne Heinemann war sichtlich immer noch erkältet. Sie folgte mir in mein Büro, fand auf dem Schreibtisch einen Platz für ihren dampfenden Becher und nahm so umständlich Platz, als wollte sie den Beginn unseres Gesprächs im letzten Moment noch ein wenig hinauszögern. Heute trug sie einen flauschigen flaschengrünen Pullover zu einer schwarzen Jeans und für das Wetter eindeutig die falschen Schuhe. Ihre Pumps waren schon vom kurzen Weg über den Parkplatz völlig durchnässt. Es war Freitagmorgen, kurz vor neun.

»Danke, dass Sie mich so ohne Anmeldung empfangen«, sagte sie heiser und mit unsicherem Lächeln.

»Ich nehme an, Sie haben die Fahrt nicht auf sich genommen, nur um ein wenig mit mir zu plaudern.«

Sie nickte nachdenklich, zückte ein Papiertaschentuch, tupfte sich die Nase. Dann verstaute sie es wieder in ihrer rehbraunen Handtasche. Klappte diese zu. Betrachtete sie noch für zwei Sekunden. Dann sah sie auf.

»Ich hätte es Ihnen vielleicht gleich sagen sollen. Wie Sie am Telefon sagten, Anita hätte so viel Bargeld gehabt, von dem man nicht weiß, wo es herkommt…« Sie schlug die Augen nieder.

»Da ist Ihnen etwas eingefallen.«

»Ehrlich gesagt, ich habe mich sehr gewundert, wie Anita das letzten April so locker weggesteckt hat. Auf einmal hieß es, sie hat gekündigt, von jetzt auf gleich, und vorher nie ein Wort. Natürlich hat das bei der IFS keinen Spaß mehr gemacht. Mit Konradin und den verrückten Amerikanern, die den Druck immer weiter hochschraubten. Aber trotzdem – man schmeißt doch nicht einfach so die Klamotten hin. Zweimal nicht, wenn man nicht mal was Neues in Aussicht hat, in den heutigen Zeiten! So dicke hatte sie es ja nun auch nicht.«

»Frau Bialas war also guter Dinge, nachdem sie gekündigt hatte?«

»Ich habe sie ausgeschimpft. Richtig geschimpft habe ich mit ihr. ›Woher willst du denn wissen, dass du gleich wieder was findest?‹, habe ich sie gefragt, das ist doch in unserem Alter nicht mehr so leicht. Aber sie hat nur gelacht und mich stehen lassen. Später hat sie mal eine Bemerkung gemacht, und mir ist erst gestern klar geworden, dass das etwas zu bedeuten haben könnte: ›Ich bin erst mal für ein Weilchen versorgt, hat sie gesagt, mach dir um mich mal keinen Kopf.‹«

»Und jetzt haben Sie einen Verdacht, woher diese Zuversicht kam?«

Susanne Heinemann betrachtete missmutig die Griffe ihrer schmalen Handtasche.

»Ich dachte natürlich, sie redet von ihrer Abfindung. Aber dreißigtausend – ich meine, wie lange kann man davon leben, frage ich Sie?«

»Wir vermuten, dass sie jemanden erpresst hat.«

»Und ich vermute, ich kann Ihnen sagen, wen.« Mit einem Ruck sah sie auf. »Ich glaube, es ist Konradin«, sagte sie so eilig, als wollte sie ihren eigenen Zweifeln zuvorkommen. »Sie haben recht, Anita hat ihn erpresst.«

»Womit?«

»Wir waren beide seit Jahren überzeugt, dass er krumme Dinger dreht. Martin, ich meine, Degenhardt, muss es gewusst haben und hat ihn gedeckt. Wahrscheinlich hat er auch was von der Beute abgekriegt, damit er den Mund hält. Natürlich sollten wir anderen nichts davon wissen. Aber wir waren ja auch nicht von gestern. Man wusste ungefähr, was Konradin verdient. Natürlich kam noch einiges dazu an Prämien und Boni. Aber trotzdem, ich bitte Sie: dieses teure Auto, auf einmal nur noch Armani-Anzüge, und ein Jahr später schon das teure Penthouse. War doch klar, dass das nicht mit rechten Dingen zuging.«

»Und woher kam sein vieles Geld, Ihrer Meinung nach?«

»Schmiergelder. Konradin und Martin haben hauptsächlich die großen Sachen gemacht, die Millionenkredite für Firmen. Für Firmen, die nicht immer so gut dastanden, wie es in Konradins Exposé aussah.«

»Damit ich es als Laie richtig verstehe: Herr Fabricius hat halb bankrotten Firmen Kredite verschafft und dafür Provision kassiert?«

»Genau so, ja. Üblich sind in solchen Fällen fünf bis zehn Prozent, habe ich mir sagen lassen. Hätte ihn natürlich sofort seinen Job gekostet, wenn das rausgekommen wäre, weil er gegen den Verhaltenskodex jeder Bank der Welt verstoßen hat.«

»Wie lange lief das schon?«

Sie zog eine gequälte Grimasse und schniefte. »Paar Jahre. Irgendwann hatte Konradin auf einmal diese teure Uhr am

Handgelenk. Anfangs hat man sich natürlich nichts weiter gedacht dabei.«

»Haben Sie mit Frau Bialas darüber gesprochen?«

»Wir haben über alles gesprochen. Und dann, letztes Jahr, Anfang März, muss es mächtig Zank gegeben haben. Damals war ich schon nicht mehr dabei. Ich hatte Anita schon länger zugeredet, sie soll sich endlich was anderes suchen. Und Anfang März hatte ich sie endlich so weit. Sie wollte kündigen. Ich hatte sogar schon im Internet nach Alternativen für sie geguckt. Das Angebot war nicht mehr so doll, man hat die Krise damals schon gespürt. Aber es hätte ja auch nicht unbedingt eine Bank sein müssen. In der Zeit ist Anita ungewohnt schweigsam gewesen, ist mir aufgefallen. Man hat gemerkt, wie ihr der Druck zu schaffen machte. Und dann kommt das Mädel eines Abends fröhlich nach Hause und erzählt mir, sie hätte hingeschmissen, Knall auf Fall. Sie hatte ein Personalgespräch gehabt, und Konradin wollte wieder mal ihre Zielzahlen erhöhen. Dabei waren die Monate davor schon nicht mehr so prächtig gelaufen. Und dann muss das eine Wort das andere ergeben haben. Er hat ihr mit der Kündigung gedroht, hat sie mir erzählt. Den Rest nicht, aber ich habe es mir zusammengereimt: Ich denke, sie hat einfach den Spieß umgedreht. Hat gesagt, wenn er sie feuert, dann packt sie aus. Am Ende haben sie sich wohl geeinigt. Sie hat selbst gekündigt, er hat dafür gesorgt, dass sie eine Abfindung kriegt, und aus seiner Privatkasse noch was draufgelegt. Das wird ihn mächtig gefuchst haben, aber was hatte er für eine Wahl? Hätte Anita ihre Drohung wahrgemacht, dann wäre er nicht nur am nächsten Tag seinen Job los gewesen, er hätte auch nirgendwo auf der Welt wieder einen gefunden. Die Banken haben untereinander Verbindungen. Es gibt schwarze Listen. Das ist natürlich nicht legal, aber man weiß, dass es die gibt.«

Susanne Heinemann fummelte ihr Taschentuch hervor, um sich zum hundertsten Mal die Nase abzutupfen. Ihr Handy summte in der Handtasche. Sie ließ es summen.

»Dann war erst mal alles gut. Von dem Geld – es waren dann ja wohl summa summarum fast hundertdreißigtausend, wenn ich Sie richtig verstanden habe – hätte Anita ein paar Jährchen leben können. Nicht in Saus und Braus, aber schon. An laufenden Ausgaben hatte sie nicht viel. Aber dann ist dummerweise die IFS zusammengebrochen, und auf einmal hatte Fabricius nichts mehr zu verlieren. Und außerdem hat er jetzt mehr denn je Bares gebraucht. Das meiste von seinen schönen Sachen war natürlich auf Pump gekauft. Vor der Krise hat ja die halbe Welt auf Pump gelebt. Es wurde ja alles immer nur besser und besser.«

»Und da hat er sein Geld zurückgefordert«, überlegte ich laut. »Da die IFS nicht mehr existierte, hatte er von dieser Seite nichts mehr zu befürchten.«

»Wo kein Kläger mehr ist, ist bekanntlich auch kein Richter.«

»Dann wäre es Fabricius, vor dem sie sich versteckt hat, und nicht Kettenbach?«

Deprimiert sah sie mich an. »Ich hatte Ihnen doch erzählt, dass sie Besuch hatte, am Abend, bevor sie sich abgesetzt hat. Inzwischen bin ich mir nicht mehr sicher, ob das wirklich Armin war, der oben rumgebrüllt hat.«

»Auf irgendeinem Weg gelingt es Fabricius, sie in Heddesheim aufzustöbern«, spann ich den Faden weiter. »Es gibt Streit, er ersticht sie, findet aber sein Geld nicht …«

Nein, das passte nun gar nicht. Hätte Fabricius nach dem Geld gesucht, dann hätte Reuschlin ihn gesehen, der ja zum Zeitpunkt des Mordes in Anita Bialas' Bett lag und von Geräuschen im Flur aufgewacht war. Hatte Fabricius vielleicht bemerkt, dass sein Opfer nicht allein war, und das Weite gesucht?

Und wie passte John Karenke ins Spiel, der tote Juwelier?

»Und da wäre noch was«, fuhr Susanne Heinemann zaghaft fort. »Ist mir leider auch erst gestern wieder eingefallen. Die Sache mit dem Päckchen.«

»Welches Päckchen?«

»Ich hatte es völlig vergessen, tut mir leid. Erst hatte ja diese merkwürdige Person angerufen.«

»Die wissen wollte, wo Frau Bialas sich aufhält.«

»Richtig. Und ein paar Wochen später ruft ein Mann an. Es war am Mittwochabend zwischen Weihnachten und Neujahr, ich weiß es noch genau. Er hätte ein Päckchen für Anita abzugeben, ein verspätetes Weihnachtsgeschenk, und ob er das bei mir abliefern dürfte, da sie ja anscheinend verreist ist. Ich habe mir nichts dabei gedacht und hatte sowieso vor, in den nächsten Tagen mal wieder nach Heddesheim zu fahren und Anita zu besuchen.«

»Was war in dem Päckchen?«

»Das war ja das Merkwürdige: Es gab gar kein Päckchen. Wie ich sagte, er kann es gerne vorbeibringen, und ich gebe es ihr dann, da hat er sich höflich bedankt und aufgelegt. Es ist aber nie ein Päckchen gekommen.«

»Haben Sie dem Anrufer gesagt, dass Sie vorhatten, nach Heddesheim zu fahren?«

»Heddesheim nicht. Aber dass ich Anita sehen werde, das habe ich ihm dummerweise verraten, ja.«

»Wären Sie imstande, die Stimme des Mannes zu beschreiben?«

»Nicht zu hell, aber auch nicht gerade ein Bass. Kultiviert. Und ausgesucht höflich war er, wirklich. Der hatte Bildung, das hat man gemerkt.«

»Und ist Ihnen vermutlich nach Heddesheim gefolgt.«

»Mir wird angst und bange bei dem Gedanken! Ein Mörder fährt eine Stunde lang hinter mir her, und ich Dussel merke nicht mal was davon!«

»Ein Mörder, der seit eben möglicherweise einen Namen hat.«

»Fabricius? Sie denken wirklich, er war es?«

»Könnte es seine Stimme gewesen sein?«

»Nein.« Sie schüttelte entschieden den Kopf. »Die hätte ich erkannt.«

»Er könnte jemanden gebeten haben, für ihn anzurufen. Getötet hat er Frau Bialas vermutlich nicht mit Vorsatz, sondern im Affekt, im Streit. Sie hat sich ihm in den Weg gestellt, er hat die Nerven verloren ...«

Und dann hatte er bemerkt, dass Anita Bialas nicht allein in der Wohnung war, und war Hals über Kopf geflohen? Nein. Das klang alles viel zu konstruiert. Andererseits, Verbrecher tun ja oft die verrücktesten Dinge, reagieren immer wieder irrational, widersinnig, selbst wenn alles läuft wie geplant.

Und Karenke?, nörgelte die Stimme in mir. Wie zur Hölle passte John Karenke in die immer verworrener statt klarer werdende Geschichte?

Balke hustete einige Male, dann ergriff er ein Papier. »Ich habe ein wenig rumtelefoniert, wegen diesem Bankmenschen.« Er räusperte sich noch einmal, aber es half nichts, er blieb heiser. »War nicht weiter schwierig, zum Glück gibt's ja neidische Nachbarinnen. Das Penthouse hat eine knappe dreiviertel Million gekostet, der Lamborghini schätzungsweise hundertfünfzigtausend. Urlaub hat Fabricius in den letzten drei Jahren nur noch in der Südsee gemacht. Dazu alle paar Wochen eine neue Freundin, eine hübscher als die andere …« Balke ließ das Blatt sinken und sah mir mit matten Augen ins Gesicht. »Um es kurz zu machen: Unser Freund hat schätzungsweise zehnmal so viel Geld ausgegeben, wie er verdient haben kann.«

»Aber Karenke?«, fragte ich in die Runde. »Hat jemand irgendeine Idee, wie das alles zusammenpassen soll?«

Nein, niemand hatte eine Idee.

Draußen regnete es immer noch.

Gestern Abend hatten die Zwillinge sich dreimal zerstritten und zweimal wieder versöhnt. Mit den neuen, breiten Betten waren sie nicht glücklich. Sie fühlten sich einsam darin und gaben sich gegenseitig die Schuld daran.

Theresa fehlte mir, heute war Freitag, und wieder würde ich sie nicht sehen. Meine SMS beantwortete sie nicht, meinen Mails ging es nicht anders, und wie es um die Gesundheit ihres Mannes stand, wusste niemand in der ganzen verfluchten Polizeidirektion, deren oberster Chef er immerhin war.

Da es nichts weiter zu besprechen gab, erhoben sich meine Mitarbeiter und gingen an die Arbeit. Ich blieb allein zurück und fühlte mich elend.

Irgendwann fuhr ich mit dem Lift in den Keller, wo sich die Arrestzellen befanden. Ein uniformierter Kollege schloss mir auf.

»Gut geschlafen?«, fragte ich Armin Kettenbach.

»Wie ein Brett«, seufzte er und rieb sich das Gesicht. »Über zwölf Stunden. War wohl nötig.«

»Sie haben ganz schön Mist gebaut, gestern Abend.«

»Dafür haben Sie mich auch ganz schön verdroschen.«

»Ich lasse Sie jetzt laufen, wenn Sie mir versprechen, umgehend nach Genf zu fahren und lange nicht mehr nach Deutschland zu kommen.«

Er nickte nur und schien sich nicht einmal über die gute Nachricht zu freuen. Dann sah er auf. »Jetzt gleich? Heißt das, ich kann jetzt gehen?«

»Ja. Ich lasse Sie zu Ihrem Wagen bringen.«

»Danke.« Er schüttelte den Kopf, rieb sich die Augen. »Danke schön. Ich ... Entschuldigung. Ich bin noch ganz wirr im Kopf.«

»Und wenn ich Ihnen einen Rat mit auf den Weg geben darf: Lassen Sie das mit den Prostituierten. Es tut Ihnen nicht gut.«

Nachdenklich sah er zu Boden. »Ja«, sagte er schließlich. »Ich werd's versuchen.«

Der trübe Nachmittag zog sich hin. Der Regen wollte nicht enden. Theresa ließ nichts von sich hören. Ich blieb länger im Büro, denn die Woche über war wieder viel unerledigt liegen geblieben, und außerdem hatte ich keine Lust auf das Gezänk und Genörgel meiner Töchter. Um kurz nach sieben, mein Schreibtisch sah inzwischen schon recht ordentlich aus, summte mein Telefon. Sönnchen hatte die Leitung längst auf meinen Apparat umgestellt und war nach Hause gegangen. Am anderen Ende meldete sich eine erschöpfte Frauenstimme.

»LKA Stuttgart, DNA-Analytik, Annika Krüger. Schön, dass ich bei euch noch wen erreiche. Auf allen anderen Nummern auf meinem Zettel ist anscheinend schon Feierabend. Erst ist es ja immer furchtbar dringend, und wenn man dann mit den Ergebnissen kommt, dann ist keiner mehr da, der sich dafür interessiert.«

»Ich bin hier und interessiere mich brennend für Ihre Ergebnisse.«

»Lassen Sie den Schmus«, murmelte sie. »Sehen wir zu, dass wir fertig werden und heimgehen können.«

»Was haben Sie denn Schönes entdeckt?«, fragte ich mit der

Freundlichkeit eines Menschen, der in Kürze guten Gewissens sein Büro abschließen wird.

»Schön ist was anderes, weiß Gott. Wissen Sie, dass das jetzt schon meine vierundzwanzigste Überstunde in diesem Jahr ist? Und dabei ist der Januar noch nicht mal rum!«

»Das tut mir leid.«

»Mir auch.« Ich hörte Papier rascheln. »Es geht um Aktenzeichen KF1743, Stichwort: Karenke. Sind Sie in der Sache drin?«

»Im Wesentlichen, ja.«

»Eure Leute haben insgesamt achtzehn Wischproben genommen und uns zur Analyse geschickt. Erst hab ich gedacht, ihr spinnt, wieso denn achtzehn Proben bei so einem glasklaren Fall, aber jetzt ...« Sie gähnte laut und lange. »Die erste Probe, Spur sechs, das ist die Referenzprobe vom Opfer.«

Ich nahm den Hörer ans andere Ohr.

»Dann habe ich drei weitere Proben, Nummer drei, fünf und elf, die sind auch vom Opfer. Das muss da ja ausgesehen haben, mein Gott!«

Ich unterdrückte ein Gähnen.

»Interessant wird's bei Spur zwölf. War da ein Tier am Tatort?«

»Ein Hund.«

»Hab ich mir gedacht. Der ist anscheinend auch verletzt worden.«

»Wir haben ihn leider erschießen müssen.«

»Und dann ist er noch kreuz und quer im Raum rumgelaufen?«

»Heißt das, Sie haben sein Blut an mehreren Stellen nachgewiesen?«

Hatte der Hund etwa doch versucht, seinen Herrn zu verteidigen und war vom Täter verletzt worden?

»Und jetzt passen Sie auf«, fuhr die müde Frau in Stuttgart fort, »jetzt wird's interessant. Spur fünfzehn und siebzehn. Falls Sie gerade den Plan vor sich liegen haben ...«

»Nein.«

»Also, das ist mehr zur Tür hin, und da ist noch eine dritte DNA. Sieht ganz so aus ...«

»Als ob der Täter verletzt wäre?« Jetzt saß ich senkrecht in meinem Stuhl.

»Und zwar nicht zu knapp, wenn ich mir die Fotos angucke. Da kriegt man ja das Grausen, mein Gott! Ich denke, der Hund wird ihn gebissen haben. So, jetzt wissen Sie's. Und wissen Sie auch, was ich jetzt als Nächstes mache?«

»Feierabend?«

»Sie sagen es.«

Täter-DNA, der Jackpot des Mordermittlers. Plötzlich war ich guter Laune.

Ich wählte Balkes Privatnummer, um ihm die sensationelle Neuigkeit mitzuteilen.

Er nahm nach dem ersten Tuten ab.

Während des Telefonats meinte ich, im Hintergrund eine Stimme zu hören. Eine Frauenstimme. War er etwa seit Neuestem nicht mehr solo?

17

Um das Betriebsklima zu verbessern, hat die Menschheit den Betriebsausflug erfunden. Warum sollte nicht ein Familienausflug die Stimmung innerhalb einer Familie heben?

»Mädels, mir ist aufgefallen, dass wir seit Ewigkeiten nichts mehr zusammen unternommen haben«, eröffnete ich meinen Töchtern beim samstäglichen Frühstück.

»Unternommen?«, fragte Sarah verschlafen. Es war kurz nach elf, und draußen herrschte dasselbe grau-trübe Wetter wie schon seit Tagen. »Wir müssen aber nicht in den Zoo oder so was?«

»Äh…«, sagte Louise verwirrt. »Meinst du heute?«

»Kein Zoo. Dafür seid ihr ja nun langsam zu alt.«

»An was hast du denn so gedacht?«

»Was haltet ihr von einem Trip nach Frankfurt?«

»Frankfurt? Was sollen wir denn da?«

»Frankfurt ist eine richtig große Stadt. Es wird euch gefallen.«

»Wie groß?«

Allmählich tauten sie auf. Nein, Sarah taute auf. Louise blieb misstrauisch.

»Ich wollt aber eigentlich …« Hilfe suchend sah sie ihre Schwester an. Aber die war schon fast überredet.

»Ungefähr fünfmal so groß wie Heidelberg«, sagte ich. »Da gibt's zum Beispiel einen wunderschönen gotischen Dom. Und die Paulskirche, in der hat das erste Deutsche Parlament getagt, wie ihr natürlich wisst. Und außerdem gibt's jede Menge weltberühmte Kunstmuseen.«

»Na, super!« Sarah machte sich wieder an ihren Nutella-Toast. »Und wann werden wir ungefähr zurück sein?«

»Spät. Das Programm geht nämlich noch weiter.«

»Etwa noch mehr Kirchen und Museen?«, ächzte sie augenrollend.

»Aber …«, sagte Louise lahm. »Eigentlich wollte ich nämlich …«

»Außerdem gibt's in Frankfurt ein Mega-Einkaufszentrum mit ungefähr tausend tollen Geschäften. Vielleicht habt ihr mehr Lust auf Shoppen als auf alte Kirchen?«

»Wir sind aber total pleite!« Louises Blicke wurden immer verzweifelter.

»Jede von euch kriegt von mir zur Feier des Tages hundert Euro.«

»Haben wir im Lotto gewonnen?«, wollte Sarah wissen. »Oder bist du schon wieder befördert worden?«

Eine halbe Stunde später waren wir auf der Autobahn. Die Zwillinge hatten auf mein Bitten hin Jeans ohne Löcher angezogen. Heute waren ihre Fingernägel babyblau ohne Flitter, dafür jedoch mit irgendwelchen winzigen Abziehbildchen, für deren Applikation sie am Morgen über eine Stunde gebraucht hatten. Das Tattoo an Louises Hals war verschwunden.

Sarah saß vorne und redete viel und aufgekratzt. Louise saß hinten und tippte eine ewig lange SMS.

»Und wenn schon?«, fragte Konradin Fabricius streitlustig. »Und wenn ich tatsächlich Schmiergeld genommen hätte? Wen interessiert das jetzt noch?«

Die Fahrt nach Frankfurt hatte ich nicht ganz ohne Hintergedanken vorgeschlagen. Erst hatte ich überlegt, Fabricius vorzuladen. Aber dann hatte ich beschlossen, ihn mit meinen Fragen zu überfallen. Fabricius war zu intelligent, um sich auf ein Gespräch nicht gründlich vorzubereiten, jede mögliche Frage abzuwägen und sich die passenden Antworten zurechtzulegen. Nun stand er unausgeschlafen vor mir und war von meinem Besuch völlig überrascht. Und er war absolut nicht erfreut, was ebenfalls zu meinem Plan gehörte.

»Wollen Sie mich nicht hereinlassen?«, fragte ich liebenswürdig. »Oder legen Sie Wert darauf, dass das halbe Haus mithört?«

Widerstrebend gab er die altersschwache Tür frei. Sein mondänes Fünf-Zimmer-Penthouse am Hang hatte der Jungbanker gegen eine triste Zweizimmer-Erdgeschosswohnung an der Ginnheimer Landstraße in Frankfurt-Bockenheim getauscht. Die Wohnung war hoffnungslos übermöbliert mit edlen Designerstücken, was die Trostlosigkeit des Drumherums nur betonte.

Meine Töchter stellten inzwischen das MyZeil mit all seinen Boutiquen und Schuhgeschäften auf den Kopf und waren wild entschlossen, ihren unerwarteten Reichtum in Rekordzeit wieder loszuwerden.

»Sie haben selbstverständlich recht«, sagte ich ruhig, als wir in Fabricius' engem Wohnzimmer saßen, dessen einziges Fenster zur lauten Straße ging. »Die Schmiergelder, die Sie und Degenhardt kassiert haben, ist allein eine Sache zwischen Ihnen und Ihrem Arbeitgeber, den es nicht mehr gibt. Strafrechtlich dürfte da nichts zu holen sein.«

»Sie sagen es.« Der ehemalige Bankangestellte grinste mir offen ins Gesicht. Er trug einen edlen, weinroten Bademantel über einem dunkelblauen Pyjama. Die solariumgebräunten Füße waren nackt. Er hatte kräftige, breite Zehen. »Sie haben die weite Reise leider ganz umsonst gemacht, Herr Kommissar.«

»Kriminaloberrat, wenn es schon so förmlich sein muss. Es ist also richtig, dass Anita Bialas Sie erpresst hat?«

Er hielt meinem Blick stand. Inzwischen war er wach und hatte sich von seiner Überraschung erholt. »Ja, hat sie, die Schlampe.«

»Es ging um hunderttausend Euro?«

Er nickte, ohne mich aus den Augen zu lassen.

»Und die hatten Sie einfach so auf dem Konto?«

»Ist das seit Neuestem strafbar?«

»Natürlich nicht. Wann war das?«

»Letztes Jahr. Im März. Sie hat abends gewartet, bis die anderen weg waren. Dann kommt sie in mein Büro gelatscht, und mir war sofort klar, die führt was im Schilde.«

»Wie genau ging der Deal?«

»Sie hat ganz harmlos angefangen. Sie hätte was läuten hören von einer Abfindung, wenn man freiwillig kündigt. Die hat's auch wirklich gegeben, aber die Höhe war natürlich abhängig von der Dauer der Betriebszugehörigkeit, dem bisherigen Einkommen, den Umsätzen in den letzten zwei Jahren. Die Amerikaner hatten sich eine wunderbar komplizierte Formel einfallen lassen.«

»Und Frau Bialas wollte natürlich möglichst viel.«

»Wollte sie, logisch. Ich habe ihr vorgerechnet, dass sie mit maximal fünfzehntausend rechnen kann, bei ihrer Position, eher zehn. Das war ihr zu wenig. Sie hat ein bisschen bedröppelt geguckt, und dann ist sie allmählich zur Sache gekommen. Hat durchblicken lassen, dass sie was weiß.«

»Hatte sie denn Beweise?«

»Woher denn? Aber schon das Gerücht hätte gereicht, die Amis hellhörig zu machen. Die haben ja nicht viele Skrupel, was Mitarbeiterführung angeht. Sie dürfen Ihre Leute als Sklaven halten, Sie dürfen sie dreimal die Woche auspeitschen. Nur zwei Dinge dürfen Sie nicht: einer Frau im Büro an den Hintern fassen und Schmiergeld nehmen.«

»Wie ging es weiter?«

»Sie hat mich Stück für Stück hochgehandelt. Immer nett gelächelt dabei, das Flittchen, immer freundlich und harmlos und immer mit der Drohung im Hintergrund, dass ich erledigt bin, wenn ich mich nicht auf ihren Deal einlasse. Dann, als ihre Abfindung bei dreißigtausend stand, war sie anscheinend zufrieden. Damit sie die gekriegt hat, musste ich schon lügen, was das Zeug hielt. Aber was sollte ich machen ...«

Fabricius legte das schmale Gesicht in die gepflegten Hände und atmete zweimal tief durch. Dann sprang er plötzlich auf.

»Kaffee?«

»Falls Sie haben, Cappuccino bitte.«

Fünf Minuten später standen die Tassen auf dem Tisch. Er selbst schlürfte an einem überdimensionalen Latte Macchiato.

»Und wie ich denke, jetzt bin ich sie endlich los«, fuhr er fort, »die blöde Trutsche, da legt die überhaupt erst richtig los! Sie ist schon fast in der Tür, da dreht sie sich noch mal um. Nie im Leben hätte ich gedacht, dass die so ausgekocht ist, die ach so nette und harmlose Anita.«

Fabricius blies sich in die Hände, als wäre ihm kalt. Das rechte Knie wippte wieder auf höchster Frequenz.

»Dreißigtausend seien eigentlich doch ein bisschen wenig, meint sie auf einmal. Was das heißt, habe ich sie gefragt. Dass andere viel, viel mehr abzocken, und sie findet, das sei doch eine Riesenungerechtigkeit. Und dann ist sie endlich damit rausgekommen: hunderttausend. Ich hab gedacht, ich fall vom Dach. Ich habe ihr gesagt, sie spinnt und soll Leine ziehen. Sie gibt mir drei Tage, hat sie ganz cool geantwortet, und sie ruft mich an.«

»Und dann haben Sie bezahlt.«

»Was sollte ich machen?«, fragte er aufgebracht. »Die hätte mich wirklich fertiggemacht! Die hat nicht die leisesten Skrupel gehabt, diese elende Nutte. Hat sich wohl eingebildet, sie sei endlich mal auf der Gewinnerseite. Das hat sie übrigens fast wörtlich gesagt: sie will mal auf der Seite stehen, wo die großen Scheine gewechselt werden und nicht immer nur Kleingeld.«

»Wie lief das mit der Geldübergabe?«

»Öffentlich, das war ihr wichtig. Diese Anita war wirklich tausendmal gerissener, als ich je gedacht hätte.«

»Dann hat sie Sie ja am Ende doch noch überrascht.«

»Was?« Fabricius sah mich verwirrt an und lachte dann eine Spur zu laut. »Da haben Sie recht, weiß Gott. Die Geldübergabe lief wie in einem schlechten Film: Wir haben uns auf dem Marktplatz getroffen, an der Straßenbahnhaltestelle, nachmittags um fünf, mitten im dicksten Trubel. Wahrscheinlich hat sie Angst gehabt, ich dreh ihr den Hals um, wenn wir allein sind.

Was vielleicht in dem Moment gar nicht so abwegig war. Sie ist aus der Bahn gestiegen, ich habe ihr die Tasche gegeben, sie ist wieder eingestiegen, und weg war sie. Und meine hunderttausend.«

»Sie müssen eine ziemliche Wut auf sie gehabt haben.«

»Die habe ich noch immer!«

»Haben Sie damals schon daran gedacht, sich zu rächen?«

Fabricius war wirklich alles andere als dumm. »Was soll das jetzt heißen?«, fragte er mit hellwachem Blick. »Was heißt das: damals schon?«

»Sie mussten damit rechnen, dass sie sich früher oder später wieder melden und noch mehr verlangen würde.«

»Natürlich habe ich damit gerechnet. Aber was sollte ich machen? Sagen Sie mir, was sollte ich machen?«

»Hat sie sich wieder gemeldet?«

»Zum Glück nicht. Sonst hätte ich vielleicht wirklich noch ...« Plötzlich völlig ruhig, sah er mir ins Gesicht. »Aber trotz allem: Ich habe sie nicht umgebracht. Okay, es gab Momente, da habe ich tatsächlich daran gedacht. Ich habe einen Riesenhass auf sie geschoben. Aber ich habe sie nicht angerührt. Ist nicht mein Stil, sorry. Sie müssen sich leider einen anderen suchen.«

Vor dem Fenster brummte ein Bus vorbei. Meine Tasse schepperte leise auf dem Tisch und erinnerte mich daran, dass sie noch nicht leer war.

»Sagt Ihnen der Name Karenke etwas? John Karenke?«

»Wer soll das sein?«, fragte Fabricius verwirrt.

»Ein alter Juwelier in Heidelberg.«

»Und wieso sollte ich den kennen?«

Seine Ratlosigkeit war echt, kein Zweifel.

»War nur so eine Frage. Ein paar Monate nach der Geldübergabe ging die IFS pleite, und Sie waren arbeitslos ...«

Fabricius nickte und leerte seinen Latte Macchiato mit einer eckigen Bewegung.

»Da haben Sie gedacht, jetzt, wo es Ihren Arbeitgeber nicht mehr gibt und Sie von der Seite nichts mehr zu befürchten haben, holen Sie sich Ihr Geld zurück.«

»Stimmt doch auch, oder nicht?«, fragte er gallig. »Jetzt konnte sie mir ja nichts mehr, die Schlampe. Außerdem habe ich

Schulden bis Oberkante Unterlippe. Da hatte ich doch kein Geld zu verschenken!«

»Wie lief das ab?«

»Wie ich mein Geld wiederhaben wollte? Erst habe ich's ein paarmal per Telefon versucht. Aber sie hat gleich aufgelegt, als sie gemerkt hat, dass ich dran war. Beim dritten Mal hat sie dann schon nicht mehr abgenommen.«

»Da haben Sie sie besucht und sie bedroht.«

»Woher wissen Sie das?«

»Wann genau war das?«

»Im Oktober. Warten Sie, ja, Mitte Oktober. Den genauen Tag weiß ich nicht mehr.«

»Ich weise Sie darauf hin, dass Sie das Recht haben, einen Anwalt hinzuzuziehen.«

»Brauch ich nicht. Habe selbst ein paar Semester Jura studiert.«

»Wie lief das ab mit Ihrem Besuch?«

»Ich habe vor dem Haus gewartet, wo das Miststück gewohnt hat, bis ich irgendwie hineinkam, ohne zu klingeln. Ging dann ganz easy, keine fünf Minuten, dann kam so ein Yuppie und hat mir sogar noch nett die Tür aufgehalten. Ich bin hoch und habe an die Tür gebollert. Anita ist so perplex gewesen, dass sie mich einfach reingelassen hat.«

Der arbeitslose Banker starrte eine Weile auf seine leicht zitternden Hände. »Ich habe ihr gleich klargemacht, was Sache ist. Dass ich meine Kohle zurück will, und zwar sofort und ohne Abzüge.«

»Wie hat sie reagiert?«

»Ich soll mich verpissen, oder sie fängt an zu schreien.«

»Hat sie geschrien?«

»Ein bisschen«, erwiderte er verlegen. »Ich ja auch, und nicht zu knapp. Es ist dann ziemlich laut geworden. Ich hab sie sogar – aber nur um ihr Angst zu machen – ein bisschen rumgeschubst, am Ende sogar zum Schein geknebelt und auf 'nen Stuhl gefesselt. War ja klar, dass rumlabern bei der nichts bringt. Und mir war auch klar, dass die nicht so behämmert war, das Geld auf ein Konto einzuzahlen. Geldwäschegesetz und so, Sie wissen schon. Also musste sie das Zeug irgendwo versteckt haben. Aber ich wollt ihr wirklich nur Angst machen, sie zum Reden bringen. Ich wollt mein Geld, weiter nichts.«

»Sie haben es aber nicht bekommen.«

»Woher wissen Sie das?«

»Weil wir es inzwischen gefunden haben.«

»Darf man wissen, wo? Ich habe ihre ganze beschissene Wohnung auf den Kopf gestellt. Jede Schublade, jeden Schrank, Bett, Küche, alles. Hunderttausend in Scheinen, das ist ein ziemlicher Packen. Das passt doch nicht unter die Tapete.«

»Im Käfig ihres Papageis.«

Fabricius sah mich eine Weile mit offenem Mund an. »Okay«, murmelte er dann. »Beim Papagei. Okay. Und wieder überrascht.«

»Haben Sie sie geschlagen?«

»Hat sie mich angezeigt?«

»Sie haben sie aber schon ein bisschen in die Mangel genommen?«

»Was soll das jetzt noch, Herr Kriminaloberrat?« Er sah mir müde ins Gesicht. »Ihre einzige Zeugin ist tot, was wollen Sie?«

»Ein wenig geschüttelt, vielleicht? Ein paar zarte Ohrfeigen?«

»Worauf wollen Sie hinaus?«

»Auf die Wahrheit.«

»Glauben Sie, was Sie wollen. Ich habe ihr nichts getan. Und selbst wenn, ich hab nur wenige Menschen gekannt, die eine Tracht Prügel so sehr verdient hätten wie diese Anita mit ihrem verlogenen harmlosen Getue.«

»Sie waren dabei zu erzählen, wie Sie die Wohnung durchsucht haben …«

»Und nichts gefunden habe, Scheiße. Nichts, nichts, nichts. Da hab ich ihr wenigstens alles abgeknöpft, was sie im Portemonnaie hatte, und bin weg.«

»Haben Sie gedroht wiederzukommen?«

»Klar, hab ich. Ich habe ihr klargemacht, dass sie keine ruhige Minute mehr haben wird. Sie soll am nächsten Tag ihre verdammte Abfindung von der Bank holen, als erste Rate sozusagen, und am Abend komme ich wieder und hol mir den Zaster, und dann sehen wir weiter.«

»Und sind Sie am nächsten Abend wirklich wieder hingegangen?«

»Sie war aber nicht da. Ich hab gewartet bis Mitternacht. Dann ist irgendwann 'ne Streife aufgekreuzt, und Ihre werten Kollegen wollten wissen, was ich da treibe. Da hab ich mich verkrümelt und beschlossen ...«

»Was haben Sie beschlossen?«

Eine Weile sah er auf seine Hände, die inzwischen wieder ruhig waren. Selbst das Knie hatte aufgehört zu wippen.

»Lachen Sie jetzt nicht«, sagte er leise. »In diesen Minuten hab ich ehrlich gedacht, ich bring sie um. Wenn sie mir damals über den Weg gelaufen wäre, ich hätte für nichts garantieren können.«

»Der Trick, wie Sie sie später aufgestöbert haben, war wirklich gut.«

»Welcher Trick?« Sofort war Fabricius wieder wachsam.

»Die Sache mit dem verspäteten Weihnachtsgeschenk.«

»Wollen Sie mich verarschen, oder was?«

»Jedenfalls haben Sie Frau Bialas schließlich und endlich doch in Heddesheim aufgestöbert.«

»Hab ich nicht!«

»Und zur Rede gestellt ...«

»Ich weiß ja nicht mal, wo das liegt, dieses Heddesheim!«

»Sie haben sie wieder bedroht, diesmal allerdings mit einem Messer. Dummerweise ist die Situation eskaliert, und nun ja ...«

»Alles Blödsinn, Blödsinn! Ich hab mich noch zwei, drei Wochen lang aufgeregt, ein paar Mal geguckt, ob sie inzwischen wieder zu Hause ist, und dann habe ich meine Kohle abgeschrieben. Ich musste das Penthouse loswerden, der Immobilienmarkt war am Boden, dazu das Auto, das kein Schwein haben wollte. Wer kauft schon mitten in der Megakrise ein Auto für einen sechsstelligen Preis? Ich hatte, Scheiße noch mal, wirklich andere Sorgen!«

18

Die Zwillinge waren restlos aus dem Häuschen. Ihr Geld hatten sie bis auf einige Cent ausgegeben, erzählten sie mir schon am Handy. Unzählige wundervolle Dinge hatten sie gekauft, Tops, Segeltuchschuhe, die, wie ich später feststellte, verblüffende Ähnlichkeit mit Turnschuhen aus der Jugendzeit ihrer Großeltern hatten, derzeit jedoch megamäßig angesagt waren, bunte Armbänder, glitzernde Ohrringe, geringelte Söckchen und, und, und …

Wir verabredeten, uns an der Hauptwache zu treffen und irgendwo essen zu gehen. Inzwischen war zwei Uhr vorbei, mein Magen knurrte.

Das Aufladen meiner Töchter und ihrer Beute war nicht weiter schwierig, das Finden eines Parkplatzes hingegen sehr. Ich kurvte eine Weile durch die verstopfte Frankfurter Innenstadt, immer durfte man genau in die Richtung nicht abbiegen, in die ich wollte, und am Ende landeten wir in Sachsenhausen auf der anderen Mainseite. Wir entdeckten eine nette kleine Pizzeria in einem Fachwerkhaus, vor der gerade ein Parkplatz frei wurde. Soweit ich sehen konnte, schien er sogar legal zu sein.

Die Zwillinge redeten unaufhörlich, immer noch im Shoppingdelirium und völlig ausgehungert. Beim Essen erzählten sie mit leuchtenden Augen von tausend Dingen, die ich sofort wieder vergaß, und endlich waren wir wieder einmal das, was wir in letzter Zeit so selten gewesen waren: eine richtige kleine Familie. Ohne Mutter zwar, aber immerhin. Es tat gut, die beiden so ausgelassen zu sehen.

Später machten wir – ohne dass ich Widerspruch gehört hätte – einen Spaziergang am Main entlang. Zu dritt bestaunten wir die Frankfurter Skyline im Abendlicht. Uns zu Ehren ließ sich sogar die Sonne kurz blicken. Der Main führte Hochwasser, eine schmutzige, braune Brühe wälzte sich dem Rhein entgegen.

»Was ist es denn für eine Überraschung?«, wollte Louise wissen, als wir zum Auto zurückgingen.

»Wird nicht verraten. Sonst ist es keine mehr.«

»Du bist gemein!«

»Finde ich nicht.«

»Und wann geht es los?«

»Um acht.«

»Ist es was mit Musik?«

»Ja.«

Die beiden wechselten große Blicke. »Ich hab Plakate von Sarah Connor gesehen.«

»Nein.«

»Tokio Hotel ist auch auf Tournee, glaub ich. Ist es Tokio Hotel?«

»Auch nicht.«

»Natasha Bedingfield?«

»Ihr werdet es nicht erraten.«

»Was ist es dann, sag endlich!«

»Eine Überraschung.«

Wir erreichten den Parkplatz. Nichts klemmte hinter dem Scheibenwischer. Inzwischen war es halb sieben, die Sonne längst untergegangen. Ich fuhr zurück in Richtung Innenstadt und steuerte die Tiefgarage der Städtischen Bühnen an. Dieses Mal fand ich die richtigen Straßen und Abzweigungen ganz von selbst.

»Was ist das?«, fragte Louise, als sie das hell erleuchtete, moderne Gebäude in der Nähe des nördlichen Mainufers erblickte. »Was ist da drin?«

»Demnächst wir drei.«

»Sag schon, was das ist?«

»Ein Theater.«

»Paps, bitte! Sag endlich, was machen wir?«

»Wir gehen in die Oper.«

»Das ist nicht witzig!« Louise klang inzwischen verzweifelt.

»Was sollen wir denn in einer Oper?«, sekundierte Sarah entsetzt. »Von wem ist die überhaupt? Wahrscheinlich von Mozart oder so.«

»Puccini«, erwiderte ich. »Sie heißt Turandot.«

Eine Viertelstunde vor Beginn drängelten wir uns zu unseren Plätzen in der achten Reihe durch. Zuvor hatten wir im Foyer Sekt getrunken und Häppchen gegessen, wie es sich gehörte. Die Zwillinge waren stocksauer und sprachen nicht mehr mit mir, seit wir den Wagen verlassen hatten. Das Haus war ausverkauft, und die drei Karten hatte ich nur mit viel Glück ergattert, da sie am Freitag zurückgegeben worden waren.

Die Zwillinge witzelten über die unzähligen grau- und weißhaarigen Menschen um uns herum, die mit wichtigen Mienen ihre Programmhefte studierten. Sie versuchten auszurechnen, wie viele Millionen Lebensjahre hier versammelt waren. Anschließend empörten sie sich eine Weile über die Preise, die sie auf den Eintrittskarten entdeckt hatten, und überlegten, was man sich Tolles für das Geld hätte kaufen können. Als das Orchester zu stimmen begann, wollten sie wissen, ob es schon angefangen hatte.

Das Licht erlosch, der schwere Samtvorhang hob sich und gab den Blick frei auf Turandots schwarzes Schloss in der Verbotenen Stadt Pekings, von dessen Zinnen die abgehackten Köpfe ihrer unglücklichen Freier herabstarrten. Turandot, die eiskalte Prinzessin, die die Liebe nicht kannte und sich die Männer mit allen Tricks und Grausamkeiten vom schönen Leib hielt.

Die Zwillinge verdrehten die Augen.

Auftritt des Prinzen Kalaf mit seinem blinden Vater und der treuen Sklavin Liu, die den jungen Prinzen heimlich liebt. Meine Töchter simulierten eine Simultanohnmacht. Natürlich verguckt sich auch Kalaf in die schöne Turandot und will wider jede Vernunft um sie werben. Die Zwillinge schnarchten leise. Liu versucht, Kalaf mit allen Mitteln zurückzuhalten, da sie nicht ohne Grund um sein Leben fürchtet. Als ich während Lius erster Arie zu meinen Töchtern hinübersah, hatten sie die Augen offen und grinsten nicht mehr.

Ende des ersten Akts, Applaus. Sogar die Zwillinge klatschten ein bisschen.

Während der Pause nach dem zweiten Akt, ich spendierte eine zweite Runde Sekt, waren meine Töchter ungewöhnlich wortkarg.

Dritter Akt. Kalaf hat seine drei Rätsel mit Glück gelöst, aber Turandot will ihn dennoch nicht zum Mann. Sie ist wütend, weil ihr Panzer durchbrochen wurde. Turandot lässt Liu gefangen nehmen und verhören, um Kalafs Namen zu erfahren. Sollte die grausame Prinzessin seinen Namen wissen, ehe die Sonne aufgeht, dann will Kalaf nicht auf der Einlösung ihres Eheversprechens bestehen. Liu weigert sich, den Namen ihres Liebsten zu verraten, singt eine Arie, die zum Bewegendsten gehört, was die Menschheit bisher an Musik hervorgebracht hat, entreißt am Ende einem ihrer Peiniger den Dolch und ersticht sich.

Meine Töchter lauschten mit offenen Mündern.

Auch Turandot ist fassungslos darüber, was die Liebe vermag, und schweigt für sehr lange Zeit. Und natürlich kriegen sich Kalaf und Turandot am Ende, und vielleicht werden die beiden glücklich.

Die Zwillinge mussten hin und wieder blinzeln.

»Das war echt mördergeil, Paps«, gestand Sarah während der nächtlichen Rückfahrt in Richtung Süden. »Gehen wir da wieder mal hin?«

»Ich fände es schön, wenn du ›mördergeil‹ aus deinem Wortschatz streichen könntest.«

Louise hatte wieder einmal die iPod-Stöpsel in den Ohren und hörte nichts. Mit für mich immer wieder verblüffender Daumenfertigkeit tippte sie eine SMS in ihr Handy.

Der erste Mensch, den ich am Montagmorgen in der Polizeidirektion traf, war meine Erste Kriminalhauptkommissarin Klara Vangelis.

»Habe ich in Ihrem Urlaubsantrag nicht etwas von vier Wochen gelesen?«, fragte ich, als wir uns die Hand reichten. Heute trug sie einen aparten, auf Taille geschnittenen aschgrauen Hosenanzug. Irgendwann in den ersten Wochen meiner Tätigkeit in Heidelberg hatte sie mir gestanden, sie besuche hin und wieder teure Boutiquen und suche etwas aus, was ihr gefalle und gut stehe. Dann präge sie sich den Schnitt ein, gehe nach Hause und schneidere es nach. An ihrer Hand funkelte der neue, goldene Ehering.

Sie zog eine säuerliche Grimasse. »Ich habe gehört, Sie hatten Stress in den letzten beiden Wochen?«

»Sind Sie deshalb zurückgekommen?«

Ihre Miene wurde noch saurer.

Klara Vangelis war schlank, eher klein, dunkelhaarig und – obwohl in Dossenheim zur Welt gekommen – griechischer Abstammung. Auf den ersten Augenschein wirkte sie oft ein wenig grämlich und schwach. Dennoch war sie ein gefährlicher Gegner, was ich von eigener Anschauung wusste. Ich war froh, sie wieder an Bord zu haben, denn sie war zweifellos die Beste unter meinen Leuten.

Schon eine halbe Stunde später trafen wir erneut zusammen. Vangelis erschien in Begleitung von Sven Balke und Evalina Krauss zur ersten Lagesprechung der Woche.

»Die dritte DNA, die die Spusi am Tatort gefunden hat, ist beim BKA«, berichtete Balke keuchend. »Ich rechne noch heute mit Ergebnissen.«

Seine Augen glänzten ungesund, sein Atem ging rasselnd.

»Vielleicht haben wir ja Glück, und er ist irgendwo jämmerlich verblutet«, meinte Evalina Krauss mit traurigem Lächeln.

Über das Wochenende waren alle Krankenhäuser und Arztpraxen in der Umgebung kontaktiert worden auf der Suche nach einem Mann mit Bisswunden, die von einem großen Hund stammen konnten. Ein Klempnermeister hatte im fraglichen Zeitraum tatsächlich blutend die Notaufnahme des Bensheimer Heilig-Geist-Hospitals aufgesucht. Aber seine Bisswunde am Unterarm stammte nachweislich vom Rottweiler seiner Frau.

Mehr Neues gab es nicht, und so beendete ich die Sitzung schon nach wenigen Minuten, und meine Leute hängten sich wieder einmal an die Telefone.

Nur Vangelis blieb zurück, um mit mir zu besprechen, welche Aufgaben sie übernehmen sollte. Wieder verlor sie kein Wort über ihre Hochzeitsreise. Da ich Balke nicht ohne Not seinen ersten eigenen Fall abnehmen mochte, bat ich sie, sich zunächst ein wenig im Hintergrund zu halten. Meinen Vorschlag, sie solle wieder nach Hause fahren und sich noch ein wenig erholen, quittierte sie mit energischem Kopfschütteln. Es war unverkennbar: sie brannte darauf, wieder arbeiten zu dürfen.

Etwas war plötzlich anders. Es lag etwas in der Luft, jeder spürte es, und alle waren nervös an diesem Tag. Balke informierte mich hin und wieder telefonisch über den Stand der Ermittlungen.

Sogar Sönnchen war merkwürdig aufgedreht an diesem Montag. Wir waren auf der Zielgeraden. Endlich hatten wir Spuren, die diese Bezeichnung verdienten. Längst wussten wir auch, was wir bisher nur vermutet hatten: Der Täter war ein Mann. Seine Blutgruppe war A negativ, und sein genetischer Fingerabdruck wurde derzeit mit den Datenbanken des Bundeskriminalamts abgeglichen. Sollte der Täter jemals zuvor einer schweren Straftat überführt worden sein, dann war es nur noch eine Frage von Stunden, bis wir seinen Namen kannten. Jeder wartete darauf, dass das Telefon klingelte und die Nummer des BKA auf dem Display erschien.

Am späten Nachmittag summte mein Telefon zum hundertsten Mal. Es war jedoch wieder nicht das BKA am anderen Ende, sondern Thomas Petzold aus Karlsruhe.

Vor einer halben Stunde war die dritte Leiche gefunden worden.

Wieder eine Frau, diesmal.

Der Name der Toten war Dr. Yvonne Böttcher-Larue. Sie war siebenundfünfzig Jahre alt, verheiratet und von Beruf Rechtsanwältin. Gegen fünfzehn Uhr dreißig hatte sie laut Aussagen ihres Gatten ihr Haus in Leopoldshafen verlassen, um – wie fast jeden Tag um diese Zeit – als Vorbereitung der kommenden Marathonsaison eine Runde durch die Rheinauen zu laufen. Leopoldshafen war ein Ort im Speckgürtel von Karlsruhe, etwa zehn Kilometer nördlich vom Zentrum. Normalerweise lief das Ehepaar zu zweit, der Mann hatte sich jedoch eine schwere Erkältung eingefangen, und nur deshalb war seine Frau allein losgezogen. Als sie zwei Stunden später nicht zurück und per Handy nicht zu erreichen war, hatte der besorgte Mann sich warm angezogen und war ihr trotz Fieber und Schnupfen entgegengelaufen.

Um siebzehn Uhr zweiundvierzig hatten die Karlsruher Kollegen vom Tod der Rechtsanwältin erfahren.

Die Leiche lag nur einen halben Kilometer von ihrem Zuhause entfernt an einem Zaun neben der üblichen Laufstrecke des Paars, erfuhr ich von Petzold am Telefon. Noch war natürlich nichts sicher, aber nach dem ersten Augenschein war auch sie erstochen worden. Balke organisierte einen Wagen, und wir machten uns wieder einmal auf den Weg in Richtung Süden.

Von Westen her ging ein unruhiger Wind mit scharfen Böen. Es roch nach Moder und Regen. Die Kollegen hatten erst vor wenigen Minuten die mit einem grün-weißen Jogginganzug bekleidete Tote auf den Rücken gedreht. Drei Lichtmasten beleuchteten die Szene. Hinter einem hohen Zaun klapperten Takelagen von Segelbooten im Wind. Nördlich von uns lag ein großer Baggersee, und jenseits des Zauns befand sich ein kleiner Yachthafen. Etwas entfernt brummte ein Stromgenerator, und manchmal wehte der Gestank von Dieselabgasen zu uns herüber. Ein Arzt war eben dabei, die Leiche einer ersten Untersuchung zu unterziehen.

»Erstochen«, bestätigte er schließlich, was alle längst wussten, und richtete sich mühsam auf.

Die Tote war schlank, fast mager. Das kalkweiße Gesicht wirkte selbst jetzt, im Tod, noch energisch. Aus dem Mundwinkel sickerte immer noch Blut. Ich schlang die Arme um meinen Oberkörper und trat von einem Fuß auf den anderen. Dabei war ich erst vor wenigen Minuten aus dem warmen Wagen gestiegen. Petzold hatte uns inzwischen entdeckt und kam auf uns zu.

»Schon irgendwas Konkretes?«, fragte ich.

»Der Mann da drüben«, er deutete auf einen ebenfalls frierenden Rentner, »wohnt gleich am Ortseingang. Und er will einen Wagen gesehen haben, der ungefähr um zehn nach halb fünf vom Rhein her in den Ort reingefahren ist. Ein kleiner Opel, meint er, oder ein Ford. Das Kennzeichen hat er natürlich nicht gesehen, und das Auto ist ihm überhaupt nur aufgefallen, weil es ohne Licht unterwegs war. Erst hundert Meter weiter habe der Fahrer dann das Licht eingeschaltet.«

»Besser als nichts«, sagte ich und berichtete ihm von den DNA-Spuren in Karenkes Haus.

Petzold nickte ernst, den Blick die ganze Zeit auf die Tote gerichtet, und mir war nicht klar, ob er den Sinn meiner Worte verstanden hatte.

»Wir lassen zurzeit die Anwohner der Straße abklingeln«, sagte er. »Möglich, dass das Auto auch noch anderen Leuten aufgefallen ist. Obwohl, wer guckt schon aus dem Fenster bei diesem Mistwetter …« Er schenkte den tief hängenden Wolken einen grimmigen Blick. »Hoffentlich fängt's nicht auch noch an zu regnen.«

Eine dunkelhaarige Frau mittleren Alters sprach einige Meter entfernt leise mit einem älteren, hoch gewachsenen Herrn in warmem Jogginganzug, der als zusätzlichen Schutz gegen die Kälte eine Wolldecke über die Schulter gelegt hatte. Hin und wieder machte die Kollegin sich Notizen. Ich trat näher und hörte zu. Wie ich vermutet hatte, handelte es sich bei dem Mann um den Ehegatten der Toten. Sein Gesicht war grau wie alter Schnee.

»Sie ist heute das erste Mal wieder los«, hörte ich ihn mit bebender Stimme sagen. »Wenn sie doch nur auf mich gehört hätte! Aber nein …«

»Das heißt, die letzten Tage ist sie nicht gelaufen?«

»Sie durfte nicht. Sie hat seit Ewigkeiten schon Probleme mit dem rechten Knie. Der Arzt hatte ihr striktes Laufverbot erteilt, für mindestens ein Vierteljahr. Aber meine Yvonne – nein, sechs Wochen, und sie ist nicht mehr zu halten. Da konnte man reden und reden …« Er schlug die Hände vors Gesicht. »Sie konnte so schrecklich dickköpfig sein«, schluchzte er. »Sie wollte einfach nicht hören. Nicht auf ihren Orthopäden und nicht auf mich.«

Die Kollegin beendete das Gespräch und übergab den Mann in die Obhut eines Notarztes, der schon eine Weile ungeduldig neben ihr gestanden hatte. Sie klappte ihr Notizbuch zu und wandte sich um.

»Sie hat noch gelebt, als er sie gefunden hat«, sagte sie. »Und sie hat noch was gesagt.«

»Was?«, fragten Petzold und ich gleichzeitig.

»Ein Wort. Sie hat's dreimal wiederholt, aber er hat's trotzdem nicht verstanden. ›Duchon‹ oder ›Turchon‹ oder so.«

Wir wechselten ratlose Blicke.

»Die Lebensgefährtin des zweiten Opfers heißt mit Nachnamen Durian«, fiel mir ein. »Aber ich kann mir eigentlich nicht vorstellen, dass sie mit einem Messer in der Hand herumläuft und wahllos Menschen ersticht.«

Im Lauf der folgenden Stunde wurden meine Füße zu Eisklumpen, und es meldeten sich drei weitere Personen, die zur fraglichen Zeit einen Wagen gesehen haben wollten. Wir hatten die Wahl zwischen einem tannengrünen Opel Corsa, einem dunkelblauen Ford Fiesta mit klapperndem Auspuff und einem eisengrauen Citroën C4. Ein junger, offenbar geistig verwirrter Mann beharrte darauf, einen Lieferwagen gesehen zu haben. Auf die Frage nach der Farbe antwortete er abwechselnd ›dunkelblau‹, ›schwarz‹ oder ›weiß‹. Es war zum Schreien.

Immerhin gelang es den Karlsruher Kollegen, in der Nähe des Fundorts eine Reifenspur zu sichern, die uns möglicherweise weiteren Aufschluss über den Wagen liefern würde. Nach der Breite des Reifens zu schließen, passte sie jedoch in keinem Fall zu einem Kleinwagen.

Wieder zog sich die Schlinge ein Stückchen weiter zu.

Erst als wir wieder in unseren Wagen stiegen, fiel mir auf, dass Balke die ganze Zeit kaum etwas gesagt hatte.

»Eines ist klar«, meinte er, als er den Motor startete, »den Hundebiss hat er überlebt. Und das Messer hat er auch wieder mitgenommen. Ich fürchte, wir sind noch nicht am Ende.«

»Eine arbeitlose Bankangestellte, ein zänkischer Juwelier im Ruhestand, eine Marathon laufende Rechtsanwältin«, zählte ich ratlos auf. »Ich finde einfach kein System darin.«

»Anscheinend konzentriert sich die Sache mehr und mehr auf den Raum Karlsruhe.« Balke bog auf die B 36 ein, wo immer noch dichter Berufsverkehr herrschte, und nieste. »Was halten Sie davon, wenn wir den Fall abgeben?«

»So kurz vor der Aufklärung? Wir wären ja verrückt!«

Bald waren wir auf der Autobahn. Nach wenigen Kilometern steuerte Balke überraschend einen Parkplatz an.

»Was ist?«, fragte ich. »Weshalb halten Sie?«

Der Wagen kam schlingernd zum Stehen. Balke sank über das Lenkrad und legte den Kopf zwischen die Hände.

»Mir ist so übel«, hörte ich ihn mit dumpfer Stimme sagen. »Könnten Sie bitte weiterfahren?«

Zu Hause angekommen, fand ich den dritten Brief. Nun war klar, dass der Täter sich einen perversen Spaß daraus machte, mir zu jedem seiner Morde eine Karte mit einem Bibelzitat zu schreiben. Er musste das Ding bereits am Samstag abgeschickt haben, damit es heute pünktlich im Briefkasten lag.

Ich hoffte auf Gutes, doch Böses kam, las ich. *Ich harrte auf Licht, doch Finsternis kam.*

Diesmal hatte er sogar die Quelle daruntergeschrieben: Hiob 30,26.

Was wollte er mit seinen frommen Sprüchen bezwecken? Mir fiel nur eine Erklärung ein: sich wichtig machen. Er wollte zeigen, dass er die Sache in der Hand hatte, dass er nach Belieben mit mir spielen konnte. Außerdem war er eitel, wünschte Aufmerksamkeit. Vielleicht wäre es eine gute Strategie, ihm die Möglichkeit eines Gedankenaustauschs anzubieten? Ihn auf diese Weise aus der Reserve zu locken? Ich fischte die beiden ersten Briefe aus dem Papierkorb, den ich zum Glück seit Wochen nicht geleert hatte, und beschloss, alle drei morgen ins Labor zu bringen. Außerdem würde ich sie in der Presseerklärung zum dritten Mord erwähnen. Er sollte wissen, dass ich verstanden hatte und auf sein nächstes Zeichen wartete.

19

Am Dienstagmorgen, sechzehn Tage nach dem ersten Mord, empfing mich Sönnchen mit strahlender Miene. Aus Wiesbaden war vor wenigen Minuten ein Fax gekommen, das sie mir überreichte wie ein Geschenk. Was es auch war, wie ich rasch feststellte.

Die DNA des Täters befand sich tatsächlich in den Datenbanken des BKA.

Der Name des dreifachen Mörders lautete Michael Durian.

Durian hatte vor neun Jahren in Karlsruhe-Knielingen eine

Bank überfallen, war verhaftet und zu zwölf Jahren verurteilt worden. Zwei Drittel der Zeit hatte er in der JVA Bruchsal verbüßt, und erst kürzlich war er wegen guter Führung und vorzüglicher Prognose vorzeitig entlassen worden. Seither wohnte er wieder in Karlsruhe unter Aufsicht eines Bewährungshelfers. Der hatte ihn allerdings seit etwa drei Wochen nicht mehr gesehen und auch bereits vorschriftsmäßig Meldung gemacht, dass sein Schützling verschollen war.

»Michael auf freiem Fuß?«, fragte Irina Durian zutiefst erschrocken, als sie mir eine Stunde später gegenübersaß. Dieses Mal hatte ich sie zu mir in die Direktion gebeten. Sie war sofort bereit gewesen zu kommen.

»Das wussten Sie nicht?«

Neben mir saß Klara Vangelis. Heute wirkte sie schon ein wenig frischer als am ersten Tag nach ihrem Urlaub. Da sie den Fall noch nicht in allen Einzelheiten kannte, schwieg sie und hörte zu. Balke hatte ich gestern Abend Hausverbot erteilt, bis er wieder gesund war.

»Ich dachte, er hat zwölf Jahre …« Die sichtlich aufgewühlte Frau, die offiziell immer noch mit dem Mörder verheiratet war, schlug die dunklen Augen nieder. »Wenn ich … Verstehen Sie, wir hatten seit Jahren keinen Kontakt mehr. Ich habe kaum noch an Michael gedacht. Ich habe dieses Kapitel meines Lebens verdrängt. Nein, gestrichen. Hätte ich geahnt, dass es von Bedeutung ist, dann hätte ich Ihnen natürlich von ihm erzählt. Wie sollte ich ahnen, dass er Amok läuft? Dass er etwas mit Johns Tod zu tun hat?«

»Wir wissen es selbst erst seit heute.«

»Das … Es ist sonst überhaupt nicht seine Art. Früher hat Michael jede Form von Gewalt verabscheut. Er … Ich … Nein, ich verstehe es nicht. Ich verstehe es einfach nicht. Können Sie mir das erklären?«

»Dass er Gewalt ganz und gar ablehnt, stimmt nicht. Immerhin hat er eine Bank überfallen. Er war bewaffnet. Er hat Geiseln genommen.«

»Mit erbärmlichem Erfolg, ja. Damals war er völlig verzweifelt. Jetzt handelt er überlegt, geplant. Das ist doch etwas völlig anderes. Michael muss sich in den Jahren im Gefängnis sehr verändert haben.«

Sie wischte sich die Augen mit dem Rücken der rechten Hand. Schüttelte immer wieder ungläubig den Kopf.

»Wie ist es eigentlich damals zu dem Bankraub gekommen? In seiner Akte habe ich gelesen, dass er Unternehmer war. Dass er einen Verlag hatte.«

»O ja, und was für einen!« Sie lachte hilflos. »Dieser Verlag war eine einzige Pleite. Seine finanziellen Probleme sind ihm schließlich über den Kopf gewachsen. Michael hat Literaturwissenschaft studiert und sein Leben lang unglaublich viel gelesen. Als wir uns kennenlernten, da hatte er gerade seinen Verlag gegründet. Er hatte eine Tante beerbt und dachte, nun wird er den Markt mit seinen großartigen Büchern überrennen.«

»Und Betriebswirtschaft war vermutlich nicht sein Lieblingsfach.«

»Sie sagen es«, seufzte Irina Durian. »Praktische Dinge waren nicht seine Welt. Bis zum Ende hat er ohne meine Hilfe keine ordentliche Gewinn-Verlustrechnung hinbekommen. Wobei es ohnehin meist nur Letzteres war, eine Verlustrechnung. Ein Verleger sollte eben nicht nur ein Büchernarr sein, sondern auch ein guter Geschäftsmann. Dabei hat er anfangs durchaus Erfolg gehabt. Im zweiten Jahr hat er tatsächlich mit einem kleinen Gewinn abgeschlossen. Er hat sich zunächst auf regionale Sachen konzentriert. Bildbände, zu denen er die meisten Texte selbst beigesteuert hat, Biografien berühmter Menschen aus der Region. Aber das reichte ihm nicht, und so fing er mit der hohen Literatur an. Er hatte sich in einen Lyriker verguckt, angeblich den Rilke des einundzwanzigsten Jahrhunderts. Drei Bände hat Michael verlegt, drei Flops. Außerdem hat er ein Haus gebaut. Damals haben wir sogar an Kinder gedacht. Aber dann kam der Verlag ins Trudeln. Michael hat einen Verlustbringer nach dem anderen herausgegeben, wurde immer dickköpfiger und unzugänglicher. Er konnte einfach nicht zugeben, dass auch er hin und wieder unrecht hatte. Michael hatte immer recht. Das war ... ist vielleicht sein größter Fehler: dass er keine Fehler zugeben kann. Anfangs ist mir das nicht aufgefallen. Wie es so ist, wenn man verliebt ist. Aber als dann auch noch der Ärger mit dem Haus losging ...«

Sie brach ab und schloss die Augen.

»Welcher Ärger?«, fragte ich leise.

Es dauerte einige Sekunden, bis sie weitersprach. »Wie es so geht ... Das Haus wurde teurer als geplant, der Verlag hat weniger eingebracht als kalkuliert. Und obwohl ich damals Vollzeit gearbeitet habe, ich bin Innenarchitektin und hatte eine gute Stellung ... Es hat hinten und vorne nicht gereicht. Die Bank hat die Tilgung ausgesetzt, dann ging es noch einmal für ein paar Monate.«

Zugleich verzweifelt und vorwurfsvoll sah sie mir ins Gesicht.

»Sie können sich nicht vorstellen, wie das ist, wenn nach und nach alles kaputtgeht. Wenn es nur noch eine Richtung gibt: abwärts. Unsere Schulden wurden immer mehr statt weniger. Wir wagten kaum noch, die Briefe zu öffnen, die uns ins Haus trudelten. Inzwischen hatten wir auch fast ständig Streit. Und von Kindern war längst keine Rede mehr.«

Klara Vangelis machte sich mit ihrer winzigen Handschrift Notizen.

»Die Bank hatte Michael die Idee mit dem Haus förmlich eingeredet. Vorher sind diese Leute ja immer nett und hilfsbereit, alles kein Problem, alles ist machbar. Aber wenn es dann hart auf hart kommt, dann steht man plötzlich allein im Regen.«

Mir kam ein Verdacht. »Welche Bank war das?«

Hilflos hob sie die Schultern. »Um diese Dinge hat Michael sich gekümmert, tut mir leid. Vielleicht aus Sorge, ich könnte merken, dass er nichts versteht von Geldsachen.«

»War es eine deutsche Bank?«

»Nein, es war ... nichts Normales. Michael hatte es bei den üblichen Banken versucht. Aber denen war die Sache zu heikel. Er hatte sich aber förmlich in die Idee verrannt, dass ein erfolgreicher Verleger auch ein Haus haben müsse. In unserer Ehe hat es damals schon ein wenig gekriselt, und vielleicht dachte er, wenn wir ein hübsches Heim haben und nicht mehr in dieser engen Zweizimmerwohnung aufeinandersitzen ...«

Sie hob die Hände, seufzte, schüttelte wieder den Kopf.

»Könnte es die IFS gewesen sein?«

»IFS? Doch, das kommt mir bekannt vor.«

»War Ihr Mann später wütend auf die Bank? Hat er Drohungen ausgestoßen?«

»Nicht direkt gegen die Bank, nein. Gegen eine Frau, die ihm die Hypothek aufgeschwatzt und alles schöngerechnet hatte. Auf die war er sogar sehr wütend. Da Michael immer recht hatte, konnte natürlich nur jemand anders schuld sein an dem Desaster. Sie habe ihm das Geld geradezu aufgenötigt, hieß es plötzlich. Sie hätte ihn warnen müssen. Aber jetzt sagen Sie mir bitte endlich, was bedeutet das alles?«

»Ich nehme an, das Haus wurde zwangsversteigert?«

Wieder zögerte sie einige Sekunden mit der Antwort.

»Es war so schrecklich«, flüsterte sie dann. »Das Haus war weg, der Verlag, wir hatten immer noch jede Menge Schulden. Wir haben wieder zur Miete gewohnt, in einem noch winzigeren Loch in der Südstadt als zuvor. Jetzt, im Nachhinein, denke ich, Michael ist daran zerbrochen. Irgendwo tief innen muss er sich schrecklich geschämt haben. Nach außen hin war er nur empört. Nach außen hin hat er den Betrogenen gegeben, das Opfer, dem alle Welt übel mitgespielt hat. Damals wurde mir klar, dass er im Grunde immer schon so gewesen war. Und am Ende hatten wir nur noch Streit, Streit, Streit.«

»Haben Sie damals Herrn Karenke kennengelernt?«

Wieder schwieg Irina Durian für eine Weile. Das machte sie mir sympathisch: sie überlegte, bevor sie sprach. Und wenn sie sprach, dann schwatzte sie nicht herum.

»Nein«, erwiderte sie schließlich. »Das war später. Als ich John traf, saß Michael längst im Gefängnis, und ich hatte den Kontakt zu ihm abgebrochen.«

Sie nestelte ein Taschentuch aus dem Ärmel ihrer farbenfrohen, seidig schimmernden Bluse, wischte sich über die Stirn, schnäuzte sich symbolisch. Das Taschentuch behielt sie in der Hand.

»Die ganze Zeit über, all die Jahre, habe ich überlegt, was ich damals falsch gemacht habe. Wann ich hätte einschreiten sollen, stopp rufen.«

»Sie trifft sicherlich keine Schuld.«

Wie leicht sich das sagte.

»Aber natürlich!«, fuhr sie mich mit flammendem Blick an. »Natürlich bin ich schuld! Wir waren schließlich verheiratet. Wir hatten uns versprochen zusammenzustehen. Und dann … Mein Gott, ich habe ihn allein gelassen im tiefsten Elend. Auf der anderen Seite … Es konnte so nicht mehr weitergehen. Es wäre ihm doch nicht geholfen gewesen, wenn ich auch noch zugrunde gegangen wäre.«

»Wie ging es denn weiter?«, fragte Vangelis. Es waren die ersten Worte, die ich im Lauf des bedrückenden Gesprächs von ihr hörte.

»Abwärts«, schluchzte unsere Gesprächspartnerin, die von einer Sekunde auf die andere die Fassung verloren hatte. »Nur noch abwärts. Michael hat immer neue hirnlose Pläne geschmiedet, wie er wieder zu Geld kommt. Er wollte mich zurückgewinnen, mit allen Mitteln. Er hat gebettelt, mir die Sterne am Himmel versprochen, gedroht, am Ende. Und irgendwann hat er dann diesen Unsinn mit dem Banküberfall gemacht.«

»Ich erinnere mich an den Fall«, fiel mir plötzlich ein. »Ich war damals selbst am Tatort und habe mit ihm verhandelt, per Telefon. Er hat fast zweihunderttausend Euro erbeutet, drei oder vier Geiseln genommen und so gut wie alles falsch gemacht, was ein Bankräuber falsch machen kann.«

»Er hat einfach keinen Sinn fürs Praktische.« Irina Durian sah mich an, aber sie sah mich nicht. »Am nächsten Tag saß er im Gefängnis, und das war dann das Ende.«

»Leider nicht ganz, wie wir jetzt sehen.«

»Wer ist sein drittes Opfer? Sie sprachen am Telefon von drei Morden.«

»Eine Anwältin. Dr. Böttcher-Larue. Sagt Ihnen der Name etwas?«

Erschöpft schüttelte sie den Kopf mit den dunklen Locken, wischte sich wieder die Augen. »Es ist alles so lange her. Vielleicht hat sie ihn im Prozess vertreten?«

»Wir brauchen Fotos von ihm. Die, die wir haben, taugen nichts.«

»Ich kann Ihnen leider keine geben. Ich habe alles verbrannt, was mit Michael zu tun hatte. In den ersten Wochen mit John habe ich alles im Kamin verbrannt, was mich an ihn hätte erinnern können.«

»Aber Sie haben sich nie von ihm scheiden lassen.«

»Ich hätte es nicht ertragen«, erwiderte sie mit gesenktem Blick. »Ich ... Es hätte alles wieder aufgewühlt. Und vielleicht ... Ja, vielleicht hatte ich auch ein zu schlechtes Gewissen Michael gegenüber.«

»Wo könnte er sich versteckt halten? Gibt es Verwandte, zu denen er Vertrauen hat? Freunde?«

»Freunde? Michael?« Ihr Lachen klang hilflos und traurig. »Doch, es gibt einen: Sebastian. Den Nachnamen weiß ich nicht mehr. Sie haben zusammen studiert und wollten den Verlag anfangs gemeinsam gründen. Aber Sebastian war nicht so ein Träumer wie Michael. Später ist er Journalist geworden, habe ich einmal gehört. Bei einer Mannheimer Zeitung.«

Vangelis machte sich eine weitere Notiz.

»Hat Ihr Mann Lieblingsorte? Würde er sich eher im Wald verstecken oder in der Stadt? Würde er die Einsamkeit suchen oder die Nähe von Menschen?«

»Im Wald hat Michael sich immer gefürchtet.«

Michael Durians früherer Freund war rasch gefunden. Er hatte seit Ewigkeiten nichts mehr von ihm gehört und wusste nicht einmal, dass sein ehemaliger Kommilitone im Gefängnis gesessen hatte.

Um Durians Bewährungshelfer zu treffen, fuhr ich wieder einmal nach Karlsruhe. Vangelis begleitete mich. Unser Gesprächspartner war ein streng riechender Hüne vom Typ Streetworker-Kumpel.

»Der Michael ist irgendwie ein total undurchsichtiger Typ«, begann er, nachdem er sich mit der Vorsicht der stark Übergewichtigen gesetzt hatte. Wir befanden uns in seinem winzigen Büro in der Karlsruher Ritterstraße, das bis unter die Decke mit Akten und Andenken und Vergessenem vollgestopft war. »Solang er im Knast war, ist der so was von angepasst gewesen, das war schon gar nicht mehr normal. Ich hab ja gleich meine Zweifel gehabt, ob seine Prognose wirklich so toll war, wie die Herren Psychologen geschrieben haben. Aber ich bin ja bloß der Bewährungshelfer, nicht wahr. Ich darf dann bloß die Suppe auslöffeln, die die Herren eingebrockt haben. Und jetzt, was ist jetzt? Jetzt haben wir den Salat.«

»Sie sind also nicht so richtig an ihn herangekommen.«

»Überhaupt nicht bin ich an den Michael rangekommen. Der Michael hat zu allem immer nur Ja und Amen gesagt. ›Mach ich, Bernd, kein Problem.‹ Und wenn ich ihn eine Woche später gefragt habe, wie weit er denn nun ist mit seiner Bewerbung, dann hat er immer eine tolle Ausrede gewusst. Was hab ich dem Typ Vorstellungsgespräche organisiert! Er ist ja nicht dumm, er hat studiert, da hätte sich doch was finden lassen. Aber nein, irgendwie ...«

Hilflos seufzend hob er die mächtigen Schultern.

»Wissen Sie, was ich glaub?«, fuhr er nach Sekunden fort. »Ich glaub, der Michael hat von Anfang an nur seinen Rachefeldzug im Kopf gehabt. Der Rest hat den überhaupt nicht interessiert. Der Michael, der hat irgendwie ... ja, was hat der? Abgeschlossen hat der mit seinem Leben.«

»Wo hat er in den letzten Wochen gewohnt?«

Der Bewährungshelfer nahm einen verstaubten gläsernen Briefbeschwerer von seinem überladenen Schreibtisch und begann, ihn abzuwischen.

»Ich hab ihm für den Anfang ein Zimmer in 'nem Wohnheim von der Evangelischen Stadtmission organisiert. Nichts Tolles, aber fürs Erste okay. Der Plan war, dass er sich was Besseres sucht, sobald er einen Job hat. ›Klar, Bernd‹, hat er gesagt, ›mach ich, Bernd‹.«

»Dieses Zimmer würde ich mir gern ansehen.«

»Null Problemo. Sind Sie mit dem Auto da?«

»Außerdem brauche ich dringend aktuelle Fotos von Ihrem Schützling.«

»Also, ich hab keine. Ich könnt aber mal in der JVA nachfragen.«

»Das haben wir schon getan. Die haben nur die üblichen Bilder, die bei der Aufnahme gemacht werden. Die sind neun Jahre alt.«

»Stimmt, in dem Punkt ist der Michael komisch gewesen«, sagte der Bewährungshelfer plötzlich konzentriert und legte den jetzt wieder glänzenden Briefbeschwerer an seinen Platz zurück. »Jetzt, wo Sie's sagen: Der wollt sich nicht gern fotografieren lassen.« Er wies auf einen Uralt-Laptop, der auf der letzten freien Ecke seines Schreibtischs vor sich hin brummte. »Ich hab da ein kleines Fotoalbum von meinen Klienten. Kommt 'ne ganze Menge zusammen über die Jahre, und die Rückfallquote ist bei meinen Jungs nur halb so hoch wie der Durchschnitt. Aber der Michael ... der wollt sich echt nicht fotografieren lassen. Hab mir nichts dabei gedacht. Jeder hat ja seine Macken. Die meisten Knackis fassen erst mal nicht so leicht Vertrauen.«

»Hatte er vielleicht einen Zellengenossen, der uns etwas über ihn erzählen könnte?«

»Den gibt's. Mit dem Ruppke hat er zusammen gesessen.«

»Mit *dem* Ruppke?« Vangelis sah alarmiert von ihrem Notizbüchlein auf.

»Ja, genau der.«

Vermutlich jeder Polizist in Baden-Württemberg kannte den Namen des Mannes, der eines sonnigen Nachmittags aus heiterem Himmel seine komplette Familie abgeschlachtet hatte.

»Und die beiden sind miteinander klargekommen?«, fragte ich ungläubig. »Wenn ich mich richtig erinnere, dann hat Ruppke nicht einmal Hauptschulabschluss. Durian ist ein Intellektueller.«

»Komischerweise doch, ja. Die zwei sind irgendwie sogar so was wie Freunde geworden. In gewissem Sinn haben sie sich gut ergänzt. Der Michael war der Intelligente, der Ruppke war mehr fürs Physische zuständig. Der hat dafür gesorgt, dass der Michael in Ruhe gelassen wurde. Als Intellektueller hat man's nicht gerade leicht im Knast, nicht wahr. Und der Michael hat ihm im Gegenzug seine Eingaben und Briefe geschrieben.«

Ich wechselte mit Vangelis einen langen Blick, der Bewährungshelfer stemmte sich ächzend aus seinem knarrenden und quietschenden Bürostuhl.

»Okay«, sagte ich. »Erst das Zimmer, dann Ruppke.«

Den Besuch in dem Wohnheim in der Stephanienstraße hätten wir uns sparen können. Das Zimmer war bis auf einige mehr oder weniger sperrmüllreife Möbel leer. Wir fanden nichts, was an den ehemaligen Bewohner erinnert hätte. Das Bett war abgezogen, die Bezüge sorgfältig gefaltet und auf Decke und Kissen deponiert. Am Boden lag nichts außer ein wenig Staub. Der Schrank mit zwei knarrenden Türen war so leer wie die Schublade des Tischs unter dem Fenster, durch das man auf kahle Bäume blickte.

Der Bewährungshelfer war in der Tür stehen geblieben und beobachtete schnaufend, wie wir uns ratlos in dem vielleicht fünfzehn Quadratmeter großen, lange nicht gelüfteten Raum umsahen.

Vangelis trat zu einer Pressspankommode neben dem Bett und zog nacheinander alle Schubladen auf.

»Nichts«, sagte sie, rückte die Kommode von der Wand und schob sie wieder zurück. Sie hob die Matratze an, um darunterzusehen.

»Nichts.«

»Das ist eine Nachricht an uns«, sagte ich langsam. »Er braucht keine Wohnung mehr, will er uns sagen. Er lebt nur noch für seine Rache.«

»Hoffentlich ist seine Liste nicht mehr allzu lang.« Der Bewährungshelfer lachte verlegen.

20

Die beiden mürrischen Beamten an der Pforte der Bruchsaler Justizvollzugsanstalt erwarteten uns bereits. Sönnchen hatte uns telefonisch angemeldet und sich um die Besuchserlaubnis gekümmert. In Bruchsal saßen die schweren Jungs: Mörder, Vergewaltiger, Totschläger, Bankräuber.

»Na denn, viel Spaß«, meinte der Beamte, der unsere Ausweise einscannte, mit teigigem Grinsen. »Ist schon ein Seelchen, der Ruppke.«

Sein Kollege brach in Gelächter aus.

Horst Ruppke war ein mittelgroßer, stämmiger Mann mit

rundem Kindergesicht, den man auf der Straße für alles Mögliche gehalten hätte, nur nicht für einen mehrfachen Mörder. Als er in den kargen Raum geführt wurde, in dem das Gespräch stattfinden sollte, hielt er den Blick gesenkt. Er folgte jeder Anweisung seines unfreundlichen Bewachers ohne Widerspruch, setzte sich artig an den Tisch, legte die sauberen, kräftigen Hände auf die Knie und starrte auf die Tischkante.

»Wir sind hier, um mit Ihnen über Ihren ehemaligen Zellengenossen zu reden«, begann ich freundlich.

Ruppke schien meine Worte nicht verstanden zu haben. Sein Blick blieb leer, die Miene ausdruckslos. Der Mund stand einen winzigen Spalt offen, als bekäme er schlecht Luft durch die Nase. Der Justizwachtmeister, der sich schräg hinter ihm aufgebaut hatte, begann zu grinsen. Es roch nach Ölfarbe.

»Herr Ruppke, bitte!«

Keine Reaktion.

»Durian läuft Amok, wissen Sie das?«

Nichts.

»Hat er mit Ihnen über seine Pläne geredet?«

Der Beamte sah gelangweilt auf seine klobige Taucherarmbanduhr und zog lautstark die Nase hoch. Seine Miene sagte: Hätte ich Ihnen gleich sagen können, aber mich fragt ja keiner.

Vangelis saß schweigend neben mir und betrachtete den vierfachen Mörder mit undurchdringlicher Miene. Horst Ruppke befand sich bereits seit vierzehn Jahren im Gefängnis und würde es lebend wohl nicht mehr verlassen. Bevor er damals innerhalb von nur zwei Stunden vier Menschen abschlachtete, war er im Lager in einer Viernheimer Baustoffhandlung beschäftigt gewesen. Er galt als nicht sonderlich intelligent, aber fleißig und fast schon übertrieben zuverlässig. Bis zu dem Tag, am dem er seine Familie tötete, hatte er sich nichts zuschulden kommen lassen, außer hie und da eine kleine Geschwindigkeitsübertretung und einmal einen minderschweren Fall von Fahrerflucht. Selten hatte Ruppke Alkohol angerührt, er hatte weder geraucht noch über seine Verhältnisse gelebt.

Dann kam der Tag, an dem er sich beim Mittagessen in der Kantine den Magen verdarb. Man hatte ihn geradezu nötigen müssen, sich nach Hause fahren zu lassen. Dort hatte er seine

Frau, mit der er seit sechs Jahren verheiratet war und zwei Kinder hatte, im Bett mit einem anderen angetroffen. Was anschließend geschah, konnte niemand sagen außer ihm selbst, und er verweigerte bis heute die Aussage zu allen Fragen, die mit seiner Tat zu tun hatten.

Nach den Spuren zu schließen, hatte es einen Streit gegeben, der in ein Handgemenge mündete. Sein Nebenbuhler, den Ruppke an diesem Tag zum ersten Mal sah, muss im Zuge der Rauferei gestürzt sein. Er war der Erste, der starb. Ruppke hatte dem am Boden Liegenden einen langen Schraubenzieher ins Herz gerammt, der zufällig in einer Tasche seines Blaumanns steckte.

Keiner der Nachbarn wollte etwas gehört haben. Auch nicht von der Frau, die mit Sicherheit schrie. Notdürftig mit einem Laken bedeckt, musste sie mit ansehen, wie ihr Ehemann ihren Liebhaber ermordete. Sie selbst wurde nicht erstochen, sondern erwürgt, wobei sie ihrem Mann heftig blutende und gewiss schmerzhafte Verletzungen an den Armen und im Gesicht zufügte. Die Minuten, die es dauert, bis sein Opfer die Besinnung verliert, sind für den Täter unvorstellbar lang. Eine Ewigkeit, in der er tausendmal loslassen kann, abbrechen, zu sich kommen, aufgeben. Die Wenigsten halten das bis zum Ende durch. Gäbe es keine Waffen auf dieser Welt, es gäbe tausendmal weniger Morde.

Horst Ruppke ließ nicht los.

Dann folgte das, was – neben seiner hartnäckigen Weigerung, auch nur ein einziges Wort über seine Taten zu verlieren – zum ungewöhnlich harten Urteil führte: Ruppke wusch sich sorgfältig und zog sich um. Er versorgte notdürftig seine Wunden und machte sich auf den Weg zu seinen Eltern, um die Kinder zu holen. Die Tochter war damals vier Jahre alt, der Sohn zweieinhalb. Den Eltern, die nur zwei Straßen entfernt wohnten, fiel nichts an ihm auf, außer, dass er ein wenig blass war an dem Tag. Ohne erkennbare Aufregung erzählte er ihnen, er habe etwas Schlechtes gegessen, was die Wahrheit war, und dann ging er mit seinen beiden Kindern an der Hand nach Hause. Ruhig und ernst und langsam, weil der Kleine noch nicht gut zu Fuß war.

Dort angekommen, legte er die Kinder in ihre Betten, was zu verwundertem Protest geführt haben dürfte, da immer noch erst früher Nachmittag war. Die Kleider der Kinder fand man später säuberlich gefaltet über Stuhllehnen gelegt. Beide hatten ihre Pyjamas anziehen müssen. Dann war Ruppke in die Küche gegangen und mit einem Messer in der Hand zurückgekehrt.

Erst am übernächsten Tag fiel Nachbarn auf, dass man von der netten Familie Ruppke niemanden mehr zu Gesicht bekam. Den toten Nebenbuhler hatte niemand vermisst, da er allein lebte.

Man fand Horst Ruppke in seinem Wohnzimmer, bei heruntergelassenen Rollläden vor dem Fernseher sitzend. Er ließ sich widerstandslos festnehmen und sprach monatelang kein Wort.

»Es ist sehr wichtig für uns, dass Sie mit uns reden.« Meine Freundlichkeit klang schon nicht mehr ganz echt. »Und wir haben leider wenig Zeit.«

Ruppke saß da, als wäre er taub und blind. Die Hände lagen entspannt auf den Knien. Der Mund mit den schmalen, farblosen Lippen schien jetzt ein wenig weiter offen zu stehen als zuvor. Seit Atem ging ruhig und gleichmäßig.

Ich legte die Unterarme auf den Tisch und beugte mich vor. »Ihr Freund hat drei Menschen ermordet.«

Keine Regung, nichts.

»Erstochen.«

Das Grinsen des Bewachers wurde immer breiter.

»Würden Sie uns bitte allein lassen?«, sagte ich zu ihm.

Achselzuckend trollte er sich und zog zum Abschied noch einmal deftig die Nase hoch.

»Wissen Sie, ob er noch mehr Menschen auf seiner Liste hat?«

Nichts.

»Er hat doch bestimmt mit Ihnen über seinen Rachefeldzug gesprochen?«

Endlich eine Reaktion: Ruppke machte mit dem Mundwinkel ein schmatzendes Geräusch. Er verfügte zwar über einen kräftigen Körper, wirkte jedoch weder aggressiv noch trainiert. Ich fragte mich, womit er sich in der JVA den Respekt verschafft hatte, den er offenbar genoss. Eines wusste ich: In den Gefängnissen standen die mehrfachen Mörder oben im Ranking. Am unteren Ende bewegten sich die Kinderschänder und -mörder.

Ruppkes Augen waren in einer Weise hellblau, dass einem bei ihrem Anblick kalt werden konnte.

Ich beugte mich noch weiter über den Tisch. »Heißt das Ja oder Nein?«

»Gar nix heißt das.«

Immerhin, er konnte offenbar hören und sprechen.

»Sie sollen sich gut verstanden haben«, sagte ich und ging wieder auf Abstand. »Und jetzt macht er genau das, was Sie damals mit Ihrer Frau gemacht haben. Und mit Ihren Kindern.«

Täuschte ich mich, oder war er ein wenig zusammengezuckt bei meinem letzten Wort?

»Wie ist das eigentlich, wenn man seine eigenen Kinder abschlachtet?«, fragte Vangelis mit Eiseskälte in der Stimme. Auch sie hatte sofort gespürt, wo Ruppke zu packen war. »Macht das Spaß? Hat dich das aufgegeilt?«

Er wurde blass. Seine Miene war plötzlich starr, seine Gletscheraugen weit. Ich machte mich auf einen körperlichen Angriff gefasst. Aber Horst Ruppke schwieg und bewegte sich um keinen Millimeter.

Vangelis sah ihm ungerührt ins Gesicht. Aber auch sie war jetzt wachsam und sprungbereit.

»Das muss doch komisch sein, bei Kindern«, fuhr sie nachdenklich fort. »Erwachsene, die kann man hassen. Die kann man bestrafen, wenn sie etwas Böses gemacht haben. Aber Kinder? Wofür hast du die denn bestraft?«

Ruppke war unter jedem ihrer Sätze zusammengezuckt. Jeder Muskel seines Körpers schien jetzt angespannt zu sein. Sein Gesicht war weiß wie Gips, auf der Stirn standen Schweißperlen. Seine Unterlippe zitterte.

»Hat dir das denn gar nicht wehgetan, die Kinder abzustechen?«, stieß Vangelis gnadenlos nach. »Ich kann mir einfach nicht vorstellen, wie man das aushält, als Vater. Du hast sie doch bestimmt auf dem Arm gehabt, als sie klein waren. Du musst sie doch mal gemocht haben, oder nicht? Ein kleines bisschen wenigstens?«

Das Zittern von Ruppkes Unterlippe wurde stärker.

Auch ich konnte die Situation fast nicht mehr ertragen. Aber ich verstand, welche Strategie Vangelis verfolgte.

»Hören Sie zu, Herr Ruppke«, sagte ich, und es gelang mir, meine Stimme ruhig und mitfühlend klingen zu lassen. »Sie können vielleicht helfen, weitere Morde zu verhindern. Ist das denn nichts für Sie? Finden Sie es wirklich okay, wenn unschuldige Menschen getötet werden? Finden Sie das nicht ungerecht?«

Unendlich langsam, Muskel für Muskel entspannte er sich. Dann murmelte er etwas, was ich nicht verstand.

»Wie bitte?«

»Sind nicht unschuldig«, meinte ich beim zweiten Anlauf zu verstehen.

Irgendwo auf den endlosen Fluren der JVA schrillte eine Telefonklingel. Dann war es wieder still. Ruppke starrte auf seine Hände, die er jetzt auf dem Tisch wie zum Gebet gefaltet hatte, und seine Haut war so blass, und sein Atem ging so flach, dass man hätte denken können, er sei tot.

Ich verspürte plötzlich eine unbändige Lust, ihn zu erwürgen, damit er es auch wirklich war.

»Sie glauben nicht an Gerechtigkeit«, sagte ich.

Horst Ruppke schwieg immer noch. Aber etwas in seiner Miene hatte sich verändert.

»Doch«, sagte er schließlich mit der Stimme eines Menschen, der das Sprechen nicht gewohnt ist. »Gott der Herr ist gerecht.«

Wieder war es eine Weile still. Ich hörte Klara Vangelis neben mir atmen.

»Menschen sind Schweine«, fügte Ruppke hinzu.

»Und deine Kinder?«, fuhr Vangelis ihn an. »Waren das auch Schweine? Hast du die deshalb abgestochen, deine Kinder, weil sie Schweine waren?«

Ich sah sie kalt an. »Lassen Sie mich bitte mit Herrn Ruppke allein.«

Ihr Blick blieb ausdruckslos, als sie sich erhob, ihre Handtasche über die Schulter schwang und zur Tür ging. Die öffnete sich, bevor sie angeklopft hatte.

Nun war ich mit dem vierfachen Mörder allein. Ich hoffte, ihm gewachsen zu sein, falls er die Nerven verlor. Ich wusste, dass vor der Tür Menschen standen, die mir im Krisenfall zu Hilfe kommen würden.

Ich gönnte Ruppke eine Minute Ruhe.

»Sie hat leider schon ein bisschen recht«, sagte ich dann leise. »Das mit Ihrer Frau und dem Typen, der Ihnen Hörner aufgesetzt hat, das kann ich ja irgendwo verstehen. Aber die Kinder … Musste das denn wirklich sein?«

Horst Ruppke zog es wieder vor zu schweigen. In mir kochte langsam, ganz langsam wieder eine ungeheure Wut hoch. Schließlich packte ich ihn am Kinn, um ihn zu zwingen, mir ins Gesicht zu sehen. Aber sein Gletscherblick wich mir hartnäckig aus.

»Beschützen!«, nuschelte er mit schmerzverzerrtem Gesicht. Ich ließ ihn los. »Ich musst sie doch beschützen!«

Unendlich müde starrte er auf seine immer noch gefalteten Hände.

»Ich hab sie erlöst. Ich hab sie gerettet. Die wären doch genau so geworden wie ihre Mutter. Das durft ich doch nicht zulassen! Das durft ich doch nicht.«

»Haben Sie mit Durian oft über diese Dinge gesprochen?«

Das kurze Flackern in seinem Blick entging mir nicht.

»Sie haben also.«

»Geht keinen was an, was der Michi und ich geredet haben.«

»Was wissen Sie über seine Pläne?«

Ich lag jetzt weit zurückgelehnt und demonstrativ entspannt in meinem Holzstuhl. Zog einen Stift aus der Innentasche meines Jacketts und begann, damit herumzuspielen. Er stammte aus einem Hotel in Malaga, wo ich vor vielen Jahren mit Vera zusammen Urlaub gemacht hatte. Damals waren unsere Töchter zwei oder drei Jahre alt gewesen.

Draußen auf dem Flur begann wieder die Telefonklingel zu randalieren. Ruppkes Atem war in den letzten Minuten heftiger geworden. Offenbar kämpfte er einen inneren Kampf mit sich.

»Was hat Durian eigentlich die ganze Zeit gemacht?«, fragte ich, ohne von meinem Spielzeug aufzublicken. »Wie hat er sich so die Zeit vertrieben?«

»Gelesen. Die ganze Bibliothek. Rauf und runter.«

»Was denn zum Beispiel?«

»Alles Mögliche. Die Bibel.«

»Ist er religiös?«

»Ja klar!« Ruppke nickte mit plötzlichem Eifer. »Ich ja auch. Wir glauben nämlich doch an die Gerechtigkeit, wissen Sie? Gott der Herr ist nämlich gerecht. Nur die Menschen, die sind es nicht. Die Menschen sind böse. Von Natur aus. Die meisten, jedenfalls.«

»Dann handelt er sozusagen im Auftrag Gottes?«

Es gelang mir, ernst und ruhig zu bleiben. Alles andere hätte an diesem Punkt vermutlich zu einer Katastrophe oder zumindest zum abrupten Ende des Gesprächs geführt. Vangelis' Taktik war aufgegangen: sie war nun der Feind für Ruppke, und dadurch war ich nach seiner Logik zum Verbündeten geworden, einem Freund. Und ein richtiger Freund lacht nicht, auch wenn man mal etwas Verrücktes sagt.

»Beten Sie oft?«, fragte ich ganz nebenbei.

»Jeden Tag«, erwiderte er eifrig. »Morgens, mittags und abends. Gott hat mir schon lang verziehen. Gott ist nicht nur gerecht, er ist auch gnädig. Die Menschen, die sind mir egal. Beten Sie auch?«

Ich seufzte. »Leider viel zu selten.« Das war immerhin nicht ganz gelogen.

»Sollten Sie aber«, meinte er besorgt. »Ohne Gott geht die Welt an den Teufel. Und sie ist schon ganz schön weit gekommen auf dem Weg. Es gibt nur noch wenig Gute. Man erkennt sie nicht immer gleich, aber es gibt sie. Noch.«

»Denkt Durian ähnlich wie Sie?«

»Der Michi, der ist ein Kluger. Der hat studiert. Früher hat er sogar Bücher gemacht. Er hat mir viel beigebracht, was ich nicht gewusst hab. Oft haben wir zusammen in der Bibel gelesen, und er hat mir Sachen erklärt, die ich nicht verstanden hab.«

»War das alles, was er gemacht hat? Gelesen und mit Ihnen geredet?«

Ruppkes Miene bekam etwas Verstocktes. Für Bruchteile einer Sekunde nur, aber es war mir nicht entgangen, obwohl ich es jetzt vermied, ihm ins Gesicht zu sehen. Ich steckte den Stift ein, beugte mich vor, fasste ihn jedoch nicht wieder an. Sofort sah er wieder auf den Tisch.

»Wissen Sie, ob noch mehr Menschen auf seiner Todesliste stehen?«, fragte ich sehr leise. »Gott sagt nämlich auch: Du sollst nicht töten. Die Rache ist allein Sache des Herrn, hat er die Stelle nicht mit Ihnen gelesen?«

Ruppke schien plötzlich kleiner zu werden. Ein paar Sätze noch, dann hatte ich ihn so weit. Hier war etwas zu holen. Ich war auf der richtigen Fährte.

»Wie viele stehen noch auf seiner Liste?«, bohrte ich nach, mein Gesicht nur noch eine Armlänge von seinem entfernt. Er roch nach billiger Seife und irgendwelcher Chemie, vielleicht einem Desinfektionsmittel. »Kennen Sie Namen?«

Ruppke kaute wie besessen auf seiner Unterlippe, starrte mit weiten, eisblauen Augen auf seine kräftigen Mörderhände. Ich erhob mich und trat ans Fenster. Wandte ihm bewusst den Rücken zu. Sollte er aufspringen, würde ich es hören und mich rechtzeitig wehren können. Zwischen massiven Stahlstäben hindurch blickte ich hinaus auf einen asphaltierten, regennassen Hof, in dem es nichts Grünes gab, kein Leben und keine Hoffnung.

Ruppke räusperte sich. Ich wandte mich um, lehnte mich gegen den leise summenden Heizkörper. Nach Sekunden wurde mir im Rücken zu warm, und ich ging zu meinem Stuhl zurück. Durch die schwere Tür hörte ich entfernte Männerschritte. Irgendwo, sehr weit entfernt, bellte ein großer Hund. Ruppke starrte immer noch auf seine Hände. Als irgendwo im Haus eine Tür ins Schloss fiel, zuckte er heftig zusammen. Manchmal schluckte er. Hin und wieder schüttelte er fast unmerklich den Kopf.

Die Tür öffnete sich, Vangelis streckte den Kopf herein und sah mich fragend an. Ich gab ihr ein Zeichen, die Tür schloss sich wieder.

Dann war es wieder still.

Ruppke schwieg immer noch.

»Haben Sie ihm eigentlich erzählt, was Sie getan haben?«, fragte ich, um das Schweigen zu brechen.

»Hm.« Sein Nicken hatte etwas Demütiges.

»Und was hat er dazu gesagt?«

»Der Michi, der hat mich verstanden, wissen Sie? Ich hab ihm alles ganz genau erklärt. Dass meine Frau eine Sau gewesen ist, dass aus meinen Kindern nichts Rechtes hat werden können, wenn ihre Mutter doch eine Nutte ist. Ein Kind, das getauft ist und in Unschuld stirbt, das kommt in den Himmel. Ich musst sie retten, es ging nicht anders. Ich hab das machen *müssen*, verstehen Sie?«

Er schien mein Nicken wahrzunehmen, ohne mich anzusehen.

»Ich ... ich hab mir auch nicht mehr zu helfen gewusst. Auf einmal ist alles kaputt gewesen. Alles. Was soll denn aus Kindern werden, wenn sie von einer Nutte abstammen? Sagen Sie mir: Was? Und wie hätt ich sie großziehen sollen, ohne Mutter?«

Ich antwortete nicht. Ruppke erwartete keine Antwort von mir, er fragte sich selbst. Vielleicht tat er in diesen Minuten etwas, was er seit seiner Tat vor vierzehn Jahren nicht zugelassen hatte: er erinnerte sich. Vielleicht fragte er sich heute zum ersten, vielleicht auch zum hunderttausendsten Mal, ob richtig war, was er damals getan hatte.

»Wer ist der Nächste auf Durians Liste?«, fragte ich stattdessen leise.

»Ist keine Liste.«

Ich erstarrte. Das war die völlig falsche Antwort gewesen. Die richtige hätte zum Beispiel gelautet: »Es gibt keine Liste.« Es kostete mich große Mühe, meine plötzliche Erregung zu verbergen, aber es gelang mir.

»Was ist es dann?«, fragte ich ruhig, nachdem ich einige Sekunden hatte verstreichen lassen.

Vor den Fenstern strömte der Regen. Irgendwo dort draußen plätscherte ein regelrechter Bach aus einer verstopften Regenrinne in den Hof.

Mir kam ein völlig verrückter Gedanke. Ich sprang auf, ging zur Tür. Wieder öffnete sie sich, bevor ich geklopft hatte.

»Zellendurchsuchung«, sagte ich. »Sofort. Gefahr im Verzug.«

Hinter meinem Rücken heulte Horst Ruppke auf wie ein tödlich getroffenes kleines Tier.

21

Zwanzig Minuten später standen wir vor dem mächtigen Tor der Vollzugsanstalt im kalten Nieselregen. Unter den Arm geklemmt trug ich einen braunen Umschlag, der – wie Ruppke am Ende schließlich gebeichtet hatte – etwa einhundert beidseitig handbeschriebene Blätter enthielt. Durians Vermächtnis. Er hatte während seines Gefängnisaufenthalts ein Buch geschrieben. Ein Buch all der Kränkungen, die man ihm vermeintlich oder tatsächlich zugefügt hatte. Eine fast zweihundert Seiten lange Begründung für seine Taten. Bei seiner Entlassung hatte er das Buch in Ruppkes Obhut zurückgelassen und diesen gebeten, es im verschlossenen Umschlag aufzubewahren und erst dann weiterzugeben, wenn er, Durian, tot war. Dann sollte es als nachträgliche Rechtfertigung veröffentlicht werden. Die Verwertungsrechte hatte er in einem fachmännisch formulierten Vertrag an Ruppke abgetreten.

»Was halten Sie davon, wenn wir irgendwo einen Happen essen?«, fragte ich Vangelis, die mit finsterer Miene neben mir stand. »Ich will so schnell wie möglich dieses Zeug hier durchsehen.«

Da wir bei dem inzwischen mit pappigen Schneeflocken durchmischten Regen nicht weit zu Fuß gehen wollten, landeten wir im Schlosscafé, nur wenige Schritte von der JVA entfernt. Hier gab es selbst nachmittags um kurz nach vier noch eine kleine Auswahl an warmen Gerichten.

Wir setzten uns an einen Tisch in die Nähe eines der goldfarben lackierten Heizkörper. Ich erinnerte mich an meine guten Vorsätze und bestellte mir eine Badische Kartoffelsuppe mit Croutons, Vangelis einen italienischen Salat. Wir waren fast allein in dem kleinen, in warmen Farben gehaltenen Lokal. Außer uns waren nur noch zwei Lehrer anwesend, die auf ihre Schule und deren Rektor schimpften, sowie ein frisch verliebtes Pärchen, das von seiner Umgebung nichts wahrnahm.

Als die Getränke auf dem Tisch standen, öffnete Vangelis den Umschlag. Zum Vorschein kam ein Packen kariertes Ringbuchpapier, das mit der akkuraten Handschrift beschrieben war, die ich schon von den Bibelzitaten kannte. Auch hier hatte er einen Füller benutzt, und offensichtlich handelte es sich um eine Reinschrift, denn es war nichts durchgestrichen, nichts verbessert, nichts hinzugefügt.

»Das Buch der Kränkungen«, las ich den Titel auf der ersten Seite halblaut.

Unser Essen kam. Die junge, spindeldürre Bedienung, die sehr italienisch aussah und ein sehr breites Badisch sprach, warf einen neugierigen Blick auf den Papierstapel.

»Wird das ein Roman?«, fragte sie neugierig. »Sind Sie Schriftsteller oder so was?«

»Nein, es ist von jemand anderem«, antwortete ich und nahm einen großen Schluck von meinem herrlich heißen Schwarztee.

»Dann sind Sie Verleger oder so was? Ich schreib nämlich Gedichte und kleine Geschichten.« Sie schenkte mir einen sensationellen Augenaufschlag und errötete hauchzart. An ihren Ohren baumelten große goldene Ringe. »Falls Sie an so was interessiert sind, ich könnt Ihnen gern mal ein paar Sachen schicken.«

»Im Moment haben wir leider keinen Bedarf«, versetzte Vangelis kühl und begann, mit der rechten Hand zu essen und mit der linken zu blättern. Die Bedienung verzog sich gekränkt hinter den Tresen.

Vangelis berichtete mir, was sie las und größtenteils nur überflog.

Michael Durian erzählte in erstaunlich gutem Stil zunächst von seiner Vergangenheit, seinen Verlegerträumen, seiner Ehe mit Irina, die er offenbar sehr geliebt hatte, vielleicht zu sehr. Dabei blieb er nicht ohne Selbstkritik und Ironie. Ich hatte Hasstiraden erwartet, ein zorntriefendes Pamphlet, aber der Ton war und blieb sachlich. Dem Autor war durchaus bewusst gewesen, dass nicht allein die Welt schuld war an seinem Unglück, sondern auch er selbst. Dass manches hätte anders laufen können, wenn er als Verleger öfter an Geld und seltener an schöngeistige Literatur gedacht hätte. Die Ehe schien anfangs glücklich gewesen zu sein.

»Nicht schlecht geschrieben.« Vangelis legte die Gabel kurz aus der Hand und nippte an ihrem Johannisbeersaft.

Dann kam das Kapitel, das mit »A. Bialas« überschrieben war. Durian beschrieb haarklein und nun doch ein wenig detailversessen, wie es zu der unglücklichen Hypothek kam, wie er sich selbst die Sache schönzurechnen begann, wie Anita Bialas ihm dabei nach Kräften zuredete, seine aufkeimenden Zweifel immer wieder zerstreute.

»Es gibt Situationen im Leben, da hat man eine Wahl«, las Vangelis einen der Schlüsselsätze des Werks vor. »Meist hat man jedoch keine. Meist ist da nur die Illusion des freien Willens, der freien Entscheidung. Hier hätte ich anders entscheiden können. Und ohne diese Frau, die mich in ihrer stillen, verständnisvollen Art so sanft und nachhaltig im Sinne ihrer Interessen beeinflusst hat, immer mit einem Lächeln, immer mit den richtigfalschen Argumenten zur Hand, hätte ich mich zweifelsohne anders entschieden. Hätte ich die Finger von diesem Haus gelassen, auf dem kein Segen lag, wäre ich jetzt vielleicht ein glücklicher Mensch.«

»Da kommen einem ja die Tränen!« Vangelis sah kurz aus dem Fenster. Der Schnee schien mehr, der Regen weniger geworden zu sein, und minütlich wurde es dunkler. Das Bimmeln der Uhr an einem der Türme des nahen Barockschlosses verkündete die Uhrzeit. Trotz des leise gurgelnden Heizkörpers neben unserem Tisch hatte ich kalte Füße.

Kapitel zwei: »J. Karenke«. Auch dieser Teil war mir im Wesentlichen schon bekannt. Durian war maßlos empört und verzweifelt gewesen, als seine immer noch glühend geliebte Irina sich – ausgerechnet im tiefsten Elend – von ihm abwandte, und ging in seiner Blauäugigkeit davon aus, dass Karenke sie natürlich verführt hatte, bestochen mit seinem vielen Geld und seinem Schmuck. Anders konnte es einfach nicht sein. Sie musste ihn doch noch genauso lieben wie er sie. Alles andere war undenkbar. Und deshalb hatte auch Karenke sein Leben verwirkt. Du sollst nicht begehren deines Nächsten Weib.

Vangelis blätterte weiter.

Kapitel drei, »Y. Böttcher-Larue«. Dieser Teil von Durians

persönlichem Drama war neu für mich. Ich erfuhr, dass die Anwältin Durian in einer im Grunde unwesentlichen Sache vertreten hatte. Es ging um eine Druckereirechnung in Höhe von etwas mehr als dreitausend Euro. Durian hatte sich geweigert zu zahlen, da die gelieferten Bücher angeblich fehlerhaft waren. Vielleicht war er durch seine anderen Probleme auch ein wenig streitsüchtig geworden, und natürlich hatte er in seiner Situation kein Geld zu verschenken. So hatte er die Anwältin konsultiert. Diese hatte den Fall geprüft und Durian bestätigt, er sei im Recht. Daraufhin klagte man gegen die Druckerei. Und verlor. Auf Anraten der Anwältin ging er in die Revision und verlor erneut. Schließlich blieb er nicht nur auf dem Rechnungsbetrag, sondern zudem auf Anwalts- und Gerichtskosten von weit über zehntausend Euro sitzen.

Das war das Ende gewesen. Danach gab es kein Halten mehr.

Eine Weile hatte Durian sogar die Obdachlosigkeit gedroht. Von seiner Frau und aller Welt verlassen, hatte er gehungert, ungezählte empörte und beleidigende Briefe an wen auch immer geschrieben. Sich mehr und mehr abgekapselt und verrannt. Jetzt gab es nur noch »die da draußen«, die ihn betrogen und belogen, und auf der anderen Seite ihn, den einsamen Gerechten. Aber selbst hier schimmerte hin und wieder eine Spur von Selbstironie durch. Durian war selbst jetzt noch in hellen Momenten bewusst gewesen, dass er in manchen Situationen hätte anders entscheiden können. Dass er seinen Verlag hätte rechzeitig schließen können, kein Haus bauen, sich irgendeine Arbeit suchen.

»Aber was?«, las Vangelis und schob ihren halbleeren Teller zur Seite, um mehr Platz zu haben. »Taxifahrer? Nachtwächter? Müllmann? Schuhverkäufer? Mein Leben ist doch die Literatur! Wie tief sollte ich denn noch fallen?«

Am Ende war ihm nichts anderes übrig geblieben, als sich eine Stellung zu suchen. So war er tatsächlich Taxi gefahren, hatte eine Weile als Hilfskraft in einem Büro im Karlsruher Hafen gearbeitet, schließlich sogar im Großmarkt Kisten geschleppt. Dennoch hatte es ihm ständig an Geld gefehlt, und er hatte kaum die Miete für seine winzige Einzimmerwohnung aufbringen können.

Da war er schließlich auf die irrwitzige Idee gekommen, eine Bank zu überfallen.

Den letzten Anstoß hatte offenbar ein Zeitungsbericht gegeben, der von einem Räuberpärchen handelte, das seit Jahren die Polizei narrte, alle paar Monate eine kleine Bankfiliale ausplünderte und einfach nicht zu fassen war. Er hatte das Muster genau studiert: Die beiden wählten immer abgelegene Filialen aus, die möglichst weit entfernt vom nächsten Polizeirevier lagen. Immer kamen sie kurz vor Feierabend, erklärten den Angestellten mit ausgesuchter Höflichkeit, es handle sich um einen Überfall, zeigten kurz eine Pistole herum, von der niemand wusste, ob sie überhaupt echt war. Die Bankangestellten händigten den beiden zwischen dreißig und vierzig Jahre alten Tätern das vorrätige Bargeld aus, wurden in einem von der Straße nicht einsehbaren Raum gefesselt, mussten die Autoschlüssel herausgeben. Nie war jemand verletzt worden bei diesen Überfällen, die immer nur wenige Minuten dauerten.

Vangelis blättert weiter. Wir kamen – es mochten vielleicht noch dreißig, vierzig Seiten sein – zu Kapitel vier.

Sie erstarrte. Sah mich an, blickte wieder auf das Papier, öffnete den Mund und schloss ihn wieder. Ich verdrehte den Kopf, um die Überschrift entziffern zu können, die ihr so die Sprache verschlagen hatte.

Kapitel vier war mit »A. Gerlach« überschrieben.

Das Elend des Menschen ist, von seiner Sterblichkeit zu wissen. Der Gedanke, dass das Leben nicht ewig dauern wird, ist in der Jugendzeit unerträglich, empörend, obszön. Später ändert sich das unmerklich. Man hat vieles erlebt, manches erlitten, und der Gedanke, es könnte irgendwann nicht mehr weitergehen, kommt einem in winzigen Schritten näher, wird vertrauter, vielleicht, in hohem Alter, sogar sympathisch.

Es ist jedoch ein großer Unterschied, ob wir abstrakt über unseren Tod nachdenken im Sinne einer Möglichkeit, die nicht von der Hand zu weisen ist, aber in der mehr oder weniger fernen Zukunft liegt.

Oder ob wir unvermittelt in seine gleichgültigen, trüben Augen blicken.

Plötzlich konnte ich sie spüren, die Kälte in seinem Blick.
»Herr Gerlach?«, hörte ich Vangelis wie durch Watte.
Etwas klimperte zu Boden.
Mein Messer.

Durian hatte sich bei seinem idiotischen Banküberfall exakt an das Tatmuster seiner Vorbilder gehalten. Nur eine winzige Kleinigkeit hatte er übersehen: die Tatsache, dass die Entfernung zwischen der Bank und der nächsten Polizeidienststelle eine entscheidende Rolle spielte. Alles verlief zunächst planmäßig. Er hatte schon seine Beute in einer mitgebrachten Penny-Markt-Tüte verstaut, trug bereits den Autoschlüssel der Kassiererin in der Hosentasche. Und als er eben dabei war, die letzte der drei Angestellten zu fesseln, stand plötzlich die Polizei vor der Tür.

Natürlich nahm er Geiseln.

Natürlich verschanzte er sich in der Bank.

Sicherheitshalber bewies er sogar, dass seine Waffe kein Spielzeug war, indem er ein Loch in die Glastür schoss. Übrigens hatte man nie geklärt, wie er in den Besitz seiner alten, aber gut gepflegten Beretta gekommen war.

Es wurde Nacht, und irgendwann im Lauf dieser endlos langen Nacht, ich kann nur ungefähr sagen, wann, kam ich ins Spiel.

Für einige Stunden war ich Durians Verhandlungspartner. Das Ende des Dramas hatte ich jedoch nicht mehr miterlebt, sondern war zu Hause gewesen, wo wieder einmal irgendeine kleine Katastrophe passiert war. Es war eine turbulente Zeit damals, mit zwei kleinen Energiebündeln von Töchtern, einer latent überforderten Ehefrau und einem Job, der geregelte Arbeitszeiten nicht kannte.

Im Grunde war es keine aufregende Sache gewesen. Die Bankangestellten verhielten sich vorbildlich ruhig. Der Täter war intelligent genug, sich nicht zu unüberlegten Aktionen hinreißen zu lassen. Niemand auf unserer Seite fühlte sich zum Helden berufen, niemand drehte durch oder begann herumzuschreien. Ich stieß erst relativ spät dazu, als Ablösung des Psychologen vom Landeskriminalamt. Da war es vielleicht zwei Uhr morgens.

Die Bankfiliale lag dunkel, seit Stunden hatte sich dort nichts mehr gerührt, und es herrschte eine fast entspannte Atmosphäre in unserer mobilen und schon ziemlich muffig riechenden Einsatzleitstelle. Man riss Witze, sah häufig auf die Uhr mit der unausgesprochenen Frage, ob man in dieser Nacht wohl noch eine Mütze voll Schlaf erwischen würde. Durian hatte abends Essen und Getränke in die Bankfiliale bringen lassen, vermutlich sogar ein wenig geschlafen, war dennoch natürlich ein Nervenbündel, aber im Grunde sah es wirklich gut aus.

Nur eine Kleinigkeit war bisher schiefgegangen. Durian hatte rasch begriffen, dass der für solche Fälle geschulte Kollege vom LKA ihn mit seinen psychologischen Tricks mürbe reden wollte. So hatte er sich bald quergestellt und einen anderen Gesprächspartner verlangt. Jemanden, dem er vertrauen konnte. Man hatte es zunächst mit unserem damaligen Dezernatsleiter versucht, aber auch dem hatte er bald nicht mehr geglaubt.

Und dann kam ich.

Wir verstanden uns auf Anhieb, Durian begann mir zu vertrauen, verlangte schließlich das Übliche und längst Erwartete: einen großen, schnellen Wagen, mehr Geld als die zwanzig- oder dreißigtausend, die seine Beute ausmachten, freien Abzug. Ich willigte in alles ein. Hielt ihn mit den üblichen Ausflüchten hin, um auf Tageslicht zu warten. Und im Lauf dieser Stunden entstand diese merkwürdige, fast freundschaftliche Stimmung zwischen uns, die sich einstellt, wenn es gut läuft bei einer solchen Geschichte.

Durian würde wegfahren, war der Plan, begleitet von einer jungen Bankangestellten. Wir würden ihn ziehen lassen und keinesfalls verfolgen. Letzteres war selbstverständlich eine Lüge gewesen, aber in seiner weltfremden Art hatte er mir auch in diesem Punkt geglaubt. Natürlich planten wir zuzuschlagen, sowie die Geisel außer Gefahr war. Natürlich dachten wir keine Sekunde daran, ihn entkommen zu lassen. Es wäre gegen jede Vorschrift gewesen.

Michael Durian, dessen Namen ich erst viel später erfahren und bald darauf wieder vergessen sollte, war müde, sehnte sich nach Ruhe, einer freundlichen Stimme, Geborgenheit, ein klein wenig Sicherheit. All das bot ich ihm.

Bis zum Ende hatte er geglaubt, er würde davonkommen.

Ich hatte ihn in diesem Glauben bestärkt.

Und das war es, was er mir vorwarf.

Was mich nun, nach über neun Jahren, das Leben kosten sollte.

22

Mittwochmorgen, vierter Februar.

Schnee, wieder einmal.

Ich lebte noch.

Meine Töchter hatten sich ein wenig über meinen zerstreuten Zustand gewundert. Ich hatte ihnen erzählt, ich fühle mich krank und werde erst später ins Büro gehen.

Nun stand ich am Küchenfenster und sah hinaus. Unten parkte ein Streifenwagen, in dem zwei Beamte mein Leben bewachten. Zwei weitere drehten Runde um Runde durch die Weststadt.

Hatte ich Angst? Ich war benommen, betäubt, gelähmt. So wie ich musste sich jemand fühlen, der unvermittelt von einer Krankheit erfahren hatte, die ihn in Kürze ins Grab bringen wird.

An die Rückfahrt nach Heidelberg erinnerte ich mich nicht mehr. Natürlich war Vangelis gefahren. Eines allerdings wusste ich noch: Schon da, schon zu diesem Zeitpunkt, hatte ich den ständigen Drang verspürt, mich umzusehen.

Sönnchen war hell entsetzt gewesen, hatte wohl auch heimlich ein bisschen geweint. Obwohl er immer noch fieberte, war Balke schon in der Direktion gewesen, als wir ankamen, hatte seine Soko zusammengetrommelt und gemeinsam mit Vangelis eine Krisensitzung veranstaltet, zu der ich nicht zugelassen war. Ergebnis waren unter anderem der Streifenwagen dort unten und ständige Begleitung für meine Töchter.

Morgens um halb sieben hatte damals der Wagen vor dem Eingang der Bank gestanden, ein viertüriger Opel Vectra mit fast zweihundert PS. Wie verlangt, mit laufendem Motor und offen stehenden Türen. Unsere Truppen zogen sich zurück, machten sich unsichtbar. Durian kam heraus, gedeckt von seiner erstaunlich gefassten Geisel. Die beiden stiegen ein, die Wagentüren fielen zu, und er machte seine Sache nicht einmal schlecht für einen Anfänger. Die Frau fuhr, der silbergraue Opel bog um eine Ecke, und Augenblicke später waren sie nicht mehr zu sehen.

Den Hubschrauber, der Durian mit weitem Abstand folgte, bemerkte er zu keinem Zeitpunkt. Auch nicht die unzähligen zivilen Einsatzfahrzeuge, die ihm folgten, die meiste Zeit außer Sichtweite, ihn in ständigem Wechsel überholten, sogar vor ihm herfuhren. Aus seiner Perspektive war alles ruhig, lief alles perfekt. Er ließ sich über die Rheinbrücke in die Pfalz chauffieren, bei Kandel wechselte der Opel auf die Bundesstraße nach Bad Bergzabern, in Richtung Westen. Dort gab es Berge und teilweise undurchdringliche Wälder. Bald wähnte Durian sich in Sicherheit, ließ die Fahrerin noch ein paar Haken schlagen, einmal sogar wenden und ein Stück zurückfahren. Aber wir hatten ihn ständig unter Kontrolle und verloren ihn nicht eine Sekunde aus den Augen. Nie waren unsere Leute weiter als zwei-, dreihundert Meter von ihm entfernt.

Dann, eine Stunde nach der Abfahrt und knapp zehn Kilometer westlich von Bad Bergzabern, bog der Opel in einen dunklen Waldweg ein.

Und fünf Minuten später trug Michael Durian Handschellen.

All das war mir in den letzten Stunden nach und nach wieder eingefallen. Im Grunde war ich nur eine Randfigur gewesen. Ich hatte nichts entschieden, ich hatte nichts befohlen, ich hatte nur mit Durian telefoniert und seine Wünsche weitergeleitet. Ich hatte die ganze Angelegenheit längst vergessen gehabt, und selbst als vorgestern zum ersten Mal sein Name fiel, hatte ich keinen Zusammenhang hergestellt. Nicht einmal zu Durians Gerichtsverhandlung hatte man mich geladen, da ich nichts zur Aufklärung des sonnenklaren Sachverhalts hätte beitragen können. Ein Ersatz war ich gewesen, für den unfähigen Psychologen des LKA, nichts weiter.

Und dafür sollte ich nun also sterben.

Was Durian mir übel nahm, war nicht, dass ich ihn um seine letzte Hoffnung und ins Gefängnis gebracht hatte. Er warf mir vor, dass ich sein Vertrauen missbraucht, dass ich ihn belogen hatte. Er hatte mir tatsächlich Wort für Wort geglaubt, was ich ihm in jenen Stunden am Telefon erzählt hatte.

Dass wir ihn nicht verfolgen würden.

Dass wir an seinem Fluchtfahrzeug keinen Sender anbringen würden.

Durian hatte bis zu seiner Verhaftung an das Gute im Menschen geglaubt, an das Gute in mir.

Es läutete an der Tür. Ich hatte ihn natürlich schon gesehen: den Briefträger.

Um irgendetwas zu tun, um mich zu bewegen, ging ich hinunter. Ein einziger Umschlag lag im Kasten, mit der mir inzwischen so vertrauten runden Handschrift. Im Hinaufgehen riss ich ihn auf. Wieder eine Karte, wieder eine dieser gruseligen Radierungen. Dieses Mal gab es keine Lebenden mehr, sondern nur noch einen Haufen entsetzlich zugerichteter Leichen zu sehen. Und diesmal gab es auch keinen Bibelspruch:

Willkommen am Ufer des Styx.

Offenbar wusste Durian bereits, dass ich sein Buch entdeckt hatte. Woher? Wie konnte das sein?

»Du sollst nicht falsch Zeugnis reden«, hatte ich an einer Stelle in seinem Buch gelesen, »das achte Gebot, ohne dessen Beachtung keine Kultur möglich ist, keine Zivilisation, kein menschliches Zusammenleben, das diese Bezeichnung verdient.«

Er beobachtete mich. Er musste gesehen haben, wie wir die JVA betreten und später mit dem braunen Umschlag wieder verlassen hatten. War es vielleicht sogar Teil seines perversen Plans, dass ich meinen Namen entdeckte in seinem Buch der Kränkungen? Wer konnte wissen, was in seinem kranken Hirn vorging? Beobachtete er mich auch jetzt, in dieser Sekunde? In der ich wieder an mein Küchenfenster trat, die Karte noch in der Hand?

Auch die Lebensumstände seiner ersten drei Opfer hatte er penibel studiert. Er hatte genau gewusst, wann er sie wo antreffen würde. Durian handelte nicht spontan, sondern planvoll. Jeden seiner Schritte hatte er genau überlegt, vermutlich hundertfach durchdacht.

Die meisten Verbrecher, mit denen ich im Lauf meines Polizeidienstes zu tun hatte, waren eher unterbelichtet. Hier war das Gegenteil der Fall. Durian war überdurchschnittlich intelligent. Er hatte Jahre Zeit gehabt, Pläne zu schmieden, Möglichkeiten durchzuspielen, Eventualitäten abzuwägen. Und selbst jetzt hatte er Zeit.

Mein Mörder hatte so verflucht viel Zeit.

Natürlich wurde seit gestern mit allem nach ihm gefahndet, was wir aufzubieten hatten. Balke hatte endlich brauchbare Fotos organisiert, aufgenommen anlässlich einer Weihnachtsfeier in der JVA, und mit seinen digitalen Tricks verschiedene Versionen davon angefertigt: Durian mit Glatze, mit kurzen und mit langen Haaren, blond und dunkel, mit und ohne Brille. Jedes Hotel, jede Pension im Umkreis von hundert Kilometern hatte in den letzten Stunden Besuch von der Polizei bekommen. Jeder Streifenbeamte wusste, wie mein Mörder aussah. Wie er aussehen könnte.

Die ersten drei Karten an mich waren inzwischen in unserem Labor untersucht worden. Durian hatte sich nicht einmal die Mühe gemacht, Handschuhe zu tragen, als er sie schrieb und in den Briefkasten warf. Er hatte gewusst, dass das nicht nötig sein würde, weil ich zu dem Zeitpunkt, wo ich mich dafür zu interessieren begann, seinen Namen ohnehin schon kennen würde.

Natürlich hatte ich Angst. Wenn man diese merkwürdige, benommene Dumpfheit in meinem Kopf Angst nennen wollte.

Was hatte ich erwartet?

Was hätte ich geantwortet, hätte man mich vor einer Woche gefragt, wie ich auf eine solche Situation reagieren würde? Gelassen, hätte ich geantwortet, entschlossen, energisch, überlegt. Mutig vielleicht sogar.

Und nun stand ich da und starrte aus diesem blöden Fenster,

ohne etwas zu sehen. Unter meiner linken Achsel drückte die ungewohnte Pistole.

Es stimmte ja nicht, es war keine Angst. Angst hat man vor einer realen Gefahr. Wenn es darum geht, entweder zu flüchten oder zu kämpfen. Dann schüttet unser Körper Hormone aus, die unser Herz schneller schlagen lassen, unsere Aufmerksamkeit aufs Äußerste schärfen, unsere Hände feucht werden lassen, damit uns die Keule, die wir zu unserer Verteidigung so dringend brauchen, nicht aus der Hand gleitet.

Dies hier war etwas vollkommen anderes. Etwas Körperloses. Etwas unsäglich Gemeines und Banales. Mein Puls schlug völlig umsonst zu schnell. Meine Hände waren ganz sinnlos feucht. Es gab ja nichts zu tun. Nirgendwo war ein Feind in Sicht. Und ich hatte nicht einmal eine Keule.

Mein Handy summte in der Hosentasche.

Balke.

»Alles okay?«, fragte er heiser.

»Mir geht's prima«, log ich – wie ich fand – nicht einmal schlecht. »Ich komme dann bald ins Büro.«

»Die Streife wird Sie fahren.«

»Das ist nicht nötig. Ich kann selbst auf mich aufpassen.«

»Die Streife wird Sie fahren.«

Kaum hatte ich aufgelegt, meldete sich das Handy erneut. »Theresa« stand auf dem Display. Jetzt hatte mein Herz immerhin einen Grund, stärker zu klopfen. Wie lange hatte ich nichts mehr von ihr gehört?

»Was machst du nur für Sachen?« Ihre Stimme klang voller Sorge, und das tat mir unendlich gut.

»Wir werden ihn bald haben, keine Angst. Vermutlich heute noch. Spätestens morgen. Er hat nicht die geringste Chance.«

Selbst die gespielte Zuversicht, die ich in meiner Stimme hörte, tat mir gut.

»Können wir uns sehen?«

»Wann?«

»Jetzt?«

»Ich weiß nicht…« Brachte ich sie dadurch in Gefahr? Unsinn. Durian konnte ja nicht überall sein, und ich war ja kein Anfänger. »Bin schon unterwegs«, hörte ich mich sagen.

Ich ließ mich von den Kollegen nach Neuenheim kutschieren, erzählte etwas von einem Zahnarzttermin. Dort bat ich den Fahrer, kurz hinter der Neckarbrücke rechts abzubiegen und gleich darauf anzuhalten. Ich murmelte ein Dankeschön, lief zurück und verschwand in der schmalen Ladenburger Straße. In diesen Sekunden liebte ich das Heidelberger Einbahnstraßen-Wirrwarr, das es den armen Schupos jetzt völlig unmöglich machte, mir zu folgen. Ich lief schnell, sah immer wieder zurück. Zur Sicherheit machte ich noch einige Umwege durch das zu jeder Tageszeit vollgeparkte Neuenheim. Endlich war ich überzeugt, unbeobachtet zu sein, und eine Minute später stand ich atemlos in der Wohnung. Theresa kam nur wenige Augenblicke nach mir. Heute trug sie wieder die Perlenkette, die sie an dem Abend getragen hatte, als ich sie zum ersten Mal sah.

Wortlos nahm sie mich in die Arme und drückte mich an sich.

Sie wusste, hier gab es nichts zu reden. Es gibt Dinge, denen sind Worte nicht gewachsen. Da braucht es Älteres: Berührungen, Wärme, Gehaltenwerden.

Es fehlte wirklich nicht viel, und ich hätte geweint.

Lange blieben wir stumm.

Sie wusste alles, was es zu wissen gab, woher auch immer. Streichelte meinen Rücken, küsste mich. Wie man ein Kind küsst, das Mitleid braucht und verdient.

»Ich bin nicht krank«, sagte ich schließlich und löste mich von ihr. »Verstehst du, es ist nur … ein wenig ungewohnt für mich, meinen Namen auf einer Todesliste zu lesen.«

Sie lächelte, küsste mich auf die Nase.

»Setzen wir uns«, sagte sie. »Magst du etwas trinken?«

»Keinen Alkohol, bitte.«

Schon am gestrigen Abend hatte ich nur Wasser und Saft getrunken. Ich bildete mir ein, es würde helfen, nüchtern zu bleiben, einen klaren Kopf zu behalten. Geschlafen hatte ich nicht einmal schlecht. Viel geträumt, allerdings. Irres Zeug von schwindelerregend hohen Brücken, von deren Geländer ich baumelte in der Gewissheit, dass ich mich nicht mehr lange würde halten können. Einstürzende Häuser, deren mächtige Staubwolken mich selbst im Schlaf noch an die Bilder vom elften September zweitausendeins erinnerten.

»Ich mache Tee«, sagte Theresa mit wohltuender Souveränität.

»Was du willst.«

Dann saß sie neben mir und hielt meine Hand. Das machte das Teetrinken ein wenig umständlich, aber ich fand es in Ordnung so.

»Es ist wegen Egon«, begann sie, nachdem wir an unseren Tassen genippt hatten.

»Was ist mit ihm?«

»Er ist sehr krank.« Sie stellte ihre Tasse mit übertriebener Vorsicht ab. »Was du nicht weißt, was fast niemand weiß: Egon hatte vor Jahren Lungenkrebs. Er wurde durch einen glücklichen Zufall sehr früh entdeckt, die Operation war erfolgreich. Seither raucht er übrigens nicht mehr. Früher hat er ja geraucht wie ein Schlot.«

Endlich verstand ich, was er an seiner Sammlung kostbarer und niemals angesteckter Zigarren so interessant fand.

»Seither darf er nur noch an seinen Zigarren schnuppern.« Theresa lächelte kurz, räusperte sich.

Mein Handy summte. Balke, las ich auf dem Display. Er würde wütend auf mich sein. Nichts ist ärgerlicher für einen Polizisten, als für die Sicherheit eines Menschen die Verantwortung zu tragen, der nicht kooperiert. Ich ließ es summen.

»Und jetzt ist der Krebs wieder ausgebrochen?«

»Es ist noch nicht ganz sicher. Erst war es nur eine Grippe, die einfach nicht besser wurde, und der ewige Husten. Vor zwei Wochen haben sie im Röntgenbild die Schatten entdeckt. Aber für die weiteren Untersuchungen muss er erst wieder ganz gesund werden. Seither liegt er in der Klinik. Ich verstehe nicht viel von Medizin. Aber eines habe ich verstanden: Wenn es wieder Krebs ist, dann wird es schlimm.«

»Und deshalb wolltest du mich nicht mehr sehen?«

»Versteh doch…« Sie bedeckte die Augen mit der einen Hand und drückte mit der anderen die meine.

»Klar, verstehe ich«, sagte ich lahm. »Vermutlich hätte ich in deiner Situation genauso gehandelt.«

Der Tee und seine Wärme taten mir gut. Es fühlte sich an, als würde tief in meinem Bauch das Leben von Neuem beginnen.

Theresa hielt immer noch meine Hand.

Ich war es einfach noch nicht gewohnt, der Leidtragende zu sein. Der, um den man sich Sorgen macht. Bisher war immer ich es gewesen, der sich sorgte. »Sobald es überstanden ist, kann alles wieder so sein wie früher«, sagte Theresa.

»Das ist gut.«

»Alexander, es zerreißt mich!«

»Das kann ich mir vorstellen.«

»Ich muss doch zu ihm halten. Und ich will zu dir halten. Beides zugleich geht nicht, verstehst du nicht?«

Plötzlich lagen wir uns wieder in den Armen und hielten uns ganz fest.

23

Den Rest des Vormittags verbrachte ich im Büro mit Routinekram, bei dem man nichts falsch machen konnte. Sönnchen umsorgte mich, als läge ich im Sterben. Ihre Stimme klang merkwürdig hohl, ihre Augen glitzerten oft verdächtig.

In der Direktion war ich in Sicherheit, sagten wir uns. Sicherer als an jedem anderen Ort der Welt. Meine Dienstwaffe lag griffbereit und durchgeladen auf dem Schreibtisch.

Balke und Vangelis hatten wegen meines vorübergehenden Verschwindens kein Wort verloren. Natürlich waren sie stocksauer. Da ich aber ihr Vorgesetzter war, konnten sie schlecht mit mir schimpfen. Meine Töchter wussten bisher nichts von der Bedrohung. Sie wurden diskret beobachtet und bewacht, seit sie heute Morgen das Haus verlassen hatten.

Gegen Mittag erschienen Klara Vangelis und Sven Balke bei mir. Ihre Mienen waren ernst, ihre Absichten offensichtlich.

»Wir haben alles noch einmal durchdiskutiert«, begann Vangelis kategorisch. »Wir sehen nur eine Möglichkeit: Sie müssen untertauchen und Ihre Töchter mit Ihnen. Wir können für Ihre Sicherheit nicht garantieren.«

»Kommt überhaupt nicht in Frage«, versetzte ich eine Spur schärfer als angemessen. »Ich verkrieche mich nicht.«

»Chef«, sagte Balke. »Der Typ ist echt gefährlich! Er kalkuliert seinen eigenen Tod ein als Teil der Show. Dagegen hilft nichts außer Verstecken. Klara hat völlig recht, sorry, aber so ist es nun mal.«

Vangelis musterte mich mit geschäftsmäßigem Blick. Für sie zählten nicht Gefühle. Für sie zählten Fakten und Wahrscheinlichkeiten.

»Ich werde ungefähr so gut bewacht wie der amerikanische Präsident«, sagte ich. »Seine ersten drei Opfer waren zwei Frauen, die nichts von der Gefahr wussten, und ein alter, halb blinder Mann. Ich weiß genau, was er vorhat, ich bin bewaffnet, ich kann mich meiner Haut wehren.«

»Wir wissen eben *nicht*, was er vorhat«, korrigierte mich Vangelis kühl. »Wir wissen nichts über die Taktik, die er sich zurechtgelegt hat. Wir wissen nur, dass er intelligent ist und Sie tot sehen will.«

»Nein und abermals nein.« Ich schlug auf den Tisch, um mir selbst Mut zu machen. »Verstecken kommt nicht in Frage.«

»Es ist Ihre Entscheidung.« Vangelis klang plötzlich sehr amtlich. »Wir können Sie zu nichts zwingen.«

»Sie trifft keine Schuld, sollte etwas schiefgehen. Wenn Sie sich dann besser fühlen, können Sie das gerne zu den Akten nehmen.«

»Daran wäre mir in der Tat gelegen.«

Mit halb verstockten, halb besorgten Mienen wandten sie sich zum Gehen.

»Eines noch.« Vangelis machte noch einmal kehrt. »In diesem Fall möchte ich wenigstens Ihren Töchtern Personenschutz geben. Sie aus der Ferne im Auge zu behalten, reicht einfach nicht. Die beiden sollten in den nächsten Tagen besser nicht zur Schule gehen. Melden Sie sie krank.«

»Muss das wirklich sein?«

»Sonst lehne ich jede Verantwortung ab.«

»Gut. Sie werden sich freuen, dass sie schulfrei haben.«

Dann waren sie weg.

Ich war wieder allein.

Später kam Sönnchen und wollte wissen, ob sie noch etwas für mich tun könne, ob ich etwas brauche. Ich raunzte sie an und entschuldigte mich in der nächsten Sekunde. Sie lächelte nachsichtig, war aber dennoch gekränkt.

Mein Telefon blieb still.

Niemand kam und bat mich um einen Rat oder eine Entscheidung.

Nicht einmal die Staatsanwaltschaft hatte heute etwas an mir auszusetzen. Ich dachte viel an Theresa und ihren möglicherweise todkranken Mann, meinen Chef, den ich vielleicht nie wieder hinter seinem Beichtstuhl-Schreibtisch sehen würde und der sich in diesem Moment vielleicht ganz ähnlich fühlte wie ich. Vielleicht hätte ich am Vormittag mehr Mitgefühl zeigen sollen? Vielleicht hätte ich mehr Anteil nehmen müssen? Ich war zu so etwas wie Gefühlen im Augenblick einfach nicht fähig.

In der Zwischenzeit lief die Fahndung nach Michael Durian auf Hochtouren. Bundesweit. Europaweit. Tausende Fahrzeuge wurden an diesem Tag angehalten und kontrolliert. Jeder auf den Straßen Heidelbergs, der auch nur im falschen Augenblick zwinkerte, wurde höflich nach seinen Papieren gefragt. Die Medien terrorisierten unsere Pressestelle mit Anfragen, und natürlich erfuhren sie nicht die Wahrheit. Wir fahndeten nach einem dreifachen Mörder. Das musste als Erklärung für den plötzlichen Wirbel reichen.

Es wurde Abend. Es wurde dunkel. Sönnchen fragte, ob sie Feierabend machen dürfe.

Allmählich wurde es still im Haus.

Ich lebte immer noch.

Später ließ ich mich standesgemäß nach Hause fahren. Meine Töchter saßen vor ihren PCs, sahen kaum auf, als ich kam. Ich setzte mich mit einer Kanne Wasser und einem Käsebrot vor den Fernseher und versuchte, mir einen Film anzusehen. Es gelang mir nicht. Ich begriff nicht, warum dieses Paar ständig stritt. Warum sie nicht in Frieden miteinander leben konnten. Warum sie ihn am Ende tötete.

Gegen elf erschienen meine Töchter, um mir eine gute Nacht zu wünschen und zu fragen, ob es mir besser gehe. Ich verstand ihre Frage nicht.

»Du bist krank, hast du heut Morgen gesagt«, erinnerte mich Sarah.

»Oh, ja, es geht mir viel besser, danke. Ja, es geht mir besser, wirklich.«

»Du siehst aber nicht so aus, Paps«, sagte Louise mit unsicherem Blick. »Willst du nicht vielleicht mal zum Arzt gehen?«

Ich versprach, es mir zu überlegen und ebenfalls bald schlafen zu gehen.

In der Nacht schlief ich wie ein Stein. Ohne Träume. Aber als ich am Morgen erwachte, war die Erinnerung sofort da, in der ersten Sekunde. Und diese innere Kälte, die man wohl doch Angst nennen musste.

Der Wecker zeigte elf Minuten nach sieben.

Im Flur waren Geräusche.

Davon war ich aufgewacht.

Jemand schlich vor meiner Tür herum. Ich hörte Rascheln, fast unhörbar leise Schritte. Mein Puls tobte, ich griff unters Kopfkissen nach der Pistole, entsicherte sie. Durchgeladen war sie bereits seit Dienstagabend. Heute war Donnerstag, wenn ich nicht irrte.

Jemand flüsterte, und ich begriff: es waren meine Mädchen, die vor meiner Tür herumschlichen. Sie waren aus Rücksicht auf mich so leise.

Ich blieb im Bett sitzen, bis mein Puls sich wieder normalisiert hatte, sicherte die Heckler & Koch, schalt mich einen Idioten und Angsthasen.

Wie hätte Durian hereinkommen sollen?

Vor der Haustür stand ein Streifenwagen. Um den Block kreisten zwei weitere. Niemals war die Heidelberger Weststadt sicherer gewesen als in diesen Tagen.

Erst als die Wohnungstür ins Schloss fiel, wurde mir bewusst, dass sie zur Schule gingen, obwohl ich sie hatte zu Hause behalten wollen. Ich griff zum Handy, legte es wieder weg. Ich musste es ihnen schonend beibringen, heute Nachmittag würde ich mit ihnen reden, nahm ich mir vor. Auge in Auge, damit sie sich nicht mehr fürchteten als nötig.

Als ich meinen Töchtern eröffnete, dass sie ab sofort schulfrei und außerdem Ausgehverbot hatten, freuten sie sich verständlicherweise nur über den ersten Teil der Nachricht. Vor allem Louise war ganz und gar nicht einverstanden.

»Aber wieso denn?«, wollte sie wissen. »Was ist denn los?«

»Es gibt einen Verrückten, der mich bedroht«, gestand ich. »Es ist aber nicht so schlimm, wie es sich anhört. Nur eine Vorsichtsmaßnahme.«

»Steht darum die ganze Zeit ein Polizeiauto vor unserem Haus?«

»Ja.«

»Und jetzt sollen wir also wochenlang hier rumhängen und uns anöden?«

»Von wochenlang ist nicht die Rede. Ihr habt Internet. Es gibt Telefon und Fernsehen und Bücher. Ihr könnt von mir aus Freundinnen einladen ...«

»Da können wir uns ja gleich umbringen lassen. Das geht wenigstens schneller, als sich zu Tode zu langweilen.«

»Euch will er ja nichts«, seufzte ich. »Und von umbringen hat niemand was gesagt. Der Mann ist nur ein Verrückter, ein Spinner, aber im Grunde völlig harmlos. Er gehört in die Klapsmühle und nicht ins Gefängnis.«

»Na super!«, stöhnte Sarah. »Da bin ich aber echt beruhigt!«

»Ich muss aber dringend in die Stadt, ein paar Sachen für die Schule kaufen«, quengelte Louise.

»Daraus wird heute leider nichts.«

»Jetzt sag schon, wie lang soll das so gehen?«

»So lange, bis er gefasst ist. Mir macht das Ganze auch keinen Spaß, das könnt ihr mir glauben.«

Die beiden starrten eine Weile ratlos vor sich hin. Louise schien beunruhigter zu sein als Sarah. Aber das wunderte mich nicht. Sie war immer schon die Empfindsamere gewesen, die Ängstlichere, die Vorsichtigere.

»Ich kann mich darauf verlassen, dass ihr keinen Unsinn anstellt?«

»Klar.« Sie nickten ergeben. »Und was ist mit der Probe am Samstag?«

»Da begleite ich euch. Das ist kein Problem.«

24

Am Freitag war Michael Durian immer noch auf freiem Fuß. Mein Zustand besserte sich allmählich, die Schockstarre löste sich, wie manche mir ungefragt bestätigten. Diejenigen, die Bescheid wussten, bewunderten mich für meine Kaltblütigkeit. Die anderen vermuteten einen Infekt. Eine harmlose Erkältung, die nicht einmal richtig zum Ausbruch gekommen war.

Ich glaubte nicht daran, dass meine Mädchen wirklich in Gefahr waren. Durian hatte seine bisherigen Morde alle nach demselben Schema begangen: Er hatte seinen Opfern in die Augen gesehen, als er sie tötete. Mit offenem Visier sozusagen. Vielleicht hatte er ihnen sogar erklärt, weshalb er gekommen war. Weshalb sie sterben mussten.

Auf der anderen Seite verstand ich natürlich Vangelis. An ihrer Stelle hätte ich ebenso gehandelt.

Inzwischen konnte ich mir sogar vorstellen, was Durians Plan war: warten, die einfachste Taktik der Welt.

Warten, bis meine Bewacher unaufmerksam wurden.

Warten, bis ich mich in Sicherheit wiegte.

Warten, bis niemand mehr mit irgendetwas rechnete.

Durian hatte so verflucht viel Zeit.

Um vier Uhr machte ich Feierabend, weil ich die Stille um mich herum keine Sekunde länger ertrug. Nichts tun konnte ich ebenso gut zu Hause, und da gab es wenigstens Musik und Rotwein und zwei Menschen, die hin und wieder mit mir sprachen. Vielleicht war es eine Lösung, sich zu betrinken? Vielleicht saß Durian hinter Gittern, wenn ich wieder nüchtern war? Vielleicht war meine aus den Fugen geratene Welt dann endlich wieder in Ordnung?

Sarah kam aus ihrem Zimmer, als ich die Wohnung betrat, musterte mich erschrocken.

»Hi, Paps«, begrüßte sie mich lahm. »Bist du jetzt doch krank?«

»Das nicht«, erwiderte ich. »Aber mir geht's nicht besonders, und in der Direktion ist sowieso nichts los.«

Ich hängte meinen Mantel an die Garderobe.

Sarah stand immer noch in ihrer Tür und sah mich unsicher an. Ich musste an eine Szene in Loriots genialem Film »Pappa ante Portas« denken und sogar ein wenig lächeln. »Ich wohne hier«, sagt der Ehemann, als er – überraschend pensioniert – mitten am Tag nach Hause kommt. »Aber doch nicht jetzt!«, erwidert seine Frau.

Auf dem Schuhschränkchen lag, säuberlich gestapelt, die Post. Ich hatte keine Lust auf Post und ging in Richtung Wohnzimmer.

»Keine Angst.« Ich gab mich bemüht launig. »Ich werde euch nicht stören.«

Erst als ich schon nach einer zu meiner Stimmung passenden CD suchte, fiel mir etwas auf. Ich wandte mich um.

»Wo steckt eigentlich Louise?«

»Die ... ähm ...« Sarah senkte den Blick. »Sie ist mal ganz kurz weggegangen. Was besorgen, für die Schule. Sie wird aber bestimmt gleich wieder da sein.«

Eines beruhigte mich oft: Meine Töchter konnten nicht lügen. Ihre Erziehung schien zumindest in diesem Punkt kein Misserfolg gewesen zu sein. Natürlich schwindelten sie hin und wieder, aber das tun wir ja alle.

Mein Ton wurde ernst. »Raus mit der Sprache, wo ist sie?«

»Ich ... weiß nicht so genau.«

»Einkaufen ist sie also nicht.«

Sarah sah immer noch zu Boden. »Sie hat da wen, glaub ich.«

»Du meinst, einen ...« Wie nennt man das in ihrem Alter? »Einen Mann?« So bestimmt nicht. »Einen Freund oder so was?«

Betretenes Nicken.

»Wen?«

»Weiß nicht. Sie redet nicht drüber. Vielleicht Pit. Die gucken sich in letzter Zeit immer so an.«

»Pit, das ist euer Drummer, richtig?«

»Sie schielt dauernd zu ihm hin, wenn wir proben.«

»Ist es nicht normal, dass man als Sängerin den Schlagzeuger im Auge behält?«

»Wenn sie dabei nicht ständig den Takt verschlafen würde ...«

»Und wo wohnt dieser Pit? Hast du eine Nummer von ihm?«

»Irgendwo in Mannheim. Ich glaub, sie fährt immer mit der Straßenbahn. Warte…« Sarah verschwand kurz und kam mit ihrem Handy in der Hand zurück.

Ich hatte inzwischen mein eigenes gezückt. Sie diktierte mir die Nummer von Louises Freund. Es tutete eine Weile, aber niemand nahm ab.

Sarah stand da, mit hängenden Armen, das Handy immer noch in der Hand.

»Na, die wird was erleben«, sagte ich und drückte wütend den roten Knopf. »Wie ist sie überhaupt ungesehen aus dem Haus gekommen?«

»Das ist total easy.« Sarah wischte sich mit der flachen Hand erst die eine, dann die andere Wange ab. »Hinten raus, durch den Garten, über den Zaun und dann einfach durch die Einfahrt von dem gelben Haus in der Wilhelmstraße.«

Louise erschien erst um kurz vor halb sechs und war sehr zerknirscht. Inzwischen hatte ich bereits mit Vangelis telefoniert, und Sarah hatte zwei kleine Koffer gepackt mit dem Nötigsten. Eine halbe Stunde später saßen meine Töchter in einem Streifenwagen auf dem Weg nach Heilbronn. Sönnchen hatte dort eine Nichte oder Cousine, die eine kleine Pension betrieb. Für meine Mädchen war ein Doppelzimmer reserviert und ein weiteres für zwei Beamte, die sie von nun an rund um die Uhr bewachen würden.

Später setzte ich mich mit einem Glas Wein vor den Fernseher und versuchte, über einen alten Film mit Louis de Funès zu lachen. Aber es gelang mir nicht. Ich fühlte mich so einsam wie noch nie, und mir wurde bewusst, dass die Zwillinge überhaupt nicht mehr stritten, seit mein Leben bedroht war.

Das Wochenende war das längste meines bisherigen Lebens. Die Minuten waren zäh und klebrig. Stunden wurden zu kleinen Ewigkeiten. Alles war zur Zeitlupe geronnen. Lesen machte mich nervös, Musik langweilte mich, Fernsehen machte mich zugleich müde und aggressiv. Madame Bovary hatte ich inzwischen ins Regal gestellt. Vielleicht würde ich es irgendwann noch einmal zu lesen versuchen, unter günstigeren Bedingungen.

Mittags hatte ich keinen Appetit. Der anschließende von zwei Streifenwagen im Schritttempo verfolgte Spaziergang geriet zur Farce. Nicht einmal einkaufen durfte ich, hieß es plötzlich. Die Lichtpunkte meines öden Lebens waren die Telefonate mit meinen Töchtern. Sie langweilten sich nicht weniger als ich. Immerhin hatten sie einen Fernseher, und der Mann von Sönnchens Nichte oder Cousine hatte ihnen seinen Breitbild-Laptop mit allen erdenklichen Extras aufs Zimmer gestellt. Ihre Bewacher bestätigten mir auf Nachfrage, dass die beiden keine Zicken machten und bisher keine Fluchtversuche unternommen hatten.

Ständig musste ich gähnen, aber wenn ich mich hinlegte, um ein Nickerchen zu machen, fand ich keine Ruhe.

Aber ich lebte noch. Wenn auch mit dem Gefühl, mitten im Zentrum eines vollkommen lautlosen Orkans zu sitzen.

25

Am Montagmorgen war ich froh, wieder in die Direktion zu dürfen. Ich floh aus meiner Wohnung, wie ich am Freitag aus dem Büro geflohen war. Dort fand ich alles unverändert.

Drei Männer hatte man im Lauf der vergangenen zwei Tage festgenommen, erfuhr ich von Sönnchen, nur um sie kurze Zeit später wieder freizulassen. Vier Wohnungen, elf allein stehende Häuser und eine Menge Gartenlauben hatten meine Leute ergebnislos durchsucht. Immerhin war ihnen dabei ein lange gesuchter italienischer Drogendealer ins Netz gegangen, und sie hatten eine verwahrloste Zweizimmerwohnung entdeckt, in der ein alter Mann zusammen mit siebenunddreißig halb verhungerten Katzen hauste.

Durian blieb verschwunden.

Den Vormittag verbrachte ich im Wesentlichen damit, Sönnchen von meinem ereignislosen Wochenende zu erzählen und mir ihren wütenden Bericht von einem restlos missglückten Auftritt ihres Kirchenchors anzuhören. Ich glaube, sie langweilte sich bei unseren mühsamen Gesprächen nicht weniger als ich. Zum Mittagessen musste ich mich zwingen. Meine Sekretärin hatte mich ausdrücklich ermahnt. Der Kaffee danach schmeckte nach angesengtem Stroh.

Sicherheitshalber rief ich hin und wieder in Heilbronn an. Meine Töchter schienen nach wie vor brav zu sein und sich an alle Abmachungen zu halten. Der Fernseher war allerdings zu klein, und der Laptop funktionierte auch nicht richtig.

Durian war immer noch frei.

So still es in meinem Büro war, so hektisch ging es eine Etage tiefer zu. Das wusste ich allerdings nur aus Sönnchens Berichten. Runkel habe Flaubert nun wirklich mit nach Hause genommen, da er mit seinem Geschrei die Leute verrückt machte. Von Theresa kam hin und wieder eine SMS mit sorgenvollen Fragen, die ich in schnoddrigem Ton beantwortete. Richtige Männer kennen keine Angst, war einer der Sprüche. Sie nannte mich zärtlich einen Dummkopf.

Meine Telefonleitung schien jemand zerschnitten zu haben. Als ich versuchsweise den Hörer ans Ohr hielt, tutete es allerdings vorschriftsmäßig.

Inzwischen fühlte ich mich schon fast wieder zuversichtlich. Der Mensch gewöhnt sich offenbar an alles. Selbst an Todesangst. Wäre nur diese elende, zermürbende Langeweile nicht gewesen.

Balke und Vangelis bekam ich nur einmal kurz zu Gesicht. Auf Balkes Stirn standen Schweißperlen, er schien abgemagert zu sein in den letzten Tagen. Vermutlich die Grippe, die ihm immer noch zu schaffen machte. Vangelis kam mir blasser vor als sonst, verschlossener und noch ernster. Hastig gingen sie mit mir die Liste ihrer nächsten Maßnahmen durch. Dann verschwanden sie, und ich war wieder allein.

Selbst auf dem Flur war es an diesem Montagnachmittag stiller als sonst. Oder kam es mir nur so vor? Irgendwann wurde mir bewusst: Es wurde nicht mehr gelacht in meiner Gegenwart, in meiner Nähe wurden keine Witze mehr gerissen. Man mied mich, weil man fürchtete, das Unglück könnte überspringen. Vielleicht ein uralter Instinkt, der in jedem von uns steckt: Geht es jemandem schlecht, dann halte lieber Abstand. Du kannst nicht wissen, wie böse die Geister sind, die sich in seine Waden verbissen haben.

Als Sönnchen zum hundertsten Mal fragte, ob sie etwas für mich tun könne, warf ich sie hinaus, und dieses Mal entschuldigte ich mich nicht.

Ich versuchte, meinen Aktenstapel wenigstens ein kleines bisschen abzuarbeiten, aber es gelang mir nicht, mich zu konzentrieren. Meine Sekretärin war irgendwohin verschwunden, vermutlich, um sich über mich zu beklagen, ihren undankbaren Chef, der einen anpöbelte, wo man doch nur ein wenig freundlich sein wollte. Plötzlich schämte ich mich. Ich war eine Zumutung für meine Umwelt. Man sollte es halten wie die Tiere: Wenn es einem schlecht geht, dann sollte man Gesellschaft meiden. Andere nicht belästigen mit seinem Elend.

Irgendwann, draußen begann es schon wieder zu dunkeln, stellte ich fest, dass ich keine Angst mehr in mir spürte, sondern nur noch Wut. Ich war so wütend auf Durian, dass ich ihm vermutlich an die Gurgel gesprungen wäre, wäre er jetzt zur Tür hereingekommen.

26

Der Fahrer des Streifenwagens, der mich nach Hause gebracht hatte, hob die Hand zum Gruß und fuhr an. Einer der beiden Kollegen, die sich in einem zweiten Wagen vor meiner Tür langweilten, stieg aus, begrüßte mich mit ernstem Nicken und begleitete mich zur Haustür.

»Neue Anweisung, entschuldigen Sie«, murmelte er unbehaglich, als er meinen verwunderten Blick bemerkte. »Ich muss Sie hochbegleiten und erst die Wohnung durchsehen, bevor ich Sie reinlassen darf.«

Das Wetter war trüb. Es nieselte. Gab es überhaupt noch anderes Wetter?

Ich schloss auf.

»Übrigens, Ihr Briefkasten, Herr Kriminaloberrat …«, sagte der kleinlaute Schupo.

Offenbar hatte ich schon am Samstag vergessen, die Post zu

holen. Das meiste, was ich zutage förderte, war die übliche Werbung. Immerhin kein neuer Brief von Durian. Mein Leibwächter bestand darauf, als Erster die Wohnung zu betreten, bedeutete mir zu warten, kam eine halbe Minute später wieder heraus, nickte mir verlegen zu und verschwand.

Ich warf den kleinen Papierstapel auf das Schuhschränkchen, hängte meinen Mantel auf, rieb mir die Hände. Die Wohnung war gut geheizt, dennoch war mir kalt. Ich ging herum und schaltete in allen Räumen das Licht ein. Ich setzte mich an den Küchentisch, sprang wieder auf. Ich zückte mein Handy und drückte die Wahlwiederholung.

»Ja, Paps«, ich sah Sarahs Augenrollen vor mir, »es ist immer noch alles in Ordnung. Stell dir vor, die haben hier nicht mal Kabelfernsehen! Der Fernseher ist gar nicht kaputt, die haben bloß keinen Kabelanschluss!«

Ich öffnete den Kühlschrank, fand nichts, worauf ich Lust hatte, schloss ihn wieder, setzte Wasser auf, um mir einen Tee zu kochen. Vielleicht wurde mir davon wärmer.

Mein Handy brummte auf dem Tisch. »Theresa«, las ich auf dem Display und drückte erfreut und erstaunt zugleich den grünen Knopf. Es war noch nie vorgekommen, dass sie mich einfach so anrief.

Hoffentlich war nichts mit Liebekind …

Es war nicht Theresa.

Ich erkannte seine Stimme beim zweiten Wort.

»Es ist mir keine Freude, Ihre Stimme zu hören, Herr Gerlach.«

»Was wollen Sie?«, fragte ich heiser. Wie kam er an Theresas Handy?

»Erinnern Sie sich an die Nacht, als wir zum ersten Mal miteinander zu tun hatten?«

Plötzlich waren meine Hände feucht. Das Teewasser auf dem Herd begann zu summen. Mein Hals wurde eng. Ich räusperte mich. Es half nichts.

»Selbstverständlich erinnere ich mich.«

»Heute möchte ich auf Ihr damaliges Angebot zurückkommen.«

»Welches Angebot?«

»Sie hatten mir damals einen Geiselaustausch angeboten. Sie gegen die anderen ...«

»Sie ... haben eine ... Geisel?« Was war bloß mit meiner Stimme? Ich schaltete die Herdplatte aus. Meine Hand zitterte. »Was verlangen Sie?«

»Wir beide treffen uns, und Ihrer Geliebten wird nichts geschehen. Im Moment geht es ihr leider Gottes nicht allzu gut.«

»Sie sind ein ...« Ich unterdrückte meine aufkochende Wut. »Ich will sie sprechen.«

»Das geht leider nicht. Tut mir leid.«

»Dann beende ich jetzt das Gespräch.«

»Wie Sie meinen.«

Ich ließ das Handy sinken.

Ich nahm es wieder ans Ohr.

»Okay«, sagte ich. »Was soll ich tun?«

»Hören Sie mir genau zu. Unterbrechen Sie mich nicht. Was ich nun sagen werde, sage ich nur ein einziges Mal.«

Seine Stimme klang jetzt gepresst. Wie die Stimme eines Menschen, der unter höchster Anspannung steht. Aber sein Atem ging weiterhin völlig ruhig.

»Wo treffen wir uns?«

»Sie sollen mich nicht unterbrechen. Ich werde Sie zu gegebener Zeit kontaktieren und Ihnen mitteilen, wo und wie Sie mich finden. Und vergessen Sie nicht: Ihre Geliebte macht sich zurzeit große Sorgen ...«

»Es wird alles glatt gehen. Ist sie verletzt?«

»Sie kommen allein. Sie werden keinen Sender und keine Waffe bei sich führen. Nur Ihr Handy nehmen Sie bitte mit. Sie sollten aber besser keine Telefonate führen. Wenn Sie dann später in meiner Obhut sind und ich zur Überzeugung gekommen bin, dass Sie Ihren Teil der Abmachung erfüllt haben, dann werde ich auch den meinen erfüllen. Anderenfalls kann ich leider für nichts garantieren.«

»Ich werde mich an jede Ihrer Anweisungen halten.«

»Es ist jetzt nach meiner Uhr sechzehn Uhr vierunddreißig. Es bleibt Ihnen nicht viel Zeit. Begeben Sie sich zum Bismarckplatz, und steigen Sie dort in die Straßenbahn der Linie fünf, die um sechzehn Uhr vierundfünfzig in Richtung Weinheim fährt. Noch einmal: Vergessen Sie Ihr Handy nicht. Ich werde Sie dann zu gegebener Zeit anrufen. Und bevor Sie jetzt in Ihrer verständlichen Aufregung etwas Unüberlegtes tun, denken Sie bitte an Ihre schöne und leider im Augenblick nicht übermäßig glückliche Geliebte.«

Zwanzig Minuten. Mindestens fünfzehn davon würde ich brauchen, um zur Haltestelle zu laufen. Sein Plan war selbst in diesem Punkt perfekt: Ich sollte keine Zeit haben nachzudenken, Möglichkeiten durchzuspielen. Hastig zog ich den feuchten Mantel wieder an, erstarrte, als ich die Klinke der Wohnungstür schon in der Hand hielt. Wie sollte ich ungesehen aus dem Haus kommen? Benutzte ich die Vordertür, dann würden meine Bewacher darauf bestehen, mich zu begleiten. Sollte ich mir das verbitten, würden sie umgehend die Polizeidirektion in Großalarm versetzen. Wie hatte Sarah gesagt? Hinten raus, über den Zaun, das gelbe Haus…

Ich griff unter die Achsel. Die Pistole war an ihrem Platz. Sollte das Schwein auch nur Theresas Frisur in Unordnung bringen, ich würde ihn erschießen.

27

Zum Glück war es längst dunkel. Ich lief durch den Garten, stieg über den niedrigen Zaun zum Nachbargrundstück, zerriss mir dabei das linke Hosenbein, musste einige Meter durch feuchte, lose Erde waten, kam an Mülltonnen vorbei, zerkratzte mir an einem Rosenstrauch das Gesicht, trat, bereits jetzt außer Atem, auf die Wilhelmstraße und spannte meinen Schirm auf, den ich nicht gegen den Regen, sondern als Tarnung mitgenommen hatte. Ein schneller Blick nach links und rechts – kein Streifenwagen zu sehen. Ich hielt ein zügiges Tempo ein, mit dem ich hoffte, keinen Verdacht zu erregen. Überquerte keine fünfzig Meter im Rücken meiner geduldigen Bewacher die Kleinschmidtstraße, dann den Platz vor der Bonifatiuskirche.

Noch vierzehn Minuten.

Durians Zeitplan war verdammt knapp. Ich wechselte in den Trab.

Als ich außer Sichtweite meiner Kollegen war, zückte ich mein Handy, suchte und fand Balkes Nummer. Er nahm fast sofort ab.

»Sie, Chef?«

Wie müde er klang.

Hastig drückte ich den roten Knopf. Was hätte ich sagen sollen? »Durian hat die Frau des Chefs als Geisel genommen und will sie jetzt gegen mich austauschen«? Seine erste Frage hätte natürlich gelautet: »Frau Liebekind? Was haben Sie denn mit der zu tun?«

Nein, ich durfte niemanden alarmieren. Ich musste mit der Sache allein fertig werden. Mit Durian. Zum Glück hatte ich meine Pistole.

Das Handy brummte in meiner Hand.

»Sie wollten was von mir?« Balke klang jetzt hellwach.

»Ich habe nur den falschen Knopf erwischt, entschuldigen Sie.«

Ich fand, ich log ganz gut für meine Situation.

»Sie klingen, als wären Sie ein bisschen außer Atem. Ist irgendwas?«

Ich blieb stehen. »Die Treppen. Ich muss dringend mal wieder was für meine Fitness tun, Sie haben völlig recht.«

»Und es ist wirklich alles okay?«

»Natürlich.«

Endlich gab er sich zufrieden. Zum Glück waren kaum Menschen auf der Straße. Niemand kümmerte sich um mich. Niemand wunderte sich über meine Eile.

Ich ertappte mich bei Mordfantasien. Sollte Theresa etwas zustoßen, dann würde Durian den schmerzvollsten aller Tode sterben. Und wenn es mich meine Stellung kostete und wenn ich dafür bis ans Ende meiner Tage hinter Gittern sitzen musste, ich würde ihn töten.

Die um diese Uhrzeit beinahe komplett dunklen Gerichtsgebäude blieben hinter mir, das der Staatsanwaltschaft, wo ich mindestens einmal die Woche meist nicht sehr angenehme Termine hatte.

Vangelis, Balke mussten von Theresa ja gar nichts erfahren, fiel mir ein. Ich könnte ihnen erzählen, dass ich Durian treffen würde, sie könnten eine Ringfahndung aufbauen, das dauerte höchstens eine Viertelstunde, und dann kam keine Ratte mehr ungesehen aus der Stadt. Aber was, wenn Durian gar nicht vorhatte, Heidelberg zu verlassen? Was, wenn er Theresa erst später freilassen würde? Was, wenn sie fragten, wieso ich so irrsinnig war, mich freiwillig in seine Gewalt zu begeben? Unsinn, alles Unsinn. Ich wusste ja, welchen Rat sie mir geben würden. Und ebenso gut wusste ich, dass ich ihn nicht befolgen würde. Nicht befolgen konnte.

Ich nahm den kürzesten Weg, quer über den vollen Parkplatz vor dem Baumarkt, erreichte die Kurfürsten-Anlage. Noch sieben Minuten.

Ich würde es schaffen.

Ich musste es schaffen.

Um Zeit zu sparen, überquerte ich die vierspurige Straße in spitzem Winkel. Jemand hupte wütend und bremste scharf. Ich sah nicht einmal hin, erreichte die gegenüberliegende Seite lebend. Noch vier Minuten. Ich musste es einfach schaffen. Der Regen wurde stärker, ich klappte den Schirm zusammen, um schneller zu sein. Warf ihn schließlich ins Gestrüpp neben dem Gehweg.

Der Bismarckplatz, endlich, hell erleuchtet, noch zwei Minuten. Wieder hupte irgendein Idiot, dessen Familie gemütlich zu Hause im Warmen saß. Dessen Kinder jetzt Klavierstunden hatten oder Ballettunterricht. Dessen Leben auch heute so ordentlich und langweilig verlief wie an jedem anderen Tag.

Um sieben Minuten vor fünf stand ich atemlos und fast bis auf die Haut nass geregnet an der Haltestelle.

Ich fror, obwohl mir der Schweiß den Rücken hinablief. Viele Menschen warteten wie ich. Die elektronische Anzeigetafel kündigte die Linie fünf in einer Minute an. Mit gesenkten Blicken standen die Menschen da, unter ihre Schirme geduckt, das elende Mistwetter ergeben erduldend.

Die Bahn kam. Quietschend und rumpelnd quälte sich der leuchtende Lindwurm um die Kurve. Hielt. Die Türen zischten auf, zu allem Unglück war das blöde Ding proppenvoll. Rushhour, natürlich. Vermutlich gehörte auch das zu Durians Plan. Ich fand einen Stehplatz irgendwo in der Mitte, eingeklemmt zwischen missmutigen, schläfrigen, nach nasser Wolle und kaltem Schweiß riechenden Mitmenschen, die heute nur noch ein Ziel hatten: nach Hause, ins Warme und Trockene.

Ein Ruck, wir fuhren. Augenblicke später schon die Neckarbrücke. Der an besseren Tagen sensationelle Blick auf das weltberühmte Schloss über der Altstadt. Festlich glitzernde Lichter über Wasser, dann Neuenheim, nächste Haltestelle, noch mehr Menschen. Wieder ein Ruck, Bimmeln, bald wieder ein Stopp, es wurde enger und enger. Manche schimpften auf das Wetter, die meisten schwiegen. Manche der Glücklichen, die einen Sitzplatz ergattert hatten, lasen Bücher.

Ich weiß nicht, wie oft die Bahn hielt, bis sie Heidelberg endlich hinter sich gelassen hatte. Dann ging es schneller voran. Dossenheim. Inzwischen stiegen bei jedem Halt mehr Menschen aus als ein. Allmählich gab es Platz, Luft.

»Wie geht's immer, Herr Gerlach?«, fragte jemand, der sich an derselben Stange festhielt wie ich. »Mal wieder auf Verbrecherjagd?«

»Was? Nein.«

Er war nicht Durian, eindeutig. Zu dick, zu klein.

Ich muss sehr erschrocken und ziemlich dumm ausgesehen haben.

»Guten Morgen!« Der außerordentlich dicke Mann mit rotem Kopf strahlte mich an. »Wusst ja gar nicht, dass man im Stehen so gut schlafen kann.«

Immer noch grinste er bis an die Ohren. »Sie sind doch der von der Kripo, stimmt's? Hab Sie vor ein paar Wochen mal im Fernsehen gesehen. Als diese Geschichte mit dem kleinen Jungen gewesen ist.«

Ein Handy begann in der Nähe zu trillern. Erst nach Sekunden wurde mir bewusst, dass das Geräusch aus meiner Manteltasche drang.

»Sie müssen mich verwechseln, tut mir leid.« Ich wandte dem unerträglich gut gelaunten Zeitgenossen den Rücken zu.

Er beobachtete mit langem Hals, wie ich das Handy herausnahm. Auf dem bunten Display prangte ein kleiner Briefumschlag.

Die Nachricht war kurz: »Hohensachsen aussteigen.«

»Nächster Halt: Hohensachsen«, sagte die freundlich-gelangweilte Frauenstimme im Lautsprecher. Wir wurden schon langsamer.

Schon stand ich wieder im Regen. Außer mir hatten nur zwei fröhlich schwatzende alte Damen mit ihren Einkaufstüten die Bahn verlassen. Summend fuhr der leuchtende Zug an, wurde rasch kleiner, war bald außer Sicht.

Die Haltestelle lag einsam, Hunderte Meter vom nächsten Haus entfernt. Jenseits der Schienen rauschte dichter Feierabendverkehr in beiden Richtungen die Bundesstraße entlang. Eine endlose Kette von Lichtern, weiß und rot, jeder Wagen zog eine Schleppe aufgewirbelten Wassers hinter sich her. Weit und breit kein Mensch. Fünfundzwanzig Minuten nach fünf. Die Fahrt hatte über eine halbe Stunde gedauert. Ich hätte alles Mögliche unternehmen können in der langen Zeit. Wenn ich nur gewusst hätte, was.

Der Regen schien wieder einmal in Schnee überzugehen, der schon in vereinzelten schweren Flocken vom Himmel platschte. Glücklicherweise gab es ein hölzernes Dach, das ein wenig Schutz bot. Hin und wieder warf ich einen Blick auf das Handy: nichts. Laut Anzeige war der Akku fast leer, für ein, zwei kurze Telefonate würde es wohl noch reichen. Aber wen sollte ich anrufen?

Hielt ich mich an Durians Weisungen, dann würde Theresa freikommen, und es bestand eine – wenn auch minimale – Chance, dass niemand etwas erfuhr. Schlug ich Alarm, würde mein Verhältnis mit der Frau meines Chefs publik werden, meine Karriere wäre in Trümmern, aber das würde ich überleben. Theresa – was würde sie sich wünschen, könnte ich sie fragen? Wie ich es auch drehte: Meine einzige Chance war, Durian zu treffen, ihn zu überwältigen und zu zwingen, mir den Ort zu verraten, wo er sie gefangen hielt.

Hoffentlich musste sie nicht zu sehr leiden.

Hoffentlich war sie nicht verletzt.

Hoffentlich fürchtete sie sich nicht allzu sehr.

Kann man sich in ihrer verzweifelten Situation überhaupt zu sehr fürchten?

Plötzlich ein Mensch: Ein Mann stand einige Schritte neben mir, ohne dass ich hätte sagen können, woher er gekommen war. Er trug einen langen, wattierten Mantel, der ihm die Umrisse eines Zylinders gab, und beachtete mich nicht. Hielt sich an seinem kleinen faltbaren Schirm fest, der kaum Schutz bot. Das Licht war hier so schlecht, dass ich sein Gesicht nicht sehen und sein Alter nicht schätzen konnte. Als ich zum Schluss gekommen war, dass auch er nicht Durian sein konnte, beobachtete ich wieder die vorbeifahrenden Autos. Jedes Mal, wenn ich meinte, eines werde langsamer, beschleunigte sich mein Puls. Und immer war es falscher Alarm, sinnlose Aufregung. Nichts geschah. Keiner der zahllosen Wagen machte Anstalten zu halten.

Um siebzehn Uhr zweiunddreißig kam, pünktlich auf die Minute, die Bahn aus Richtung Weinheim, hielt, fuhr wieder an. Der Mann mit dem Schirm war verschwunden.

Durian ließ mich noch eine kleine Ewigkeit lang warten und grübeln und Autos zählen. Dann endlich eine neue SMS: »Nächste Bahn zurück.«

Sollte er mich beobachten, dann konnte er jetzt sicher sein, dass ich allein war. In der Ferne sah ich schon die drei Lichter der näherkommenden Straßenbahn. Sekunden später war ich wieder im Warmen. Dieser Zug war zum Glück fast leer. Aber ich hatte nicht die Nerven, mich zu setzen. Auch dies vielleicht ein uralter Instinkt aus jener Zeit, als unsere Vorfahren noch gewohnt waren, mehr oder weniger ständig in Lebensgefahr zu schweben: Einer Gefahr begegnest du besser im Stehen als im Sitzen.

Wo er Theresa wohl versteckt hielt? Es gab so viele Möglichkeiten. Ein kaltes, dunkles Kellerloch. Eine ungeheizte Gartenlaube, ein einsam liegendes Haus irgendwo im tiefsten Odenwald. Und meine Geliebte saß da, gefesselt und geknebelt, einsam, so unvorstellbar einsam, bald auch hungrig und durstig, bekam vielleicht kaum Luft, mit ständig angstweiten Augen …

Plötzlich ging alles sehr schnell. Die nächste SMS war noch kürzer:

»Leutershausen.«

Ich brauchte einige Augenblicke, um zu begreifen, dass die Bahn schon an der richtigen Haltestelle stand. Dieses Mal war Durians Timing zu knapp gewesen. Oder er hatte die Laufzeit von Kurznachrichten unterschätzt. Er wollte mir keine Zeit zum Nachdenken lassen. Wobei mein Kopf zurzeit ohnehin nicht zu klaren Gedanken fähig war. Um die Tür zu erreichen, musste ich mich durch eine Gruppe aufgekratzter Jugendlicher drängeln, die vermutlich auf dem Weg nach Heidelberg waren, um dort etwas zu erleben. Als ich die Tür erreichte, fuhr die Bahn bereits wieder an. Die Mädchen musterten mich neugierig. Hübsch zurechtgemachte und etwas zu aufdringlich duftende Teenager im Alter meiner Töchter.

Verflucht! Verflucht, verflucht!

Die nächste Haltestelle war Schriesheim.

Hoffentlich verlor Durian jetzt nicht die Nerven! Ich konnte doch nichts dafür, dass er nicht rechnen konnte. Oder sollte auch das Berechnung sein? Um eventuelle Bewacher und Begleiter zu verwirren?

Die Bahn in der Gegenrichtung kam zum Glück nur Minuten später.

Noch bevor ich sie in Leutershausen wieder verließ, die nächste SMS: »Der dunkelblaue Lieferwagen.«

Ich sah den Wagen sofort. Er stand auf dem fast vollen Parkplatz des Edeka-Markts ganz in der Nähe der Haltestelle. Dennoch musste ich einige Schritte laufen, um den hohen Drahtzaun zu umrunden, der den Parkplatz von der Haltestelle abgrenzte. In Gedanken spielte ich unentwegt Möglichkeiten und Unmöglichkeiten durch. Ich konnte Durian sofort an die Gurgel gehen und ihn so lange würgen und foltern, bis er mir Theresas Versteck verriet. Ich konnte sein Spiel ein Weilchen mitspielen, bis sich eine günstige Gelegenheit bot, ihn zu überwältigen und dann so lange zu würgen und zu foltern …

Schon stand ich vor dem Lieferwagen, im Regen, beide Hände in den Manteltaschen. Von irgendwo duftete es verführerisch nach Pizza, und ich merkte plötzlich, wie hungrig ich war. Wenige Meter neben mir stand ein Imbisswagen, der Pizzaschnitten verkaufte. Er hatte um diese Zeit kaum Kundschaft.

Nein, schon wieder völliger Unsinn. Durian würde natürlich seine Vorsichtsmaßnahmen getroffen, sich irgendwelche Gemeinheiten ausgedacht haben, um genau das zu verhindern, was ich vorhatte: ihn einfach zu überwältigen und festzunehmen.

Soweit von außen erkennbar, war der Lieferwagen leer. Das Kennzeichen war französisch, die Beschriftung auf der Tür ebenso. Ich wurde nasser und nasser vom Regen. Durian hielt sich vermutlich in der Nähe versteckt und beobachtete mich mit einem fiesen, schadenfrohen Grinsen im Gesicht.

Was mochte sein Plan sein? Er wollte mich töten, das war klar. Aber vermutlich nicht sofort. Hier, mitten im Ort, war das zu gefährlich für ihn. Obwohl er nichts mehr zu verlieren hatte. Ich war der Letzte auf seiner Liste, sein eigener Tod war Teil seines Plans. Vielleicht würden wir auch erst ein Stück zusammen fahren, irgendwo, an einer einsamen Stelle, würde er halten und …

Und dann würde ich ihm sein Messer aus der Hand schlagen und meine Pistole zücken. Nein. Ich sollte die Pistole doch besser sofort zücken, gleich hier. Auf die Gefahr hin, auf einem nicht ganz unbelebten Parkplatz schießen zu müssen. Aber was, wenn er sich dann einfach selbst tötete? Mit seinem Messer? Was, wenn ich ihn erschießen musste? Wie sollte ich dann Theresas Verlies finden?

Meine Gedanken wirbelten im Kreis, wurden immer wirrer statt klarer.

Ich befand mich in einer verteufelten Zwickmühle, aus der es einfach keinen Ausweg gab. Das Beste würde wohl sein, ihm erst einmal seinen Willen zu lassen, bis Theresa in Sicherheit war, und dann …

»Guten Abend, Herr Gerlach«, sagte die Stimme hinter mir, die ich vor unendlich langer Zeit und dann noch einmal vor wenigen Minuten am Telefon gehört hatte.

Nie im Leben hätte ich ihn auf der Straße erkannt. Er war älter geworden, natürlich, und hagerer. Vor mir stand ein mittelgroßer, mittelschlanker, mittelblonder Mann mit Mittelscheitel, und mir wurde bewusst, dass ich ihm niemals persönlich begegnet war. Als er damals die Bank verließ, war ich längst zu Hause gewesen. Als er eine Stunde später verhaftet wurde, schlief ich.

Michael Durian trug einen lappigen dunkelgrauen Tuchmantel, eine Brille mit billigem Horngestell und offenbar eine Perücke. Sein schmales Gesicht verunstaltete ein Vollbart, der möglicherweise sogar echt war.

Unter anderen Umständen hätte ich einen kleinen Angestellten in ihm vermutet. Oder einen Handlungsreisenden. Was er in gewissem Sinne ja auch war – ein über die Jahre etwas müde gewordener Handlungsreisender in Sachen Tod. Nur in seinem Blick war ein feines Glitzern, das einen ahnen ließ, dass etwas mit diesem unscheinbaren Mann nicht stimmte. Dass in ihm ein Wille glühte, eine böse Entschlossenheit, etwas zu Ende zu bringen.

In der Rechten hielt er einen Aktenkoffer. Einen schäbigen Koffer aus Kunstleder, passend zum nicht übermäßig erfolgreichen Handlungsreisenden. Er klappte ihn auf, nahm etwas heraus, was in weißes Papier eingewickelt war. Das Messer? Nein. Umständlich klappte er den Koffer wieder zu, stellte ihn neben sich, wickelte sein Päckchen aus. Eine Perlenkette kam zum Vorschein. Theresas Kette. Dunkle Flecken. Blut? Was sonst. Durian sah mich an.

»Ich möchte Sie bitten, mir Ihre Waffe auszuhändigen«, sagte er ruhig.

Bevor ich wieder denken konnte, steckte er meine Heckler & Koch in die linke Manteltasche. Mein Blick klebte an der Kette, an den Flecken. Was, wenn er gelogen hatte, wenn sie längst tot war oder schwer verletzt, vielleicht kaum noch am Leben, ohne Bewusstsein?

»Steigen Sie bitte ein«, sagte Durian höflich. »Die Türen sind offen.«

Gehorsam kletterte ich auf den Beifahrersitz. Meine Waffe. Jetzt hatte er meine Waffe, wurde mir jetzt erst bewusst, und ich war völlig hilflos. Andererseits: Wenn Theresa erst einmal in Sicherheit war, dann würden sich andere Möglichkeiten ergeben, Chancen. Bis dahin musste ich wieder zu klaren Gedanken fähig sein. Und vor allem noch am Leben.

Durian behielt mich im Auge, während er den Wagen umrundete, auf der gegenüberliegenden Seite einstieg und hinter dem Lenkrad Platz nahm. Für einen Unbeteiligten wirkte die Szene völlig undramatisch. Zwei Männer trafen sich auf einem Parkplatz, wechselten einige Worte, stiegen in ein Auto. Die normalste Sache der Welt. In ein Auto mit französischem Kennzeichen.

28

»Wo ist sie?« Meine Stimme klang fremd und viel zu unsicher. Lass deinen Feind niemals spüren, dass du Angst vor ihm hast! »Wie geht es ihr?« Das klang schon besser. Aggressiv, selbstbewusst. Nicht zu aggressiv, hoffentlich.

»Das werden Sie früh genug erfahren«, erwiderte mein Todfeind und ließ den Diesel an. »Jetzt fahren wir erst einmal ein Stück zusammen. Entspannen Sie sich.«

Vielleicht hatte Balke meinen wortlosen Anruf richtig gedeutet. Vielleicht stand die Ringfahndung längst, und in wenigen Minuten würde Durian mit dem Gesicht nach unten im Dreck liegen, einen Pistolenlauf im Genick. Und ich würde vielleicht niemals erfahren, wo er Theresa versteckt hatte.

Vielleicht, vielleicht, vielleicht …

Durian bog auf die Bundesstraße in Richtung Norden und gab Gas.

Wieso, zur Hölle, hatte ich ihm nur die Pistole gegeben, einfach so? Der Schock. Ich war so erschrocken gewesen vom Anblick der Kette, des Bluts.

Das Handy! Das hatte er mir nicht abgenommen. Es steckte immer noch in meiner Manteltasche und war eingeschaltet. Balke konnte es orten lassen. Er konnte meine Spur verfolgen! Natürlich würde es seine Zeit dauern, bis die notwendigen Genehmigungen vorlagen, aber es war möglich. Und es war eine Chance. Aber Theresa? Was wurde aus Theresa, wenn …

Aber nirgendwo Blaulicht. Nirgendwo Stau vor einer Polizeisperre. Mir war so kalt. Meine Hände zitterten, Schweiß stand auf meiner regennassen Stirn.

Sollte ich jemals gefragt werden, ob ich das Zeug zum Helden hatte, würde die Antwort lauten: nein.

Der Lieferwagen war uralt und klapprig. Und er stank.

»Sie werden nun mein letztes Opfer sein«, sagte Durian ruhig. »Mit Ihrem Tod wird mein Plan vollendet sein.«

Er hatte die Stimme eines gebildeten, belesenen Mannes. Er war intelligent, das wusste ich längst. Und er war gefährlich. Viel gefährlicher, als ich mir vorgestellt hatte. Sein Plan war so perfide und so perfekt ...

Die Art, wie er sich bewegte, wie er schaltete und lenkte, das nervöse Zucken seines rechten Auges, alles sprach dafür, dass er aufs Äußerste angespannt war und ich es nicht merken sollte.

»Ich weiß«, erwiderte ich. »Ich habe Ihr Buch gelesen.«

»Dieses Detail war nicht vorgesehen. Aber vielleicht ist es gut so. So brauche ich Ihnen nicht zu erklären, warum Sie hier sind und was Ihr Ziel ist.«

Im Licht der Scheinwerfer tauchte schon die Abzweigung zur Autobahn auf. Nirgendwo Polizei. Der Blinker begann zu ticken, die Ampel war und blieb grün, als gehörte selbst dieser Umstand zum Plan meines Mörders. Sie könnten auf der Autobahn einen Unfall simulieren, Durian zum Anhalten zwingen.

Aber Theresa ...

Nein, keine Blaulichter, die Straße war so frei, wie sie am Abend eines Arbeitstages sein kann.

»Was ist denn mein Ziel?«, fragte ich. Reden. Bloß nicht schweigen. Schweigen war jetzt lebensgefährlich.

»Das andere Ufer des Styx.«

Hörte ich ein Lachen aus seiner Stimme?

»Der Fluss des Hasses.«

»Am anderen Ufer liegt das Reich der Toten. Charon wartet bereits auf Sie.«

»Werden Sie mir auch eine Münze unter die Zunge legen, wie es die Mythologie vorschreibt, als Lohn für den Fährmann?«

Sein überraschter Blick zu mir herüber war mir trotz der Dunkelheit nicht entgangen. Wir fuhren jetzt mit fast neunzig Stundenkilometern auf der A 5. Mehr schien der klapprige Lieferwagen nicht herzugeben. Es war ein Renault, erkannte ich an der Schrift am Armaturenbrett. Das Radio war womöglich noch älter als der Wagen selbst. Es hing halb lose im Schacht, als könnte es jeden Moment herausfallen.

»Sind Sie denn nicht schon unglücklich genug?«, fragte ich. »Haben Sie nicht schon genug angerichtet?«

Reden, reden, reden. Es hatte schon einmal funktioniert, vor neun Jahren.

»Unglücklicher als ich kann ein Mensch nicht sein«, erwiderte er ruhig. »Aber hier geht es nicht um Glück. Hier geht es um Gerechtigkeit.«

»Gerechtigkeit?« Um ein Haar hätte ich gelacht. »Sie wagen es, dieses Wort in den Mund zu nehmen? Nachdem Sie drei Menschen ermordet haben?«

Der Scheibenwischer quietschte und ratterte und schaffte es nicht, die Scheibe wirklich klar zu bekommen. Es schneenieselte immer noch.

»Michael Durian ist schon vor Jahren gestorben, kurz nachdem Sie ihn ins Gefängnis gebracht haben. Das Einzige, was verhindert, dass mein Körper vermodert, ist mein brennender Wunsch nach Gerechtigkeit.«

»Das passende Wort wäre hier wohl eher Rache.«

»Nein.« Heftiges Kopfschütteln. »Rache hat mit Hass zu tun. Ich hasse Sie nicht. Ich hasse niemanden. Ich finde jedoch, wenn Menschen anderen Menschen unrecht tun, Schuld auf sich laden, dann sollte dies wenigstens ab und an Folgen haben.«

Eine Weile schwiegen wir. Der Diesel brummte jetzt gemütlich, hatte die Schwerarbeit der Beschleunigung überstanden. Aus den Lüftungsschlitzen drang endlich warme Luft, die mir nach der Kälte guttat. Ein blaues Schild am Straßenrand: Autobahnkreuz Heidelberg.

Wie unendlich weit entfernt das plötzlich war.

Ich musste etwas sagen.

»Niemand weiß, wo ich bin.« Meine Stimme klang schon wieder viel zu unsicher. »Ich habe mich exakt an jede Ihrer Anweisungen gehalten. Jetzt sind Sie am Zug.«

Im Licht der Fahrzeuge auf der Gegenfahrbahn sah ich ihn ein wenig lächeln. Aber er reagierte nicht.

»Wann werden Sie Frau Liebekind freilassen?«

Wieder keine Reaktion.

»Wie geht es jetzt weiter? Wollen wir die ganze Nacht spazieren fahren?«

»Sie werden beizeiten erfahren, wie es weitergeht.«

Seit einer Weile fuhr er in viel zu knappem Abstand hinter einem riesigen rumänischen Kühllastzug her, der uns fast vollständig einnebelte. Der Scheibenwischer lief auf höchster Stufe, bewirkte dennoch fast nichts. Vermutlich suchte er Deckung hinter diesem Ungetüm von Dreckschleuder.

Heidelberg blieb zurück, rechts die Hochhäuser Eppelheims, es ging weiter in Richtung Süden. Heidelberg, inzwischen und so überraschend schnell Heimat für mich geworden. Der Ort, wo ich zu Hause war, in Sicherheit. Seit ich in Durians Buch meinen Namen gelesen hatte, hatte das Wort Sicherheit einen fremden Klang für mich. Ein Wort, das man seit Ewigkeiten kennt und das einem mit einem Mal, vielleicht nachdem man es einige Male mit Bedacht ausgesprochen hat, fremd geworden ist.

»Sie müssen sie jetzt freilassen«, sagte ich eindringlich. »Ich habe meinen Teil der Abmachung erfüllt.«

»Nur Geduld, Herr Gerlach«, wiederholte Durian kalt. »Ich musste in den vergangenen Jahren auch viel Geduld haben.« In der Kunstledersitzbank des Lieferwagens klafften Risse, die Beifahrertür schloss nicht mehr richtig. Und es roch hier drin, als hätte man früher Tiere damit transportiert.

Plötzlich wurde mir klar, warum Durian meine Waffe in die linke Manteltasche gesteckt hatte: So konnte ich sie ihm nicht entreißen. Er musste monatelang über jedes Detail seines Plans nachgedacht haben.

»Sie hat Ihnen nichts getan!«, hörte ich mich rufen. »Sie hat nichts zu tun mit dieser Sache zwischen Ihnen und mir!«

Durian antwortete nicht. Er ignorierte mich einfach. Walldorfer Kreuz, Blinker nach rechts.

»Sie haben, was Sie wollen«, nahm ich einen neuen Anlauf, jetzt wieder ruhiger. »Töten Sie mich, in Gottes Namen, aber verschonen Sie sie!«

Nun waren wir auf der A 6. Ludwigshafen, Mainz, Bingen,

Koblenz – wo wollte er hin? Verhaftet wurde er damals im Pfälzer Wald, unweit von Bad Bergzabern. Sollte unsere Fahrt etwa dorthin gehen? Das würde passen. Durian hatte eine Ader fürs Theatralische, fürs Melodramatische. Und es würde bedeuten, dass ich noch mindestens eine Stunde zu leben hatte. Sechzig kostbare Minuten, in denen unendlich viel geschehen konnte.

Durian schwieg immer noch. Der Regen wurde allmählich schwächer.

»Woher wussten Sie, dass ich meine Dienstwaffe mitbringen würde?«

»Weil Sie ein Lügner sind«, erwiderte er knapp.

Wenn es mir nur gelingen würde, ihn in ein Gespräch zu verwickeln!

Nach quälend langen Minuten tauchte am Horizont die Rheinbrücke bei Speyer auf, über der Stadt ein blutroter Schein, als würde sie brennen. Die Silhouette des festlich angestrahlten uralten Doms mit seinen vier Türmen, der schon so unendlich viele kleine Menschenschicksale gesehen und wieder vergessen hatte. Festliche Taufen und stille Beerdigungen, Kaiser und Grafen und Bürgerliche. Glaube, Hoffnung, Verzweiflung und wieder neue Hoffnung. Wie schön musste es sein, glauben zu können. Der Trost, dass es nach dem Tod weiterging, besser vielleicht als zuvor.

»Glauben Sie an Gott?«, fragte Durian, als könne er Gedanken lesen.

»Kennen Sie die Kalendergeschichten von Brecht?«, fragte ich zurück.

Dieses Mal war sein Blick zu mir herüber deutlich länger.

»Natürlich kenne ich sie. Weshalb fragen Sie?«

»Eine davon hat mich so beeindruckt, dass ich sie bis heute nicht vergessen habe: Jemand fragt Herrn K., ob es einen Gott gibt. Herr K. antwortet sinngemäß ungefähr so: Überlegen Sie, ob sich Ihr Verhalten ändern würde, wenn es einen Gott gäbe. Lautet die Antwort ja, dann brauchen Sie einen Gott. Lautet sie nein, was soll dann die Frage?«

Wieder schwieg Durian lange. Aber etwas hatte sich verändert zwischen uns. Es war kein abweisendes Schweigen mehr, sondern ein nachdenkliches. Längst lag Speyer weit hinter uns.

Jetzt waren wir auf der A 68 in Richtung Süden. Vermutlich wollte er wirklich nach Bad Bergzabern. Dann blieb mir immer noch eine Dreiviertelstunde, um mein Leben zu reden.

Wie spät mochte es sein? Die Uhr am Armaturenbrett funktionierte nicht. Auf die an meinem Handgelenk wollte ich nicht sehen, um Durian nicht unnötig zu irritieren. In ihm nicht den Verdacht zu erwecken, ich warte auf etwas. Andererseits musste ihm natürlich klar sein, dass mein Verschwinden in Heidelberg nicht lange unbemerkt bleiben würde. Dass man dort in Kürze beginnen würde, nach mir zu suchen. Und nach Theresa natürlich auch. Was meine Untergebenen wohl dachten, über unser beider Verschwinden zur selben Zeit? Ob sie einen Zusammenhang herstellten, die richtigen Schlüsse zogen? Erst würden sie noch rätseln, aber bald würden die ersten Vermutungen laut werden. Erst noch zaghaft, halb im Spaß, dann plötzlich ernst. Wie es Liebekind wohl ging? Er wartete vielleicht immer noch auf die Punktierung seiner Lunge oder kannte längst ihr Ergebnis. Und seine Frau kam nicht, um sich mit ihm zu freuen oder ihn zu trösten.

Viel zu lange schon hatte ich mit Durian kein Wort mehr gewechselt, wurde mir plötzlich bewusst. Das war schlecht, sehr schlecht.

»Wann werden Sie sie freilassen?«, fragte ich.

Und erhielt keine Antwort.

Durian starrte auf die dunkle Straße und brütete über irgendwelchen finsteren Gedanken. Bei Edenkoben verließ er die Autobahn. Umfuhr den Ort in weitem Bogen, mied das Licht und die Menschen. Weiter ging es in Richtung Süden, dann plötzlich nach Westen. Es wurde bergig, einsam und gefährlich. Ich bemerkte, dass Durian jetzt immer öfter zu mir herübersah. Wir fuhren auch langsamer. Die Straße begann anzusteigen, er musste zurückschalten, wir wurden noch langsamer. Er verließ die Bundesstraße. Nach links, also wieder nach Süden. Es wurde immer wahrscheinlicher, dass er die Stelle im Wald suchte, wo er damals überwältigt und verhaftet wurde. Jetzt befanden wir uns auf einer kurvigen Nebenstraße, die wir fast für uns allein hatten. Nur selten kam uns ein Fahrzeug entgegen. Noch seltener wurden wir überholt. Ein rechteckiges blaues Schild kam in Sicht mit einem großen P darauf. Durian bremste, bog auf den Parkplatz.

Jetzt?

War es jetzt so weit?

Wir standen.

Durian sah nach vorn. Den Motor ließ er weiterlaufen, die Scheinwerfer blieben an. Er legte die Unterarme auf das Lenkrad, starrte mit verkniffener Miene in die Dunkelheit. Ich rührte mich nicht. Wagte kaum zu atmen.

Plötzlich ging ein Ruck durch ihn. Seine Hand fuhr in die rechte Manteltasche. Ich sah etwas blitzen im Zwielicht. Stahl in seiner Hand.

Jetzt!

Die Hand mit dem Messer stockte, bevor er es ganz aus der Tasche gezogen hatte. Sank zurück. Blieb lange in der Tasche. Schließlich ließ er los. Straffte sich.

»Geben Sie mir Ihr Handy«, sagte er rau. »Ich weiß, dass Ihre Kollegen es orten können.«

Was blieb mir übrig? Er nahm es, sagte sogar »danke«, schaltete es aus und steckte es in die Tasche zu dem Messer. Dann trat er das jämmerlich quietschende Kupplungspedal und legte den ersten Gang ein. Ein Ruck.

Wir fuhren wieder. Ich lebte noch.

Erneut Kurven, Steigungen, Gefälle. Manchmal ein Dorf, das, obwohl immer noch früher Abend war, ausgestorben wirkte. Irgendwann tauchte ein großes gelbes Schild im wackeligen Scheinwerferlicht auf. Die B427. Links ging es nach Bad Bergzabern, rechts tiefer in den Pfälzer Wald hinein. Durian fuhr geradeaus, in Richtung Frankreich. Ich atmete auf, als hätte ich schon gewonnen. Erlenbach, Niederschlettenbach, Bundenthal, Rumbach. Dörfer, deren Namen ich noch nie gehört hatte.

Wieder wurde der Lieferwagen langsamer. Wieder suchte Durian offensichtlich eine Möglichkeit zum Anhalten. Eine kleine Ausbuchtung kam in Sicht. Er bremste scharf, kam sogar ein wenig ins Rutschen. Dann standen wir.

Er wandte sich mir zu. »Drehen Sie mir den Rücken zu«, sagte er tonlos. »Sehen Sie aus dem Seitenfenster.«

Nun war es also so weit.

»Da gibt es aber nichts zu sehen!«, quetschte ich heraus, und es klang nicht annähernd so souverän, wie ich es mir gewünscht hatte.

Ich hörte Stoff rascheln. Spürte die Bewegung hinter mir. Presste die Augen zu, die Lippen zusammen. Ich wollte wenigstens sterben wie ein Mann. Ich wollte wenigstens nicht schreien.

Theresa, dachte ich, schade …

29

Es war vollkommen dunkel und mörderisch kalt und betäubend laut. Die Welt bebte und dröhnte, schaukelte und krachte, dass mir schier der Kopf explodierte. Ich konnte mich nicht bewegen und kaum atmen. Meine Kopfschmerzen waren das Zentrum eines giftgelb glühenden Sonnensystems, weit, weit entfernt von unserer guten, warmen Erde.

Mir war übel. Rasend übel. Jeder einzelne Teil meines Körpers schien aus Schmerzen zu bestehen.

Und mir war so unvorstellbar kalt.

Immer noch war es dunkel. Ich musste wieder das Bewusstsein verloren haben. Vielleicht nur für Minuten. Oder Stunden? Tage? Immerhin war mir nicht mehr gar so übel. Auch die Kopfschmerzen schienen nachgelassen zu haben. Ich versuchte, mich zu bewegen, stieß in jeder Richtung auf harten Widerstand. Anscheinend befand ich mich in einer Art länglicher Kiste. Meine Hände waren auf dem Rücken zusammengebunden. Auch die Füße waren gefesselt. Die Luft schien kaum noch Sauerstoff zu enthalten.

Jetzt erst wurde mir bewusst, dass es still war.

Es war vollkommen still!

Sollte Durian mich …?

Ich hielt den Atem an, lauschte. Aber da war nichts zu hören als Rauschen in meinen Ohren und das Poltern meines Pulses. Das Atmen fiel so verteufelt schwer in der engen Kiste. Aber von irgendwoher schien doch ein wenig frische Luft zu kommen. Nicht viel, aber vielleicht genug zum Überleben. Hoffentlich genug zum Überleben.

Durian hatte mich nicht erstochen, sondern vermutlich bewusstlos geschlagen. Aus irgendeinem Grund war er der Ansicht gewesen, mich für eine Weile ruhigstellen zu müssen. Dann hatte er mich gefesselt und in diese Kiste gesperrt. Was hatte er mit mir vor?

Ich befahl mir, mich zu entspannen, ruhig zu atmen, suchte eine möglichst bequeme Lage. Die Fesseln an meinen Händen waren eng. Zu eng. An den Füßen, da ging es.

Geräusche! Stimmen, Schritte, sehr gedämpft, sehr weit weg. Aber sie kamen näher. Jetzt erst wurde mir bewusst, dass meine Kiste hin und wieder ein wenig schaukelte. Ich meinte auch, Windgeräusche zu hören. Sollte sich mein Sarg etwa in Durians Lieferwagen befinden? Hatte er mich also nicht lebendig begraben? Plötzlich schien das Atmen leichter zu fallen.

Theresa! Hoffentlich hatte Durian Wort gehalten. Hoffentlich hatte er dafür gesorgt, dass sie rechtzeitig gefunden wurde. Vermutlich lag sie in einer ähnlichen Kiste wie ich selbst. Wo steckte dieser Wahnsinnige überhaupt? Alleingelassen würde ich früher oder später unweigerlich sterben. Falls die Schritte draußen noch näher kamen, könnte ich vielleicht schreien, um Hilfe rufen …

Konnte ich?

Ich versuchte, ob meine Stimme funktionierte.

Ich bekam die Lippen nicht auseinander.

Er hatte an alles gedacht, der Schweinehund.

So blieb mir nur, still zu liegen und zu hoffen, dass mein Mörder irgendwann zurückkehrte, damit ich eine Chance hatte zu überleben.

Theresa. Schreckliche Bilder zuckten durch meinen Kopf. Bilder von zu spät gefundenen Entführungsopfern. Menschen, deren letzte Stunden ein Martyrium gewesen sein mussten. Menschen, die mitten in ihrem Kot verdurstet waren. Oder erstickt, weil Laub das einzige Luftloch verstopfte, das ihr Peiniger ihnen gegönnt hatte.

Ich musste das abstellen. Ich durfte jetzt nicht an so etwas denken. Ruhig bleiben. Keine Panik jetzt, nur keine Panik!

Durian war kein Perverser. Keines seiner Opfer hatte er bisher gequält. Bestimmt würde er Theresa retten. Vielleicht war sie längst wieder zu Hause oder saß im Krankenhaus, am Bett ihres Mannes, und sie tranken Sekt auf die gute Diagnose. Es passte einfach nicht in Durians Konzept, einen Menschen zu töten, der in seinen Augen unschuldig war. Das wäre ungerecht, und Gerechtigkeit war ja angeblich das, worum es ihm ging.

Wieder ein Geräusch! Erst nur eine Ahnung, dann erkannte ich es: ein Brummen. Und es kam rasch näher. Ein Lkw oder ein Bus dröhnte nah an meinem Verlies vorbei. So nah, dass meine Kiste ein wenig ins Schaukeln geriet. Mein Gefängnis befand sich also wirklich im Lieferwagen. Langsam entfernte sich das Geräusch. Es musste eine einsame Stelle sein, wo wir parkten.

Oder war Nacht und deshalb so wenig Verkehr?

Wieder Schritte, sie kamen rasch näher. Ein Schlüssel in einer Tür. Der Motor sprang an. Wir fuhren weiter, und die Schaukelei wurde bald ungemütlich. Die Verkehrsgeräusche nahmen zu, wir schienen uns belebtem Gebiet zu nähern.

Durian musste mehrfach halten, vielleicht an Kreuzungen, Ampeln.

Einmal, als wir wieder für längere Zeit standen, hörte ich erneut Stimmen. Ein Kind lachte. Eine gut gelaunte Frau sagte etwas. Das Kind antwortete aufgeregt und lachte wieder.

Das war kein Deutsch.

»Oui«, meinte ich einmal zu verstehen, und: »Ma petite Claire.«

Ein Mädchen. Es hieß Claire. Wir waren in Frankreich. Oder in Belgien? Hatte Durian mich deshalb in die Kiste gesperrt, damit er bei einer zufälligen Grenzkontrolle, die es ja trotz Schengener Abkommen immer noch gab, nicht entdeckt wurde?

Wenn es uns schlecht geht, dann ist der Schlaf oft die größte Gnade. In meiner Situation war er das in ganz besonderem Maße. Als ich das nächste Mal erwachte, tat alles weh. Aber mein Kopf schien klarer zu sein. Und ich sah Licht! Winzige Spuren von Licht schimmerten durch die Ritzen zwischen Sarg und Deckel. Wieder war es still. Wieder schienen wir irgendwo zu halten. Der Diesel war aus.

Etwas knackte in nächster Nähe. Ich erschrak, als der Deckel angehoben wurde. Durian sah auf mich herab wie ein Arzt auf einen Patienten, der ihm ernste Sorgen macht.

»Sie werden vernünftig sein?« Es klang fast mitfühlend, wie er das fragte. »Es gäbe Frühstück. Aber nur, wenn Sie versprechen, keine Heldentaten zu versuchen. Hier gibt es weder Helden noch Sieger. Hier gibt es nur Opfer.«

Ich nickte. Jede weitere Minute war eine Chance mehr. Eine unendlich winzige nur, aber eine Chance. Wir konnten gefunden werden, auch im Ausland. Vielleicht hatte eine gute Seele in Leutershausen den Lieferwagen beobachtet, sich das Kennzeichen gemerkt. Bestimmt hatten Balke und Vangelis mein Handy bis zu der Stelle orten können, wo Durian es ausgeschaltet hatte, und da lag die Vermutung ja nicht fern, dass er mit mir nach Frankreich wollte. Vielleicht waren wir längst umzingelt von Polizei, und meine Kollegen warteten nur noch auf den günstigen Moment?

Durian half mir sogar auf. Der schwere Deckel krachte von selbst auf die Kiste zurück. Ich konnte nicht stehen und fiel rückwärts. Saß unvermittelt auf meinem Gefängnis. Eine längliche Truhe aus grob bearbeitetem und unlackiertem Holz, die früher vielleicht einmal das Werkzeug von Bauarbeitern enthalten hatte. Ich war von oben bis unten voller Staub und Spinnweben. Meine Hände waren immer noch auf dem Rücken gefesselt. Wo war mein Mantel geblieben?

Durians Lieferwagen war in Wirklichkeit ein spartanisches Wohnmobil. Da war sogar ein Klappstuhl für ihn, eine pralle Luftmatratze, die jetzt an der gegenüberliegenden Wand lehnte, eine umgedrehte Holzkiste, die als Tisch diente und auf der allerhand Essbares lag. Der Raum, in dem wir uns befanden, war fensterlos, knapp zwei Meter breit, vier bis fünf Meter lang und so hoch, dass ein Mann gerade eben aufrecht stehen konnte. Rechts von mir befand sich das Heck mit einer zweiflügligen blechernen Tür. An der Decke baumelte ein Glühbirnchen und spendete trübes Licht.

Am Hinterkopf fühlte ich eine mächtige Beule. Durian hatte

mich wirklich bewusstlos geschlagen. Vermutlich mit dem Knauf meiner eigenen Pistole. Hatte er nicht etwas von Frühstück gesagt? Dann war wohl Morgen.

Alles, alles tat weh, jeder Muskel meines Körpers schien verkrampft zu sein, jede Hautstelle ein Bluterguss.

Plötzlich hielt Durian wieder sein Messer in der Hand. Höflich bat er mich, ihm wieder den Rücken zuzuwenden, und noch bevor ich wieder Angst haben konnte, gab es einen Ruck, und meine Hände waren frei.

»Die Beine lassen wir erst einmal, wie sie sind«, meinte er mit leisem Lächeln und steckte das Messer in die Manteltasche zurück. »Wenn Sie bitte erlauben ...«

Er langte mir ins Gesicht, ein Ruck, ein Schmerz, ich konnte meinen Mund wieder öffnen, atmen, tief atmen, welches Glück! Ich massierte meine Handgelenke, bewegte die Finger. Fühlte sie nicht. Das waren die Hände eines anderen, die sich vor mir bewegten. Nur sehr allmählich begann das Blut wieder zu fließen, das Gefühl zurückzukehren. Meine Zähne klapperten vor Kälte. An so etwas wie eine Heizung hatte Durian offenbar nicht gedacht. Er selbst hatte vermutlich in dem molligen Daunenschlafsack geschlafen, der jetzt zusammengerollt in der Ecke lag. Gegen die Kälte trug er mehrere Pullover übereinander und darüber immer noch seinen lappigen grauen Mantel. Seine Füße steckten in dick gefütterten Schneestiefeln, auf dem Kopf trug er eine kindisch bunte Pudelmütze.

30

Mein Sarg war zu einer primitiven und alles andere als bequemen Sitzgelegenheit geworden. Durian wies mit einer linkischen Geste auf eine Stelle links neben mir.

»Dort liegen Decken«, sagte er. »Falls Ihnen kalt ist.«

Es waren drei Decken. Ich wickelte alle um mich. Wärmer wurde mir dadurch nicht. Nach wie vor zitterte ich am ganzen Körper. Ich musste meine Zähne fest zusammenbeißen, damit sie nicht aufeinanderschlugen.

»Was ist nun mit Frau Liebekind?«, presste ich hervor. Wie

sich das anhörte, wenn ich meine Theresa Frau Liebekind nannte!

Er hob die Achseln, lächelte breit und fies. Wie schon gestern zuckte hin und wieder sein rechtes Augenlid. Seine Brillengläser waren fettig und gehörten dringend geputzt.

»Sie haben eine schöne Geliebte, Herr Gerlach«, sagte er immer noch grinsend. »Mein Kompliment.«

Es gelang mir, ruhig zu bleiben. Nicht loszubrüllen. Mich nicht auf ihn zu stürzen. Auf dem provisorischem Tisch lagen Papiertüten mit französischer Beschriftung. Daneben ein Baguette, nur in der Mitte mit einer weißen Papierserviette umwickelt. Auf einem Campingkocher summte ein Topf mit Wasser.

»Kaffee oder Tee?« Fast hätte ich bei Durians offenbar ernst gemeinter Frage aufgelacht. »Der Kaffee wird allerdings nicht besonders sein, ich muss Sie warnen. Ich selbst bevorzuge Tee.«

Jetzt? Ich hatte die Hände frei. Er war abgelenkt, mit seinem Wasserkocher beschäftigt. Obwohl meine Füße noch zusammengebunden waren, hätte ich mich auf ihn stürzen können. Andererseits – er war bewaffnet. In seiner einen Manteltasche steckte meine Dienstwaffe, in der anderen das Messer. Das Messer, mit dem er bereits drei Menschen getötet hatte. Ich beschloss, mich erst einmal ruhig und kooperativ zu verhalten. Ich musste Kräfte sammeln, auf die richtige Gelegenheit warten. Ich war noch nicht wieder in der Verfassung für einen Kampf. Und ich brauchte Zeit, um die Lücke in seinem Plan zu entdecken. Den Fehler, der mich hoffentlich überleben ließ.

Offenbar hatte er nicht vor, mich demnächst zu töten. Er machte ja sogar Frühstück für mich. Das Weißbrot duftete.

»Tee oder Kaffee?«, wiederholte Durian seine Frage ungeduldig.

»Kaffee.«

Folgsam brühte er einen Schnellkaffee auf. Vermutlich eine bittere Plörre, aber sie roch göttlich. Ich war hungrig, wurde mir bewusst. Meine Zunge klebte am trockenen Gaumen. Hunger war gut, denn ich musste essen. Ich musste bei Kräften bleiben. Aber nicht zu schnell. Nicht zu auffällig. Nichts überstürzen jetzt, bloß nichts überstürzen.

»Was ist mit ihr?«, fragte ich wieder, als er auf seinem Klappstuhl saß und das Baguette mit nervösen Bewegungen in große Stücke mehr riss als schnitt.

»Das ist ein Punkt, über den ich vorerst schweigen möchte.«

Ungeschickt strich er Butter auf ein Stück Brot, das er der Länge nach aufgebrochen hatte. Das Messer schien vollkommen stumpf zu sein. Blechbesteck, wie es in Kantinen benutzt wird.

Ich schluckte eine scharfe Antwort hinunter. Er war zurzeit der Boss. Es hatte keinen Sinn, ihn zu verärgern. Jetzt gab es erst einmal Frühstück, und später würde man sehen. Jede Minute, die mir blieb, war eine Minute für mich. Eine Chance, den entscheidenden Fehler in seinem Plan zu finden.

»Das heißt, sie ist immer noch eingesperrt?«, bohrte ich weiter, als wir beide satt und auf merkwürdige Weise entspannt nebeneinandersaßen und ich die letzten Schlucke des nicht einmal so üblen Kaffees schlürfte. »Das ist gegen unsere Abmachung!«

Allmählich wurde mir wärmer. Das Zittern war fast verschwunden, und ich konnte den Mund öffnen, ohne dass meine Zähne sofort zu klappern begannen.

»Es gibt Momente im Leben, da müssen wir alle Opfer bringen«, erwiderte Durian ernst.

»Was heißt das?«, brauste ich auf, mäßigte aber sofort wieder meine Stimme. »Sie haben Ihr Wort nicht gehalten? Sie haben gelogen?«

»Ich lüge niemals«, versetzte er und sah mich wieder mit seinem Ärzteblick an. »Bleiben Sie bitte ruhig.« Das Augenlid hinter dem schmutzigen Brillenglas zuckte. »Es ist niemandem geholfen, wenn wir uns anschreien. Am allerwenigsten Ihrer Geliebten. Ob sie lebt oder nicht, ändert nichts an Ihrer Situation.«

»Oh doch, das tut es«, keuchte ich. »Wenn sie tot ist, dann …«

»Was dann?«, fragte er kalt. »Sie werden in Kürze sterben, Herr Gerlach. Es gibt kein ›dann‹ mehr für Sie. Wir werden gemeinsam sterben, falls das ein Trost für Sie ist.«

»Wann?«

»Sobald es so weit ist.«

»Sie hat nichts mit der Sache zwischen Ihnen und mir zu tun! Sie ist unschuldig! Verstehen Sie das Wort: un-schul-dig?«

Er atmete tief ein und betrachtete eine Weile nachdenklich seinen leeren Teebecher. Schließlich sagte er: »Ihre Geliebte wird überleben, wenn alles nach meinem Plan verläuft. Falls Sie irgendetwas versuchen, etwas Unvernünftiges, Unüberlegtes, dann kann ich für nichts garantieren.« Jetzt sah er mir wieder ins Gesicht. »Die ersten drei Menschen auf meiner Liste wussten nichts von mir. Sie hatten mich ins Unglück gestürzt und meinen Namen schon am nächsten Tag vergessen. Bei Ihnen wird es anders sein. Sie, Herr Gerlach, haben mich nicht nur ins Unglück gestürzt, Sie haben mich getötet. Und deshalb muss Ihre Strafe härter ausfallen. Viel härter.«

»Wie Sie hier sitzen und Tee trinken, wirken Sie eigentlich ganz lebendig.«

»Sie wollen mich nicht verstehen.« Er lächelte traurig. »Was Sie hier sehen, das bin ja nicht ich. Das sind meine kläglichen Überreste. Das, was nach acht Jahren Hölle von mir übrig blieb. Michael Durian ist in den ersten vier Wochen hinter vergitterten Fenstern und Stahltüren gestorben. Und Sie…«, plötzlich war sein Blick wieder ausdruckslos und kalt, »… Sie sind sein Mörder.«

Ich rieb mir das Gesicht. Fühlte, dass ich eine Rasur nötig hatte.

»Sehen Sie, Herr Gerlach«, fuhr Durian fort, nachdem er einige Sekunden geschwiegen hatte, »ich habe durch Sie acht Jahre Verzweiflung ertragen müssen. Ein schneller Tod, wie bei den anderen, ist für Sie deshalb nicht angemessen. Aber Sie werden nicht acht Jahre leiden müssen. Sie werden diese bodenlose Leere, die Unendlichkeit der Zeit nicht erleben müssen, die zu nichts, nichts, nichts nütze ist. Die Enge, mit einem fremden Menschen zusammen, Stunde um Stunde, Tag um Tag. Aber eine kleine Kostprobe davon sollen Sie bekommen.«

»Ich habe keine Lust, mit Ihnen über unser Strafrecht zu philosophieren, obwohl ich Ihnen manches zu diesem Punkt sagen könnte. Jedenfalls sind Sie nicht auf Grund eines Justizirrtums eingesperrt worden.«

»Philosophieren Sie nur. Es ist mein Wunsch, dass Sie verstehen. Dass Sie begreifen, warum ich tun muss, was ich tue. Und noch haben wir ja Zeit.«

Er lächelte. Mein Mörder lächelte mich tatsächlich an.

»Könnten wir vielleicht die Tür ein wenig …?« Ich wies mit dem Kopf nach rechts. »Man erstickt ja hier drin.«

»Leider nein.« Ernst schüttelte er den schmalen Kopf. »Sie könnten auf dumme Gedanken kommen. Jemand könnte Sie sehen und die falschen Schlüsse ziehen, obwohl es hier sehr einsam ist. Ich kann vorne ein Fenster öffnen, wenn Sie versprechen, sich ruhig zu verhalten. Obwohl Sie ohnehin niemand hören würde.«

Er ging nach vorn, musste zu diesem Zweck einen speckigen Vorhang zur Seite schieben, blendende Helligkeit flutete herein. Nach Sekunden kam er zurück, und tatsächlich schien mit ihm frische Luft hereinzuströmen. Den Vorhang ließ er einen Spalt offen.

»Später, wenn Sie gezeigt haben, dass Sie vernünftig sind, können wir auch über bequemere Lösungen nachdenken«, sagte er, als sei ihm die Situation peinlich. »Aber im Moment, Sie werden verstehen …«

Sogar an eine Toilette hatte er gedacht. In der Ecke neben den Türen stand ein hellblaues Camping-Plumpsklo, und leider verspürte ich bei seinem Anblick sofort den unwiderstehlichen Drang, es zu benutzen. Durian bemerkte meinen Blick und erhob sich.

»Ich lasse Sie allein«, sagte er und verschwand wieder nach vorne. Ich hörte, wie er ausstieg, fühlte wieder das Schwanken des Wagens.

Es kostete mich eine Menge Überwindung, die Hose herunterzulassen und zu tun, was unvermeidlich war. Es war peinlich, ekelerregend, zutiefst entwürdigend.

Neben dem Klo entdeckte ich meinen Mantel am staubigen Blechboden. Die Taschen waren leer. Wo der Dreckskerl wohl mein Handy versteckt hatte?

»Ein nicht zu verachtender Unterschied zum Leben in einer Zelle«, sagte Durian, als er vielleicht zehn, vielleicht zwanzig Minuten später zurückkam. »Dort sind Sie niemals allein. Nicht einmal, wenn Sie Ihre urmenschlichsten Bedürfnisse verrichten.«

Er wirkte wacher als vorhin, energischer. Seine Gesichtsfarbe war frischer. Der Morgenspaziergang schien ihm gutgetan zu haben. Er roch, als hätte er draußen geraucht.

Hier drin würde es bald stinken wie in einem Viehstall. Falls es das nicht längst tat. Ich erinnerte mich an den muffigen Geruch, der mir gleich zu Beginn in die Nase gestiegen war. Vermutlich hauste Durian schon längere Zeit in seinem schäbigen Wohnmobil. Keine schlechte Taktik übrigens, wenn man sich verstecken muss.

Längst saß ich wieder auf meiner Kiste, in meine Decken gewickelt, war immer noch benommen und schon wieder erschöpft. Sollte er mir etwas in den Kaffee getan haben? Durian räumte auf, faltete die leeren Tüten sorgfältig zusammen, wischte Krümel mit der Hand zusammen, warf sie vorne aus dem Fenster.

Dann fuhren wir weiter.

31

Durian hatte darauf verzichtet, mich wieder in den Sarg zu sperren. Ich hockte darauf, die Hände frei, die Beine gefesselt mit Nylonkabelbindern, die sich ohne scharfes Werkzeug nicht zerstören ließen, wurde hin und her geschaukelt und dachte lange Zeit nichts. Das Licht hatte er ausgeschaltet, den Vorhang im Durchgang zur Fahrerkabine jedoch ein wenig offen gelassen, sodass es nicht völlig dunkel war. Mit einem Mal spürte ich Dankbarkeit in mir. Dankbarkeit für diese Freundlichkeit, die Rücksichtnahme, das kleine Zeichen von Zuneigung, das er mir schenkte. Er hätte mich ja ebenso gut hungern lassen können. Mich zwingen, ihm zuzusehen, wie er sich den Bauch vollschlug, mich anschließend wieder in meine enge Kiste zwingen. All das hatte er nicht getan. Vielleicht begann er sogar, mich ein wenig zu mögen? Zu verstehen? Vielleicht gelang es mir, ihn von seinem irrsinnigen Plan abzubringen, wenn ich gleichfalls freundlich zu ihm war, nett und fügsam?

Oder waren das bereits die ersten Anzeichen eines beginnenden Stockholm-Syndroms? Kurz wurde mir bewusst, dass ich nicht angeschnallt war, was im Fall eines Unfalls gefährlich war, und um ein Haar hätte ich gelacht. Ich versuchte, mich zu konzentrieren, und plötzlich ging es überraschend leicht.

Im Grunde gab es nur zwei denkbare Auswege, sollte von außen keine Hilfe kommen: Ich konnte versuchen, zu fliehen oder Durian zu überwältigen.

Fliehen war nicht leicht. Die Griffe an den hinteren Türen fehlten auf der Innenseite, das hatte ich längst gesehen. Die ließen sich nur mit Hilfe einer kräftigen Zange öffnen, wenn überhaupt. Nach vorne musste ich an Durian vorbei, und das würde nicht ohne Kampf abgehen. Er war bewaffnet. Er war skrupellos. Und ein dritter Ausgang existierte nicht. Ohnehin musste ich zuallererst die Fesseln an meinen Beinen loswerden. Vielleicht konnte ich ihm irgendwann sein Messer entreißen? Oder die Pistole, und ihn zwingen, die Kabelbinder durchzuschneiden?

Von vorne hörte ich leise Radiostimmen. Wieder war es Französisch. Nach der Menge der Kurven und Steigungen zu schließen, fuhren wir durch ein Gebirge. Vermutlich befanden wir uns in einer gottverlassenen Ecke der Vogesen. Die Vogesen sind anders als der Schwarzwald. Schroffer, unzugänglicher, einsamer. Sehr viel einsamer. Aber schön war es dort. Man konnte tagelang wandern, ohne einen einzigen Menschen …

Konzentrieren, konzentrieren!, ermahnte ich mich.

Ich rutschte von der Kiste, kroch am Boden herum in der unsinnigen Hoffnung, vielleicht eine Luke zu finden. Natürlich fand ich nichts. So etwas gibt es nur in Filmen, damit der Held herein- oder hinauskommt, je nach Drehbuch. Im wirklichen Leben ist es sehr viel einfacher, sehr viel grausamer: Es gibt keine übersehenen Luken, keine unsichtbaren Türen. Man sitzt fest, und man wird sterben, und das ist alles.

Der Boden bestand aus dickem, gewelltem Blech, dem auf

weiten Flächen der Lack fehlte. Der Lieferwagen war wirklich schon sehr alt und abgenutzt.

Die Bremsen quietschten, die Räder rumpelten, der Motor erstarb.

Ich sah zu, dass ich wieder auf meine Kiste kam.

Der Vorhang wurde zur Seite geschoben, Durian streckte seinen Kopf herein.

»Ich brauche ein wenig frische Luft«, erklärte er. »Die Fahrerei macht einen ganz benommen.«

Jetzt hieß es, leise sein. Das Auto durfte auf keinen Fall schwanken. Sobald ich seine Schritte nicht mehr hörte, krabbelte ich zum Vorhang, spähte durch die Ritze. Das Licht blendete mich, und es dauerte einige Zeit, bis ich etwas erkennen konnte.

Der Lieferwagen war wirklich eine Schrottkarre. Nach dem Anblick, der sich mir bot, hatte er früher vielleicht einer Gipserfirma gehört. Das trostlos schmutzige Radio war noch an. Zwei gut gelaunte Franzosen plauderten in einem Tempo, dass ich kaum etwas verstand. Offenbar ging es wieder einmal um die Frage, wo man heute sein Geld noch zugleich sicher und gewinnbringend anlegen konnte.

Wenn ich versuchte, an eine der Türen zu gelangen? Das wäre eigentlich kein Problem, würde jedoch nichts helfen, solange meine Beine gefesselt waren und ich mich nur auf allen Vieren fortbewegen konnte.

Außerdem war da ja immer noch Theresa ...

Das Radio konnte ich erreichen, ohne mich allzu weit aus der Deckung zu wagen. Ich streckte die Hand aus, suchte einen anderen Sender in der Hoffnung auf irgendeinen Hinweis darauf, wo wir uns befanden. Aber entweder taugte das Radio nichts, oder in der bergigen, bewaldeten Landschaft, die ich durch die Windschutzscheibe erblickte, war nur dieser eine Sender zu empfangen. Eben begannen die Nachrichten, es war zehn Uhr. Jetzt verstand ich mehr. Die Exporte Frankreichs waren um weitere fünf Prozent eingebrochen, die Inflation lag inzwischen bei null. Vor Indien waren dreihundert Menschen ertrunken, als eine überladene Fähre im Sturm kenterte. Der amerikanische Präsident suchte wieder einmal das Gespräch mit

Nordkorea. Von einem entführten deutschen Kripobeamten oder der vermissten Frau seines Chefs kein Wort. Dann kam der Wetterbericht. Es sollte sonnig werden und wärmer. Der Frühling kam. Nur die Nächte, die würden noch für eine Weile kalt bleiben.

Ich wagte mich ein wenig weiter vor, erreichte das Handschuhfach. Der Deckel klappte auf, ich sah meine Brille, die Armbanduhr und – das Handy! Es gelang mir, es in die Hand zu bekommen, ohne dass er mich von außen sehen konnte, auf dem Beifahrersitz liegend schaltete ich es an. Das Display wurde hell. Wie ewig das immer dauerte. Der PIN-Code. Natürlich musste ich mich vertippen in der Eile. Noch ein Versuch, dann eine zweite Ewigkeit, Netzsuche – kein Empfang. Ich ließ es eingeschaltet und legte es unter den Beifahrersitz in der Hoffnung, dass Durian irgendwann wieder in eine Gegend fahren werde, wo Handys Empfang hatten. Hoffentlich war der Akku bis dahin nicht leer. Hoffentlich kamen meine Kollegen in Heidelberg auf die Idee, mein Handy orten zu lassen …

Als Durian von seinem Morgenspaziergang zurückkehrte, saß ich längst wieder an meinem Platz und überlegte weiter, wie ich diese verfluchten Fesseln an meinen Knöcheln loswerden konnte.

Die Frühstücksutensilien hatte Durian zusammen mit allem anderen in einer abgewetzten rosafarbenen Sporttasche verstaut, die in einer Ecke stand. Aber das Messer war so stumpf gewesen, dass er kaum das Brot damit hatte schneiden können.

Er sah kurz zu mir herein, nickte zerstreut, zog den Vorhang ganz zu. Nun saß ich im Dunkeln. Durian rumorte vorne herum, sprach manchmal mit sich selbst, kommentierte Dinge, die er im Radio hörte. Später stieg er wieder aus. Kurz darauf knallten draußen zwei Schüsse, und ich saß senkrecht auf meiner harten Kiste.

Kam endlich Rettung?

Aber nein, nichts geschah. Durian stieg wieder ein, blieb vorne, hörte Radio und rauchte. Vermutlich hatte er nur meine Pistole ausprobiert. Wie kam es eigentlich, dass er damit umgehen konnte? Schon damals in der Bank hatte er geschossen, auf die Glastür.

Irgendwann, nach Stunden, sprang der Diesel wieder an. Draußen schien es allmählich dunkel zu werden. Aber das war doch unmöglich! Hatten wir nicht eben erst gefrühstückt? Nein, das war wohl schon eine Weile her. Ich war schon wieder hungrig.

Die Straße, die wir fuhren, war schlecht und kurvig und einsam. Anderen Verkehr schien es nicht zu geben.

Flucht war unmöglich, hatte ich inzwischen begriffen. Also musste ich Durian überwältigen, kampfunfähig machen. Ihn zwingen, mir Theresas Versteck zu verraten. Angesichts seiner Körpergröße und Verfassung dürfte das nicht allzu schwierig sein. Aber ich musste die Sache sehr gut vorbereiten. Ich hatte nur einen Versuch.

Sollte ich vielleicht jetzt, während der Fahrt…? Unsinn! Unsinn! Wir würden von der Straße abkommen, einen Abhang hinabstürzen. Vielleicht, wenn es wieder einmal einen Berg hinaufging und er langsam fahren musste? Nein. Meine einzige Option hieß, so lange am Leben zu bleiben, bis sich mir eine Chance bot. Eine echte Chance.

32

Zum Abendessen gab es dicke Bohnen mit Speck aus der Dose. Es schmeckte nicht so übel, wie es aussah, aber schon nach wenigen Löffeln verlor ich den Appetit. Durian hingegen schien die lauwarme Pampe zu genießen. Wieder hatte er vorne ein Fenster offen gelassen und den Vorhang nicht ganz geschlossen. Ich sah Tannen, hörte ihr Rauschen im Wind, einmal einen Uhu schreien. Wir schienen uns weitab von menschlicher Zivilisation aufzuhalten.

»Acht Jahre Gefängnis«, sagte er, als er zufrieden seinen Teller auskratzte. »Man lernt wirklich, seine Ansprüche im Zaum zu halten.«

»Wie lange soll das hier noch so weitergehen?«

»So lange, bis Sie sterben werden.« Er stellte den Teller auf den Tisch, faltete gemütlich die Hände auf seinem Bauch, sah mir ins Gesicht.

»Ich habe damals nur meine Pflicht getan.«

»Gehörte es auch zu Ihren Pflichten zu lügen? Natürlich war es falsch, diese Bank zu überfallen. Andererseits ... Sie kennen sich ja so gut mit Brecht-Zitaten aus ...«

»Was ist das Ausrauben einer Bank gegen die Gründung einer Bank?«

Durian nickte anerkennend. »Und unsere Kultur kennt schließlich auch ein Recht auf Selbstverteidigung.«

»Ihre damaligen Geiseln waren aber nicht die, die Ihnen geschadet hatten.«

»Da haben Sie in der Tat recht. Das System war verantwortlich. Aber die Bank war Teil des Systems. Und meine Gefangenen hatten eben das Pech, dieses System zum falschen Zeitpunkt zu repräsentieren.«

»Die Leute hatten nicht die geringste Möglichkeit, unser Wirtschafts- oder Rechtssystem zu ändern.«

»Oh doch«, widersprach Durian heftig und sah mich empört an. »Jeder hat diese Möglichkeit. Denn jeder kann ausbrechen.«

»Sie sind auch nicht ausgebrochen. Sie sind ...«

»Ich bin hinausgeschleudert worden, ja. Auch ich wurde zum unbedeutenden Opfer dieser gigantischen Mahlräder, die gerade dabei sind, alles zu zerquetschen. Auch ich war nur ein kleiner Kollateralschaden eines auf Lügen, Gier und Betrug aufgebauten, zutiefst gottlosen Systems. Wie Millionen und Abermillionen andere, die unverschuldet ihre Arbeit verlieren, krank werden, deren Familien geopfert werden auf dem Altar des Götzen Mammon. All diese Menschen tragen keine Schuld. Und dennoch werden sie an den Rand gedrückt. Zermalmt. Vergessen.«

»Ich verstehe nicht, worauf Sie hinauswollen.« Endlich ließ er mit sich reden! Das war gut! »Ich verstehe nicht einmal, was genau Sie mir vorwerfen.«

»Weil Sie nicht zuhören. Hätten Sie mich damals nicht belogen, dann hätte ich dieser Bank einige Tausend D-Mark weggenommen, die später irgendeine Versicherung ersetzt hätte. Für unser Finanzsystem der Bruchteil eines Atoms, für mich die Rettung, eine Möglichkeit, weiterzuleben. Aber dann sind Sie gekommen und haben mich belogen.«

»Mir blieb keine andere Wahl. Was hätte ich sonst tun sollen?«

»Wie wäre es mit der Wahrheit gewesen? Was hat Sie gehindert zu sagen: ›Die Bank ist umstellt, Sie haben keine Chance, geben Sie auf‹?«

»So oder so ähnlich habe ich das vermutlich hundertmal gesagt.«

»Nein, das haben Sie nicht. Sie haben mich vertröstet. Immer wieder hieß es, Sie lassen mich gehen. Ich bekomme ein Auto, ich darf wegfahren. Und ich Narr habe Ihnen geglaubt, weil Sie so ehrlich klangen.«

»So leichtgläubig kann ein Mensch doch gar nicht sein, Herrgott!«, stieß ich hervor. »Es war Teil meines Jobs, verstehen Sie nicht? Es war Teil unserer Taktik.«

»Lassen Sie Gott aus dem Spiel!« In seinem Blick loderte plötzlich Hass. »Wenn es überhaupt eine Rettung gibt für uns Menschen, dann kommt sie nämlich von ihm, von Gott! In der Bibel können Sie es an tausend Stellen lesen, wenn Sie es nur wollen: Er ist unsere einzige Rettung, unsere Hoffnung. Er ist Wärme, Liebe, Trost. Alles andere ist Lüge, Kälte, Götzendienst!«

In diesen Sekunden wurde mir klar: Durian hatte den Verstand verloren. Irgendwann im Lauf seiner Haft war etwas in ihm zerbrochen, hatte er – wie Ruppke, sein Zellengenosse – den Kontakt zur Welt verloren und sich in seinen krausen religiösen Vorstellungen verirrt, in seinem eigenen Wertesystem, das nur scheinbar etwas mit der christlichen Religion zu tun hatte.

Nur sehr allmählich entspannte er sich, wurde sein Atem wieder ruhiger.

Später plauderten wir über Belanglosigkeiten. Durian erzählte mir von seinem Verlag, seinen Büchern und Autoren. Das war seine Welt gewesen, sein Glück: Bücher, Literatur. Kunstwerke mit überschwänglichen Rezensionen und hundsmiserablen Verkaufszahlen. Endlich, endlich konnte man mit ihm reden.

Aus seiner Sicht hatte er alles richtig gemacht. Hätte ihm

Anita Bialas nicht das Abenteuer eines Eigenheims schmackhaft gemacht, dann wäre er vielleicht immer noch ein erfolgloser, aber dennoch einigermaßen zufriedener Verleger. Hätte ihn seine Frau nicht verlassen, dann hätte er jemanden neben sich gehabt, der ihn am Boden hielt, hin und wieder vorsichtig seine Gedanken zurechtrückte.

Es ist so leicht, jemanden zu verurteilen.

Wie wäre es mir ergangen an seiner Stelle? Meine Frau hatte mich nicht verlassen, sie war gestorben. Ich erinnerte mich noch gut an die Zeit danach. Was wäre geschehen, wenn ich nicht die Kurve gekriegt hätte? Wenn ich meine Arbeit verloren hätte, in diesen schlimmen Monaten nach Veras völlig überraschendem Tod? Wären da nicht meine Töchter gewesen, die ihren Vater brauchten?

Es ist so verdammt leicht, jemanden zu verurteilen.

33

In der Nacht schlief ich so gut wie gar nicht.

Durian hatte mir erlaubt, nicht in der Kiste, sondern darauf zu liegen. Aber die Fläche war zu schmal, zu hart. Ständig verrutschten meine Decken, verknäulten sich, wollten einfach nicht wärmen. Bald tat mir wieder jeder einzelne Muskel weh. Durch meinen Kopf wirbelten unentwegt Gedanken. Was würde ich tun, wäre ich an Balkes und Vangelis' Stelle? Wie würde ich Durians Überwältigung organisieren? Den Lieferwagen stoppen, auf die Gefahr hin, dass er die Nerven verlor? Oder warten, bis sich eine günstige Gelegenheit zum Zugriff bot? Wenn er sich wieder einmal draußen die Beine vertrat, rauchte oder Schießübungen machte? Früher oder später würden sie uns aufspüren, so viel war sicher.

Die Frage war: Würde ich dann noch leben?

Und war das wirklich so sicher?

Durians Plan war so einfach wie schlau. Wer würde ihn und mich in einem harmlosen Lieferwagen vermuten, der durch irgendeine gottverlassene Gegend Ostfrankreichs kurvte? Durian achtete sicherlich darauf, keine Geschwindigkeitsbegrenzung zu übertreten, nicht mehr Menschen zu begegnen als unvermeidlich. Er hatte sein Aussehen so sehr verändert, dass nicht einmal seine Frau ihn ohne Weiteres erkannt hätte.

Ich versuchte, mich an die Minuten zu erinnern von Durians Anruf bis zu dem Moment, als ich in seinen Wagen kletterte. Hatte mich jemand gesehen? War mir jemand begegnet auf dem Weg dorthin? Der Dicke in der Straßenbahn, der mein Gesicht aus dem Fernsehen kannte. Mehr fiel mir nicht ein. Es war dunkel gewesen, es hatte geregnet. Der Dicke war also Vangelis' einziger Zeuge. Und mein Handy natürlich, das hoffentlich noch Strom hatte. Damit ließ sich doch etwas anfangen. Das war doch eine Spur.

Aber nein, Frankreich ist groß, und es war alles andere als sicher, dass sie mich rechtzeitig fanden. Es hatte mehr als genug Fälle gegeben, wo man das Opfer einer Entführung erst nach Monaten oder Jahren fand. Und am Ende noch Mühe hatte, seine sterblichen Überreste zu identifizieren.

Im Gegensatz zu mir schlief Durian in seinem gemütlichen Schlafsack, auf einer weichen Luftmatratze. Hin und wieder schnarchte er. Manchmal machte er schmatzende Geräusche, wälzte sich im Schlaf, murmelte Worte, die ich nicht verstand.

Mein linker Arm war eingeschlafen. Mühsam drehte ich mich auf die andere Seite, worauf innerhalb von Minuten der andere Arm einschlief, während der linke zu jucken begann, als gingen alle Ameisen dieser Welt darauf spazieren. Es kam der Punkt, wo ich schreien wollte, um mich schlagen, Durian würgen und schütteln. Schließlich setzte ich mich auf, starrte Ewigkeiten in die undurchdringliche Dunkelheit.

»Sehen Sie?«, hörte ich plötzlich Durians Stimme. »Jetzt bekommen Sie eine ungefähre Vorstellung davon, wie sich das Leben in einer Zelle anfühlt. Einer schnarcht, und der andere liegt wach und grübelt. Nacht um Nacht, Woche um Woche, Jahr für Jahr. Irgendwann verlieren Sie den Überblick, wissen Sie nicht mehr, sind es zwei Jahre oder drei oder fünf.«

Mein Mund war trocken. Ich hätte alles Mögliche für einen Schluck Wasser gegeben. Wie spät mochte es sein? Drei Uhr? Vier? Ich hatte nicht erst nach Jahren, sondern bereits nach Stunden das Zeitgefühl verloren.

Draußen war es vollkommen still. Nicht einmal die Bäume rauschten mehr.

Ich musste im Sitzen eingenickt sein. Immer noch war mir kalt, trotz der Decken. Durch die Ritzen der Hecktür schimmerte ein erster Hauch von Licht. Durian schnarchte wieder. Jetzt wäre eine gute Gelegenheit gewesen, ihn zu überwältigen. Bis er zu sich kam, hätte ich ihm längst die Pistole entrissen, das Messer …

Nein, es war zu dunkel. Noch war es zu dunkel.

Sollte ich mich freiwillig in die verfluchte Kiste legen, nur um nicht zu erfrieren? Dann doch lieber frieren. Ich zog die Beine hoch, schlang die Arme um die Unterschenkel, zupfte die Decken zurecht, machte mich klein. Als ich mich zurücklehnte, stellte ich fest, dass das Blech in meinem Rücken nass war vom Schweiß und kondensierten Atem zweier Männer und von der Kocherei.

Durian schmatzte und murmelte wieder. Einmal klang es, als würde er um sich schlagen. Draußen war immer noch alles still. Was hätte ich gegeben für den Klang einer fernen Kirchturmuhr, für ein Kinderlachen, ein Männerfluchen, für irgendein Zeichen, dass es dort draußen Menschen gab!

Ich schrak hoch. Wieder musste ich eingenickt sein. Etwas raschelte in nächster Nähe. Gelenke knackten, dann ertönte ein tiefer Seufzer.

»Guten Morgen«, sagte Durian und hustete. Er schaltete das Licht ein, und das ganze Elend war wieder da.

»Sparen Sie sich Ihre blöden Witze!«, fuhr ich ihn an.

»So üble Laune schon am frühen Morgen?«, fragte er gutmütig lächelnd. »Sollten wir etwa nicht gut geschlafen haben?«

»Was denken Sie denn, Sie …?«

»Ich habe ganz vorzüglich geschlafen«, stellte er zufrieden fest und reckte sich.

»Nun reden Sie endlich: Wie geht es ihr?«

»Wie es Ihrer Geliebten momentan geht, entzieht sich leider meiner Kenntnis«, erwiderte Durian, und ich meinte einen zynischen Unterton herauszuhören.

Schon Minuten später hätte ich nicht sagen können, was über

mich gekommen war. Ich muss wohl einen Schrei ausgestoßen haben, und im nächsten Augenblick lag ich auf meinem Entführer und drosch im wahrsten Sinn des Wortes blind auf ihn ein. Ich sah nichts, ich fühlte nichts, und es tat mir unendlich gut, ihm wehzutun. Er schlug zurück, stieß mir ein Knie in die Genitalien, der Schmerz schoss durch meinen Unterleib, ich war behindert, meine Füße waren ja immer noch gefesselt, und plötzlich lag ich quer auf der Luftmatratze, schlug mit dem Kopf hart auf den Boden.

Durian stand breitbeinig über mir und hielt das Messer in der knochigen Hand. Das Messer, mit dem er bereits drei Menschen getötet hatte. Schwer atmend sah er auf mich herab, zielte mit der Spitze der Klinge auf meinen Hals. An der Klinge waren Flecken. Blut. In seinem Blick flackerte Hass.

»Versuchen Sie das nicht noch einmal!«, keuchte er endlich, die Hand mit dem Messer sank herab, er betastete sein Gesicht. Gerötete Flecken markierten die Stellen, wo ich ihn getroffen hatte. »Setzen Sie sich wieder an Ihren Platz!«

Beschämt, gedemütigt, wütend auf mich selbst und meine Unbeherrschtheit kroch ich zu meiner Kiste zurück. Unser Tisch war umgefallen. Besteck lag am Boden verstreut, unsere Plastikbecher. »Unsere Becher«, wie das klang! Sich aufzurichten und hinzusetzen, war mit gefesselten Füßen komplizierter als gedacht.

»Entschuldigen Sie«, hörte ich mich krächzen. »Ich weiß gar nicht, was in mich gefahren ist. Bitte entschuldigen Sie.«

»Ich muss Sie leider bitten, Ihre Hände wieder zu fesseln«, sagte er kalt. »Die kleine Freiheit, die Ich Ihnen gegönnt habe, haben Sie mir schlecht gedankt.«

Er warf mir einen seiner verfluchten Kabelbinder zu. Ich fing ihn unwillkürlich auf. Das Messer hielt er immer noch in der Hand.

»Wie soll das gehen? Selbst meine Hände fesseln?«

»Mit dem Mund«, herrschte er mich an. »Sie machen eine Schleife, stecken die Hände durch und ziehen sie mit dem Mund zu.«

Ich achtete darauf, nicht zu viel Kraft aufzuwenden, um mir das Blut in den Händen nicht abzuschnüren. Mit undurchsichtigem Blick beobachtete er mich, überprüfte den Sitz meiner Fesseln. Wie ein Zoowärter, dachte ich. Er sah mich an wie ein Zoowärter ein krankes, todgeweihtes Tier.

Und so fühlte ich mich auch: wie ein krankes Tier. Ich war von oben bis unten feucht, schweißgebadet. Inzwischen musste ich auch stinken wie ein Tier. Mein Atem roch vermutlich nach Verwesung. Ich sehnte mich nach warmem Wasser, einem Bad, nach Seife, einer Zahnbürste, einer Rasur.

Durian wandte sich abrupt um und ging nach vorn. Über Nacht hatte er nur einen Pullover und seine Hose getragen, das Messer hatte vermutlich unter der Luftmatratze gelegen. Ich hörte, wie er sich ankleidete.

Später stieg er aus, um irgendwo in der Wildnis seine Morgentoilette zu verrichten oder eine erste Zigarette zu rauchen. Jetzt hätte ich wieder nach vorne kriechen können, Radio hören, nach einem Fluchtweg suchen, einem scharfen Gegenstand, mit dem ich meine Fußfesseln durchtrennen konnte.

Aber ich tat nichts. Ich fühlte mich ausgebrannt, leer und blöde. Mein letztes bisschen Energie hatte ich vorhin in diesem absurden Tobsuchtsanfall verschleudert. Zusammengesunken hockte ich auf meiner Kiste, apathisch, schmutzig, wehrlos.

Mein Unterleib schmerzte von Durians Tritt, an meiner linken Schläfe schien sich eine zweite Beule zu entwickeln. Ich ärgerte mich über die Idiotie meines Angriffs. Es war einfach über mich gekommen, mit einer Macht, gegen die kein Wille half und kein Verstand.

Durian kam zurück. Keine Ahnung, wie lange er fort gewesen war. Vielleicht hatte ich in der Zwischenzeit wieder geschlafen. Er wirkte erfrischt und machte sich daran, unser Frühstück vorzubereiten. Er schien mir nichts nachzutragen. Wieder roch er nach Zigarettenrauch.

»Heute gibt es leider nur altes Brot«, erklärte er so aufgeräumt, als hätten wir nicht vor Minuten um Leben und Tod gekämpft.

Mir kam der Verdacht, dass mein sinnloser Überfall Teil seines perversen Plans gewesen sein könnte.

»Hauptsache, Kaffee«, murmelte ich.

»Bei mir hat es vier Wochen gedauert, bis ich zum ersten Mal die Kontrolle verlor«, sagte er später, als ich den wohltuend heißen Kaffee schlürfte und er seinen Tee. »Sie erleben im Zeitraffer, was ich durchstehen musste.«

»Und was ist die nächste Phase?«, fragte ich erschöpft. Meine Augen brannten. Ich war sterbensmüde. »Was kommt jetzt?«

»Die Hoffnungslosigkeit«, erwiderte er ungerührt. »Sie werden keinen Appetit mehr haben, keine Gefühle. Sie werden mich nicht einmal mehr hassen können. Und Sie werden Ihre letzten Hoffnungen verlieren.«

Ich hatte schon jetzt keinen Appetit. Das alte Weißbrot kaute sich wie Gummi und schmeckte wie feucht gewordene Pappe. Ich würgte ein paar Bissen hinunter, dann ließ ich es bleiben. Wozu essen? Wozu weiterleben? Was war der Tod gegen dieses schmutzige, verschwitzte Elend?

Immerhin gab es frische Luft. Der Vorhang stand heute weit offen, Durian hatte vorne beide Fenster heruntergekurbelt. Der Himmel war grau und trüb, aber es ging ein leichter, freundlicher Wind, der hin und wieder bis in mein Blechgefängnis drang.

34

Wir fuhren wieder. Ich hockte auf meiner Kiste wie immer, schaukelte hin und her und vor und zurück, hielt meine Decken am Hals zusammen und starrte vor mich hin. Ich konnte nicht mehr denken und wollte auch nicht mehr. Irgendwann wurde mir bewusst, dass mein Kopf auf meinem Hals herumwackelte wie bei einem dieser künstlichen Hunde, die manche Leute früher auf ihren Hutablagen spazieren gefahren hatten. Wann waren die eigentlich aus der Mode gekommen? Mein Vater hatte auch einen gehabt, einen schwarzen Pudel. Das musste in der Zeit gewesen sein, als wir den hellblauen Ford hatten. Später, im Passat, hatte ich den Hund nicht mehr gesehen. Aber das war ja auch ein Kombi gewesen, wenn ich mich richtig erinnerte, und …

Halt! Ich musste mich zusammennehmen!

Es konnte doch nicht sein, dass ich schon nach Tagen – wie vielen eigentlich? – alle Hoffnung fahren ließ, jede Kontrolle über mich verlor!

Vorne tickte der Blinker, Durian bog ab, und plötzlich wurde das Geschaukel schwächer, die Straße schien jetzt glatter und gerader zu sein. Ich hörte auch Geräusche von entgegenkommendem Verkehr. Eine Weile fuhren wir langsamer, dann überholte Durian, nach dem Klang zu schließen, einen Traktor.

Plötzlich bremste er, hielt. Ich hörte ihn aussteigen, mit jemandem Französisch sprechen und sogar lachen. Sekunden später klang es blechern von der Beifahrerseite. Wir tankten. Durian tankte. Sogar Leichenwagen brauchen hin und wieder Benzin. Obwohl der Lieferwagen ja ein Diesel …

Als der Motor wieder ansprang, schrak ich hoch. Immer öfter dämmerte ich jetzt für Sekunden weg. Und ich wusste schon jetzt, dass ich auch in der kommenden Nacht schlecht schlafen würde.

Zu Mittag gab es irgendeinen ekligen Gemüseeintopf, wieder aus der Dose. Wieder brachte ich fast nichts herunter. Durian hingegen löffelte seinen Teller schweigend leer, bot frisches Baguette an, das er an der Tankstelle gekauft hatte. Ich zwang mich, wenigstens davon zu essen. Ich musste bei Kräften bleiben, unbedingt.

Dazu tranken wir Wasser aus großen Kunststoffflaschen.

»Es ist ganz schön gewagt, was Sie und Ihre verheiratete Geliebte treiben«, sagte Durian in das Schweigen hinein mit einem kleinen, listigen Lächeln.

Er genoss meine Überraschung sichtlich, und ich hasste ihn dafür.

»Sie haben mich beobachtet?«

»Was denken Sie denn?«, erwiderte er, immer noch lächelnd. »Man muss wissen, mit wem man es zu tun hat. Man muss seinen Gegner kennen, seine schwachen Stellen. Und vergessen Sie nicht, ich hatte schon einmal die Ehre, Sie zum Gegner zu haben. Damals habe ich Sie leider noch nicht gekannt.«

Theresa. Wie es ihr wohl ging? Und Liebekind, ihrem Mann

und meinem Chef? Ob er wirklich Krebs hatte? Wie unendlich fern all das auf einmal war, wie fremd. Eine schwache Erinnerung an eine schöne, so lange vergangene Zeit. Mein Leben, mein Alltag, meine Töchter, mein Büro, meine Wohnung, all das lag auf einem anderen Stern.

Plötzlich war Durian ernst. »Die Wollust ist eine der sieben Todsünden!«

»Ich bin mit achtzehn Jahren aus der Kirche ausgetreten«, erwiderte ich müde. »Und das Mittelalter ist zum Glück Vergangenheit.«

»Luxuria ist die dritte«, fuhr er fort, als hätte er mich nicht gehört. Gedankenverloren spielte er an seinem noch halbvollen Teebecher herum. »Ebenso wie Superbia, Ira oder Gula. Der Hochmut, der Zorn, die Völlerei.«

»Ira lässt sich auch mit Rachsucht übersetzen«, versetzte ich wütend. »Fällt Ihnen etwas auf?«

Jetzt lächelte er wieder.

Es war gut, den Gebildeten zu geben. Das mochte er. Das kitzelte seine Eitelkeit. Wenn ich nur nicht so verflucht müde gewesen wäre.

»Wie Sie habe auch ich den Verein verlassen, als ich alt genug dafür war. Das bedeutet aber nicht, dass ich nicht gläubig wäre. Im Gegenteil. Meine Eltern waren sehr gläubig, müssen Sie wissen. Und so ganz und gar werden wir diese Erblast wohl niemals los.«

Beim Essen war mir aufgefallen, dass er die linke Hand ungern benutzte. Vermutlich hatte Karenkes Hund ihn dort gebissen. Einen Verband konnte ich jedoch nicht entdecken unter dem Ärmel der dicken Jacke, die er jetzt anstelle seines alten Columbo-Mantels trug. Der Griff seines Messers lugte ein wenig aus der rechten Tasche. Wenn ich mich jetzt auf ihn stürzte, dann würde es mir trotz gefesselter Hände vielleicht gelingen, es ihm zu entreißen. Aber was, wenn er sich im falschen Moment bewegte, wenn ich danebengriff? Es würde neue Schmerzen geben, neue Demütigungen. Vielleicht würde er meine Handfesseln strammer anziehen, mich an die Kiste ketten, mir nichts mehr zu essen und zu trinken geben.

Nein, besser reden. Ich musste ihn bei Laune halten, mich

ihm sympathisch machen. Was mir mehr und mehr zu gelingen schien.

Immer noch konnte alles viel, viel schlechter werden.

Stimmen!

Ganz nah!

Männerstimmen! Franzosen.

Wieder musste ich eingenickt sein. Ich dämmerte jetzt ohnehin die meiste Zeit in einem Schwebezustand zwischen Halbschlaf und Traum dahin, hätte nicht mehr zu sagen gewusst, ob Morgen war oder Abend oder Nacht. Und jetzt waren eindeutig Männerstimmen draußen, zwei. Sie sprachen Französisch und klangen heiter. Der Diesel lief im Leerlauf. Vorne quietschte es leise, Durian kurbelte das Fenster herunter, fragte etwas in launigem Ton.

Mein Puls hämmerte. Ich konnte nicht verstehen, was gesprochen wurde, hörte Durian antworten, entspannt und fröhlich. Er war ein verdammt guter Schauspieler.

»Steigen Sie aus«, verstand ich mit meinen lückenhaften Französischkenntnissen. Was war das? Wieso konnten die Männer dort draußen Durian Befehle erteilen? Es mussten Polizisten sein! Sollte es jetzt so weit sein …? Aber weshalb wehrte Durian sich nicht gegen seine Verhaftung?

Der Lieferwagen schaukelte, als er die Tür öffnete und gehorsam hinauskletterte. Er schaukelte wieder, als jemand anders einstieg. Der Vorhang wurde zur Seite geschoben, und das breite, dunkle Gesicht eines Kollegen in französischer Uniform starrte mich erst verblüfft, dann ratlos an.

Er verstand nichts, natürlich, wie sollte er.

Sie hatten nicht nach mir und Durian gesucht, verstand ich in Sekundenbruchteilen. Hier ging es um etwas völlig anderes.

Der Idiot begriff einfach nicht, was er sah. Ich öffnete den Mund, um ihn aufzuklären, formulierte im Stillen den Satz, den ich radebrechen würde.

Draußen ein Warnruf, ein Schuss. Der Flic, der mich eben noch dämlich angeglotzt hatte, fuhr herum, ein zweiter Schuss fiel, diesmal lauter, traf ihn noch in der Drehung.

Mein Herz schlug, dass ich dachte, es müsse zerplatzen.

Durian fluchte lauthals und mit überkippender Stimme. Schnelle Schritte. Ich hörte, wie er die Beifahrertür aufriss und immer weiter fluchend und zeternd versuchte, den toten oder schwer verletzten Polizisten hinauszuzerren. Erst nach einer Weile und vielen Verwünschungen gelang es ihm.

Er wusste so gut wie ich, dass sich unsere Situation dramatisch verändert hatte. Jetzt wurde es gefährlich. Streifenpolizisten geben immer erst per Funk die Daten eines Fahrzeugs durch, das sie kontrollieren werden. Immer. Oder meistens. Falls sie Funkverbindung zu ihrem Revier haben, natürlich. Was hier, mitten im Gebirge, möglicherweise nicht überall der Fall war.

Mein Puls beruhigte sich allmählich. Durian stieg wieder ein, der Diesel lief immer noch.

Irgendwo dort draußen brach jetzt Hektik aus. Mit zunehmender Ungeduld wurde in Mikrofone gerufen, wurden Hörer abgenommen, Berichte erstattet, Alarme ausgelöst, Funksprüche abgesetzt, Befehle gebrüllt. Streifenwagen wendeten und jagten mit Blaulicht und Sirene in die entgegengesetzte Fahrtrichtung davon. Helikopter stiegen auf, Horden bewaffneter Kollegen enterten, von scharfen Kommandos gehetzt, Mannschaftstransporter. Waffen wurden überprüft, Ersatzmagazine zurechtgerückt, Funkverbindungen getestet. In wenigen Minuten würden Hunderte von Polizisten auf dem Weg zu mir sein.

Und all das war überhaupt nicht gut.

Durian würde sich nicht ergeben. Wenn es eng wurde, würde er erst mich erschießen und dann sich selbst. Die Franzosen hatten ja nicht die geringste Ahnung, worum es hier ging. Sie würden den Lieferwagen stoppen in der Meinung, vielleicht einen kleinen Autodieb zu stellen. Von mir wussten sie nichts.

35

Es geschah nichts.

Die Straße war längst wieder kurvig, steil und holperig. Selten hörte ich die Geräusche eines anderen Autos, das uns entgegenkam oder überholte.

Und es geschah nichts.

Allmählich wurden die Ritzen der hinteren Türen dunkel.

Meine dritte Nacht in Gefangenschaft brach herein. Oder die vierte? Die fünfte? Wir fuhren immer noch.

Es geschah einfach nichts.

In dieser Nacht schlief ich überraschenderweise besser. Die Abschnitte, an die ich mich am nächsten Morgen nicht erinnern konnte, waren länger, die wachen Phasen kürzer. Dafür hatte Durian sich viel auf seiner quietschenden und knarrenden Luftmatratze herumgewälzt, hatte im Schlaf gemurmelt und geschmatzt und natürlich wieder geschnarcht.

Die toten oder zumindest schwer verletzten Polizisten machten ihm zu schaffen. Es ist keine Kleinigkeit, Menschen zu töten. Auch wenn es nicht das erste Mal ist.

Unsere Verpflegung wurde karg. Durian wagte sich offenbar nicht mehr in bewohntes Gebiet. Zum Frühstück servierte er Zwieback und Knäckebrot. Dazu Marmelade aus kleinen Portionspackungen. Das Wasser war alle. Er füllte zwei Flaschen draußen, an irgendeinem Bach. Der Kaffee war heute nicht einmal richtig warm. Durian war wortkarg und sehr schlechter Laune. Hin und wieder betrachtete er mich aus den Augenwinkeln. Bis auf ein gelegentliches leises »Bitte« oder »Danke« wurde nichts gesprochen.

Später ging er wieder hinaus, um sich die Beine zu vertreten, vielleicht auch flüchtig zu waschen oder auch nur durchzuatmen, ein wenig Gymnastik zu machen, seine Morgenzigarette zu rauchen.

Jetzt wäre eine gute Gelegenheit zum Zugriff gewesen. Genau jetzt, die perfekte Gelegenheit.

Aber es geschah nichts. Alles blieb ruhig. Einmal meinte ich, in der Ferne eine aufgeregte Stimme zu hören. Eine Männerstimme vielleicht. Aber bevor ich die Ohren spitzen und die Luft anhalten konnte, war es schon vorbei.

Dieses Mal dauerte es sehr lange, bis er zurückkam.

Das Wetter schien dasselbe zu sein wie gestern, wie immer. Trüber Himmel, manchmal hörte ich den Scheibenwischer quietschen, manchmal nicht.

Wir fuhren. Kurven, Steigungen, Gefälle.

Nichts geschah. Zum Glück, dachte ich.

Mir wurde bewusst, dass ich längst mit meinem Entführer fieberte. Mich um seine Sicherheit sorgte, statt seinen Tod zu wünschen.

Ich fürchtete mich längst mehr vor dem Zugriff der Kollegen als vor dem Andauern dieser Erniedrigung. In Durians Gewalt war es nicht angenehm, aber ich durfte leben. Ich durfte essen und trinken.

Er wollte sterben. Aber, das wurde mir plötzlich bewusst, er wirkte nicht so. Anfangs war er manchmal, wenn er von seinen Spaziergängen zurückkam, regelrecht ausgelassen gewesen, optimistisch. Jetzt nicht mehr. Seine Stimmung schien mit jeder Stunde schlechter statt besser zu werden. Immer öfter hörte ich ihn vorne Verwünschungen ausstoßen.

Beim Mittagessen wagte ich die Frage: »Wo wollen Sie eigentlich hin? Warum fahren wir ständig in der Gegend herum, wenn Sie offenbar kein Ziel haben?«

»Moving Target«, murmelte er abwesend. Sein Gesicht war grau, die Bewegungen müde und fahrig. »Ein bewegliches Ziel wird nicht so leicht getroffen.«

Kurz meinte ich, in der Ferne einen Hubschrauber zu hören. Aber schon in der nächsten Sekunde war das Geräusch wieder verschwunden, so sehr ich auch den Hals reckte und die Ohren spitzte. Es war jedoch keine Einbildung gewesen, auch Durian sah für kurze Zeit wachsam zur Decke.

»Was sollten eigentlich diese merkwürdigen Karten, die Sie mir geschickt haben?«

Durian sah auf seine Hände und schien eine Weile über die Antwort nachdenken zu müssen.

»Sie sind sozusagen der Dreh- und Angelpunkt meines ganzen Plans. Des Plans, über den ich jahrelang nachgedacht habe. Den ich so gründlich vorbereitet habe wie noch nichts zuvor. Auf Sie lief alles zu. Sie sind der Kulminationspunkt. Das Ende. Das Ziel. Der Höhepunkt.«

»All das wäre ich auch, wenn ich keine Post von Ihnen gekriegt hätte.«

Er sah auf und blickte mir direkt in die Augen, was er sonst gerne vermied.

»Es geht hier nicht nur um Tod, sondern auch um Schönheit, Herr Gerlach. Um Ästhetik, verstehen Sie?«

Es gelang mir, nicht zu lachen.

»Sie durften natürlich nicht wissen, was auf Sie zukam. Aber Sie sollten es wenigstens ahnen, verstehen Sie das?«

Er war wirklich verrückt geworden in den Jahren im Gefängnis.

»Wie sind Sie eigentlich in die Wohnung von Frau Bialas und ins Haus von Herrn Karenke gekommen?«, fragte ich, um das Thema zu wechseln.

»Immer noch Polizist, Herr Gerlach?« Er lächelte traurig, aber verständnisvoll. »Für Erstere hatte ich ein Werkzeug. Es war ein billiges Schloss, es ging ganz einfach. Bei Karenke habe ich geläutet und mich als Paketbote ausgegeben. Das war morgens um halb zehn. Nur mit dem Hund hatte ich nicht gerechnet. Den hatte er wohl erst seit kurzer Zeit. Der Hund tut mir leid.«

Die Spaghetti Bolognese, aus der Dose wie alles, schmeckten göttlich. Ich aß mit Appetit. Mein Lebenswille kehrte zurück, während Durian immer tiefer in seiner Depression versank. Sollte ich ihn aufheitern? Vermeiden, dass er auf falsche Gedanken kam?

Ich versuchte, wieder ein Gespräch in Gang zu bringen, fragte ihn nach seiner Frau, die ihn verlassen hatte. Anfangs reagierte er gar nicht. Als ich weiterfragte, explodierte er.

»Halten Sie den Mund!«, schrie er mich an. »Kein Wort mehr von Irina!«

»Sie hassen sie. Ich verstehe das. Auch sie hat Sie schließlich verraten.«

»Ich hasse sie nicht! Und das geht Sie überhaupt nichts an!« Jetzt war er schon wieder ruhiger. »Halten Sie endlich den Mund!«

»Warum haben Sie sie nicht auch umgebracht? Wäre das nicht logisch gewesen?«

»Sie sollen den Mund halten!« Wütend sprang er auf, begann, hektisch unseren sogenannten Tisch abzuräumen, die verschmierten Teller abzuwischen und zu verstauen. Dann setzte er Wasser auf für den Nachmittagskaffee. Während der Topf auf dem Kocher zu summen begann, nickte er ein. Als ich mich bewegte, um eine bequemere Sitzposition zu finden, schrak er hoch und warf um ein Haar den Topf um.

Ich ließ mir viel Zucker in den Kaffee tun.

Gierig saugte mein Körper die Kalorien auf.

Wieder hörte ich in der Ferne für Sekunden den Hubschrauber. Durian hörte ihn diesmal nicht.

»Sie halten das nicht durch«, sagte ich eindringlich. »Früher oder später wird man Sie finden. Oder ich werde Sie überwältigen.«

Was redete ich da? War ich von allen guten Geistern verlassen?

»Natürlich nur rein hypothetisch«, versuchte ich, die Situation irgendwie zu retten, meinen letzten Satz zu relativieren.

Durian starrte mich an, als hätte ich den Verstand verloren.

»Seien Sie sehr vorsichtig, Herr Gerlach«, erwiderte er langsam. Ich konnte geradezu sehen, wie die Gedanken durch sein Gehirn rasten, wie er versuchte zu begreifen, wozu ich gesagt hatte, was ich nun einmal gesagt hatte, welche List dahinterstecken mochte.

»Entschuldigen Sie«, ich fuhr mir mit dem Rücken der rechten Hand über die Stirn. »Natürlich habe ich nicht die leiseste Chance gegen Sie, bei Ihrer Bewaffnung.«

Durian sah mir immer noch ins Gesicht, nahm zögernd einen Schluck aus seinem Becher. Diesmal hatte auch er Kaffee genommen. Und er hatte doppelt so viel Pulver in seinen Becher getan wie in meinen.

Nachdem der Kaffee getrunken war, blieb er noch eine Weile sitzen, grübelte vor sich hin. Schließlich stemmte er sich hoch, ächzte und ging nach vorn mit dem schweren Schritt eines Mannes, der noch eine mühselige Aufgabe zu erledigen hatte. Der Diesel sprang an.

Kurven, Steigungen, Gefälle, Kurven. Die Gegend schien immer noch einsamer zu werden. Einmal bremste Durian scharf, und ich flog polternd von meiner Kiste. Er fluchte lauthals, umfuhr ein Hindernis, gab wieder Gas, schimpfte noch eine Weile vor sich hin. Ich kletterte wieder an meinen Platz. Dann saß ich wieder, wo ich hingehörte, schlang meine Decken um mich, was mit gefesselten Händen eine mühselige Prozedur war.

36

Der Lieferwagen bremste hart, rumpelte auf unebenes Gelände, der Motor erstarb, Durian stieg aus. Ich hörte, wie seine Schritte sich eilig entfernten. Sollte ihm übel geworden sein? Waren Verfolger in Sicht, und er versuchte sein Glück in der Flucht zu Fuß?

Aber es blieb still. Etwas rauschte in der Nähe. Vielleicht ein Bach. Einmal meinte ich, in der Ferne Durians aufgebrachte Stimme zu hören. Sprach er mir jemandem? Mit wem?

Dann war er plötzlich wieder da, schien besserer Laune zu sein, pfiff sogar ein Liedchen vor sich hin.

Ständig spielte ich alle möglichen und unmöglichen Szenarien durch. Was würde ich tun, wenn ich meine Befreiung organisieren müsste? Wie würde ich vorgehen, um den Täter zu überraschen, ihm jede Möglichkeit zu nehmen, der Geisel im letzten Moment noch zu schaden? Es musste eine enorme Überraschung sein, etwas gänzlich Unerwartetes, Extremes. Etwas, das ihn völlig verwirrte, ablenkte, wenigstens für einige Sekunden.

Aber es geschah nichts.

Der Lieferwagen schlug mitten in voller Fahrt einen Haken. Wieder hörte ich Durian unterdrückt fluchen. Vielleicht war er eingenickt und fast von der Straße abgekommen?

Offenbar ging es wieder einmal in ein Tal hinunter, häufig quietschten jetzt die Bremsen. Oft musste ich mich an meiner Kiste festhalten, um nicht noch einmal hinunterzufallen. Hinter uns die Geräusche eines anderen Autos. Es hupte, fuhr dicht auf. Durian bremste vorsichtig ab, der andere überholte, hupte einmal kurz zum Dank. Dann war er vorbei.

Mein Puls beruhigte sich wieder.

Keine Menschenseele wusste, wo ich war. Niemals würde Rettung kommen. Und bald würde es wieder Abend werden und Nacht.

Ich hörte den Blinker ticken, Geräusche eines kleinen Bauerndorfs, eine Kreissäge sang, ein Traktor tuckerte, Kinder lachten, eine Glocke bimmelte. Wieder der Blinker. Durian stoppte kurz, bog dann ab, der Lieferwagen beschleunigte dröhnend und klappernd. Die Straße schien nun gerader und breiter zu sein. Vermutlich musste er wieder einmal tanken. Vielleicht gab es dann endlich wieder frisches Brot. Jetzt wurden wir öfter überholt, es gab Gegenverkehr, wir fuhren schnell.

Von hinten röhrte ein Wagen heran, mit großem Hubraum und defektem Auspuff. Kurz bevor er auffuhr, bremste der Fahrer so scharf, dass die Reifen quietschten, fiel zurück, trat erneut aufs Gas, schoss wieder heran. Er schien sich zu ärgern, weil er nicht vorbeikam. Durian wurde langsamer, aber der Wagen hinter uns überholte nicht. Durian schaltete zurück, bremste sogar, es ging in eine lang gezogene Rechtskurve. Dann quälte der Diesel sich wieder hinauf zu höheren Drehzahlen, der Motor des Idioten hinter uns brüllte auf, wieder quietschten kurz Reifen, endlich zog er vorbei, und dann quietschten plötzlich sehr viele Reifen, erneut flog ich von meiner Bank, stieß mir irgendwo den Kopf. Etwas krachte, der Lieferwagen begann sich zu drehen, ich kugelte zur gegenüberliegenden Wand, stieß mir ein zweites Mal den Kopf, dieses Mal am Chemieklo. Endlich standen wir, Durian zeterte und schimpfte, ich versuchte, irgendwie auf die Beine zu kommen, und es gelang mir nicht.

Draußen Stimmen, viele Stimmen. Hoffentlich, hoffentlich verlor er jetzt nicht die Nerven! Endlich kam ich auf Hände und Knie und kroch, ohne etwas zu denken, zu meiner Kiste zurück.

Ich hatte Angst, rasende Angst.

Durian sprach mit jemandem. Vielstimmiges Gelächter antwortete ihm. Wo mochten die vielen Menschen plötzlich herkommen?

Hoffentlich drehte er jetzt nicht durch!

Plötzlich brüllten draußen Stimmen, Männerstimmen, Polizistenstimmen, ein Donnerschlag, ein Luftzug, Licht, grausam blendendes Licht, Geschrei überall, anscheinend war ich wieder auf den Hintern gefallen, sah nichts, verstand nichts, fühlte mich gepackt, davongezerrt, jemand brüllte mir aus nächster Nähe etwas ins Ohr, das ich nicht verstand, dann lag ich am Boden, Gras, Schneematsch, Schüsse knallten, Asphalt, jemand lag auf mir, gab mir Deckung, wie ich endlich begriff, hielt mich nieder.

Dann war es still.

Für lange Sekunden war es vollkommen still.

Schließlich rief jemand einen erleichterten Befehl, und alle erwachten zum Leben. Das Gewicht auf mir verschwand. Jemand stellte mich auf die Beine, hieb mir auf die Schulter, als wäre ich ein alter Gaul, der seine Arbeit gut gemacht hat.

37

An die nächsten Stunden und die folgende Nacht habe ich nur lückenhafte Erinnerungen. Ich weiß noch, dass ich plötzlich in einem Krankenwagen mit fremdländisch jaulender Sirene lag, umsorgt von routinierten, gelassenen Menschen. Später fand ich mich in einem richtigen Bett wieder, einem Krankenhausbett, wurde von zwei quirligen, arabisch aussehenden Schwestern bemuttert und von einem behäbigen Arzt untersucht, dessen Namensschildchen verriet, dass er aus dem Osten stammte, Polen vielleicht, und der zum Glück ein paar Brocken kantiges Deutsch sprach. Ich hatte Kratzer, Abschürfungen, Beulen und kleinere Wunden, und der ständig grinsende Arzt war einfach nicht von seiner merkwürdigen Idee abzubringen, ich stände unter Schock.

Man piekste mich mit Spritzen, Infusionen wurden angelegt, und irgendwann muss ich mitten in dem ganzen Durcheinander eingeschlafen sein.

Klara Vangelis behauptete später, sie habe kurz vorbeigesehen, ich sei jedoch kaum ansprechbar gewesen, und das einzige halbwegs verständliche Wort, das sie von mir hörte, habe geklungen wie »Theresa«, worauf sich jedoch niemand einen Reim hatte machen können.

Am nächsten Morgen ging es mir blendend. Ich hatte dreizehn Stunden wie ein Stein geschlafen, wurde wieder oder immer noch umschwirrt von Personal, das kein Wort Deutsch verstand und kaum mehr Französisch sprach als ich. Das Frühstück schmeckte mir so gut wie seit Jahren nicht. Nun erfuhr ich auch endlich, wo ich mich befand: im Hôpital St. Charles in Saint Dié, einem Städtchen ungefähr im Zentrum der Vogesen. Es war Sonntag. In der Ferne läuteten Glocken.

Am späten Vormittag besuchte mich der französische Kollege, der bei meiner Befreiung die Verantwortung getragen hatte. Commissaire Divisionnaire Vincent Schwarzwälder stammte unverkennbar aus altem Bauerngeschlecht, war ein gemütlicher, nachdenklicher Kerl und sprach zu meiner Freude recht ordentlich Deutsch.

Meine Töchter waren bereits auf dem Weg zu mir. Michael Durian war noch am Leben, obwohl zwei Kugeln in seinem Kopf steckten. Die Ärzte hatten ihn die halbe Nacht hindurch operiert, waren jedoch nicht allzu optimistisch. Jetzt endlich erfuhr ich auch, was geschehen war in den letzten Tagen und warum man mit dem Zugriff so lange gewartet hatte.

Sie hatten den Lieferwagen bereits drei Stunden nachdem Durian auf die beiden Kollegen geschossen hatte, entdeckt. Der erste war sofort tot gewesen, der andere hatte überlebt und den Wagen beschreiben können. Das Kennzeichen des Lieferwagens hatten sie deshalb nicht über Funk durchgegeben, weil es sich in ihren Augen um eine Lappalie handelte.

Ich verdankte mein Leben einem Glühbirnchen im Wert von vielleicht zwanzig Cent. Einem defekten Glühbirnchen, um genau zu sein. Das linke Bremslicht des Lieferwagens hatte nicht funktioniert, und nur darauf hatten die beiden Schupos den Fahrer hinweisen wollen.

Als Polizist bekommt man im Lauf seines Dienstlebens eine nahezu untrügliche Nase für schlechtes Gewissen. Zöllner, die scheinbar im Halbschlaf Fahrzeuge über die Grenze winken, haben dennoch einen scharfen Instinkt dafür, ob einer der Fahrer etwas zu verbergen hat. Ebenso riechen auch Polizisten, ob jemand nur die übliche Unruhe im Blick hat, die jeden Menschen befällt, wenn er sich plötzlich mit Gesetzeshütern konfrontiert sieht, oder ob etwas nicht stimmt. Durian hatte eine

Spur zu nervös reagiert, ein wenig zu laut gelacht, und nur deshalb hatten sie ihn gebeten, auszusteigen und einen Blick in sein Fahrzeug werfen zu dürfen.

»Er hat mir erzählt, er habe in Heidelberg eine Frau entführt«, unterbrach ich Schwarzwälders langatmigen Bericht.

»Eine Frau?«

»Er habe sie irgendwo versteckt. Möglicherweise ist sie in akuter Lebensgefahr.«

»Von einer Frau weiß ich nichts«, erwiderte er und sah mich ratlos an. »Ihre Kollegen haben nichts davon gesagt. Wie soll die Frau denn heißen?«

»Das weiß ich nicht.«

Schwarzwälder betrachtete mich noch zwei Sekunden lang besorgt, dann senkte er den Blick und sprach weiter.

Bald war den Franzosen klar gewesen, um wen es sich bei dem Todesschützen handelte und wer hinten in seinem klapprigen Lieferwagen saß. Von nun an waren wir nie mehr allein gewesen. Schwarzwälder hatte bald achtundzwanzig Zivilfahrzeuge auf der Straße und über hundertdreißig Polizistinnen und Polizisten im Einsatz gehabt. Von all diesen Fahrzeugen hatte Durian keines mehr als einmal zu Gesicht bekommen. Sobald wir standen, hatten Richtmikrofone auf uns gezielt, Vangelis und Balke wurden als Dolmetscher eingeflogen, und so hatten die Kollegen zum Glück sehr bald gewusst, dass sie den Wagen nicht einfach stoppen und stürmen durften.

Auf ein Krankenhaus hatte Schwarzwälder gewartet, über dreißig Stunden lang. Bei einem solchen Einsatz ist es wichtig, lebenswichtig, eine leistungsfähige Klinik in der Nähe zu haben mit bereitstehenden Operationsteams und alarmierter Notaufnahme.

Der gemütliche Commissaire hatte zwei Gruppen und einen Einzelkämpfer eingesetzt: Der Fahrer des Wagens mit defektem Auspuff – in seiner Freizeit passionierter Rallyefahrer – hatte die Aufgabe gehabt, Durian abzulenken, im richtigen Moment zu überholen, von einem zum exakt richtigen Zeitpunkt entgegenkommenden Kleinbus in die Klemme genommen zu werden, Durian zu rammen und so zum Stehen zu bringen. Gruppe eins saß in diesem Kleinbus, spielte nach der harmlosen Kollision einen angesäuselten Kegelverein und verwickelte Durian in ein launiges Gespräch, während Team zwei, von Durian möglichst lange unbemerkt, von hinten aus dem Wald stürmte. Team eins hatte die Aufgabe gehabt, Durian so lange wie irgend möglich im Glauben zu halten, es handle sich wirklich nur um einen dummen kleinen Verkehrsunfall, wobei jede Sekunde zählte, während Team zwei daran ging, die rückwärtigen Türen aufzusprengen.

In dem Augenblick, als die Haftladung explodierte, hatte Durian auf einmal in die Läufe zahlloser Waffen geblickt. Die Zeit, die blieb, bis er realisierte, was geschehen war und die Hand ausstreckte, um meine Pistole zu zücken, genügte, mich hinten aus dem Wagen zu zerren und in Sicherheit zu bringen. Sie hatten nur einen einzigen Versuch gehabt, das war jedem Beteiligten klar gewesen. Schwarzwälder selbst hatte eine Chance von fünfzig Prozent gesehen, dass es schiefgehen könnte. Dass ich meine Befreiung nicht überleben würde.

Er hatte mir einige Dinge mitgebracht, die sie im Lieferwagen gefunden hatten: meinen – sogar sauber gebürsteten – Mantel, Handy, Brille, Armbanduhr, das Portemonnaie. Immer noch in weißes Papier eingewickelt, kam auch Theresas blutbefleckte Perlenkette zum Vorschein. Schwarzwälder wollte wissen, ob ich mir einen Reim darauf machen könne, was ich vielleicht etwas zu hastig verneinte. Theresas erst wenige Wochen altes Hightech-Handy war nicht dabei.

Noch jemand war in der vergangenen Nacht ärztlich versorgt worden: Sven Balke. Er war an vorderster Front von Team eins gewesen und hatte einen Streifschuss abbekommen, die einzige Kugel, die Durian abgefeuert hatte. Vermutlich hatte er den Ehrgeiz gehabt, Durian aus dem Wagen zu zerren und zu verhaften. Seine Wunde war jedoch nicht allzu schlimm, und er würde bald wieder gesund sein.

Sowie der Commissaire gegangen war, bat ich eine der Schwestern, ein Ladegerät für mein prähistorisches Siemens-Handy aufzutreiben. Leider ohne Erfolg.

Nach dem für französische Verhältnisse kärglichen Mittagessen erschienen die Zwillinge. Sie waren ein wenig verlegen, wie es die meisten Menschen bei einem Krankenbesuch sind. Die Franzosen hatten ein Zimmer für die beiden organisiert, bei einer Sergeantin würden sie wohnen, solange ich in Saint Dié bleiben musste.

Aber ich wollte nicht bleiben. Ich wollte nach Hause. Schon am Nachmittag begann ich das Klinikpersonal zu nerven.

»Im Bett liegen kann ich genauso gut in Heidelberg«, erklärte ich dem Polen von gestern. »Was soll ich noch hier?«

»Sie sind schwächer, als Sie denken.«

»Mir fehlt nichts! Mir tut ja nicht einmal mehr etwas weh!«

»Weil Sie unter Medikamenten stehen. Ohne Schmerzmittel würden Sie ganz anders daliegen, glauben Sie mir.«

Am Ende gab er sich geschlagen.

»Morgen«, brummte er leicht gekränkt. »In Jesu Namen. Aber nicht, bevor ich Sie noch einmal gesehen und untersucht habe.«

Als ich später zur Toilette musste, stellte ich fest, wie recht er hatte. Ständig musste ich mich festhalten, weil mir schwindlig wurde, und als ich endlich wieder im Bett lag, war ich glücklich, es ohne Hilfe geschafft zu haben.

Der Arzt mit dem unaussprechlichen Namen hielt Wort. Schon am nächsten Vormittag wurde ich verlegt. Liegend, darauf hatte er bestanden. Die Zwillinge durften im Krankenwagen mitfahren und waren bester Laune. Aufgekratzt erzählten sie mir von ihrer überaus netten Gastgeberin, der Sergeantin, die fünf Kinder hatte und gar keinen Vater dazu. Zwei der Söhne, Jean und Pascal, waren etwa im Alter meiner Töchter, und man hatte beschlossen, sich Briefe zu schreiben. Natürlich würden meine Mädchen dabei ihr Französisch mächtig aufpolieren, was mich doch bestimmt freute, nicht wahr?

Ich freute mich tatsächlich, denn Französisch war ihr ewiges Sorgenfach, und ich tat so, als vermutete ich nicht etwas ganz anderes hinter ihrer plötzlichen Begeisterung für die Sprache unserer Nachbarn. Von einer in Heidelberg entführten Frau wussten auch meine Mädchen nichts. Was war nur mit Theresa? Wieso wurde sie offenbar nicht vermisst? Zwischendurch schlief ich, meine Töchter stritten, jedoch angemessen leise, und irgendwann waren wir zu Hause. Die Treppe bis zu unserer Wohnung hinauf schaffte ich auf eigenen Beinen, es ging besser als befürchtet. Ich beschloss, mich nicht, wie streng angewiesen, ins Bett, sondern auf die Couch im Wohnzimmer zu legen. Und zwar vollständig angekleidet und nicht im Schlafanzug. Meine Töchter kochten Kaffee und unter meiner Anleitung Tortellini mit Käsesauce.

Als die Aufregung sich gelegt hatte und die Tortellini vertilgt waren, fragte ich die beiden vorsichtig tastend, was genau geschehen war in den Tagen nach meiner Entführung. Heute war Montag, fast auf die Stunde genau vor einer Woche war ich in Durians Lieferwagen gestiegen. Balke und Vangelis hatten meine Töchter zunächst im Unklaren gelassen, erfuhr ich, um sie nicht mehr als nötig zu beunruhigen. Erst nach und nach war man mit der Wahrheit herausgerückt, hatte ihnen jedoch immer wieder versichert, man wisse längst, wo Durian mich festhalte, meine Befreiung stehe kurz bevor und man warte nur noch auf eine günstige Gelegenheit. Natürlich hatten sie dennoch Angst gehabt, grausame Angst. Es war kaum mehr als zwei Jahre her, dass sie ihre Mutter verloren hatten, von einem Tag auf den anderen. Natürlich hatten sie mit dem Schlimmsten gerechnet. Und jetzt waren sie sehr, sehr glücklich, dass ich wieder da war.

»Anfangs hat's geheißen, du wärst dauernd unterwegs und hättest wahnsinnig viel zu tun«, sagte Sarah.

»Aber das haben wir gleich nicht geglaubt«, ergänzte Louise. »Auch wenn du total im Stress bist, normalerweise rufst du ja wenigstens mal an.«

Auch in den Zeitungen der letzten Woche fand ich kein Wort über eine verschwundene Frau. Das konnte doch nicht sein! Als die Zwillinge später vor ihren PCs saßen und ich sicher sein konnte, dass sie nicht überraschend hereinplatzten, betrachtete ich noch einmal die Perlenkette. Ein unpassender säuerlicher Geruch stieg mir in die Nase. Ich schnupperte, und tatsächlich: Die bräunlichen Flecken waren kein Blut, sondern Ketchup. Sollte Durian mich so zum Narren gehalten haben? Gleich nach unserer Ankunft hatte ich Louise gebeten, mein Handy ans Ladegerät zu hängen. Jetzt stand ich auf, holte es und schaltete es an. Es wollte gar nicht wieder aufhören zu brummen, so viele neue SMS gab es zu melden. Manche von meinen Töchtern, unzählige von Theresa.

Ihre erste Nachricht hatte sie am Dienstagvormittag geschrieben, vierzehn Stunden nachdem ich Durian getroffen hatte. Sie berichtete mir vom Gesundheitszustand ihres Mannes – noch immer wisse man nichts, aber demnächst solle nun endlich die Biopsie gemacht werden. Am Dienstagabend war die erlösende Nachricht gekommen: der Schatten im Röntgenbild von Liebekinds Lunge sei kein Krebs, sondern irgendetwas anderes, Gutartiges. Theresa klang zutiefst erleichtert und zugleich ein wenig irritiert, weil ich nicht antwortete. Außerdem sei ihr am vergangenen Abend eine kuriose Sache passiert, die sie mir bei Gelegenheit erzählen müsse. Am Mittwochmorgen hatte sie dann offenbar erfahren, warum ich nichts von mir hören ließ. Ihre nächste SMS hatte sie ins Leere geschrieben, mir viel, viel Glück gewünscht und mir versichert, sie sei in Gedanken jede Sekunde bei mir. Anschließend hatte sie mir jeden Tag zwei, drei Nachrichten geschrieben, in denen sie mir von ihrem Alltag berichtete, von ihrer Erleichterung wegen der nun zügig voranschreitenden Genesung Liebekinds, von ihren Gefühlen zu mir, die plötzlich anders, tiefer zu sein schienen als je zuvor. Die letzte Nachricht war von gestern, Sonntagabend. Sie gratulierte mir überschwänglich zum glimpflichen Ausgang meines Abenteuers und freute sich darauf, mich bald wiederzusehen und zu umarmen und so weiter.

Kein einziges Wort von Entführung. Nur diese kuriose Sache am Montagabend.

Hatte Durian nicht behauptet, er würde niemals lügen? Oder hatte er etwa gar nicht gelogen, sondern seine Sätze nur so formuliert, dass ich glauben musste, er habe Theresa in seiner Gewalt?

Gleichgültig jetzt. Glücklich schrieb ich zurück. Dass es mir schon wieder ganz gut gehe, dass ich mich auch im Nachhinein sehr über ihre Anteilnahme freue, dass ich seit Ewigkeiten – abgesehen von geschlechtslosen Krankenschwestern – keine

Frau mehr aus der Nähe gesehen habe. Sie antwortete Sekunden später fröhlich und frech. Ganz die alte Theresa, wie ich sie liebte.

Plötzlich fühlte ich mich wieder angekommen in der Welt.

In meiner Welt.

38

Gegen Abend erschien Sönnchen mit einem kolossalen Blumenstrauß, lieben Grüßen von der gesamten Direktion und einer Flasche Sekt, die wir zur Feier meiner Wiederkehr umgehend entkorkten und im Lauf ihres halbstündigen Krankenbesuchs zu einem guten Teil leerten.

Auch sie war über alle Maßen glücklich, dass alles gut ausgegangen war, versicherte sie mir wieder und wieder mit feuchten Augen. Ich hatte nicht gewusst, wie wohltuend Mitgefühl sein kann. Eine Weile umarmte sie mich sogar still, dann saß meine treue Sekretärin einige Zeit schweigend, mit gesenktem Blick und hin und wieder leise seufzend oder an ihrem Glas nippend neben mir, und schließlich kamen wir überein, noch ein letztes Gläschen Sekt zu uns zu nehmen und es dann mit der Gefühlsduselei gut sein zu lassen.

Michael Durian lag im künstlichen Koma, erfuhr ich, und noch immer war nicht sicher, ob und in welchem Zustand er überleben würde. Sven Balke hingegen ging es schon wieder ganz ordentlich, und auch er ließ mich grüßen. Er war ebenfalls wieder in Heidelberg, genauer: in seiner Wohnung in Schlierbach.

»Hat er denn jemanden, der sich ein wenig um ihn kümmert?«, fragte ich.

Sönnchen lächelte und schwieg. Da schien es etwas zu geben, was ich noch nicht wusste.

»Sagen Sie schon, wen? Ist er etwa wieder mit dieser Nicole zusammen?«

»Das erraten Sie nie. Es ist die Kollegin Krauss.«

»Evalina? Ich werd nicht mehr!«

»Seit der Arme so erkältet gewesen ist. Da sind sie irgendwie zusammengekommen, fragen Sie mich nicht, wie. Und seither sind sie ein Paar, ja.«

Sie hatten mein Handy tatsächlich geortet, erfuhr ich jetzt. Allerdings erst nach drei Tagen, und erst als Durian und ich längst hundert Kilometer entfernt waren. Am Tag darauf war dann der Alarmruf aus Frankreich gekommen, aber meine Leute hatten auch so gewusst, wo ungefähr ich mich befand.

Neben Blumen, Sekt und Neuigkeiten hatte Sönnchen auf meinen Wunsch noch etwas mitgebracht: Durians Buch. Schon in Saint Dié hatte ich mir vorgenommen, es noch einmal, und dieses Mal gründlich zu lesen.

Damit begann ich, sowie Sönnchen sich mit einem allerletzten Seufzer verabschiedet hatte. Im Lauf der folgenden Stunden las ich die knapp zweihundert Seiten aufmerksam, blätterte oft zurück und kam immer mehr ins Grübeln.

Am Dienstag war ich wieder auf den Beinen, ein wenig wackelig noch, aber es wurde mit jeder Stunde besser. Dies und jenes tat noch weh, aber es ging offenkundig aufwärts mit mir. Wir frühstückten gemeinsam, die Zwillinge freuten sich, dass unser Leben wieder war wie früher, und gingen sogar ohne Murren zur Schule. Den Vormittag über las ich Durians Buch ein drittes Mal.

Später ging ich ein wenig einkaufen, und es gelang mir, nicht dauernd über die Schulter zu blicken. Aber schon jetzt wusste ich: es würde lange dauern, bis ich die Erlebnisse der letzten Woche verarbeitet hatte. Zu Mittag gab es ein Festessen für die Zwillinge: Pfannkuchen mit Nutella. Für mich mit Schinken und Käse.

Später hatte Louise wieder einmal dringend etwas in der Stadt zu erledigen, und ich nutzte die Gelegenheit, um mit Sarah zu sprechen.

»Fährt sie wieder nach Mannheim?«

Sarah saß mir gegenüber in einem Sessel und fühlte sich unbehaglich.

»Du musst nicht petzen.«

»Das mit Pit ist vorbei, glaub ich«, murmelte sie und betrachtete eingehend ihre heute pinkfarbenen Fingernägel. »Keine Ahnung, was sie treibt. Sie verrät mir ja nichts.«

»Wie alt ist dieser Pit eigentlich?«

»Dreiundzwanzig.«

»Hätte sowieso nicht so recht gepasst, findest du nicht auch?«

»Hm.«

Offenbar war ich auf vermintes Terrain geraten. Ich ließ das Thema erst einmal auf sich beruhen.

»Hast du schon eine Mail nach Frankreich geschrieben?«

Jetzt strahlte sie. »Pascal ist sooo süß, Paps! Meinst du, wir könnten mal zusammen nach Saint Dié fahren, damit du ihn kennenlernst?«

»Du kannst ihn auch gerne mal für ein Wochenende einladen.«

»Echt? Das würdest du erlauben?«

»Ich werde aber nicht erlauben, dass ihr in einem Bett schlaft.«

Sie sah mich erst verdutzt, dann entsetzt an. »Das hast du gedacht? Dass wir die Betten brauchen, um …? Das hast du nicht wirklich gedacht, oder?«

Hoppla, schon wieder ein explosives Thema.

»Es …« Ich räusperte mich. »Was soll ich sagen – es lag irgendwie auf der Hand. Ihr seid fünfzehn. Ihr seid keine Kinder mehr, erklärt ihr mir jeden Tag fünfmal …«

»Aber Paps!« Sie war wirklich fassungslos. »Loui und ich … Wir werden erst mit einem Mann schlafen, wenn wir mit ihm verheiratet sind. Das haben wir uns ganz fest vorgenommen.«

Andere Zeiten, andere Sitten.

»Und wozu dann die breiten Betten?«

»Na, damit wir zusammen drin schlafen können, wenn wir Lust haben. Wenn Pascal mich besuchen kommt, dann kann er mein Bett haben, und ich schlafe bei Loui. Ist doch praktisch so, findest du nicht?«

Da saß ich nun und fühlte mich schlecht.

»Aber Louise und Pit?«, wagte ich schließlich doch zu fragen.

»Ich glaub nicht, dass da wirklich was war. Als du weg warst, hat sie mir gestanden, dass er bloß mit ihr geübt hat. Er hat ein Klavier daheim und hat ihr ein bisschen Unterricht gegeben. Sie ist auch tatsächlich besser geworden.«

»Aber du hast auch was anderes gedacht, gib's zu.«
Sie nickte mit gesenktem Blick.
»Warst du ein bisschen eifersüchtig?«
»Gar nicht! Wie kommst du darauf?«
Es stimmte tatsächlich: Meine Töchter konnten einfach nicht lügen.

39

Am Mittwoch war ich gegen Sönnchens halb entsetzten, halb erfreuten Protest wieder im Büro. Ich führte einige Telefonate, und dann war ich mir meiner Sache sicher. Aus einer Vermutung war ein begründeter Verdacht geworden. Als letzte wählte ich die Nummer des Hotels Europäischer Hof.
»Frau Durian hat heute Morgen ausgecheckt, tut mir leid«, erklärte mir eine bestens gelaunte junge Frau.
»Hat sie gesagt, wohin sie wollte?«
»Einen Augenblick bitte...« Sie sprach kurz mit einem Kollegen, lachte. »Auf dem Weg nach Frankfurt ist sie«, sagte sie dann, »zum Flughafen. Sie hat vor einer guten Stunde das Haus verlassen.«
Es dauerte nicht einmal zehn Minuten, um herauszufinden, dass Irina Durian einen Flug zum Owen Roberts International Airport gebucht hatte, auf der Insel Grand Cayman. Ihre Maschine ging um halb zwölf. Mir blieben gerade noch anderthalb Stunden. Die anerkannt beste und schnellste Autofahrerin der Polizeidirektion Heidelberg hieß Klara Vangelis. Sie war sofort bereit, mich nach Frankfurt zu bringen.
Die Fahrt war die Hölle. Ich starb tausend Tode, aber wider Erwarten erreichten wir den Flughafen lebend. Die Hölle dauerte dreißig Minuten, und die Entfernung, die wir in dieser Zeit zurücklegten, betrug dreiundachtzig Kilometer. Inklusive drei Baustellen und einem Stau von vier Kilometern bei Zwingenberg, den Vangelis mit hundertzwanzig Stundenkilometern auf dem Standstreifen überholte.
Unterwegs telefonierte ich fast ununterbrochen. Irina Durian hatte bereits eingecheckt und saß im Wartebereich von Gate

C 6. Bislang hatte ihr Flug keine Verspätung. Als ich in Frankfurt benommen aus dem BMW kletterte, dessen Blaulicht noch immer zuckte, war es zehn Uhr einundvierzig. Mir blieb eine Dreiviertelstunde.

»Ihrem Mann geht es besser«, eröffnete ich das Gespräch mit einer Lüge und drückte ihr fest die Hand. »Die Ärzte gehen davon aus, dass er durchkommen wird.«

»Danke«, erwiderte sie mit einem schmalen, tapferen Lächeln. »Diese ganze Sache, die Morde, Ihre Entführung, all das hat mir sehr zugesetzt.«

Wir nahmen Platz. Die Kollegen von der Bundespolizei hatten mir ein helles, spartanisch eingerichtetes Büro zur Verfügung gestellt. Offensichtlich diente es ausschließlich dem Zweck, Gespräche zu führen, wie ich nun eines führen musste. Sogar Kaffee stand auf dem Tisch. Er schmeckte fast so schlecht wie der in Durians Lieferwagen.

Irina Durian war blass und erschöpft, aber gefasst. Sie nahm ihren Kaffee mit Milch und zwei Würfeln Zucker. Ruhig und ohne Erwartungen sah sie mir in die Augen, während sie einen ersten, vorsichtigen Schluck nahm. Heute trug sie eine sandfarbene Tuchhose zu einer schlichten, aber ebenfalls wie maßgeschneidert sitzenden weißen Bluse. Darüber einen legeren dunklen Blazer.

»Man sieht Ihnen an, was Sie durchgemacht haben«, sagte sie mitfühlend, als sie die Tasse abstellte. »Es tut mir so leid, was Michael getan hat.«

Ich faltete die Hände auf dem Tisch und bedankte mich für ihr Mitgefühl.

»Weshalb ich Sie noch einmal sprechen wollte«, begann ich dann. »Ich war ja notgedrungen eine ganze Weile mit Ihrem Mann zusammen und hatte viel Gelegenheit, mich mit ihm zu unterhalten. Und inzwischen wurde mir klar, dass ich manches trotzdem noch nicht verstanden habe.«

Hinter ihrem Rücken, über der Tür, tickte eine Bahnhofsuhr in Miniaturform. Fünf vor elf. Noch eine gute halbe Stunde, dann musste sie los.

Wie anfangen?

»Sie können vielleicht nachfühlen, wie wichtig es für mich ist, die Zusammenhänge zu verstehen. Zu begreifen, was Ihren Mann umgetrieben hat, wie alles kam, warum mir das zugestoßen ist. Zustoßen musste, vielleicht.«

»Sie glauben an Schicksal?«

Ich zuckte die Schultern. »Ich glaube an Logik.«

»Sie waren tagelang in ständiger Lebensgefahr.« Sie schlug die sehenswerten dunklen Augen nieder. »Ich stelle mir das schrecklich vor.«

»Ja, es war schrecklich. Und auch wieder nicht. Es war völlig anders, als man sich so etwas ausmalt. Viel weniger spektakulär. Man funktioniert einfach. Man ist reduziert auf seinen Überlebenswillen, auf Reflexe, Instinkte.«

Sie nickte in Gedanken. Den Blick hielt sie immer noch gesenkt. »Es versteht sich von selbst, dass ich helfe, wo ich kann. Fragen Sie nur. Ich werde antworten, soweit ich die Antworten kenne.«

Aber wo anfangen?

Mit Durians Buch. Ich hatte es mitgebracht, legte es auf den Tisch. Sie betrachtete es neugierig. Irina Durian hatte ein schönes Lächeln, das immer ein wenig geheimnisvoll blieb. Die Bluse stand gerade so weit offen, dass ich den Ansatz ihrer Brüste sehen konnte. Und ich war mir sicher, dass sie sich dessen bewusst war. Ich begann zu blättern und zu erzählen, was ich inzwischen fast auswendig wusste. Von Durians Plänen, ein Haus zu bauen, von Anita Bialas.

»Wir hatten uns beide so auf das Haus gefreut«, sagte sie leise. »Sonne, ein Garten, frische Luft und vielleicht wirklich Kinder. Ich weiß nicht, ob Sie das kennen: Wenn man ein Haus plant, dann scheint in unseren Träumen immer die Sonne. Nie stellt man sich sein neues Heim im Regen vor.«

»Sie sind im Sommer eingezogen.«

»Es war eine glückliche, turbulente Zeit. Ich hatte schon die Pille abgesetzt, Michaels Verlag brummte, der neue Autor schien sich tatsächlich zu verkaufen, auch die alten Titel liefen plötzlich wieder besser. Aber dann kam der Herbst ...«

Sie nahm einen Schluck Kaffee, sah kurz auf ihre Armbanduhr. Eine Minute vor elf.

»Er hatte auf der Buchmesse einen kleinen Stand. Zum ersten Mal. Was soll ich sagen? Es war eine Pleite. Selten habe ich mich so gelangweilt und so gedemütigt gefühlt wie in diesen endlosen Tagen mitten in all dem Getue. Und wie wir restlos frustriert nach Hause kommen mit unserem gemieteten Lieferwägelchen, da finden wir einen Brief. Die Zinsen für unsere Hypotheken waren über Nacht um drei Prozent gestiegen.«

»Sie hatten variablen Zinssatz vereinbart?«

»Diesen Punkt hatte die Dame bei der Bank leider nur sehr am Rande behandelt. Wir hatten noch einige Reserven, aber im Frühjahr, da wurde es dann bitter. Der Verlag kam wieder ins Stottern, und wir konnten bald nicht einmal mehr die Zinsen aufbringen. Dann kam das, worüber man gerne schweigt. Wir mussten uns in aller Hast eine Wohnung suchen, ein Loch, noch finsterer als das, aus dem wir ein Jahr zuvor geflüchtet waren. Von Kindern war längst keine Rede mehr. Längst habe ich wieder die Pille genommen.«

»Ich kann mir vorstellen, wie Sie sich gefühlt haben müssen.«

»Nein, das glaube ich nicht.« Sie sah zur Decke. Zwischen ihren Brauen stand jetzt eine tiefe Falte. »Sie machen sich kein Bild, wie erniedrigend das ist. Plötzlich sind Sie ein Paria, den jeder herumschubsen darf. Natürlich hat das Drama auch unserer Beziehung nicht gutgetan. Am Ende haben wir nur noch gestritten. Es schmerzt mich bis heute, an diese Zeit auch nur zu denken.«

»Und dann sind Sie ausgezogen.«

»Genauer, ich bin zweimal ausgezogen. Das erste Mal wenige Wochen nach dem Umzug. Ich konnte bei einer Freundin unterschlüpfen. Es sollte nur für einige Tage sein, uns ein wenig Luft verschaffen, damit wir beide zur Ruhe kommen, wieder miteinander reden konnten, ohne uns gleich anzuschreien. Dann ging es auch wieder für ein Weilchen. Aber es war kein Leben mehr. Wenn wir nicht gestritten haben, dann haben wir uns angeschwiegen, uns unausgesprochene Vorwürfe gemacht. Die Luft war ständig zum Schneiden, und …«

Sie bedeckte kurz die Augen, unterdrückte einen Seufzer. Dann sah sie mich mit flammendem Blick an. »Dieses Jahr war das dunkelste Kapitel meines Lebens, glauben Sie mir. Nie werde ich das beglückende Gefühl vergessen, als ich es endlich über mich brachte, Michael wirklich zu verlassen. Endlich konnte ich wieder atmen, wieder lachen. Und zugleich …«

Irina Durian verstummte, starrte gedankenverloren auf den Tisch. Dann fuhr sie mit veränderter, leiserer Stimme fort: »Natürlich habe ich mir Vorwürfe gemacht. Ich mache sie mir noch. Es wäre nie so weit gekommen mit ihm, wenn ich zu ihm gehalten hätte. Tausendmal habe ich mir diese Gedanken gemacht in den letzten Jahren, Wochen, Tagen. Auf der anderen Seite – man muss doch auch an sich selbst denken. Es ist niemandem geholfen, wenn man auch noch selbst zugrunde geht.«

»Da haben Sie sicherlich recht.«

»Dennoch, ich habe ihn verraten. Da gibt es nichts zu deuteln.«

Durch die wandhohe Glasfront sah man auf die Start- und Landebahnen hinaus. Sie waren trocken. Es regnete nicht mehr, und hin und wieder blitzte sogar eine zaghafte Sonne durch, die ihr Glück offenbar noch nicht recht fassen konnte. Die Triebwerke eines Jumbojets, der unmittelbar vor unseren Fenstern stand, liefen an und begannen zu summen.

»Sie haben ihn später im Gefängnis besucht«, sagte ich.

»Nicht nur einmal.«

»Dreimal, wenn ich richtig informiert bin.« Fünf nach elf, die Zeit lief mir davon. »Und dann haben Sie John Karenke kennengelernt.«

Sie nickte, als müsste sie sich dessen schämen.

»Erst einmal hatte ich natürlich genug von Männern und Beziehungsstress. Ich habe mir eine Stellung gesucht, hatte Glück. Ich konnte Michael sogar hin und wieder ein wenig Geld überweisen. Ihm helfen, seine Schulden zu tilgen.« Sie schluckte. »Unsere Schulden.«

»Wenn ich richtig rechne, dann saß Ihr Mann schon zwei Jahre im Gefängnis, als Sie Herrn Karenke trafen …«

»Michael hat die Trennung nie wirklich akzeptiert. Irgendwie liebt er mich auf seine weltfremde Weise wohl immer noch.«

»Das stimmt. Sie bedeuten ihm immer noch sehr viel.«

Ich nahm Durians Buch zur Hand, blätterte die Seiten durch.

»Was ich mich die ganze Zeit frage: Warum hat er mich nicht getötet? Mehr als einmal habe ich geglaubt, jetzt ist es so weit. Aber er hat es nicht getan, sondern mich stattdessen tagelang spazierengefahren und sein Essen mit mir geteilt. Immer wieder hat er davon gesprochen, dass er mit mir zusammen sterben wird. Seltsamerweise hat er aber zu keinem Zeitpunkt den Eindruck eines Lebensmüden auf mich gemacht. Haben Sie vielleicht eine Erklärung dafür?«

Irina Durian sah mir mitfühlend ins Gesicht, lächelte wieder ihr warmes Lächeln, das unter anderen Umständen gutgetan hätte. Wie hatte Firlei gesagt, der Architekt? Sie war eine sehr weibliche Frau. Und sie war sich dessen sehr bewusst.

»Da kann ich leider nur raten. Seine ersten drei Opfer hat er einfach überfallen. Er hat nicht diskutiert, vermute ich, nicht argumentiert, sondern zugestochen. Bei Ihnen war es anders. Mit Ihnen hat er gesprochen. Deshalb waren Sie vielleicht kein anonymer Feind mehr für ihn, sondern ein Mensch. Das andere, seine angeblichen oder wirklichen Selbstmordpläne, dafür habe ich keine Erklärung.«

Immer noch lag Durians Manuskript vor mir. Sein Buch der Kränkungen. Das schriftliche Geständnis eines Mörders, abgeliefert, lange bevor er seine Taten begangen hatte. Ich nahm die Brille ab und sah hinaus.

Die Triebwerke des Jumbojets waren lauter geworden, begannen zu singen und zu brausen. Ein Ruck ging durch die Maschine, sie rollte rückwärts.

Zehn nach elf.

Noch eine Viertelstunde.

40

Ich wandte mich wieder Irina Durian zu. Ich hatte wirklich keine Zeit, Flugzeugen bei den Startvorbereitungen zuzusehen. Blätterte in dem Buch ihres Mannes, der in der vergangenen Nacht gestorben war, was sie nicht wusste.

»Beim Wiederlesen ist mir eine Kleinigkeit aufgefallen. Vielleicht ist es völlig nebensächlich, aber ich würde gerne Ihre Meinung dazu hören.«

Ich blätterte bis zu einer bestimmten Stelle etwa zehn Seiten vor dem Ende. Irina Durian beugte sich vor und betrachtete die Seiten aufmerksam.

»Mir fällt nichts auf, tut mir leid.« Sie sah mich verständnislos an. »Es ist eindeutig seine Handschrift, falls Sie das meinen.«

»Es ist nicht die Schrift, es ist die Tinte. Sehen Sie, hier: Mitten auf der Seite wird der Strich dünn und dann plötzlich wieder dicker. Danach hat die Tinte eine andere Farbe. Sie ist eine winzige Spur heller geworden.«

»Jetzt, wo Sie es sagen... Vielleicht war die dunkle zu Ende?«

»Das war auch mein erster Gedanke. Aber das Merkwürdige ist...« Ich blätterte zurück bis zum Beginn von Kapitel zwei. »Beim Kapitel John Karenke benutzt er auch schon die hellere Tinte. Beim dritten Kapitel wird die Schrift dann wieder dunkler, und erst auf den letzten Seiten wieder heller.«

»Und was könnte das bedeuten?«

Ich lehnte mich zurück, massierte meine müden Augen. Meine Kondition war bei Weitem noch nicht wieder die alte.

»Ich sehe nur eine Erklärung: Er hat das Kapitel John Karenke erst später geschrieben, als letztes, und dann zwischen die anderen geschoben. Leider hat er die Seiten nicht durchnummeriert.«

»Wenn es so wäre – was würde es bedeuten?«

»Ich hatte gehofft, Sie könnten mir das sagen.«

Ich setzte die Brille wieder auf, beobachtete ihre Miene. Sie blieb unbewegt, ratlos, fragend.

»Vielleicht ist er erst später auf den Gedanken gekommen,

John auf … seine Liste zu setzen?«, rätselte sie. »Vielleicht hat er Johns Handeln zunächst nicht die Bedeutung beigemessen und hat sich erst nach und nach in seine Eifersucht hineingesteigert?«

»Und damit die Reihenfolge stimmt, hat er das Kapitel dann zwischen die anderen geschoben.« Ich nickte. »Das wäre eine Erklärung.«

Draußen war ein freundlicher Tag. Mitte Februar, zum ersten Mal in diesem Jahr konnte man den Frühling ahnen. Der Winter lag nun hoffentlich hinter uns, mit seiner Dunkelheit, der Kälte, dem unglaublichen Schnee.

Plötzlich hatte ich die Nacht wieder vor Augen, in der Anita Bialas starb. Stellte mir vor, wie Durian durch die Dunkelheit fuhr, durch dieses eiskalte Schweigen einer sternenlosen Winternacht, das Messer vielleicht griffbereit auf dem Beifahrersitz seines klapprigen Lieferwagens, voller Adrenalin, halb verrückt vor Angst und Wut. Zugleich zernagt von Zweifeln, gegen die er unentwegt ankämpfen musste. Kaum ein anderes Auto begegnete ihm. Die Straßen waren leer in jener Nacht. Wer nicht unbedingt fahren musste und auch nur halbwegs bei Trost war, blieb zu Hause. Die Scheinwerfer irrten durch die Nacht, durch die unentwegt wirbelnden Schneeflocken, als würde es nie, nie, nie wieder aufhören zu schneien …

»Herr Gerlach?«, hörte ich die Stimme von Durians Frau sagen. »Haben Sie noch mehr Fragen? Es wird nämlich langsam Zeit …«

Fünf Minuten blieben mir noch. Im Notfall, hatten mir die hilfsbereiten Kollegen von der Bundespolizei versichert, würde die Maschine auf die Caymans auch ein paar Minuten warten.

»Wie hat Ihr Mann eigentlich von Ihrer Beziehung zu John Karenke erfahren, wo Sie doch nicht mehr in Kontakt waren?«

Sie musterte mich irritiert. Senkte den Blick. Nickte schließlich. »Sie haben recht. Das ist seltsam.«

»Haben Sie ihm nicht doch Briefe geschrieben? Mit ihm telefoniert?«

»Nein. Jemand muss ihm wohl von John erzählt haben.«

»Vielleicht hat er einen vor der Entlassung stehenden Mithäftling gebeten zu sehen, wie es Ihnen geht.«

»So muss es wohl gewesen sein.«

»Anschließend hätte er dann das Kapitel Karenke geschrieben und nachträglich in sein Manuskript eingefügt.«

»Das klingt logisch, nicht wahr?«

Sie wurde nun mit jeder Minute unruhiger, rutschte auf ihrem Stuhl herum, sah immer häufiger auf die Uhr.

»Eine weitere Frage, die mich nicht loslässt«, fuhr ich hartnäckig fort. »Wie hat er das alles organisiert? Ich habe inzwischen erfahren, dass er erst kurz vor Weihnachten aus der Haft entlassen wurde. Gerade mal vier Wochen vor dem ersten Mord. Wie konnte er sich all die Informationen beschaffen, über die er offenbar verfügte? Woher hatte er den Lieferwagen? Das Handy, das wir bei ihm gefunden haben, die Luftmatratze, den Schlafsack? All das fällt ja nicht vom Himmel.«

Ihre Miene veränderte sich kaum merklich. »Sie denken«, sagte sie sehr langsam, »Michael muss einen Helfer gehabt haben?«

»Anders wäre das alles kaum möglich gewesen.«

Nun war sie es, die nach draußen sah, auf den Jumbojet, der inzwischen eine Neunzig-Grad-Wendung vollzogen hatte und wieder zum Stehen gekommen war, um sich dann in Bewegung zu setzen, auf eine Reise nach weit, weit fort. In ein Land ohne Winter vielleicht. In den ewigen Frühling.

Irina Durian schwieg immer noch.

»Ihr Mann ist hin und wieder spazieren gegangen«, setzte ich nach. »Erst dachte ich, um frische Luft zu schnappen und zu rauchen. Aber dann habe ich in der Ferne seine Stimme gehört. Damals dachte ich noch, er führt Selbstgespräche. Jetzt vermute ich eher, er hat telefoniert. Die ganze Zeit hatte ich das Gefühl, er wartet auf etwas.«

»Aber worauf?« Sie hatte sich gefangen und sah mir wieder in die Augen. »Worauf könnte er gewartet haben?«

Die Tür in ihrem Rücken öffnete sich lautlos. Endlich! Klara Vangelis sah herein, lächelte, reckte den Daumen, schloss die Tür wieder.

»Auf die erlösende Nachricht von Ihnen«, sagte ich und atmete auf. Seit einer Sekunde wusste ich, was ich bisher nur vermutet hatte: dass seine Frau die Person war, mit der Durian telefoniert hatte.

»Wie bitte?«, fragte sie in perfekt gespieltem Unverständnis. Und sah wieder auf die Uhr. »Ich verstehe nicht, und ich muss jetzt leider wirklich …«

»Sie müssen gar nichts, Frau Durian«, versetzte ich und erhob mich. »Ihr Flugzeug wird leider ohne Sie starten. Ich nehme Sie fest wegen des dringenden Tatverdachts auf Anstiftung und Beihilfe zum Mord.«

41

Theresa lachte.

»Der jugendliche Liebhaber steht kurz vor der Rente und hat fünfzig Kilo Übergewicht!« Sie schmiegte sich im Gehen an mich.

»Das stimmt überhaupt nicht«, erwiderte ich nur leicht gekränkt. »Der junge Mann ist höchstens fünfundvierzig, und beim Gewicht hast du auch maßlos übertrieben.«

»Es ist eben doch immer das Gleiche mit den Opern.« Zärtlich ausgelassen rieb sie ihre Wange an meiner Schulter.

Wir kamen aus Verdis *La Traviata* und waren auf dem Weg in die Pfälzer Weinstuben in der Karlsruher Südstadt, nur wenige Schritte vom Badischen Staatstheater entfernt. Ich trug denselben Anzug, den ich in der Nacht getragen hatte, als Anita Bialas starb. Obwohl es ein wenig nieselte und die Straßen feucht glänzten, roch es nach Frühling.

Irina Durians Festnahme lag inzwischen anderthalb Wochen zurück. Seither hatten wir noch keine Gelegenheit gefunden, uns zu treffen, jedoch mehrere Male telefoniert. Auf diesem Weg hatte ich erfahren, was das für eine »kuriosen Sache« war, die ihr am Abend meines Verschwindens zugestoßen war. Dass die Perlenkette, mit der Durian mich damals so aus der Fassung gebracht hatte, ein mit Ketchup dekoriertes billiges Imitat war, hatte ich ja bereits vorher gewusst.

Theresa war in der Klinik gewesen und hatte auf dem Flur warten müssen, weil ihr Mann wieder einmal Besuch von irgendwelchen Ärzten hatte. Da war plötzlich ein magerer Kerl in einem billigen Mantel vorbeigerannt, natürlich Durian, und hatte ihr die Handtasche vom Schoß gerissen. Zunächst war sie so baff gewesen, dass sie erst anfing zu schreien, als er schon außer Sicht war. Dann war sie ihm hinterher, die Treppen hinab, hatte Zeter und Mordio gebrüllt und die Handtasche nur ein Stockwerk tiefer wiedergefunden. Dass das Handy daraus verschwunden war, hatte sie erst später bemerkt. Und wie sie am nächsten Morgen Anzeige erstatten wollte, da war es schon wiederaufgetaucht. Auf dem Parkplatz in Schriesheim, vor dem Edeka-Markt, wo Durian es offenbar hatte fallen lassen.

Wir erreichten das urige, laute und schon ziemlich volle Lokal. Ein wie für uns gemachter Zweiertisch in der hintersten Ecke war noch frei. Ich hängte die Mäntel auf, wir nahmen Platz, sahen uns an. Wir waren glücklich.

»Ich habe gehört, du bekommst nun doch keinen Haftbefehl?«, fragte meine Göttin strahlend. Sie trug ein dunkelblaues schlichtes Kleid, gefährlich hohe Schuhe und dazu ihre gute alte Perlenkette. Die echte Perlenkette.

Ich küsste sie auf den schön geschwungenen, jetzt einen Spalt offen stehenden Mund, der mir nie verlockender erschienen war, schmeckte Verlangen und Zärtlichkeit. Wir hatten ein Hotelzimmer in der Nähe und mussten erst morgen nach Heidelberg zurück. Die Nacht gehörte uns.

»Es ist wie verhext«, sagte ich. »Die Frau ist unglaublich clever. Ich habe jede Menge Indizien, aber nicht einen gerichtsverwertbaren Beweis.«

»Was sind das für Indizien?«, fragte sie, plötzlich ganz Gattin des Polizeichefs.

»Es fängt damit an, dass Durian seit Wochen mit seinem Handy immer wieder eine bestimmte Nummer angerufen hat. Das Handy, zu dem diese Nummer gehört, hat sich ganz zufällig immer in der Nähe seiner Frau befunden. Natürlich läuft es nicht auf ihren Namen, sondern auf einen koreanischen Studenten, der längst wieder in seiner Heimat ist, und natürlich haben wir es nicht bei ihr gefunden. Zufälligerweise wurde von diesem Handy auch Frau Heinemann angerufen, die Freundin von Anita Bialas, um deren Aufenthaltsort herauszufinden.

Weiter: Die tote Rechtsanwältin ist in den Wochen vor ihrem Tod kein einziges Mal laufen gewesen. Trotzdem wusste Durian genau, welche Strecke sie regelmäßig genommen hat, wo er sie am besten abpassen konnte. Er hat auch gewusst, dass wir beide uns treffen und wer du bist. All das kann er unmöglich in den paar Wochen seit seiner Entlassung herausgefunden haben.«

»Das heißt, sie hat ihm zugearbeitet. Okay. Aber warum? Und warum die plötzliche Hektik? Die beiden hatten doch alle Zeit der Welt.«

»Hatten sie eben nicht. Irina Durian wollte Karenke beerben. Darum ging es. Das war das eigentliche Ziel ihres Plans. Es stimmt nicht, wie sie mir erzählt hat, dass sie ihn verlassen hat. Es war genau umgekehrt: Er hat sie vor die Tür gesetzt, weil sie ihn ständig betrogen hat. Er hatte sogar schon einen Termin beim Notar, um sein Testament zu ändern. Der erste ist dummerweise geplatzt, weil der Notar die Grippe hatte. Der zweite wäre gestern gewesen. Sie waren ziemlich unter Druck, unsere beiden Hübschen. Deshalb die Eile.«

»Wird sie ihn nun tatsächlich beerben?«

»Wenn ich ihr nichts nachweisen kann, und danach sieht es ja leider aus, dann lässt sich das wohl nicht verhindern. Aber sie würde auch sonst nicht hungern müssen. Sie hatte schon sein Konto geräumt und ein Wertpapierdepot aufgelöst, für das sie noch eine Vollmacht hat. Das hat eine knappe Viertelmillion gebracht. Eine Woche vor ihrem missglückten Abflug hat sie Schmuck im Wert von über hundertfünfzigtausend Euro verkauft, den Karenke ihr angeblich über die Jahre geschenkt hat. Außerdem hatte sie schon einen Anwalt mit der Wahrung ihrer Interessen und dem Verkauf des Hauses beauftragt. Inzwischen bin ich sogar davon überzeugt, dass sie es war, die Durian damals zu dem Bankraub angestiftet und ihm die Pistole organisiert hat. Ihr Vater war Waffensammler und hatte wohl auch das eine oder andere illegale Sammlerstück im Keller. Es gibt so unglaublich viele Indizien. Das Dumme ist nur: Nichts, aber auch gar nichts kann ich beweisen.«

»Was ist mit dem Lieferwagen?«

»Gestohlen, Anfang Dezember auf einem Autobahnparkplatz in der Nähe von Paris. Zu dem Zeitpunkt hat Durian noch im Gefängnis geschmort und sich auf seine baldige Freilassung gefreut. Kennzeichen und Papiere waren professionell gefälscht. Sie muss Monate vorher mit den Vorbereitungen begonnen haben. Damit ihr Mann gleich loslegen kann, sobald er frei ist.«

»Und sie war nicht beunruhigt, als du sagtest, ihr Mann sei noch am Leben? Sie musste doch fürchten, dass er gegen sie aussagen werde.«

»Absolut nicht. Mir ist erst später klar geworden: sie war sich seiner Loyalität vollkommen sicher. Er war ihr ergeben wie ein Hund.«

Unser Wein kam endlich. Die Bedienung schwitzte. Theresa hatte einen Dürkheimer Riesling gewählt, ich eine Grauburgunder-Spätlese.

Wir stießen an.

Wir sahen uns in die Augen wie zwei seit fünf Minuten verliebte Teenager.

Wir küssten uns, als wäre es das erste Mal seit Jahren.

»Sie waren die ganzen Jahre über in Kontakt. Sie hat sich nie wirklich von ihm getrennt. Das immerhin kann ich beweisen. Na ja, fast.«

»Wie das?«

Ich drehte mein Glas hin und her und freute mich an den goldenen Lichtreflexen.

»Es gibt kein Gefängnis mehr ohne Handys. Manche Gefangenen machen gute Geschäfte damit, ihr eingeschmuggeltes Handy an Mitgefangene zu vermieten. Durian hat alle zwei, drei Wochen telefoniert. Die Nummer, die er angerufen hat, war immer dieselbe – die des koreanischen Studenten. Das Handy dazu liegt jetzt vermutlich am Grund des Neckars. Die angebliche Trennung von Durian war reine Maskerade, um Karenke zu täuschen und zu beruhigen. Vielleicht hatte sie sogar von Anfang an geplant, ihn um sein Geld zu bringen, sobald Durian aus dem Gefängnis kommt.«

»Dann wären auch die anderen Morde nur Maskerade? Das ist ja entsetzlich!«

»Nicht ganz. Das war seine persönliche Abrechnung mit der bösen Welt. Sie hat davon gewusst und ihn einfach für ihre

Zwecke eingespannt. Er war vermutlich leicht davon zu überzeugen, dass es auf einen Toten mehr nicht ankommt. Ich nehme an, sie hat ihm dafür die ewige Liebe versprochen. Dass sie wieder zusammenkommen, zusammenleben, irgendwo weit weg.«

Theresa streichelte nachdenklich meine Hand. Wie hatte sie bei einer ähnlichen Gelegenheit einmal gesagt? Liebe ist, wenn man die Finger nicht voneinander lassen kann. Wir hatten seit Wochen nicht mehr miteinander geschlafen.

»Ich bin so froh«, sagte sie leise.

»Ein Gutes hat das ganze Drama immerhin.«

»Und das wäre?«

»Ich habe dreieinhalb Kilo abgenommen.«

Eine Weile lauschten wir verträumt lächelnd der Musik. Leonhard Cohen sang von Suzanne.

»Was für eine Frau«, sagte Theresa schließlich. »Wie viel muss geschehen, damit ein Mensch so wird?«

»Nicht allzu viel. Sie hat alle Chancen gehabt, die man sich wünschen kann. Sie stammt aus wohlhabenden Verhältnissen. Der Vater hatte eine gut gehende Firma, die irgendwelche elektronischen Geräte für die Druckindustrie hergestellt hat. Nebenher hat er ein bisschen an der Börse spekuliert, wie so viele. Dabei muss er sich kräftig verhoben haben, lange vor der Dot-Com-Blase. Man hat damals von Insider-Geschäften gemunkelt, bei denen ein Insider den anderen übers Ohr gehauen hat. Von heute auf morgen war seine Firma überschuldet und die Familie mittellos. Der Vater hat sich bald darauf erschossen. Mit einer der Waffen aus seiner Sammlung übrigens. Die Mutter war schon vorher psychisch nicht allzu stabil gewesen, wurde depressiv und hat angefangen zu trinken. Damals war die kleine Irina neun. Jahrelang wurde sie von einer Tante zur anderen weitergereicht, während die verarmte Mutter in Kliniken und Entziehungsanstalten verkümmert ist. Ich nehme an, damals hat sie beschlossen, nie wieder arm zu sein.«

Wir tranken wieder. Küssten uns wieder. Leonhard Cohen hatte inzwischen Patricia Kaas das Feld überlassen. Ich stellte fest, dass ich Französisch zurzeit nicht allzu gerne hörte.

»Und am Montag werde ich sie wohl oder übel freilassen

müssen«, sagte ich, als wir wieder voneinander abließen. »Sie wird ungestraft davonkommen, so sehr es mich auch wurmt.«

»Das denke ich nicht«, meinte Theresa mit gesenktem Blick.

»Was denkst du nicht?«

»Dass sie ungestraft davonkommen wird.« Sie sah auf. Ihr Blick wurde ernst und traurig. »Sie muss ein zutiefst unglücklicher Mensch sein, weil sie kein Vertrauen haben kann. Sie hat ihre Männer immer nur benutzt. Sie kann nicht lieben.«

»Das sind die gefährlichsten Frauen«, sagte ich nachdenklich. »Sie machen die Männer verrückt, weil sie immer neue Liebesbeweise fordern.«

»Trotzdem wäre es mir lieber, sie würde verurteilt.«

Theresa nahm meine Hände zwischen ihre, sah mir eine Weile konzentriert ins Gesicht, als wollte sie prüfen, ob ich noch der Alte war, und sagte dann: »Ich liebe dich, Alexander.«

Sie küsste mich mit vom Wein kühlen Lippen auf den Mund.

»Das hast du so noch nie so gesagt.«

»Was ein Fehler war, ist mir in den vergangenen Tagen und Wochen klar geworden.«

»Ich liebe dich auch.«

»Na endlich.«

Plötzlich mussten wir beide lachen. Wir stießen wieder an. Ein die meiste Zeit vor sich hin schweigendes Paar am Nachbartisch sah mit dezentem Kopfschütteln zu uns herüber.

Ich senkte den Blick. Räusperte mich. »Was ich dich schon immer mal fragen wollte.« Ich räusperte mich ein zweites Mal, aber der Kloß in meinem Hals wollte sich nicht lösen. »Was ist eigentlich mit deinem Mann?«

»Egonchen?« Sie lächelte friedlich. »Der ist in unserem Haus am Bodensee und erholt sich. War ja auch für ihn keine leichte Zeit.«

»Das habe ich eigentlich nicht gemeint.«

»Es geht ihm schon wieder viel besser.«

Ich schwieg. Theresa zögerte, schlug dann die Augen nieder. »Du meinst, wegen uns?«, fragte sie endlich.

Ich musste lange auf die Antwort warten. Patricia Kaas sang mit rauchiger Stimme von Hotel Normandy.

»Ich kann es dir nicht sagen, Alexander«, sagte Theresa

schließlich leise. »Es geht einfach nicht, bitte glaube mir. Nur so viel: Du musst dir keine Gedanken machen. Nichts ist so, wie du denkst.«

Ich überlegte, was ich mit dieser rätselhaften Antwort nun anfangen sollte, und küsste Theresa schließlich auf die Nase.

»Na dann«, sagte ich. »Dann ist ja wohl alles gut.«

Sie kicherte wie ein sehr glückliches Mädchen und fiel mir mit Schwung um den Hals.

Wolfgang Burger

Schwarzes Fieber

Ein Heidelberg-Krimi. 288 Seiten. Piper Taschenbuch

Eine bewusstlose Frau mit starken Kopfverletzungen, die in der Nähe von Heidelberg gefunden wird, gibt der Polizei Rätsel auf: Wer ist sie? Und weshalb wird sie von niemandem vermisst? Als sie aufwacht, stellt sich heraus, dass sie nicht sprechen kann. Kripochef Alexander Gerlach übt sich in Geduld, doch dann kommt es zu weiteren Mordanschlägen auf die Fremde. Erst als die Leiche eines Mannes aus Angola auftaucht, beginnt Gerlach die wahren Zusammenhänge zu erahnen, und ein gefährlicher Wettlauf mit der Zeit beginnt.

05/2217/02/L

Wolfgang Burger

Echo einer Nacht

Ein Fall für Alexander Gerlach. 288 Seiten. Piper Taschenbuch

Schon seit Wochen ist der kleine Gundram wie vom Erdboden verschluckt. Kein Wunder, dass der Heidelberger Kriminalrat Gerlach unter Druck steht – die Eltern und die Medien erwarten endlich Erfolge, und auch die Staatsanwaltschaft wird immer nervöser. Da passt es ihm eigentlich gar nicht, dass seine Töchter ihm von einem weiteren möglichen Entführungsfall erzählen: In der Nachbarschaft einer Freundin soll ein kleiner Junge verschwunden sein. Immer mehr deutet darauf hin, dass es sich um einen Serientäter handelt. Ein Wettlauf mit der Zeit beginnt.

05/2447/01/R

Wolfgang Burger

Heidelberger Wut

Kriminalroman. 272 Seiten.
Piper Taschenbuch

Als der eigenbrötlerische Seligmann von seiner Nachbarin als vermisst gemeldet wird, hat Kriminalrat Gerlach gerade ganz andere Sorgen, hat er doch einen noch immer unaufgeklärten Bankraub auf dem Tisch. Aber als man im Haus des Vermissten Blutspuren entdeckt, wird Gerlach hellhörig. Gibt es eine Verbindungslinie zu dem Bankraub? Und welche Rolle spielte Seligmann bei der brutalen Vergewaltigung einer Schülerin vor einigen Jahren? Kein Wunder, dass bei all diesen Geschehnissen auch Gerlachs Privatleben wieder einmal Kopf steht – gerade jetzt, wo die pubertierenden Zwillinge eigentlich seine Aufmerksamkeit dringend benötigen …

05/2062/02/L

Wolfgang Burger

Heidelberger Requiem

Kriminalroman. 256 Seiten.
Piper Taschenbuch

Alexander Gerlach glaubt, mit seiner Beförderung zum Chef der Heidelberger Kriminalpolizei einen ruhigen Posten bekommen zu haben. Doch schon am ersten Tag wird die Leiche eines Chemiestudenten gefunden, der auf grausamste Weise ermordet wurde. Die Lösung des Falls scheint einfach, denn der junge Mann hatte synthetische Drogen hergestellt, um sein Budget aufzubessern. Doch bald kommt es zu einem weiteren Mord, der alle bisherigen Vermutungen über den Haufen wirft. Als Gerlach beginnt, das grausame Spiel zu durchschauen, ist es fast zu spät …

Ein spannender Roman mit einem ungewöhnlich sympathischen Helden, der sich nicht nur ständig in die falschen Frauen verliebt, sondern zudem als allein erziehender Vater von seinen beiden Töchtern in Atem gehalten wird.

05/2063/02/R

Volker Klüpfel, Michael Kobr

Seegrund

Kluftingers dritter Fall. 352 Seiten. Piper Taschenbuch

Am Alatsee bei Füssen macht der Allgäuer Kommissar Kluftinger eine schreckliche Entdeckung – am Ufer liegt ein Taucher in einer riesigen roten Lache. Was zunächst aussieht wie Blut, entpuppt sich als eine seltene organische Substanz aus dem Bergsee. Kluftinger, der diesmal bei den Ermittlungen sehr zu seinem Missfallen weibliche Unterstützung erhält, tappt lange im Dunklen. Der Schlüssel zur Lösung des Falles muss tief auf dem Grund des sagenumwobenen Sees liegen …
Kluftingers dritter Fall von dem erfolgreichen Allgäuer Autoren-Duo Volker Klüpfel und Michael Kobr.

»Kommissar Kluftinger hat in seinen Kniebundhosen das Zeug zum Columbo von Altusried!«
Die Welt

05/2375/01/L

Gisa Pauly

Die Tote am Watt

Ein Sylt-Krimi. 352 Seiten. Piper Taschenbuch

Ein furchtbarer Mord auf der Ferieninsel Sylt! Eine vermögende Witwe wird erdrosselt aufgefunden. Eigentlich müsste der Täter per DNA-Analyse schnell zu überführen sein, weshalb Hauptkommissar Erik Wolf auf eine rasche Lösung hofft. Mamma Carlotta jedoch, seine italienische Schwiegermutter, die derzeit zu Besuch ist, hält wenig von solchen modernen Ermittlungsmethoden. Viel lieber verlässt sie sich auf ihre weibliche Intuition. Mit italienischem Charme und zum Schreck der Beamten mischt sie sich in die Ermittlungen ein. Dabei bringt sie sich selbst in Lebensgefahr …
Atmosphärisch, spannend und humorvoll erzählt Gisa Pauly von Mamma Carlottas erstem Fall, bei dem das italienische Temperament mit dem norddeutschen mehr als einmal zusammenprallt.

05/2079/02/R

Nicola Förg

Tod auf der Piste

Ein Alpen-Krimi. 240 Seiten.
Piper Taschenbuch

Die Garmischer Kommissarin Irmi Mangold, die gerne mit der Motorsäge ins Holz fährt und auch mal im Stall ihres Bruders mithilft, und ihre junge Kollegin Kathi Reindl, alleinerziehende Mutter mit chronisch schlechtem Gewissen, haben diesmal eine besonders harte Nuss zu knacken. Kurz vor Ende der Skisaison – im Tal ist längst Frühjahr – wird auf der Kandahar-Piste ein Toter gefunden, ermordet per Kopfschuss. Das Merkwürdige daran: Der Mann trägt ein altmodisches Skioutfit mit einer WM-Startnummer von 1978. Weshalb musste er sterben? Und was hat es nur mit der seltsamen Montur auf sich? Ausgerechnet beim Dirndlkauf stößt Irmi auf eine heiße Spur …

05/2409/01/L

Susanne Mischke

Tod an der Leine

Kriminalroman. 272 Seiten.
Piper Taschenbuch

Die Menschentraube auf dem Altstadt-Flohmarkt am Ufer der Leine verwehrt Kommissar Fernando Rodriguez lange die Sicht auf eine grausame Wahrheit: auf die Leiche einer schönen Frau, die keine Unbekannte für ihn war. Als heimlicher Verehrer der jungen Regisseurin hatte er sich extra für diesen Abend Premierenkarten besorgt. Nun ist er am Boden zerstört. Nicht nur, dass seine Eroberungsträume geplatzt sind – auf das Team der Kripo Hannover um Casanova Fernando Rodriguez, Schafzüchter Bodo Völxen, Rabenmutter Oda Kristensen und Küken Jule Wedekin wartet ein stolzer Berg Arbeit. Und ein gefährlicher Einsatz, der nicht nur menschliche Abgründe offenbart. Denn der Fall der ermordeten Künstlerin führt die Ermittler tief hinab – bis in Hannovers Katakomben.

05/2416/01/R

Gerwens & Schröger

Stille Post in Kleinöd

Ein Niederbayern-Krimi.
336 Seiten. Piper Taschenbuch

»Ja Bluatsakrament«, flucht Joseph Langrieger, als er in seiner Odelgrube einen Toten entdeckt. Das Ganze gibt der Polizei im niederbayerischen Kleinöd Rätsel auf. Ein Fall für die Kripo, entscheidet Polizeiobermeister Adolf Schmiedinger, und Kriminalkommissarin Franziska Hausmann muß in ihrem ersten Mord auf dem Land ermitteln. Dabei stellt sich bald heraus, daß der Täter aus Kleinöd stammen muß. Und tatsächlich lauern hinter der scheinbar tadellosen Fassade des hübschen Dorfes jede Menge dunkle Geheimnisse, zerrüttete Ehen, Betrug und Erpressung …
Spannend und humorvoll beschreibt das Autorenduo Gerwens & Schröger eine nur auf den ersten Blick idyllische Welt.

05/2204/03/L

Gerwens & Schröger

Die Gurkenflieger von Kleinöd

Ein Niederbayern-Krimi.
320 Seiten. Piper Taschenbuch

Das niederbayerische Kleinöd steht kopf: Der vierjährige Paul Daxhuber ist spurlos verschwunden. Die Großeltern, bei denen er aufwächst, seit seine Mutter Corinna ihn dort ablieferte, sind verzweifelt. Auch die polizeilichen Ermittlungen unter der Leitung von Franziska Hausmann werfen zunächst nur weitere Fragen auf: Warum verschwand Corinna damals so plötzlich? Hat sie womöglich ihr eigenes Kind entführt? Und welche Rolle spielen die polnischen Erntehelfer, die mit den Gurkenfliegern auf den Feldern ihre Runden drehen? Hinter der scheinbar idyllischen Fassade des Dorfes lauern ungeahnte Abgründe …

05/2399/02/R